FROIDE TRAHISON

FROIDE TRAHISON

JUSTICE FROIDE — AVIS DE RECHERCHE

TONI ANDERSON®

Traduction par
SOPHIE SALAÜN

Publisher: Toni Anderson. Toni Anderson Inc. C/O Fillmore Riley LLP, 1700-360 Main Street, Winnipeg, MB, Canada. R3C3Z3. Telephone: (204) 808-3112.

Courriel de contact : info@toniandersonauthor.com

Conception de la couverture par Regina Wamba de ReginaWamba.com

Numérique ISBN-13 : 978-1-998554-14-0

Imprimé ISBN : 978-1-998554-15-7

Pour plus d'informations sur les livres de Toni Anderson, inscrivez-vous à sa newsletter ou consultez son site web : www.toniandersonfrancais.com

AUTRES LIVRES DE TONI ANDERSON©
EN FRANÇAIS

POUR ELLE — ROMANCE À SUSPENSE
Un sanctuaire pour elle
Une dernière chance pour elle
Un risque pour elle

LE SOMMEIL DES JUSTES
Dans l'ombre de la loi
Par une nuit si froide
Entre chien et loup
L'eau qui dort
En clair-obscur
Comme l'ombre d'un doute
Des agents au secret
Obscurantisme
Une ombre au tableau
De sang-froid

LE SOMMEIL DES JUSTES – LES NÉGOCIATEURS
Glacé à cœur
Péchés givrés

De froides vérités
Baisers frappés
D'ombre et de glace

LE SOMMEIL DES JUSTES - AVIS DE RECHERCHE
Silence de glace
Froide trahison
Coup de froid (Bientôt disponible)
Fureur glaciale (Bientôt disponible)
Froide rancune (Bientôt disponible)

N'hésitez pas à visiter la boutique de Toni Anderson pour découvrir ses autres livres et bénéficier d'offres exclusives !
https://toniandersonshop.com

FROIDE TRAHISON

Lorsque l'anthropologue légiste Zoe Miller tombe sur une victime de meurtre dans le désert de Sonora, elle déclenche une série d'événements qui la placent dans la ligne de mire d'un tueur impitoyable.

Seth Hopper, agent de l'équipe de libération d'otages du FBI, est en mission secrète près de la frontière mexicaine lorsqu'il se retrouve soudain embarqué dans une opération de sauvetage. L'ancien Navy SEAL reçoit l'ordre de protéger Zoe, qu'elle le veuille ou non, ce qui les entraîne dans un voyage à travers le pays, jusqu'en Virginie.

Zoe a de bonnes raisons de ne pas faire confiance à un homme comme Seth, mais elle ne peut nier la chaleur torride qui s'installe entre eux, plus brûlante que le soleil du désert. Zoe pourra-t-elle obtenir justice pour la femme assassinée ? Ou bien les tueurs arriveront-ils à resserrer l'étau jusqu'à les éliminer tous les deux ?

🔥 Inscrivez-vous à ma newsletter en français pour recevoir des **scènes bonus** gratuitement, et pour connaître la date de parution de mon prochain livre !
https://www.toniandersonfrancais.com/newsletter/ 🔥

CHAPITRE UN

16 janvier

Sous le soleil brûlant de l'Arizona, Zoe Miller se tenait accroupie dans la terre, tenant délicatement un crâne humain décoloré, tandis qu'une mouche bourdonnait avec agacement autour d'eux deux. Elle essuya la sueur de son front sur la manche de sa chemise, et fut reconnaissante à son vieux chapeau mou qui la protégeait des rayons les plus ardents du soleil. À première vue, le crâne ressemblait à celui d'un homme adulte. Les os étaient plus lourds, plus épais, le front incliné plutôt qu'arrondi, comme chez la plupart des femmes.

Zoe passa son index ganté sur la crête supraorbitaire proéminente qui avait autrefois formé le front de cette personne, tout en observant les orbites vides. Ils étaient plus carrés qu'arrondis, ce qui était encore une caractéristique masculine, l'arête osseuse du bord supérieur était plus nette que ce à quoi elle se serait attendue, et ressemblait davantage à celle d'une femme. La mandibule inférieure était manquante, mais la mastoïde était grande et distincte, ce qui laissait à nouveau penser qu'il s'agissait d'un homme.

Peu d'anthropologues légistes seraient prêts à se prononcer sur le sexe d'une personne en se basant uniquement sur le crâne. Malheureusement, le bassin manquait à l'appel. Peut-être ce crâne appartenait-il aux restes humains que ses amis avaient trouvés un peu plus loin, dispersés par des charognards.

Le bureau du médecin légiste du comté de Pima prélèverait l'ADN des os et le comparerait aux échantillons de référence des familles de migrants disparus connus, recueillis par le Colibrí Center dans le cadre du programme Migrants disparus, le programme de recherche des migrants disparus. Avec un peu de chance, ils trouveraient une correspondance.

Zoe déposa soigneusement le crâne dans une boîte à côté des quelques autres ossements humains qu'elle avait déjà collectés sur ce site, dans l'espoir qu'il y en aurait suffisamment pour établir un profil biologique significatif. Des estimations de la taille, de l'âge, du sexe et de l'ascendance démographique de cette personne seraient faites, ce qui pourrait conduire à une identification.

Cependant, les profils devaient tous être traités avec une certaine prudence. Les populations humaines n'avaient pas de frontières morphologiques fixes, elles se fondaient les unes dans les autres. Même au sein d'une population connue, la morphométrie se répartissait sur un spectre à la fois au niveau de la population et au niveau de l'individu. Cela signifiait que les anthropologues légistes devaient être conscients des limites des bases de données auxquelles ils se référaient, ainsi que de leur expérience personnelle.

Pourtant, l'intuition de Zoe lui disait qu'il s'agissait d'une partie du crâne d'un homme adulte.

Les marques de dents altérées laissaient supposer que des animaux s'étaient depuis longtemps nourris des tissus mous du corps, ce qui indiquait que cette personne était probablement morte depuis environ un an. Peut-être était-il mort peu de temps après que Zoe et ses amis étaient venus pour la dernière fois dans cette région de l'*Organ Pipe Cactus National Monument*. Ou peut-être étaient-ils passés à côté, et cette personne avait été condamnée à se décomposer et à se désintégrer dans ce paysage rude, mais magnifique, qui réduisait la faune et la flore à l'état de poussière.

Cette dernière idée la peinait.

Des vêtements incrustés de poussière étaient éparpillés à proximité. Un collier gisait dans la terre.

Elle s'approcha du rang de perles, puis se rendit compte qu'il ne s'agissait pas d'un bijou, mais d'un chapelet avec un petit crucifix. Elle photographia tout avec son Nikon avant de placer les vêtements dans un sac en papier, qu'elle ajouta à la boîte dans l'espoir que les objets aideraient à l'identification. Chaque information était importante. Zoe souleva les perles rouges et admira les derniers rayons du soleil qui traversaient les nuages, la lumière se réfractant en une douce lueur rubis.

L'espoir.

Le rosaire représentait l'espoir pour certains dans un monde dangereux, mais il fallait plus qu'une croix en plastique pour survivre dans un environnement désertique hostile.

En l'absence de miracle ou de bons samaritains fournissant des caches d'eau et de provisions, les migrants mouraient. Même si les trafiquants les « aidaient », souvent, ils se perdaient dans la nature et périssaient.

Ou bien ils étaient trahis. Oubliés. Sacrifiés.

Zoe chassa son sentiment de culpabilité et de mélancolie. Elle avait fait ce qu'elle pouvait. C'était suffisant. Il le fallait.

Ses trois meilleurs amis et elle avaient tissé des liens autour des tables mortuaires en acier inoxydable lors de leur stage d'été auprès du médecin légiste à Tucson, avant d'entamer leurs études supérieures à Phoenix. Au cours des six dernières années, tous les quatre avaient passé de nombreux jours à parcourir le désert à la recherche de morts. Le bureau du médecin légiste leur faisait suffisamment confiance pour leur accorder un statut d'affilié et les autoriser légalement à enregistrer, et, dans le cas de dépouilles entièrement squelettiques ou ne présentant que des attaches ligamentaires, correspondant respectivement aux échelles 7 et 6 de l'état corporel, à collecter et à transporter avec soin les dépouilles jusqu'à la morgue surchargée de travail.

Ils aidaient des familles au cœur brisé à tourner la page. Telle était la raison pour laquelle Zoe avait autrefois consacré tout son temps libre à ratisser le désert à la recherche de victimes. Et c'était parce qu'elle avait été dévorée par son besoin de rechercher constamment les morts qu'elle avait finalement dû arrêter.

Enfin, c'était l'une des raisons.

Zoe s'épongea à nouveau le front, puis observa autour d'elle les ombres qui s'allongeaient. C'était le début du mois de janvier, mais la journée avait été anormalement chaude, même pour le désert de Sonora. Cela n'augurait rien de bon pour la saison des incendies à venir ou la chaleur mortelle de l'été. Elle but une longue gorgée de la grande gourde d'eau qui se trouvait à côté d'elle, puis elle la secoua. Elle n'en avait presque plus. Plus d'eau, et plus de temps. Elle devait se rendre au point de rendez-vous qu'ils avaient fixé à l'avance.

Frustrée, elle regarda le soleil couchant.

Le nombre de dépouilles de sans-papiers ayant franchi la frontière augmentait de façon alarmante. Peu importait que les migrants soient diabolisés dans le paysage géopolitique du moment, leurs ossements témoignaient de leur humanité et de leur désespoir. Ils ne méritaient pas d'être condamnés à mort pour leurs actes, quel que soit leur statut juridique.

La vague de tristesse manqua de la submerger lorsqu'elle déposa délicatement le chapelet dans la boîte.

C'était la fin d'une époque pour elle. La dernière fois qu'elle récupérait un corps dans cette partie du monde.

Elle avait accepté un poste universitaire, qui l'obligeait à déménager loin de l'Arizona. Une partie d'elle avait l'impression d'avoir abandonné, d'avoir échoué. Mais cette problématique dépassait le cadre d'une seule personne, de son petit groupe de bénévoles qui se trouvaient toujours du mauvais côté de la recherche. Il s'agissait d'un problème mondial, qui devait être traité au niveau international. Zoe avait des opinions bien arrêtées sur ce qui pourrait aider, et elle était déterminée à faire tout ce qui était en son pouvoir pour faire passer le message.

Elle n'abandonnait pas, mais c'était l'impression qu'elle avait en regardant les os de ce qui avait été, jusqu'à une date relativement récente, un être humain qui vivait et respirait, une personne très semblable à celle qu'elle regardait dans le miroir tous les matins.

— Zoe !

Son nom résonna au milieu du paysage rocheux.

— J'arrive ! cria-t-elle en retour, chassant une autre mouche tenace.

En souvenir du bon vieux temps, et parce qu'ils ne pouvaient pas s'en empêcher, ses amis et elle avaient décidé de passer leur dernier samedi ensemble, dans le désert, avant que Zoe n'entame son long périple en solitaire vers sa nouvelle maison à Richmond. C'était sa dernière victime, et Zoe lui montrerait le respect qu'elle méritait.

Un phénopèple poussa un « wurp » distinctif dans l'air du soir. Elle chercha autour d'elle le bel oiseau noir aux yeux rouges qui nichait au printemps dans le désert de Sonora, mais elle ne repéra pas l'individu.

Elle s'était éloignée plus qu'elle ne l'avait prévu. Ils avaient décidé de mener des recherches dans l'un des lits de rivière asséchés situés à l'ouest de la principale piste de migration, qui traverse la réserve d'une superficie de près de mille trois cents kilomètres carrés. La zone était couverte d'imposantes forêts de cactus saguaro, de magnifiques tuyaux d'orgue, de mesquites robustes et d'herbes désertiques particulières. Le sol était couvert de cosses de *cholla* et de figuier de Barbarie qui transperçaient les chaussures des imprudents.

Un colibri d'Anna mâle, au corps vert irisé et à la tête magenta, passa à toute allure en quête de nourriture.

Le soleil se couchait derrière les montagnes voisines, peignant le paysage de rouge et d'or vif, si beaux que c'en était presque douloureux à regarder. Alors que les ombres s'allongeaient, la chaleur commençait déjà, heureusement, à s'atténuer.

— Zoe !

La voix de Karina flotta à nouveau sur la brise, et un frisson parcourut la chair de Zoe. Elle regarda autour d'elle, mal à l'aise, car elle avait l'impression que quelqu'un l'observait.

Les morts ne lui faisaient pas peur.

Ce secteur était considéré comme l'un des parcs nationaux les plus dangereux du pays, et ce n'était pas seulement en raison des conditions difficiles ou des menaces que représentaient les animaux sauvages.

À point nommé, l'un des nombreux serpents à sonnette du parc agita sa queue en signe d'avertissement. Le son était suffisamment éloigné pour ne pas l'alarmer outre mesure, mais elle scruta le sol par précaution. À cette heure, les reptiles auraient dû être rentrés dans leur tanière, mais, à cause du temps plus chaud, ils étaient encore actifs.

Elle rangea ses outils et son appareil photo, se leva, retira ses gants moites pour les mettre en boule et brossa les genoux de son pantalon. Elle hissa son sac à dos léger sur ses épaules, et ramassa la boîte à contrecœur. Un reflet doré, à une vingtaine de mètres, attira son attention.

Elle fronça les sourcils et reposa la boîte sur le sol, se hâtant à présent, car la lumière déclinait rapidement. Elle se baissa pour contempler un médaillon en or sur une chaîne dont le fermoir était cassé, accroché aux piquants d'un figuier de Barbarie. Elle l'observa, les lèvres pincées. Elle se servit de son téléphone portable pour prendre quelques photos, puis glissa le collier dans une enveloppe en papier. Elle nota les coordonnées GPS sur le devant, ainsi que la date.

Déconcertée par le silence soudain, elle jeta un coup d'œil autour d'elle, et se figea en repérant une basket noir et rose, apparemment coûteuse, accrochée à une jambe inerte. Le reste du corps était dissimulé par la végétation.

Le chagrin lui serra la gorge.

— Zoe ! s'exclama la voix de Fred, plus proche à présent, résonnant sur les parois du canyon.

Fred, James et Karina s'étaient répartis de l'autre côté du lit de rivière, lorsqu'ils avaient trouvé quelque chose qui était sans doute une côte humaine.

— Cinq minutes ! leur cria-t-elle, une fêlure dans la voix.

Ses amis devaient avoir envie de quitter le désert avant la tombée de la nuit. Elle aussi. Elle s'avança en passant devant un saguaro imposant. Elle eut le souffle coupé en découvrant la scène qui s'offrait à elle.

Une femme était allongée sur le ventre, la tête tournée sur le côté. Son jean était baissé et entièrement dégagé d'une jambe, son t-shirt et son soutien-gorge étaient de travers. Il était probable qu'elle ait été agressée. Compte tenu de l'état de décomposition, cela ne faisait pas une semaine qu'elle était morte.

Merde ! Qu'est-ce qui n'allait pas chez les gens ?

— Zoe !

— Laissez-moi une minute !

Sa voix était éraillée et brisée par les larmes. Elle cligna rapidement des yeux et déglutit difficilement. Sa main tremblait lorsqu'elle se servit de son téléphone portable pour prendre une rapide série de photos. Son éclair jaillit au milieu de la pénombre qui s'installait.

Elle enregistra le point GPS et prit quelques photos supplémentaires, sous différents angles, au cas où le médecin légiste aurait des difficultés à localiser l'endroit exact le lendemain. Il n'y avait pas de réseau dans cette partie du parc, mais elle passerait un appel dès qu'elle en trouverait. De toute façon, il était peu probable que quelqu'un récupère le corps ce soir-là. Les ressources étaient limitées, et l'endroit était dangereux une fois la nuit tombée.

Elle ignora l'odeur de décomposition et le bourdonnement des insectes. Après avoir enfilé des gants en latex, elle s'accroupit et prit plusieurs photos de ce qu'il restait du visage de la femme.

Zoe repéra quelque chose de blanc nacré dans la terre. Une dent. Elle hésita, puis sortit une autre enveloppe de recueil de preuves et ramassa maladroitement la molaire, avant de la placer dans sa poche à côté du médaillon. C'était le genre de preuve qui pouvait aisément être négligée. Zoe sentit le lourd poids des responsabilités s'abattre sur ses épaules.

Elle se redressa et retira les gants, les retourna, puis les glissa dans la poche de sa veste militaire dont elle se servait pour ses déchets.

— Zoe !

La voix était plus proche, à présent. C'était Karina, qui semblait inquiète, car le désert était un endroit dangereux la nuit. Un no man's land entre pauvreté et prospérité, espoir et désespoir.

Après avoir jeté un dernier regard réticent à la morte, Zoe retourna sur le sentier principal et plaça un petit marqueur jaune de son kit à côté du cactus où elle avait trouvé le médaillon. Cela devrait aider ceux qui viendraient là à localiser le corps et à le récupérer plus facilement.

Elle ramassa sa boîte contenant les restes, tandis que ses trois amis faisaient leur apparition.

Karina posa les mains sur ses hanches, et souffla pour repousser ses cheveux.

— Nous commencions à nous inquiéter pour toi.

— Désolée, les gars, répondit Zoe, qui s'efforça de reprendre le contrôle de ses émotions en les rattrapant. J'ai trouvé deux clandestins. Quelques vertèbres et un crâne qui pourraient correspondre à la côte que tu as trouvée. Et puis, une autre victime, il y a quelques instants, dont la mort doit remonter à une semaine.

Karina inspira brusquement, choquée.

Les yeux de Fred s'écarquillèrent, marquant son inquiétude.

— Est-ce que tu vas bien ?

— Pas vraiment. Je pense qu'il y a de fortes chances qu'elle ait été agressée puis assassinée, expliqua Zoe avec un frémissement.

Tous lancèrent un regard triste vers le sentier.

— Allez, tu pourras appeler Joaquin en chemin. Quelqu'un du comté de Pima viendra la chercher.

James pinça les lèvres en signe de compassion, tandis qu'il passait une main apaisante sur le bras de Karina.

Zoe hocha la tête, observant par-dessus son épaule l'endroit où la victime gisait dans la terre. Elle se sentait mal à l'idée de laisser cette pauvre femme passer une autre nuit seule sous les étoiles. Mais celle-ci ne souffrait plus, et Zoe ferait tout son possible pour que les autorités parviennent à l'identifier, et la rendent à ses proches au plus tôt.

Il serait sans doute impossible d'obtenir justice, mais découvrir son identité constituerait un premier pas dans la bonne direction.

CHAPITRE DEUX

— **A**llons dîner dans ce restaurant de Gila Bend que nous aimons tous. Je meurs de faim ! déclara James avec un enthousiasme forcé.

Il fit demi-tour et reprit le sentier, allumant sa lampe frontale pour éclairer le chemin. Il était toujours prompt à penser d'abord à son estomac.

— Tant que je peux avoir une bière, approuva Fred en se plaçant à l'arrière du groupe.

— Et un pichet de sangria avec une paille ! ajouta Karina, tentant manifestement de détendre l'atmosphère pesante qui s'était abattue sur eux tous.

La température poursuivit sa baisse quotidienne, et Zoe frissonna. Le sentiment d'injustice que lui inspirait ce qu'elle avait vu avait réduit à néant son impression de satisfaction et d'accomplissement de la journée. Même si elle ne faisait pas cela par altruisme. Il n'était pas question d'elle.

Les deux kilomètres qui les séparaient de l'endroit où ils avaient laissé le camion de James lui parurent dix fois plus longs, car les courbatures de la journée commençaient à se faire sentir. Elle traînait les pieds. Ses bras la brûlaient sous le poids de la boîte, qui était pourtant d'une légèreté affligeante. Et ce n'était peut-être pas l'épuisement qui la tenaillait, mais plutôt la prise de conscience que c'était sans doute son dernier voyage dans cette partie du monde avant longtemps, voire pour toujours.

Le savoir faisait naître en elle un sentiment inattendu et profond, mêlant soulagement et regrets. Mais, indépendamment du nombre de fois où ses amis et elle venaient ici, du nombre de dépouilles qu'ils aidaient à retrouver et à rendre à leurs proches, il y avait toujours d'autres fins tragiques qui attendaient d'autres âmes malheureuses.

Zoe était épuisée.

Une fois arrivés sur le parking, ils déposèrent les boîtes de restes qu'ils avaient récupérés sur le plateau couvert du vieux, mais bien-aimé, camion Ford de James, puis remplirent leurs bouteilles d'eau à partir du grand conteneur en plastique que ce dernier emportait toujours avec lui lors de ses excursions dans le désert. Lorsqu'ils eurent terminé, James souleva le lourd bidon en plastique et le plaça près d'un panneau en bois marquant l'entrée de Brady's Trail. Il récupéra un bidon vide pour l'emporter chez lui et le remplir à nouveau.

Zoe grimaça, se demandant ce que dirait sa mère si elle pouvait la voir maintenant. Mieux valait ne pas y penser. Elle retira son chapeau et passa la main dans ses cheveux trempés de sueur. Elle s'éventa quelques instants, sachant que c'était peine perdue.

Ils vidèrent les déchets de leurs poches dans un sac en plastique qu'ils gardaient dans le camion. Zoe décida de garder le médaillon et la dent pour le moment. Elle les remettrait à Fred séparément, pour qu'il sache qu'ils appartenaient à la victime récente, et non à l'ancienne. Elle prit la lingette antiseptique que lui proposait Karina, et se nettoya les mains, le visage et le cou. Elle grimpa ensuite dans le camion où régnait une chaleur étouffante, appuyant prudemment sa tête contre le vinyle brûlant de la banquette arrière.

Ils baissèrent les vitres pour évacuer un peu l'air surchauffé, savourant la brise tandis que James les conduisait sur le chemin de terre accidenté.

— Cela ne va-t-il pas te manquer ? Ces paysages magnifiques, la faune et la flore, la chaleur ? l'interrogea Karina, tournant la tête depuis le siège avant.

— Les morts, le danger, la déshydratation, ajouta Fred à côté de Zoe.

Il lui prit la main, puis lui serra doucement les doigts.

Il était brun et beau. Ils avaient été ensemble autrefois, brièvement, longtemps auparavant, lorsqu'ils s'étaient rencontrés. Elle avait rompu après seulement quelques semaines, car, si elle l'appréciait, il n'y avait pas eu d'étincelle, pas d'alchimie, et ils allaient devoir passer le reste de leur vie d'étudiant à travailler en étroite collaboration. Tous deux méritaient davantage. Ils méritaient ce que James et Karina avaient.

— Honnêtement, je ne sais plus.

Elle agrippa fermement la main de Fred pendant un moment, se rappelant qu'il existait des hommes bons dans le monde, ce dont elle était reconnaissante. Puis elle le lâcha, le visage tourné vers la vitre, se sentant plus seule que jamais.

Elle repensa à la violence infligée à cette pauvre femme qu'on avait laissée se décomposer dans le désert, et elle frissonna. Ce n'était même pas la mort des cellules ou la dégradation biologique qui l'affectait, car ses études lui avaient depuis longtemps fait comprendre les mécanismes qui se cachaient derrière ces mystères. C'était la façon dont on avait disposé sans ménagement de cette femme, comme d'un déchet. Elle avait été abandonnée de la même façon que les bouteilles en plastique étaient jetées dans la nature quand elles ne servaient plus.

Zoe était consciente que la violence pouvait survenir n'importe où, mais ici, dans le désert de Sonora, elle semblait banale.

De nombreuses personnes travaillaient dur et longtemps pour identifier les victimes, mais il y avait tant de cas, et si peu d'informations, que la tâche était bien souvent accablante. Il était impossible de trouver des réponses pour tout le monde.

— Tu me manques déjà, déclara Karina en reniflant. Je déteste le fait que tu déménages si loin de tes meilleurs amis.

Elle passa la main derrière son siège et serra la jambe de Zoe.

— Tu me manques aussi, répondit-elle, attrapant la main de son amie. Vous devriez tous venir me voir. La Virginie est sympa, et mon nouveau boulot m'enthousiasme.

— Attends de commencer à enseigner, marmonna Fred. Tu seras moins heureuse à ce moment-là.

Il travaillait au Southwest Center de l'université de l'Arizona, où ils avaient tous les quatre mené leurs travaux de fin d'études.

Le camion de James se mit à cahoter sur la terre inégale et dure jusqu'à ce qu'ils atteignent le chemin stabilisé. Le trajet était accidenté et extrêmement inconfortable, mais c'était bien mieux que de marcher.

Dès qu'ils atteignirent la I-85 et qu'ils récupérèrent le réseau cellulaire, Zoe appela Joaquin Rodriguez, son enquêteur favori du bureau du médecin légiste local.

— Salut, répondit ce dernier, un sourire dans la voix. Que se passe-t-il ?

— Nous avons quelques boîtes pour toi, un ou deux clandestins que nous pensions déposer ce soir, mais il est plus tard que nous ne l'avions prévu...

Fred l'interrompit.

— Dis-lui que je les apporterai demain, ou lundi matin après ton départ, proposa-t-il.

Cela leur permettrait de s'épargner au moins deux heures de route ce soir-là.

— Parle-lui de ce que tu as trouvé d'autre.

— Lundi, ce sera parfait, commenta patiemment Joaquin, qui entendait la conversation.

Quelques jours de plus ne feraient pas une grande différence quand les familles avaient déjà attendu si longtemps.

— Qu'as-tu trouvé ?

— Une jeune femme. Selon moi, elle est morte depuis moins d'une semaine. Je t'enverrai les photos que j'ai prises avec mon portable. Je pense qu'elle a possiblement été victime d'une agression sexuelle, l'informa Zoe, s'efforçant de parler d'une voix égale. J'ai balisé le sentier avec une étiquette jaune, mais c'est à l'écart.

Elle lui fournit les coordonnées GPS de mémoire.

— D'accord, dit Joaquin, la voix plus dure. Je ne suis pas de garde aujourd'hui. C'est l'anniversaire de Rosy, mais je sais que l'équipe a déjà été appelée sur un incendie de maison à Summit, où il pourrait y avoir plusieurs victimes.

Les enquêteurs rechignaient à se rendre de nuit dans des endroits vraiment isolés, surtout parce qu'ils travaillaient souvent seuls.

— Je vais en informer le service des parcs nationaux, et assurer la coordination des opérations. J'enverrai quelqu'un à l'aube.

— J'ai quelques petits éléments de preuve, je craignais qu'ils ne soient pas détectés, c'est pourquoi je les ai documentés et collectés, expliqua Zoe. Je les transmettrai à Fred avant de partir. La personne qui se rendra sur les lieux aura besoin d'aide pour déplacer le corps. Il se trouve à plus d'un kilomètre du point d'accès le plus proche pour les véhicules, et le terrain est rocailleux.

— Mon assistante appréciera ces informations.

Zoe avait envie de dire qu'elle les rejoindrait là-bas, mais elle n'avait pas le temps. Elle n'aurait su expliquer l'attraction qu'exerçait sur elle cette victime particulière. Au cours des six dernières années, elle avait découvert des dizaines de corps, et, si elle les pleurait tous, certains morts l'affectaient plus que d'autres.

Mais, elle avait beau vouloir rester, elle ne le pouvait pas. Elle devait lâcher prise. Elle avait une longue route à faire pour rejoindre son nouveau poste. Elle devait couper le cordon une fois pour toutes. Cette femme morte serait entre de bonnes mains avec l'équipe de Joaquin. Les meilleures mains.

— Bon, dit-elle d'une voix faible. Merci.

— Allez vous amuser, les gars. Vous ne pouvez pas consacrer toute votre vie au travail et ne pas vous amuser, vous savez, leur rappela Joaquin, et Zoe crut entendre des rires d'enfants en arrière-plan. Vous êtes tous encore jeunes. Allez vous saouler et faire la fête.

— Tu parles comme mon père, répondit Zoe, souriant à contrecœur.

Joaquin ricana.

— J'ai l'impression d'être ton père, l'argent en moins.

— Au moins, tu as des cheveux.

— Eh bien, c'est déjà ça ! s'exclama Joaquin dans un éclat de rire, avant de lui dire au revoir.

— Qu'a-t-il dit ? s'enquit James depuis le siège conducteur.

— Que nous devrions aller nous amuser.

— Nous amuser ? répéta Karine avec un petit rire. Qu'est-ce que c'est que ça ?

L'air découragé, Fred regarda par la vitre le peu qu'il restait du magnifique coucher de soleil.

— Il n'a pas tort. Aucun d'entre nous ne sait comment se détendre sans une truelle dans les mains.

De plus en plus déstabilisée, Zoe rangea son téléphone.

Sans doute parce que ces gens allaient terriblement lui manquer. Ce déménagement n'était pas temporaire. Elle entamait un nouveau chapitre de sa vie. Rien ne serait plus jamais pareil pour eux quatre. Et cette prise de conscience l'effrayait.

Une heure plus tard, ils s'arrêtaient devant leur restaurant préféré à Gila Bend, qui accueillait principalement des touristes. Il y avait un motel à proximité, avec une piscine, où ils avaient souvent séjourné par le passé. Zoe entendait les gens s'éclabousser bruyamment dans l'eau. Des camping-cars étaient garés de l'autre côté de l'autoroute.

Cette ville était un véritable aimant pour les migrants. Les trafiquants s'arrangeaient souvent pour aller à la rencontre de ceux qui avaient survécu à la traversée du désert, avant de les aider à passer à l'étape suivante de leur voyage à travers les États-Unis.

Zoe étira ses membres raides en descendant du camion. Elle remarqua les regards inquisiteurs d'un groupe d'hommes qui se tenaient à l'extérieur du motel. Ils étaient vigilants et méfiants, les scrutant de la tête aux pieds, elle et ses amis à l'air crasseux.

Un homme en particulier attira son attention. Des cheveux coupés court, un physique séduisant de bad boy, et le corps qui allait avec. Il était également armé. À en juger par son apparence, il devait appartenir aux forces de l'ordre ou à l'armée.

Il accrocha son regard et lui adressa un demi-sourire éblouissant.

Boum.

Ses ovaires explosèrent en un million de particules de désir.

— Zoe ! l'appela Fred d'un ton sec.

Le charme était rompu ; elle reporta son attention sur son ami. Cilla.

— Oui ?

Les yeux sombres de Fred passèrent d'elle aux hommes, avant de revenir.

— Tu viens ?

— Euh... Oui.

Sa bouche était sèche et pâteuse, et elle avait vraiment besoin d'un verre. Posant un pied devant l'autre, elle entra avec eux dans le restaurant et ils s'installèrent à une table. Puis elle alla se rafraîchir dans les toilettes.

Elle grimaça devant son reflet. Des gouttes de sueur perlaient sur son front, et son visage était rougi. Ses cheveux se dressaient dans tous les sens. Malgré les couches de crème solaire dont elle s'était couverte, le soleil avait brûlé son nez et ses pommettes. Ses lèvres étaient sèches et craquelées.

Tu es superbe, Zo.

Elle s'amusait d'avoir eu le culot de mater le beau gosse à l'extérieur. Son sourire avait sans doute été le prélude à un rire, ou à de la pitié. Mais c'était bien plus agréable de penser à ce magnifique spécimen alerte et viril plutôt que de se souvenir des cadavres et des ossements qui avaient peuplé sa journée. L'étranger lui rappelait la joie et la distraction inhérentes au sexe, une activité qui avait cruellement manqué dans sa vie ces derniers temps.

Elle passa une serviette en papier humide sur sa nuque, puis glissa ses doigts mouillés dans ses cheveux, renonçant à leur donner un aspect un tant soit peu maîtrisé.

Quand elle retourna à la table, Karina, James et Fred étaient en train d'attaquer une assiette de nachos, accompagnée de deux bouteilles de bière blonde.

Zoe se glissa dans le box à côté de Fred et regarda Karina poser sa main sur les épaules de son fiancé avant de l'embrasser sur la joue. Cette jeune femme était l'une des plus belles personnes qu'elle ait jamais rencontrées. La romantique qui se trouvait en Zoe trouvait très amusant que sa superbe amie soit complètement amoureuse de James, le rouquin le plus pâle et le plus mal à l'aise en société de ce côté de l'Atlantique.

Zoe se tourna ensuite vers Fred et découvrit qu'il l'observait avec une lueur dans le regard qu'elle ne lui avait pas vue depuis des années.

Cela la surprit.

Elle s'écarta un peu, subrepticement, assez pour créer un écart physique. Elle ne voulait pas donner à son ami l'impression qu'elle était prête à raviver une ancienne flamme. Pas ce soir. Ni jamais.

Elle croyait que leur relation était claire. Ils étaient amis. Rien de plus.

Après sa dernière liaison désastreuse, elle ne souhaitait pas avoir de relation. Pas maintenant. Elle était trop attachée à sa liberté. Mais une aventure passionnée, anonyme, sans attaches, du genre « prends-moi contre le mur jusqu'à l'extase s'il te plaît » ? L'image de l'inconnu surgit dans son esprit.

Non... Cela ne lui déplairait pas du tout.

Mais elle n'avait aucunement l'intention de mener Fred en bateau ni d'embrouiller les choses. Elle tenait trop à lui pour faire cela.

Karina et elle commandèrent de la sangria, et le moment de gêne s'estompa. Ils commandèrent davantage de nourriture, et, quand leurs fajitas au poulet arrivèrent, elle avait si faim qu'elle les engloutit. Elle consulta la carte des desserts avec envie, mais il se faisait tard, et ils n'avaient pas vraiment le temps.

Zoe bâilla longuement.

— Je pense que nous devrions y aller.

— Ou bien..., commença Karina en agitant son doigt. Nous pourrions boire encore quelques verres et rester au motel. Et nous rendre à Phoenix à la première heure demain matin. Tu pourrais quand même être sur la route à midi, comme prévu.

Zoe haussa les sourcils. Karina était la personne la moins spontanée qu'elle connaissait.

— Ont-ils au moins des chambres libres ?

Zoe repensa au groupe d'hommes qu'elle avait vus dehors plus tôt. Elle en avait compté dix, et il y en avait peut-être plus. Il se pouvait que le motel soit complet.

Karina sortit son téléphone portable et trouva le numéro de l'établissement qu'elle composa. Elle plaqua sa main sur son oreille et se leva pour se déplacer vers un endroit un peu plus calme. Au même moment, le groupe d'hommes entra et s'installa à une grande table réservée près du mur du fond.

L'homme qui avait attiré son attention croisa à nouveau son regard, puis il reporta ses yeux vers Fred, dont la main était posée sur le dossier de la banquette derrière elle.

La bouche de Zoe s'assécha. Elle était plus que troublée par ses récentes rêveries.

Karina rebondit sur le siège en vinyle souple et laissa échapper un halètement plaintif, le téléphone toujours appuyé sur son oreille.

— De combien de chambres avons-nous besoin ?

Fred haussa les épaules et regarda Zoe. En temps normal, elle aurait été d'accord pour partager, mais elle ne voulait pas donner une mauvaise impression à qui que ce soit ce soir. Son départ bouleversait leur équilibre habituellement heureux, et peut-être Fred essayait-il simplement de résister à ce changement de la seule façon qu'il connaissait.

— Prends-en trois, s'il y en a assez de disponibles. Je suis tellement épuisée que je m'attends à ronfler comme un train de marchandises toute la nuit.

Elle remarqua le regard que Karina envoya à Fred, et elle comprit que son amie avait sans doute tenté, en coulisses, de jouer une dernière fois les entremetteuses.

Karina fit la réservation, et Zoe couvrit sa bouche pour masquer un nouveau bâillement. Ils étaient debout depuis cinq heures du matin, et ils avaient travaillé dur toute la journée.

D'autres boissons arrivèrent, et Karina leva son verre.

— À tous les bons moments que nous avons vécus au fil des ans. Nous t'aimons. Tu vas nous manquer.

Son amie lui adressa un sourire larmoyant, et la gorge de Zoe se noua.

— Vous allez tous me manquer. Vous allez devoir me rendre visite, comme vous l'avez promis. Santé !

Elle avala une gorgée de sangria en repensant aux boîtes d'ossements dans le camion, au corps de la jeune femme gisant dans le désert, et fut à nouveau frappée par le caractère surréaliste de sa journée.

Son regard fut involontairement attiré par le bel inconnu. Il était d'une beauté sauvage, avec des traits parfaitement symétriques, des pommettes hautes, des lèvres charnues, des sourcils épais.

La lueur dans ses yeux laissait présager des ennuis et c'était exactement son genre.

Elle but une nouvelle gorgée de sangria et se concentra sur ses amis. Ces trois personnes lui étaient précieuses, et elle chérissait leur présence dans sa vie. Ils allaient tous lui manquer cruellement.

***

Seth Hopper, opérateur de l'équipe de libération d'otages du FBI, la HRT, était frustré et irrité d'être pris au piège dans ce désert chaud et sec. Il s'ennuyait à mourir à rester confiné au motel toute la journée. Il se gelait à parcourir le désert chaque nuit. Pendant ce temps, ses coéquipiers de la HRT traquaient un tueur en série sadique, qui s'en était pris aux mauvaises personnes.

Ensuite, la petite blonde couverte de poussière était descendue du vieux camion, avait étiré ses membres et l'avait regardé comme s'il était la réponse à tous ses problèmes, et tout son monde s'était éclairé de soleil et d'arcs-en-ciel.

Malheureusement, le type qui l'accompagnait le regardait d'un mauvais œil.

Certes, Seth n'était pas vraiment en mesure de profiter de l'occasion qui lui était offerte, étant donné qu'il devait prendre un vol au milieu de nulle part dans un avenir pas vraiment lointain.

Il pouvait toujours rêver.

Ces derniers temps, sa vie manquait cruellement de raisons de sourire.

Seth était assis dos au mur tandis que l'unité tactique de la patrouille frontalière américaine, la BORTAC, avec laquelle il travaillait, était affalée sur les sièges en vinyle craquelés.

Cela faisait maintenant trois jours qu'ils séjournaient au motel voisin. Ils restaient rarement autant de temps au même endroit, mais, ce soir, ils s'en allaient. Ce lieu avait constitué un centre d'opérations pratique, même s'ils ne pouvaient pas se permettre de baisser la garde. Ironiquement, à certains endroits, si près de la frontière, il était plus sûr de faire semblant d'être l'un des méchants plutôt que de se déclarer ouvertement membre du système judiciaire.

Les gars commandèrent des assiettes de nachos et des pichets d'eau glacée. Une bière aurait été la bienvenue, mais ils devaient rester opérationnels.

— Tu t'intéresses à la jolie blonde ou à la brune sexy ? s'enquit Roger Bertrand, l'un des membres de l'équipe d'élite de la police des frontières, avec qui Seth avait été en liaison au cours de la semaine écoulée.

— J'admire le paysage, répondit Seth, soutenant le regard de Roger avec un sourire détendu.

En théorie, avec JJ Hersh, l'un des tireurs d'élite de l'équipe Gold de la HRT, ils étaient là pour un échange de trois semaines. Officiellement, ils collaboraient avec le service des douanes et de la protection des frontières des États-Unis, pour aider à procéder à des arrestations de routine de trafiquants de drogue. Officieusement, ils étaient là pour débusquer un membre de cette équipe de la BORTAC qui fournissait au cartel des données en temps réel sur la situation. Cela avait entraîné une baisse significative des saisies de drogue dans cette partie de l'Arizona au cours des six derniers mois et représentait un risque sérieux pour les opérations en cours et la sécurité.

— Tu veux que j'aille demander une pièce d'identité à son petit ami ? demanda Roger d'un air narquois.

— Et provoquer un mouvement de foule ? ricana un autre agent.

— Ne faites pas les cons, intervint sèchement Arthur, le leader de l'équipe, depuis son siège à l'autre bout de la table.

Les hommes se calmèrent rapidement : Arthur ne tolérait pas les idioties. Il était bâti comme un char d'assaut, et il était capable de se déplacer dans le désert les yeux bandés. Ce qui était une bonne chose, étant donné qu'ils effectuaient la plupart de leurs missions de nuit.

La blonde et ses amis commandèrent un nouveau pichet de sangria, et Seth sourit avec nostalgie. L'amie de la blonde était grande et mince, avec une peau mate, des lèvres pleines et des pommettes saillantes. Elle était collée au type aux cheveux roux dont la peau était d'un blanc laiteux, à l'exception des zones écarlates qu'il n'avait pas protégées avec l'écran solaire. L'homme à côté de la blonde était brun et très bronzé. Ils ne se touchaient pas, mais à les voir rire assis l'un à côté de l'autre, on devinait qu'ils étaient proches. La blonde était belle d'une manière discrète, le genre *girl next door* d'une petite ville américaine, dont il rêvait depuis le lycée. Non pas qu'aucune de ces filles n'ait jamais été intéressée par un gars comme lui. En tout cas, pas en public. En privé, sous les gradins ou à l'arrière de sa vieille Chevrolet, elles avaient été ravies d'apprendre à le connaître. En tant que Navy SEAL, il avait été confronté au même problème avec les groupies qui ne cherchaient qu'à ajouter un nom à leur liste de conquêtes. Pendant un certain temps, cela lui avait convenu de sortir avec des femmes qui n'étaient intéressées par rien d'autre qu'une nuit de sexe, mais au bout de quelques années, il s'était lassé.

À présent, le désir montait en lui, comme une démangeaison qu'il ne parvenait pas à soulager. Malheureusement, il était trop occupé pour ne serait-ce que tenter une stratégie visant à éloigner suffisamment longtemps la blonde du type avec lequel elle était assise, pour lui demander son numéro.

Cela aurait pourtant été amusant.

Il avait bien besoin de s'amuser un peu.

Une image lui revint à l'esprit, celle de la dernière fois où il avait vraiment pris du bon temps. Cela remontait à quelques semaines seulement, lors de la fête de fin d'année avec tous les gars, dans le bar où ils aimaient se retrouver.

Une éternité auparavant.

Il serra le verre froid dans sa main alors que sa gorge se nouait et que les émotions l'envahissaient. Il avait perdu deux collègues en deux semaines, et tout le monde à la HRT était encore sous le choc.

Le chagrin submergea Seth, qui s'efforça de ne rien révéler de la douleur qu'il éprouvait. À l'exception de Hersh, ces gens n'étaient pas ses amis, et il ne dévoilait pas ses faiblesses à des ennemis potentiels.

— Que dit la météo ? demanda Seth à Arthur d'un ton bourru.

— Beau temps, répondit-il avec un sourire crispé.

C'était le feu vert pour leur opération de ce soir-là.

Seth hocha la tête, espérant qu'Arthur n'était pas le traître, car il l'aimait bien. C'était toujours terrible d'être trahi par quelqu'un qui était censé être de votre côté. Seth détestait les traîtres et ceux qui vendaient leurs collègues pour quelques dollars et quelques cents.

Hersh croisa son regard un moment, avant de détourner les yeux. Seth savait que JJ ressentait la même chose.

Ils avaient hâte que cela se termine. Ils voulaient attraper ce traître, mais ils étaient tous les deux impatients de retrouver le reste de leur équipe.

La blonde se rendit au bar, et il la suivit du regard. Son nez était légèrement brûlé, comme si elle avait passé la journée au soleil. Elle portait un pantalon moulant, et des chaussures de randonnées usées. Son t-shirt à manches courtes était couleur lavande, et le gilet vert olive qu'elle portait par-dessus disposait d'une tonne de poches pratiques, chose qu'il appréciait particulièrement. Elle pouvait être une passionnée de randonnée, une campeuse, ou peut-être une biologiste spécialiste de la faune et de la flore ou une photographe. En tout cas, il n'était pas le seul homme à l'avoir remarquée pour sa beauté discrète et son allure professionnelle.

Son ami lui lança un regard noir. *Encore.*

Merde !

Seth consulta son portable, mais il n'avait pas de nouvelles de son boss. Il tapota du bout des doigts sur la table. Il ne supportait pas bien l'inactivité, raison pour laquelle la HRT satisfaisait en général le drogué d'adrénaline qui sommeillait en lui. Mais après une journée passée dans une chambre d'hôtel sans intérêt, son énergie bouillonnait intérieurement sans qu'il puisse la libérer. Il serait bien allé courir, mais il n'était pas certain que le cartel ne les surveillait pas, attendant l'occasion de frapper, surtout s'il y avait un traître parmi eux.

Il fit rouler ses épaules.

— Je vais nager.

Il se leva et se dirigea vers la porte ; Hersh et un autre gars se levèrent et le suivirent. Seth jeta un coup d'œil de l'autre côté du bar, croisant à nouveau le regard de la femme. Il esquissa un bref sourire, constatant que leurs yeux semblaient déterminés à agir comme les pôles opposés de deux aimants.

Il lui adressa un signe de tête avant de sortir.

— Tu vas vraiment nager ? lui demanda Hersh à voix basse.

— Oui, pourquoi ?

— Je vais appeler Liv.

Les joues de son ami rougirent. C'était un jeune marié, totalement épris de son épouse.

— Pas de souci. Je vais te laisser un peu d'intimité.

Seth déverrouilla la porte de leur chambre, jeta ses vêtements sur le lit et enfila son short de bain. Il récupéra une serviette dans la salle de bains. Son équipement était déjà emballé et prêt à l'emploi dès qu'ils se mettraient en route, dans quelques heures.

Il n'aimait pas être désarmé, et il éprouvait l'impression désagréable d'être surveillé. Techniquement, en tant qu'agent du FBI, il était censé porter son arme à tout moment, mais il ne pouvait pas risquer qu'un gamin s'en empare s'il la laissait sur le bord de la piscine.

Il était peu probable, mais pas impossible, que le cartel s'en prenne à un groupe d'agents fédéraux. Seth ne pensait pas qu'ils voudraient s'attirer les foudres de l'ensemble du gouvernement américain, surtout que, de ce côté-ci de la frontière, ils préféraient faire profil bas.

L'équipe de la BORTAC comprenait des agents qui restaient sur place pour protéger leur matériel lorsqu'ils partaient en mission. Les cartels de la drogue étaient tout à fait capables de placer des traceurs sur eux et sur leurs véhicules, si bien que tout et tout le monde était régulièrement scanné. Le vrai problème, c'était que le cartel semblait déjà connaître leur destination.

Seth se dirigea vers la piscine, heureusement vidée des enfants qui avaient passé la journée à s'entraîner à faire des bombes dans l'eau. De hautes clôtures et des haies épaisses et épineuses entouraient l'eau sur trois côtés. De l'autre se trouvait une barrière de sécurité. L'espace piscine était éclairé par quelques appliques murales et des lampes dans le bassin, mais elles n'aidaient guère à chasser les ombres et leurs secrets.

Il posa sa serviette près du bord, puis il exécuta un plongeon en douceur dans l'eau. Elle était un peu trop chaude, mais, peu importait.

Une longueur, deux. Il exécuta un crawl efficace pour couvrir la distance, tout en gardant ses sens en alerte pour détecter quiconque s'approcherait.

Son esprit se libéra lentement du chagrin de la perte et de l'inquiétude pour ses coéquipiers, pour essayer de déterminer lequel de ses partenaires actuels était le plus susceptible d'être corrompu. Il misait sur Roger, un type arrogant et peu soigné. Il espérait que ce n'était ni Paul, ni Arthur, ni Ike, qui lui semblaient être des types bien. Mais il n'était pas payé pour deviner.

Des agents du bureau local du centre d'information et d'opérations stratégiques, le SIOC, situé à Phoenix, surveillaient les finances des membres de la police des frontières, la CBP. Des agents de la sécurité intérieure étaient présents sur les deux sites pour superviser l'opération.

Après vingt longueurs, Seth passa à la brasse, et en fit vingt de plus. Il y avait tellement de chlore que cela lui brûlait les yeux, mais c'était probablement une bonne chose dans les circonstances actuelles. Des rires l'avertirent que quelqu'un se dirigeait vers lui. Il nagea aussitôt vers le côté où il avait laissé sa serviette, et il sortit de l'eau. Il était en train de se sécher lorsque deux femmes hilares entrèrent. Et, oui, il était déçu que ce ne soit pas une certaine petite blonde, mais c'était la vie. Quand il était question de femmes, il avait l'habitude d'être déçu.

Bouhou.

Les deux femmes lui lancèrent des regards appréciateurs tandis qu'il enroulait la serviette humide autour de son cou. La baignade lui avait permis d'évacuer une partie de son énergie, même s'il était encore nerveux. Comme si quelque chose était sur le point de se produire.

Il adressa un signe de tête aux femmes en passant devant elles et rejoignit sa chambre, pieds nus.

Et là, se tenant devant une porte, à deux pas de la piscine, se trouvait celle qui n'avait pas quitté ses pensées depuis qu'il l'avait vue la première fois.

CHAPITRE TROIS

Elle riait avec ses deux amis, manifestement en couple, qui entraient dans la chambre voisine de la sienne. Le vieux camion rouge était maintenant garé devant le motel.

Comme si elle sentait que quelqu'un arrivait derrière elle, elle se retourna. Du point de vue de la sécurité, il aurait préféré que les amis attendent qu'elle soit bien enfermée dans sa chambre avant de la quitter ; mais peut-être son petit ami l'attendait-il à l'intérieur.

— M'dame.

Il ralentit et hocha la tête ; il ne voulait pas l'effrayer en s'approchant trop près.

Elle pencha la tête sur le côté. Ses lèvres étaient d'un rose tendre, de cette teinte délicate que l'on trouve à l'intérieur des coquillages. Ses yeux, bleu turquoise pâle, ressemblaient aux profondeurs d'un lac glaciaire.

— Armée ou forces de l'ordre ? s'enquit-elle.

Seth s'arrêta, ce fut plus fort que lui.

— Pardon ?

— J'étais curieuse de savoir si vous faisiez partie de l'armée ou d'une branche des forces de l'ordre.

Sa voix était plus grave que ce à quoi il s'était attendu et exprimait un amusement chaleureux.

— En fait, la deuxième option, admit-il. Qu'est-ce qui m'a trahi ?

— Tout.

Elle esquissa un sourire contrit, et trois fossettes parfaites se dessinèrent sur sa joue droite. Elle gardait les yeux rivés sur son visage plutôt que sur son torse ruisselant, ce qu'il apprécia.

— J'espère que vous n'êtes pas censé être sous couverture.

Il haussa les sourcils. En réalité, il était sous couverture, mais pas au sens traditionnel du terme.

— Je suis presque sûr que tous les gens du coin nous ont pris pour des fédéraux, à l'instant où nous sommes arrivés en ville.

Il fit un signe de tête en direction de leurs véhicules utilitaires sombres, fournis par le gouvernement. Elle suivit son regard et son expression se troubla.

— Oui. Rien n'évoque davantage la sécurité intérieure que les SUV noirs aux vitres teintées.

Le comportement de la jeune femme respirait l'intelligence, mais il y avait de l'amertume dans ses paroles, et c'était inattendu. Elle semblait fatiguée. Son sourire vacilla.

Il avait envie de lui demander son nom ou son numéro, mais le moment était mal choisi, car il était censé travailler.

Et merde !

Il ouvrit la bouche pour lui poser la question quand même, juste au moment où le type avec qui elle était plus tôt sortit du restaurant, et se mit en route vers eux.

Bon sang ! Il ne voulait pas causer d'ennuis à cette femme. Il laissa transparaître ses regrets dans ses yeux au moment où il fit un pas de côté.

— Prenez soin de vous.

— Vous aussi, répondit-elle, et ses yeux dérivèrent vers son torse.

Il la dépassa, échangeant avec son ami un regard chargé d'une hostilité réciproque. Seth s'arrêta devant sa propre porte et marqua une pause avant de frapper pour que Hersh le laisse entrer.

Il se retourna vers la femme aux fossettes, aux cheveux gorgés de soleil et aux yeux fatigués. Il la regarda rire avec son grand compagnon avant qu'ils n'entrent dans des chambres séparées. Seth était encore là, à la regarder comme un idiot, quand elle lui adressa un sourire entendu et ferma doucement la porte.

Il avait envie de se frapper.

Bruno Ramirez avançait dans le désert à l'avant d'une courte caravane de mules, transpirant malgré l'air glacial de la nuit. Il avait sur lui des lunettes de vision nocturne, mais ne les portait pas. Il préférait la lumière de la demi-lune qui éclairait vivement ce paysage aride qu'il connaissait mieux que son propre reflet.

Il n'aurait pas dû être là, mais il avait été informé en fin d'après-midi qu'un groupe de *gringos* importuns avait été aperçu dans les environs. Il cracha sur le sol.

Même avec les énormes sommes d'argent que le cartel dépensait en pots-de-vin, il était risqué pour quelqu'un comme lui de passer trop de temps dans cette partie du pays.

Mais, si son patron découvrait ce que Bruno avait fait, il lui arracherait la chair des os et la lui donnerait à manger, morceau par morceau, jusqu'à ce qu'il n'y ait plus rien à avaler.

Sa peau se hérissa alors qu'il se rapprochait de sa destination. Il jura quand un cactus lui écorcha le bras. Après une courte distance, il leva son poing en l'air.

— Stop.

Bruno s'approcha de la première mule, sortit une bâche et la lança vers l'un des autres hommes. Il portait des gants en cuir fins, car on n'était jamais trop prudent avec les preuves potentielles. C'était aussi pour cette raison qu'il voulait que toute trace de sa plus grande erreur disparaisse à jamais.

Il pointa l'obscurité du doigt.

Il avait choisi ces hommes pour des raisons précises : ils étaient célibataires, ne posaient pas de questions, et ils savaient se taire.

Avec un peu de chance, la patrouille frontalière américaine et les fédéraux seraient occupés ce soir-là, loin d'ici, trop affairés pour le chercher, lui ou qui que ce soit d'autre.

Le moment n'était peut-être pas si mal choisi, après tout.

Ses hommes attachèrent les mules à proximité, puis s'approchèrent calmement du cadavre avant de le rouler nonchalamment dans la bâche. Bruno eut un mouvement de recul face à l'odeur, et ne s'approcha pas trop près.

Les hommes saisirent chacun une extrémité de la bâche et déplacèrent le fardeau jusqu'à la mule qui ne portait pas de charge. Ils hissèrent le corps sur la bête, qui mâchait nonchalamment une touffe d'herbe du désert. L'un des hommes l'arrima avec une corde. Il s'apprêtait à en sortir une autre, mais Bruno le devança.

— Nous n'allons pas loin.

Il sortit une lampe de sa poche et l'orienta vers le sol, balayant du regard l'endroit où le corps avait reposé.

Le trou dans sa mâchoire inférieure était douloureux : la garce l'avait frappé au visage avec une pierre. La plaie avait formé une croûte et était en voie de guérison, mais il avait volontairement gardé profil bas, afin que personne ne se pose de questions sur l'origine de sa blessure.

Bruno ne vit rien qui ressemblait à sa dent.

Mierda.

Il soupira, parce qu'il n'avait pas le temps de chercher plus avant. Il avait beaucoup de choses à faire ce soir-là. Alors qu'il prenait la direction du sentier, il repéra quelque chose sur le sol. Se penchant plus près, il ramassa un petit marqueur en plastique dur.

Il serra le poing. Cela confirmait ses soupçons : les gringos qui se trouvaient dans le désert aujourd'hui avaient trouvé le seul corps de toute l'Amérique qu'il avait espéré être perdu à jamais.

Il se redressa et accrocha le marqueur à la poche arrière de son jean. Puis il se mit à marcher. Des coyotes jappaient au loin, poursuivant sans doute un pécari ou un lièvre de Californie dans une lutte nocturne pour la survie. Au bout de cinq minutes, il quitta le sentier pour s'enfoncer dans la nature sauvage, et il continua à marcher. Il finit par trouver un endroit adéquat, et remit une pelle à chaque homme.

Aucun d'entre eux ne parla alors qu'ils se mettaient à creuser. Bruno contempla la Voie lactée et observa son souffle former un nuage à l'expiration. Il avait passé les sept dernières années à parcourir ces collines et ces lits de rivière asséchés, en quête des meilleurs itinéraires et des meilleurs points d'arrêt pour transporter la drogue d'Amérique du Sud vers la Terre promise. Le désert était une maîtresse superbe, mais rude.

Le bruit d'une bêche fendant la terre desséchée résonna dans la nuit et le fit tressaillir. Il sortit une cigarette qu'il alluma. Il aspira la fumée dans ses poumons et sentit aussitôt la tension dans sa poitrine s'apaiser.

C'était la faute de cette femme. Il souffla.

Sa maudite faute.

Trente minutes plus tard, il consulta sa montre.

— C'est assez profond.

Les deux hommes jetèrent les pelles de côté, puis essuyèrent la sueur sur leur front. Ils déchargèrent ensuite le corps de la mule et entreprirent de dérouler la bâche.

— Laissez-la ! aboya-t-il.

Il ne voulait pas la revoir.

Sans laisser transparaître la moindre émotion, les deux hommes descendirent en silence la lourde charge dans le trou qu'ils avaient creusé. Il n'était pas aussi profond que Bruno l'aurait souhaité, mais il devrait faire l'affaire. La patrouille frontalière avait des drones. Des coyotes humains ou des migrants ignorants pouvaient tomber dessus sans le vouloir. Bruno ne voulait pas que quiconque soupçonne ce qui s'était passé dans le désert une semaine plus tôt.

Les hommes remplirent la tombe et aplanirent le sommet avec les bêches. Puis ils rangèrent les outils dans le bât des mules et tous les trois repartirent vers le sentier. Ils cheminèrent vers l'est, puis vers le sud.

Bruno laissa les hommes passer devant. Lorsqu'ils furent loin de la nouvelle tombe, il sortit sans bruit son arme de poing de son holster et tira une balle dans la nuque du plus proche. Quand le second se retourna, surpris, Bruno lui tira dans la poitrine.

Les mules s'agitèrent, effrayées. Il attrapa rapidement celle qui transportait le bât dont il avait encore besoin ? Il attacha l'animal effrayé à un petit buisson, avant de traîner les cadavres à l'écart du sentier par les pieds. Avec un peu de chance, ils ne seraient pas découverts avant très, très longtemps.

Le hurlement d'un loup en voie de disparition lui fit dresser les cheveux sur la nuque.

C'était un bon présage. Une bénédiction. Il leva les yeux vers la lune et inspira une grande bouffée d'air pur.

En temps normal, personne ne prêtait attention à la mort dans cette partie du monde ; c'était ainsi qu'il préférait que les choses se passent.

Il tira sur la longe de la mule. Il avait encore beaucoup à faire ce soir-là.

Seth était allongé dans la poussière à se geler les fesses en écoutant les coups de feu qui résonnaient dans la nuit. Les tirs venaient de plusieurs kilomètres à l'est de leur position actuelle, mais ils n'auguraient rien de bon pour le destinataire, quel qu'il soit.

Seth avait passé la demi-heure précédente à guetter les serpents et les scorpions. Il regrettait de n'avoir pas enfilé une polaire supplémentaire pour avoir plus chaud. Le problème était que, lorsqu'ils se déplaçaient, il avait chaud et commençait à transpirer, et cette transpiration se muait en glace lorsqu'ils se maintenaient en position pendant un certain temps. Et il se retrouvait exactement dans la même position qu'à ce moment-là : il frissonnait, tout en se demandant pourquoi diable il s'était porté volontaire pour cette mission particulière.

Mais il en connaissait la raison. Se plonger dans le travail était sa méthode préférée pour faire face aux problèmes de la vie réelle. Ce n'était peut-être pas la façon la plus saine de gérer les choses, mais c'était mieux que de se noyer dans l'alcool pendant trois semaines. Et s'il pouvait arrêter quelques trafiquants de drogue par la même occasion ? se dit-il, souriant intérieurement. Ce serait la cerise sur le gâteau.

Le hululement d'un hibou résonna dans l'obscurité, ramenant Seth dans sa propre réalité glacée.

L'équipe de la BORTAC avait quitté le motel et s'était rendue sur une petite piste d'atterrissage, où un hélicoptère était venu les chercher avant de les déposer dans le désert, à une quinzaine de kilomètres au nord de la frontière mexicaine, dans le Cabeza Prieta National Wildlife Refuge.

Les autorités avaient été informées plus tôt dans la journée qu'une importante cargaison de cocaïne colombienne pure traverserait l'Arizona cette nuit-là. La cabane que Seth était en train d'observer à travers sa lunette de vision nocturne était censée être le premier point de chute du voyage à travers le désert.

Les techniciens du SIOC, au siège du FBI, surveillaient les communications à l'intérieur et à l'extérieur de la zone, afin de déterminer si l'un des membres de l'équipe avait tenté d'avertir les trafiquants de drogue que la patrouille frontalière était à leurs trousses.

Avant de quitter le motel, ils avaient chargé leur matériel dans les véhicules et l'équipe de soutien s'était rendue au prochain site, à une vingtaine de kilomètres à l'ouest. Malheureusement, cela signifiait que Seth ne reverrait plus jamais la jolie blonde et, pour une raison qu'il ignorait, cela l'énervait plus que de raison.

N'aurait-il pas pu ouvrir sa bouche et lui donner son nom ? Se présenter pendant qu'elle était là, juste devant lui ? Certes, elle pouvait très bien être une taupe du cartel, donc les vrais noms, adresses et numéros de téléphone étaient hors de question. Pourtant... Il aurait pu lui demander son nom et la retrouver quand il en aurait fini en Arizona. Vérifier ses antécédents, pour s'assurer qu'elle n'était pas une criminelle avant de l'inviter à dîner...

— J'ai du mouvement, déclara Arthur à voix basse.

Seth serra et desserra les mains, pour réchauffer le doigt qui appuyait sur la détente. L'équipe était répartie le long de la piste à peine visible qui partait de la hutte. Quelque chose glissa sur la terre sèche à proximité, et seules les nombreuses années d'entraînement de Seth l'empêchèrent de paniquer et de s'enfuir en hurlant dans la nuit.

Un serpent.

Il détestait les serpents.

— Je vois deux hommes et deux mules.

Les mots d'Arthur n'étaient rien de plus qu'un murmure dans l'air glacial de la nuit, mais ils étaient parfaitement audibles grâce au système de communication personnel que tous les membres de l'équipe portaient sur eux. Ce n'était pas tout à fait l'équipement de pointe auquel Seth était habitué, mais il remplissait son office. Les membres de l'équipe portaient sur leurs uniformes des marqueurs infrarouges noir mat qui brillaient à travers les lunettes de vision nocturne et leur permettaient de s'identifier les uns les autres en tant qu'amis dans la nuit.

— Tu crois qu'il y en a d'autres qui arrivent ? murmura Seth.

Deux mules ne correspondaient guère à l'important chargement qu'on leur avait promis.

Arthur observa la scène pendant un long moment encore avant de répondre.

— On dirait qu'il n'y a que ces deux-là, annonça-t-il en reniflant. C'est mieux que rien. Personne ne bouge tant que je n'ai pas donné le signal.

Cette situation ne plaisait pas à Seth. Le cartel qui opérait dans cette région était impitoyable. Auparavant, ils étaient affiliés à *El cartel de Mano de Dios* en Colombie, avant de s'en séparer l'été précédent, à la suite d'un différend interne. Son leader, Lorenzo Santiago, figurait en bonne place sur la liste des personnes les plus recherchées par le FBI, tout comme l'un de ses subalternes, Bruno Ramirez.

Seth fit rouler son épaule. Leurs informations étaient peut-être erronées. Les plans pouvaient avoir changé au dernier moment. Ou alors le cartel avait découvert que son informateur avait été compromis, et toute cette foutue situation n'était qu'un piège.

— Il y a quelque chose qui cloche, dit Seth à voix basse.

Il s'agissait surtout d'un avertissement à l'intention de Hersh. Son collègue de l'équipe Gold ne s'était peut-être pas encore rendu compte que Seth avait l'impression d'être un lapin sur le point de tomber dans un piège et de se faire briser la nuque.

— Attendez mon ordre, leur rappela Arthur.

Se déplaçant lentement, Seth balaya avec sa lunette le paysage inhabité derrière lui. Il savait que ses collègues du FBI l'observaient d'en haut, mais le seul moyen de les contacter était de sortir le téléphone satellite caché dans son sac, et de poser des questions qui compromettraient aussitôt sa mission.

— J'ai du mouvement à six heures, annonça Hersh.

— Restez en position jusqu'à ce que je donne l'ordre, siffla Arthur.

Le bruit des sabots non ferrés raclant la terre battue indiqua à Seth que la caravane de mules était proche. Le premier trafiquant de drogue passa si près que Seth, allongé sur le sol, pouvait sentir la sueur de l'homme par-dessus la puanteur de l'animal. Il fut surpris de constater que la cible portait également des lunettes de vision nocturne, mais il n'aurait pas dû l'être.

En dépit de cette méthode de transport archaïque, les narco-trafiquants actuels disposaient de matériels extrêmement sophistiqués et d'énormes moyens financiers.

Soudain, Arthur se leva du sol au bord du chemin.

— Pas un geste ! Patrouille frontalière !

Les autres agents de la BORTAC se levèrent en criant et les mules s'enfuirent précipitamment, se cabrant et tournant. Les deux suspects ne tentèrent pas de s'échapper. Au lieu de cela, ils sortirent des armes automatiques de sous leurs capes et se mirent à tirer.

— Mettez-vous à l'abri. Ripostez, cria Arthur.

Seth plongeait déjà vers le sol au moment même où il atteignait le plus proche d'un double tir à la poitrine avec son fusil d'assaut HK416. Il ajouta une troisième balle dans la tête pour s'assurer que l'homme ne pouvait blesser personne, car, s'il portait des lunettes de vision nocturne, il fallait s'attendre à ce qu'il porte également un gilet pare-balles.

Le second passeur de drogue illumina la nuit avec un fusil d'assaut, touchant l'un des membres de l'équipe avant d'être éliminé.

D'autres coups de feu retentirent derrière eux, confirmant ce que Seth avait soupçonné : il s'agissait d'une embuscade. Il fronça les sourcils en roulant sur le sol.

Un agent de la BORTAC ayant reçu une formation de médecin commença à soigner son collègue blessé pendant que Seth parcourait la ligne. Il compta sept plaques infrarouges.

— Il nous manque quelqu'un, dit-il rapidement.

Ou bien quelqu'un avait masqué l'insigne qui les désignait comme des amis les uns pour les autres, mais comme des ennemis pour le cartel. Ce quelqu'un les avait trahis, pour qu'ils soient massacrés dans la nuit.

— Tout le monde vient à moi.

Seth se trouvait dans une position protégée, hors de portée de vue des salauds qui leur tiraient dessus depuis la crête sud.

— *Merde.*

Arthur rampa à côté de Seth alors que les balles continuaient de pleuvoir. Il dégagea son oreillette et la glissa dans sa poche.

— Ne vous servez pas des oreillettes, indiqua-t-il aux autres, qui commençaient à jurer.

Tout le monde s'empressa de retirer la sienne.

— Pourquoi pas ? s'enquit Arthur, confus.

Seth l'ignora.

— Qui n'est pas là ?

Un rapide décompte des effectifs leur permit de constater l'absence de Roger Bertrand.

— Je suppose que nous savons qui a fourni des informations au cartel, hein ? remarqua Seth, ironique.

— Qu'est-ce que c'est que ce bordel ?

— Vous vous foutez de moi ?

Les autres membres de l'équipe jurèrent à leur tour.

— Ike est mort, leur annonça le médecin, rampant sur quelques mètres pour les rejoindre.

— Couvrez vos patchs infrarouges, leur ordonna Hersh à voix basse. Ces types peuvent s'en servir pour nous cibler.

Ils constituaient des cibles idéales.

— J'ai appelé des renforts, mais ils sont à au moins une heure d'ici, annonça Arthur, qui avait l'air furieux.

Ils se trouvaient dans une vallée profonde, et il semblait que cinq ou six tireurs attaquaient leur position. Sans compter Roger, où que cette ordure se soit réfugiée.

Ce qui signifiait qu'ils n'étaient plus que six membres de la BORTAC pour riposter.

— Séparons-nous en trois paires, ordonna Arthur, pointant l'ouest, puis l'est. Voyons si nous pouvons contourner ces abrutis et les arrêter avant que l'on soit débordés.

Tous acquiescèrent et s'accroupirent rapidement pour prendre de nouvelles positions. Seth saisit le bras de Hersh.

— Tu penses à la même chose que moi ?

Hersh fit un geste rapide de la tête.

— On cherche le meilleur endroit pour s'installer.

Seth pointa du doigt un amas rocheux de l'autre côté de la piste. Hersh acquiesça et ils se déplacèrent vers l'affleurement au pas de course, les autres bloquant heureusement les attaquants avec des tirs de couverture.

JJ et lui atteignirent le bloc de rochers qui retenait encore la chaleur du soleil de la journée, et se frayèrent aisément un chemin entre les pierres.

— Je ne veux pas savoir ce qu'il y a dans ces cavités, grogna Seth alors qu'ils s'installaient.

Heureusement, il y avait assez de feuillage pour les protéger et dissimuler leurs silhouettes. Malheureusement, le feuillage en question leur était hostile.

Seth et Hersh se mirent en position, le second s'allongeant avec sa Remington dans les mains. Ce n'était peut-être pas son fusil de sniper préféré, mais à cette distance, et avec un tireur d'élite aussi doué que JJ, l'ennemi allait subir de sérieux dégâts avant même d'avoir compris ce qui se passait.

Seth s'accroupit derrière un autre rocher, repérant les lieux à l'aide de sa lunette. Les tangos ne se cachaient pas. Ils se contentaient d'arroser le désert de balles comme des forcenés.

— Cent quatre-vingts mètres, dix heures, annonça Seth, désignant le premier tireur.

— Je l'ai.

Hersh tira la première balle, et un grognement de surprise résonna dans la nuit. Seth estima la portée de la prochaine cible. Ce n'était pas parfait, mais c'était proche.

— Cent cinquante mètres, une heure.

Hersh fit le reste. Un autre homme à terre.

— C'est comme au bon vieux temps, déclara JJ d'un air sombre.

Seth hocha la tête. Au cours de leur passage au sein de l'école de formation des nouveaux agents, l'EFNA, ils avaient passé beaucoup de temps en binôme et à traîner ensemble. Cependant, Seth n'aurait jamais imaginé qu'ils devraient un jour faire la guerre sur leur propre sol. Pas comme ça.

— Deux cents mètres, onze heures.

Hersh fit feu à nouveau et, une fois encore, un homme tomba. Il avait beau posséder la personnalité la plus douce que l'on puisse rencontrer, il était mortel avec un fusil.

— Il en reste deux. D'après ce que je vois.

— Plus Roger, gronda Hersh.

— Plus Roger. Je n'oublierai pas cet enfoiré de sitôt, acquiesça Seth.

Les méchants ne faisaient plus de bruit à présent. Soit ils n'avaient plus de munitions, soit ils avaient compris que la mort les poursuivait dans l'obscurité. Ce n'était plus leur empire, ils ne disposaient plus de l'élément de surprise.

— Tu crois que Roger était le seul joueur véreux de l'équipe ? murmura Hersh.

Seth sortit le téléphone satellite de son sac et haussa les épaules.

— Voyons ce que le commandement peut nous dire.

— Ils s'enfuient, annonça Hersh à voix basse.

— Ils ont intérêt, répliqua Seth, affichant un sourire sombre.

En tant qu'agents du FBI, Hersh et lui n'avaient pas l'intention de tirer dans le dos d'hommes qui s'enfuyaient, à moins qu'ils ne continuent à leur tirer dessus.

Si l'appel à l'aide d'Arthur avait été entendu, il était à espérer que la patrouille frontalière se trouverait à proximité, prête à bloquer la fuite des tireurs et à les capturer tous. Surtout cet enfoiré de Judas, Roger Bertrand.

Seth aurait adoré être celui qui mettrait les menottes à ce type, mais cet honneur revenait à l'un des collègues que Roger avait vendus sans état d'âme. L'un des amis d'Ike.

Ce ne serait que justice pour un homme assez bas pour trahir les siens.

Zoe, allongée dans son lit, observait les ombres au plafond. Le climatiseur cliquetait bruyamment dans la fenêtre. Une mouche agaçante bourdonnait dans la pièce. Elle avait dormi un peu après sa douche, le contrecoup de la fatigue et de la sangria la faisant sombrer dès qu'elle s'était glissée dans le lit.

Mais, quelque chose l'avait réveillée quelques minutes plus tôt, et elle n'arrivait pas à se rendormir, alors qu'il était seulement une heure une du matin.

Ses pensées revenaient sans cesse sur la femme morte qu'elle avait trouvée ce jour-là. Elle songeait à la peur qu'elle avait dû éprouver en sachant qu'il n'y avait personne pour l'aider. À son désespoir. À sa solitude. À sa *colère*.

Agitée, Zoe changea de place et s'efforça de penser à autre chose. Aux cours magistraux qu'elle devait préparer pour l'année académique à venir. Aux subventions qu'elle devait demander. À tout le déballage qu'elle allait devoir faire dans sa nouvelle maison à Richmond. À l'enthousiasme qu'elle éprouvait à l'idée de partir en voyage d'études en Namibie l'été suivant.

Rien de tout cela ne retenait son attention. Au lieu de cela, c'était l'image de l'homme avec qui elle avait parlé si brièvement un peu plus tôt qui lui revint à l'esprit. Elle aurait aimé avoir le courage de passer un peu plus de temps avec lui, de flirter peut-être, comme l'aurait fait l'ancienne Zoe.

Elle ne connaissait même pas son nom.

Peut-être pourrait-elle se servir des relations de sa mère pour le retrouver ? Ou peut-être devrait-elle aller frapper à la porte qu'elle l'avait vu franchir plus tôt... ou même glisser son numéro dessous ?

Mais, à quoi bon ?

Elle n'aimait pas les liaisons occasionnelles et, avec son déménagement dans l'Est, que pouvait-elle espérer d'autre ? Elle avait dû s'efforcer de ne pas reluquer son corps parfait et mouillé quand il était sorti de la piscine. Si elle n'avait pas été trop récemment confrontée à un autre type au sourire arrogant et à la démarche assurée, elle aurait sans doute dit quelque chose, ou fait quelque chose, comme l'entraîner ici pour un petit coup rapide sous la douche...

Elle serra les couvertures contre sa poitrine.

C'était un chouette fantasme.

Mais il pouvait être marié, ou bien avoir une nouvelle femme chaque nuit dans son lit. Ou bien les deux. Zoe n'avait pas l'intention de le découvrir. Elle voulait simplement quelqu'un qui la fasse rêver, que son âme effrayée soit tentée par l'idée que peut-être, juste peut-être, un jour elle pourrait à nouveau faire l'amour.

Entendant un bruit à l'extérieur, elle s'assit dans son lit. Un cri. Qu'est-ce que c'était ? Des fêtards qui quittaient le restaurant seulement maintenant ?

Elle se figea.

L'une des voix nerveuses ressemblait à celle de Karina...

Zoe se dégagea des couvertures, puis jeta un coup d'œil par la fenêtre et aperçut plusieurs silhouettes qui tentaient de forcer l'arrière du camion de James.

Les boîtes !

Elle avait suggéré de les déplacer dans sa chambre, mais James l'avait rembarrée en disant que quiconque volerait son camion aurait une mauvaise surprise en accédant à l'arrière.

Mais la dernière chose qu'ils souhaitaient, c'était que quelqu'un profane les restes qu'ils avaient collectés ce jour-là. De plus, James avait besoin de son camion.

Elle enfila un leggings de yoga sous son t-shirt de nuit à manches longues en coton gris, puis saisit son téléphone portable, son doigt se posant sur le 911 alors qu'elle prenait le risque d'ouvrir la porte.

Elle se raidit en voyant apparaître une arme de poing d'apparence mortelle dans les mains d'un homme qui se tenait sur le côté. Il planta son pied dans le petit espace. Il portait une casquette rabattue sur son front, et un bandana couvrait son nez et sa bouche. Une lueur d'intelligence aiguë scintillait dans ses yeux noirs.

Pourquoi n'avait-elle pas appelé la police *avant* d'ouvrir la porte ?

CHAPITRE QUATRE

Elle tituba en arrière dans la chambre, et il la suivit.

— À l'aide, hurla-t-elle.

Sa chambre était sombre. Elle frémit en se rappelant ce qui était sans doute arrivé à la femme morte qu'elle avait trouvée dans le désert ce jour-là.

— Silence ! Je te tuerai tout de suite si tu me causes des ennuis, aboya-t-il, tendant la main tout en gardant son arme pointée sur elle. Donne-moi ton téléphone.

D'un côté, Zoe était prête à se battre, mais d'un autre, elle ne pensait pas qu'il aurait le moindre scrupule à appuyer sur la détente. Elle lui tendit son téléphone, qu'il éteignit et fourra dans sa poche.

Merde ! Était-ce un enlèvement ?

— Ramasse toutes tes affaires et mets-les là-dedans, lui ordonna-t-il en donnant un coup de pied dans son sac de toile posé sur le sol. Dépêche-toi ! Ne laisse rien derrière toi.

Elle fit ce qu'il lui demandait, prenant tout son temps, dans l'espoir que les secours arrivent. Ce ne fut pas le cas.

Savait-il qui était sa mère ? Elle enfila ses bottes de travail sans prendre le temps de mettre des chaussettes, pour le cas où il déciderait de lui refuser toute chaussure.

— Pourquoi faites-vous cela ? l'interrogea-t-elle.

Les yeux de l'homme restèrent impassibles.

— Où comptez-vous m'emmener ?

— Assez parlé ! s'exclama-t-il, levant la main comme pour la frapper, et elle tressaillit. Dépêche-toi !

Il se rendit vers la salle de bains et prit sa trousse de toilette sur le comptoir. Elle regarda la porte ouverte, mais, alors qu'elle s'apprêtait à courir, un autre homme se posta dans l'encadrement.

— C'est tout ? demanda le premier.

Zoe acquiesça.

Il saisit les poignées de son sac.

— Dehors ! aboya-t-il, pointant la direction avec son arme. Enfuis-toi, et je tire sur tes amis.

Les yeux de Zoe s'arrondirent, et son cœur se mit à battre frénétiquement. Il allait probablement leur tirer dessus de toute façon.

— Que voulez-vous ? lui demanda-t-elle, la voix éraillée.

Les yeux de l'homme parcoururent tout son corps, et elle en eut la chair de poule.

— Bouge.

À l'extérieur de la chambre, elle aperçut Fred et James qui se tenaient le visage. Du sang coulait sur le visage du premier : il avait le nez cassé. Un autre homme saisit le bras de Karina, si fort qu'elle se tortilla de douleur.

Zoe regarda autour d'elle, confuse, mais personne ne leur vint en aide. Pas même le groupe d'agents des forces de l'ordre qui séjournaient là un peu plus tôt. C'est alors qu'elle remarqua que les trois gros véhicules garés devant leurs chambres avaient disparu. Ces criminels avaient-ils attendu qu'ils soient partis ? Sans doute que oui.

Elle croisa le regard terrifié de Karina. Zoe lui adressa un sourire rassurant qui ne reflétait pas son sentiment. Puis Karina et elle furent embarquées sur le siège arrière d'un SUV déglingué, tandis que Fred et James étaient balancés à l'arrière du camion de ce dernier, les poignets attachés par une corde.

— Que se passe-t-il ? Pourquoi nous faites-vous cela ? sanglota Karina.

— La ferme ! aboya leur ravisseur.

Effrayée, Karina eut un mouvement de recul.

Zoe ignorait ce qui se passait ou pourquoi on les enlevait. En revanche, elle savait qu'elle avait quelques secondes pour appeler à l'aide avant qu'ils ne disparaissent, peut-être pour toujours.

Masquant le cadran lumineux de sa montre connectée, elle appuya sur un bouton situé sur le côté, puis fit glisser son doigt sur le bouton SOS. Non seulement le dispositif contacterait le 911, mais, plus important encore, il enverrait un message à ses parents, ainsi qu'à leur équipe de sécurité, leur indiquant sa localisation exacte. Elle pria pour que le message se connecte via le Wi-Fi du motel ou l'antenne relais voisine, même si son téléphone n'était pas allumé.

La montre fonctionnait sur le réseau cellulaire, donc, en théorie, cela devrait marcher.

Elle espérait que ses parents comprendraient que quelque chose n'allait vraiment pas et qu'ils lui enverraient de l'aide de toute urgence. Sinon, ses amis et elle seraient soit détenus contre rançon, soit sur le point d'être victimes de la traite des êtres humains, soit tués.

Elle fit tourner le bracelet de la montre de manière à ce que le cadran se trouve à l'intérieur de son poignet, pour qu'il ressemble à un bandeau anti-transpiration ou à un bijou. Elle tira sa manche.

Savaient-ils qui elle était ? Tout cela était-il de sa faute ? Sa naïveté mettait-elle en danger les gens qu'elle aimait ?

Le ravisseur l'observa par-dessus son épaule. Elle serra les dents et croisa son regard.

Elle vit le sourire dans ses yeux.

— J'aime les fougueuses, *chica*. Elles sont les plus amusantes à briser.

Un sentiment de dégoût lui envahit l'estomac et elle fut reconnaissante de ne pas vomir. Elle garda la réplique qui lui vint à l'esprit fermement bloquée derrière ses dents. Elle n'était pas complètement idiote. Elle regarda par la vitre et comprit à quel point ils étaient impuissants. Quand elle se tourna, elle vit que quelqu'un d'autre conduisait le camion de James et les suivait. Un autre véhicule rouillé cahotait sur la route derrière lui.

— Tourne-toi vers l'avant, *chica*. Tu ne me quittes pas des yeux.

Le canon du pistolet noir oscilla de manière inquiétante entre Karina et elle. L'homme avait le doigt sur la détente.

— Pourquoi faites-vous cela ? s'enquit Zoe.

Il haussa exagérément les épaules.

— Parce que je suis un homme qui sait suivre les ordres, répliqua-t-il, les yeux mi-clos. Tu ferais bien d'en faire autant.

Seth se tenait accroupi dans la terre, au-dessus du corps du membre du cartel qu'il avait abattu sur la piste. Arthur et les autres l'entouraient. Hersh se tenait en retrait, les observant tous, scrutant le désert. Il était toujours possible qu'il y ait plus d'un agent véreux dans le groupe. Seth et Hersh savaient qu'il ne fallait pas baisser la garde.

Il enfila des gants en latex et fouilla dans les poches du

défunt. De l'argent. Un téléphone portable. Il mit ce dernier dans un sachet plastique. Il prit une photo du visage de l'homme, paisible à présent, en dehors de l'impact de balle qui ornait son front. Seth se sentait navré des choix qui avaient conduit cet homme à cet endroit. Il ne regrettait pas de l'avoir tué, mais il regrettait d'avoir *dû* le faire.

Pour lui, la faute en incombait aux chefs du réseau. Les impitoyables leaders des cartels contrôlaient leurs subordonnés en leur promettant de l'argent et en les menaçant de violence. Le seul moyen de sortir de cette vie était soit la prison, soit de se retrouver ici, allongé sur le sol, sans un battement de cœur.

Seth photographia les tatouages que l'homme avait sur le cou et les avant-bras. Les bijoux qu'il portait. Ses lunettes de vision nocturne, et les armes qu'il transportait. Il recueillit ensuite ses empreintes digitales. Ils le feraient pour tous les tireurs morts, mais s'ils pouvaient obtenir rapidement une identification, cela aiderait à déterminer quel cartel devrait être ciblé, avec une réponse d'autant plus rapide.

Une unité tactique d'élite de la patrouille frontalière était tombée dans une embuscade, et un agent avait été assassiné dans l'exercice de ses fonctions. Le cartel devait savoir que le gouvernement américain ne laisserait pas cela impuni.

Les agents fédéraux convergeaient vers la zone, fermant la frontière, parcourant le désert. La CBP. Le service des parcs nationaux. Le service de la Pêche et de la Faune des États-Unis. La police douanière et de contrôle des frontières. La DEA, l'administration de contrôle des drogues. Le FBI. Les US Marshals. Seth aurait été choqué si des membres de la CIA, de la DIA et des Texas Rangers ne se présentaient pas à un moment ou à un autre.

Son téléphone satellite vibra dans sa poche, et il se rapprocha de Hersh pour prendre l'appel. C'était l'ASAC McKenzie, du SIOC, qui aidait à coordonner cette opération.

— Nous avons une nouvelle situation pour laquelle j'ai besoin de vous, le plus rapidement possible, annonça l'homme sans préambule. Nous pensons que la fille de la vice-présidente a été enlevée il y a environ vingt minutes à Gila Bend. Elle a réussi à envoyer un SOS depuis sa montre à une heure vingt-trois exactement. Nous avons aussitôt détourné le drone que nous avions en vol pour votre opération. Nous avons repéré trois véhicules, que nous pensons être impliqués, qui roulaient à grande vitesse vers le sud sur l'I-85. Les agents de la CBP se rassemblent à Lukeville, mais il est peu probable qu'ils tentent de traverser légalement.

— S'agit-il d'une diversion pour éloigner les agents au sud d'ici ? s'enquit Seth. Pour donner à Roger Bertrand le temps de s'échapper ?

— C'est possible, mais comment le cartel aurait-il pu savoir que cette femme serait dans la région ? Mon intuition me dit qu'il s'agit d'un incident distinct. Nous ne sommes même pas sûrs qu'ils sachent qui ils ont enlevé. Il se peut qu'ils aient décidé de l'emmener parce qu'elle est jolie et sans protection. Il se peut aussi qu'ils n'aient absolument aucune intention de franchir la frontière.

Le ventre de Seth se noua. Ils pourraient l'emmener dans le désert pour la violer et l'assassiner. Le cartel ciblait déjà la CBP. Cela pourrait légitimement déclencher une guerre.

— Où est son service de protection ?

— Elle a refusé la protection des services secrets.

Seth serra les dents.

— Nous connaissons la position des véhicules, et j'ai placé autant d'hommes que possible le long de la frontière. Mais si ces ravisseurs ont d'autres moyens de traverser, comme un tunnel ou un avion, ou s'ils décident de s'enfoncer dans le désert ou de disparaître dans le centre et le sud du pays...

Alors, cette femme était pratiquement morte.

Un loup hurla dans l'obscurité, et des doigts froids descendirent lentement le long de la colonne vertébrale de Seth.

— Un hélicoptère est en route vers votre position. Je veux que Hersh et vous traquiez ces types.

— De l'autre côté de la frontière ? murmura Seth, pour que les autres n'entendent pas.

— Si nécessaire... tant que vous ne vous faites pas prendre, ajouta rapidement McKenzie. Les équipes de la HRT et du SWAT de tout le pays sont déjà sur le pont pour traquer ce maudit tueur en série qui a tué l'un de vos collègues. La DEVGRU a été informée de l'enlèvement de Mlle Miller et se mobilise au cas où l'affaire prendrait une ampleur internationale. En attendant, c'est à vous de jouer.

Si l'équipe spéciale antiterroriste de l'US Navy, la DEVGRU, était impliquée, cela pourrait signifier une guerre totale entre les États-Unis et les cartels de l'autre côté de la frontière, ce que le gouvernement mexicain n'apprécierait peut-être pas.

La task force Blue ne délivrait pas de mandat d'arrêt.

— Je vais solliciter l'aide d'agents de Phoenix et de Tucson, mais ils auront au moins quatre-vingt-dix minutes de retard sur vous et n'auront pas votre formation. L'agent Hersh et vous êtes les plus proches, et la meilleure chance que nous ayons de retrouver Mlle Miller en un seul morceau.

De préférence avant l'aube, et de ce côté-ci de la frontière mexicaine.

— Qu'en est-il des agents de la CBP ici ?

Il n'aimait pas l'idée d'abandonner ces hommes qui avaient vécu l'enfer. Ils venaient de perdre l'un des leurs, à cause d'un collègue qui les avait poignardés dans le dos.

— Je ne peux pas prendre le risque de les impliquer. Des agents du FBI sont en route pour les interroger et aider à l'analyse de la scène. Il n'y a aucune trace de communication non autorisée provenant de plus d'un appareil du groupe depuis qu'il a fait silence radio.

Appareil qui appartenait sans doute à cette fouine de Roger.

— J'aimerais pouvoir les envoyer sur cette mission avec vous, mais je ne peux pas.

Une légère réverbération se fit entendre dans l'air nocturne, avertissant Seth qu'il n'avait pas beaucoup de temps pour réfléchir ou prendre une décision. Même si ce n'était pas lui qui donnait les ordres.

— Il y a beaucoup de terrain à couvrir.

Mais deux hommes pouvaient le faire en toute discrétion, surtout s'ils avaient des yeux dans le ciel. Il regarda Hersh, accroupi à côté de lui, en alerte. Les yeux de Seth s'étaient suffisamment adaptés à la lumière de la lune pour lire l'expression tendue de son ami.

— Ne laissez pas le drone la perdre.

Il raccrocha, et le bruit de l'hélicoptère s'intensifia. Arthur jeta un coup d'œil nerveux vers l'appareil. Dans cette partie du monde, il n'y avait pas que les gentils qui utilisaient ce moyen de transport.

— C'est l'un des nôtres, le rassura Seth. Hersh et moi devons partir. Les renforts sont en route.

— C'est quoi ce bordel ? s'exclama Arthur.

— Désolé. Nous avons reçu un autre appel urgent et prioritaire. Continuez à recueillir des informations sur les assaillants ici.

En même temps qu'il parlait, Seth envoya au QG celles qu'il avait déjà. Ils pourraient les communiquer à l'agent chargé du dossier et à la sécurité intérieure.

— Quelqu'un a-t-il des munitions supplémentaires ? s'enquit Hersh, tendant les mains pour récupérer de nouveaux chargeurs.

Même s'il ne connaissait pas les détails de la conversation

entre Seth et McKenzie, il en avait saisi assez pour deviner qu'il pourrait y avoir une autre fusillade. Les gars lui remirent les chargeurs supplémentaires qu'ils transportaient, et Seth espéra que les méchants étaient bel et bien partis de cette zone. Même si, pour être honnête, la plupart d'entre eux étaient morts.

— Vous n'étiez pas ici dans le cadre d'un exercice d'entraînement de routine, n'est-ce pas ? l'interrogea Arthur d'un ton grave.

Seth secoua la tête.

— Quelqu'un soupçonnait la présence d'une taupe, insista l'autre homme.

Seth acquiesça, et le regard d'Arthur se porta sur Ike, le membre de l'équipe qu'ils avaient perdu.

— Si nous avions su, si nous avions été prévenus...

Seth pinça les lèvres. Ce n'était pas ainsi que fonctionnaient les enquêtes.

— Ils me soupçonnaient aussi, n'est-ce pas ? poursuivit Arthur.

Encore une fois, Seth se tut. Comment était-il censé répondre à cette question alors que la réponse était évidente ?

— Toutes ces années passées à ce poste, et le gouvernement ne me faisait pas confiance... Ike avait une femme et des enfants, et, si nous l'avions su, nous aurions pu mutuellement surveiller nos arrières.

Arthur leva le visage vers le ciel et il poussa un long et perçant cri de frustration.

— Je suis désolé, mec. Les renforts ne vont pas tarder à arriver, lui indiqua Seth à voix basse.

La réponse d'Arthur se perdit dans le bruit de la poussière projetée et du souffle des rotors de la machine en descente. Seth et Hersh sautèrent dans le petit oiseau et le pilote redécolla aussitôt.

Ils mirent des casques et Seth renseigna son coéquipier sur la nouvelle opération.

— Avons-nous une idée de ce à quoi ressemble cette victime d'enlèvement ? demanda Hersh, vérifiant ses armes.

Seth secoua la tête, puis il envoya un message à McKenzie pour obtenir une photo de la fille de la vice-présidente, avant de sortir une carte topographique. C'est alors qu'il constata que le copilote tenait une petite tablette affichant les images d'un drone, obtenues à l'aide d'une caméra thermique, et superposées à une carte. Seth leva sa carte étanche, et repéra l'emplacement général.

Puis il observa le petit convoi de véhicules qui quittait la route pour s'enfoncer dans le désert de la vallée de Sonoyta.

Ce n'était pas bon. Ce n'était pas bon du tout.

— Déposez-nous ici, demanda Seth au copilote, lui indiquant sa carte.

L'homme hocha la tête. C'était près de la frontière, à un peu plus de neuf kilomètres au nord et à huit à l'est de la route principale.

Seth montra à nouveau l'emplacement au copilote.

— Nous irons à pied dans cette zone. Et nous prenons ceci avec nous, ajouta-t-il en pointant la tablette du doigt.

Il nota leurs numéros de téléphone portable et satellite sur une carte, et l'homme fit de même. Le copilote pourrait regarder les images du drone sur son téléphone portable, mais Seth était conscient que, si les ravisseurs se séparaient, JJ et lui auraient besoin de la meilleure résolution offerte par la tablette.

Le pilote se posa dans une clairière.

— Nous allons stationner près du point d'entrée pour passer le plus inaperçus possible, mais nous reviendrons vous chercher dès que vous prendrez contact avec nous. Laissez-moi vous donner quelques provisions.

Le copilote sortit de l'aéronef, récupéra plusieurs bouteilles d'eau dans la soute et les leur tendit, ainsi que des rations alimentaires.

— Merci. Espérons que nous trouverons ces enfoirés avant le lever du soleil.

Hersh et lui retirèrent leur casque, sortirent de l'appareil, saluèrent le pilote et le copilote, puis s'élancèrent à nouveau dans le désert froid.

La machine s'éleva dans les airs et disparut rapidement.

Son téléphone satellite bipa, annonçant l'arrivée d'un message de McKenzie, avec une pièce jointe. La photo avait été prise lors d'un mariage ou d'une autre occasion formelle, mais il reconnut malgré tout la petite blonde.

Il eut l'impression d'avoir reçu un coup de pied en plein ventre.

Il montra l'image à Hersh.

Celui-ci pinça les lèvres.

— *Merde !*

— Ouais, *merde*.

Seth essaya de ne pas penser à ce que ces types pourraient faire à une femme comme elle au milieu d'une zone désertique.

— Tu crois qu'ils ont embarqué ses amis aussi ?

Seth haussa les épaules.

— Je suppose que nous allons le découvrir.

— Bien reçu.

Seth abaissa ses lunettes de vision nocturne, et tous deux commencèrent à courir dans la nature, priant pour rejoindre la jeune femme à temps.

Karina commençait à hyperventiler.

Zoe saisit la main de son amie et s'y agrippa. Elle avait la gorge nouée par une peur si dévorante qu'elle avait du mal à respirer. Cet homme était un tueur. Elle le voyait dans ses yeux. Pour lui, ses amis et elle étaient déjà morts, et il voulait qu'elle se tienne à carreau pour ne pas l'importuner plus que nécessaire.

Elle fronça les sourcils en songeant aux paroles de son ravisseur.

— Les ordres de qui ? l'interrogea-t-elle.

Il se retourna pour la regarder, une lueur d'amusement dans ses yeux noirs. Et c'était terrifiant de voir qu'ils ne contenaient pas la moindre once d'empathie.

— *Qui* vous a donné l'ordre de nous enlever ? répéta-t-elle.

— Ils doivent savoir qui tu es, chuchota Karina.

Zoe lança un regard d'avertissement à son amie.

— Qui es-tu ? demanda l'homme, à peine intéressé.

Il paraissait sincèrement curieux. Soudain, Zoe fut certaine que tout cela n'avait absolument *rien* à voir avec sa mère.

— Mon père est producteur à Hollywood. Il a de l'argent. Il peut payer une rançon pour nous tous.

Ce n'était pas un mensonge, même s'il s'était récusé de toute position d'autorité directe dans son entreprise pour ne pas compromettre la réputation de sa femme. Zoe savait qu'elle devait gagner du temps avec leurs ravisseurs. En leur promettant de l'argent, elle parviendrait peut-être à les convaincre de les garder en vie assez longtemps pour qu'ils puissent être sauvés.

Karina se raidit et lui lança un regard.

Son ravisseur semblait sourire, même si c'était difficile d'en juger, car il portait encore son bandana.

— Hollywood, c'est factice, *chica*. Là, c'est la réalité.

Chica, vraiment ? Quel abruti !

Cependant, il y avait quelque chose d'absolument terrifiant dans son ton. Il traitait avec la mort et la destruction aussi facilement que la plupart des gens allaient chercher un *latte*. Il était l'une des raisons pour lesquelles ce désert était si dangereux ; elle savait qu'il la tuerait sans état d'âme.

— *Qui* a donné l'ordre de nous enlever ? insista-t-elle.

Il ne dit rien, se contentant de la regarder. Pour ce type, ses amis et elle représentaient quelque chose d'ordinaire. Un truc tordu de plus à ajouter à son planning hebdomadaire.

Ils cahotèrent sur la route, puis s'engagèrent sur la même piste qu'ils avaient empruntée tous les quatre plus tôt dans la journée.

Zoe jeta un coup d'œil autour d'elle.

— Où allons-nous ? Pourquoi sommes-nous ici ?

De nouveau, elle prit conscience de ce sourire caché qui plissait la peau au bord de ses yeux sombres.

— Peut-être que, si toi et tes amis appreniez à ne pas vous mêler de nos affaires, vous ne vous retrouveriez pas dans cette situation.

Karina et elle échangèrent un regard surpris. Cela ne concernait ni Zoe ni sa mère, mais leur travail.

— Nous n'enquêtons pas sur les crimes. Nous aidons les familles à retrouver leurs proches. Ne voudriez-vous pas que vos proches puissent enterrer votre dépouille s'il vous arrivait quelque chose ?

Il haussa les épaules et détourna le regard, mais pas avant qu'elle ne surprenne un changement subtil dans ses yeux. Il avait beau être habitué à donner la mort, elle ne le croyait pas aussi à l'aise avec sa propre mortalité qu'il voulait le prétendre. Peut-être aurait-il dû trouver une profession plus sûre. Et peut-être n'avait-il pas le choix.

Mais elle n'était pas prête à s'apitoyer sur son sort. La majorité de ceux qui vivaient au sud de la frontière étaient des membres de la société bons, honnêtes et travailleurs. Tout le monde faisait des choix. Mais certains étaient irréversibles.

Zoe regarda par la vitre et comprit qu'ils se dirigeaient vers l'endroit *exact* où ils s'étaient garés plus tôt dans la journée, au départ de *Brady's Trail*. Un frisson la parcourut.

Ils s'arrêtèrent et deux des hommes sortirent et inspectèrent les environs. Tous deux portaient des fusils d'assaut. Ils hochèrent la tête, le chauffeur coupa le moteur et le véhicule s'immobilisa dans la nuit froide du désert.

Zoe avait envie de regarder autour d'elle, mais le leader de ce groupe la fixait à nouveau, la mettant presque au défi de désobéir à ses précédentes instructions. Elle serra les dents, se demandant ce qu'ils attendaient, ce qu'ils faisaient là, et ce que ces hommes voulaient d'elle et de ses amis.

Elle n'avait jamais été aussi effrayée de toute sa vie, mais elle ne pensait pas que montrer sa peur lui vaudrait une quelconque pitié. Au contraire, ils y verraient sûrement un signe de faiblesse et l'attaqueraient. Elle ignorait si son SOS était parvenu à ses parents ou aux autorités. Elle ne savait même pas si cela avait de l'importance. Ses amis et elle seraient sans doute morts bien avant que les secours n'arrivent jusqu'à eux.

Quelqu'un ouvrit sa portière et la traîna à l'extérieur. Elle serait tombée si l'un des ravisseurs ne l'avait pas empoignée par le bras.

Quand elle leva les yeux, elle vit Fred et James sortir en titubant du camion de ce dernier, les mains toujours attachées dans le dos, et le visage maculé de sang frais. Les deux hommes semblaient avoir été frappés par un pistolet.

Les gars les regardèrent, Karina et elle, qui avaient été sorties de l'autre côté du SUV. Le désespoir se lisait sur leurs traits.

Les ravisseurs les entraînèrent à travers le parking et les obligèrent à s'agenouiller en ligne. La peur donna l'impression à Zoe que sa colonne vertébrale fondait alors que la terre dure appuyait sur ses rotules.

— Nous n'avons rien fait qui puisse nuire à votre organisation ou la menacer, affirma-t-elle.

— Vous commettez une grave erreur, enchaîna James. Zoe...

— Je lui ai déjà dit, l'interrompit-elle.

— Que son père était producteur à Hollywood, termina Karina, jetant un regard sombre à Zoe.

Pensaient-ils vraiment que, si ces criminels découvraient que sa mère était la vice-présidente des États-Unis d'Amérique, ils les *épargneraient* ? Cela leur vaudrait sans doute de recevoir une balle plus rapidement, voire d'atterrir dans une tombe plus profonde.

Soudain, un autre homme arriva en marchant dans l'obscurité, guidant une mule. Surprise, Zoe haleta. Il était tout de noir vêtu, grand et maigre, et portait même un bandana noir sur la bouche et le nez. Les autres ravisseurs se tinrent aussitôt prêts à agir.

Manifestement il s'agissait de l'homme qui donnait les ordres. Celui qui avait fait enlever Zoe et ses amis.

Il s'adressa à celui qui l'avait capturée à l'origine, puis se dirigea vers l'endroit où ils étaient tous les quatre agenouillés dans la terre. Dans sa main, il tenait un petit marqueur jaune, du genre de ceux qu'ils utilisaient pour indiquer la présence de preuves. Du genre de celui qu'elle avait laissé plus tôt dans l'après-midi, sur la piste, pour marquer l'emplacement du corps de la femme qu'elle avait trouvée.

Les dents de Zoe claquaient.

L'homme en noir s'arrêta en arrivant près d'elle et il resta à la fixer. Elle releva le menton et lui lança un regard noir. De toute façon, elle était presque sûre qu'il allait les tuer. Elle n'avait pas l'intention de lui faciliter la tâche ou de baisser la tête en signe de soumission.

Pas tant qu'elle parvenait à maîtriser ses nerfs.

Il s'éloigna, s'arrêta devant le camion de James et demanda à quelqu'un d'ouvrir le hayon pour lui. Il y jeta le marqueur jaune, puis tira l'une des boîtes vers lui, dont il souleva le couvercle. Zoe ne voyait pas son expression, mais il se pencha en arrière, comme s'il était dégoûté. Elle esquissa un sourire mauvais.

En dépit de son évidente répulsion, l'homme secoua la boîte ; il semblait chercher quelque chose parmi les ossements.

Il fit de même avec l'autre boîte, fureta comme s'il avait perdu un objet. Il souleva le crucifix avant de le laisser tomber à l'intérieur. Puis il jura.

— Où sont leurs téléphones ?

Le nouvel arrivant tendit la main, et son ravisseur lui remit leurs quatre téléphones portables.

Zoe ne savait pas si son portable afficherait une sorte de signal d'urgence provenant de la montre s'il le mettait en marche. Les mains derrière le dos, elle appuya à l'aveuglette sur le bouton situé sur le côté de sa montre, puis fit glisser son doigt sur le haut de l'écran dans l'espoir d'éteindre le signal sans qu'aucun de leurs ravisseurs ne le voie.

Mais l'homme en noir n'alluma pas les portables, il les jeta dans la benne du camion.

— Vous avez toutes leurs affaires ? Leurs vêtements ? Tout ? Tu en es sûr ? aboya le nouveau venu à son second.

Le ravisseur de Zoe ouvrit le coffre de la voiture dans laquelle ils avaient fait le trajet jusqu'ici et en sortit son sac de toile. L'homme en noir pointa le camion de James, et son sac y fut jeté avec tout le reste.

Merde !

— Arrosez le tout d'essence, ordonna l'homme en noir.

Zoe et ses amis se raidirent.

L'homme en noir s'approcha ensuite de sa mule pour retirer quelque chose du bât de l'animal. Zoe était partagée entre l'envie de s'enfuir et le besoin de se rouler en boule et de pleurer. Si elle s'enfuyait, il tirerait quand même sur les autres.

Elle croisa le regard de Fred à la lumière de la lune. Manifestement, il pensait la même chose.

Leur unique chance de survivre, c'était de s'enfuir *tous ensemble*.

L'homme en noir revint vers eux et jeta deux pelles aux pieds de James et de Fred. Puis il pointa du doigt le désert derrière eux et prononça un mot terrifiant.

— Creusez.

Seth et Hersh se déplaçaient furtivement tout en couvrant le terrain à un rythme rapide. Une chose était sûre, Seth n'avait plus froid.

Ils n'étaient pas loin des véhicules utilisés lors de l'enlèvement. Tous deux s'accroupirent un instant pour regarder rapidement l'image thermique du drone sur la tablette. Il y avait sept malfaiteurs, et ce qui semblait être quatre otages. Ils ne s'étaient pas enfoncés dans le désert dans des directions différentes pour embrouiller d'éventuels poursuivants, ce qui était une bonne chose et laissait supposer qu'ils ne savaient pas que les autorités étaient à leurs trousses. Au lieu de cela, ils étaient rassemblés près des voitures, sur un petit parking. Un homme les avait rejoints à pied depuis le désert, accompagné de ce qui ressemblait à une mule.

Prévoyaient-ils de faire passer la frontière à la fille de la vice-présidente de la même manière ?

Seth fit un zoom arrière avec la caméra du drone, et ne vit aucune autre personne rôdant dans les environs immédiats.

Les trois autres victimes étaient-elles les mêmes personnes avec lesquelles il avait vu Mlle Miller au motel un peu plus tôt ?

Cela semblait probable. Ils étaient espacés les uns des autres, comme s'ils étaient interrogés.

Hersh et lui avaient au départ prévu de trouver un point de vue et d'observer jusqu'à l'arrivée des renforts, mais cette configuration ressemblait davantage à une exécution qu'à un enlèvement. Peut-être les preneurs d'otages avaient-ils prévu de tuer les trois amis de Miller et de garder cette dernière ?

Seth n'avait pas l'intention de laisser une telle chose se produire. Hersh et lui s'approchèrent suffisamment près pour entendre des voix flottant dans le paysage vide.

Ils se figèrent en entendant le mot « creusez », et échangèrent des regards. Il n'y avait qu'une seule raison de creuser ici, et ce n'était pas pour chercher un trésor enfoui.

Seth pointa la carte du doigt, puis réduisit sa voix à un murmure.

— Tu fais le tour par ici. Tu reviens à ce point, et tu élimines ce type. Je vais là, expliqua-t-il en pointant un autre homme qui se tenait près des véhicules.

Les cinq autres tangos suivaient les otages qui titubaient dans le désert. Seth indiqua un autre point.

— Nous nous retrouvons là et nous réévaluons la situation.

Il était prêt à saisir l'occasion de mettre toutes les chances de leur côté. Seth rangea la tablette dans une poche à l'avant de son gilet tactique, tandis que Hersh disparaissait dans la nuit. Pendant quelques minutes, ils seraient aveugles aux mouvements de l'autre et à ce qui se passait avec les malfaiteurs. Mais, dans tous les cas, ils devaient rester en alerte et ne pas s'en remettre entièrement à la technologie.

Chacun savait comment l'autre travaillait. Hersh était peut-être un sniper, mais il avait également reçu une formation à l'assaut, la même que Seth, qui lui était un assaillant et s'entraînait régulièrement au tir avec des armes longues.

Il partit en direction de l'ouest et évita de justesse de se faire piquer par un énorme saguaro qui était sans doute en sentinelle dans le désert depuis plus de cent ans. Il se fraya un chemin à travers la végétation, conscient du mouvement à une vingtaine de mètres sur sa droite, où les malheureux captifs étaient emmenés sous la menace d'une arme. C'était l'ordre de creuser qui leur avait offert cette chance, à Hersh et à lui, même s'il était toujours à craindre que les criminels se lassent d'attendre que le trou soit assez profond et mettent tout simplement fin à la situation plus tôt que prévu. Ou bien qu'ils décident de violer les femmes à tour de rôle pendant que les hommes creusaient les tombes.

Cette idée emplit Seth de rage, mais il la repoussa pour se concentrer sur la zone de son cerveau dont il avait besoin pour faire son travail.

Savaient-ils de qui Zoe Miller était la parente ? S'ils n'avaient pas enlevé Mlle Miller parce qu'elle était la fille de la vice-présidente des États-Unis, alors pourquoi avaient-ils pris le groupe et les avaient-ils emmenés ici ?

Seth sortit son couteau KA-BAR et ne pensa plus à rien d'autre qu'à l'instant présent. Tout ce qui comptait, c'était de sauver les otages, et Miller en priorité.

Il se faufila jusqu'au bord du parking, éclairé par les phares d'une vieille berline rouillée. Il avait déjà relevé sur sa tête ses lunettes de vision nocturne, pour éviter d'être aveuglé par la lumière supplémentaire. La demi-lune brillait suffisamment pour qu'ils puissent voir.

Une odeur d'essence flottait dans l'air, ce qui prit tout son sens lorsque Seth se rendit compte qu'un homme siphonnait le carburant d'un camion rouge, celui qu'il avait vu garé à l'extérieur du motel plus tôt dans la soirée. L'homme se releva, cracha le résultat d'une aspiration manifestement malencontreuse sur le tuyau en caoutchouc, avant de verser le contenu du jerrican sur le toit et le capot du vieux véhicule.

Il fallut un moment à Seth pour localiser l'autre ravisseur. Dès que ce fut fait, il se déplaça furtivement dans l'obscurité et arriva derrière l'homme qui était en train de se soulager dans un bosquet de mesquites en bordure du parking. Seth couvrit la bouche du ravisseur d'une main, et lui trancha la gorge de l'autre. Il fit descendre le mort en silence jusqu'au sol.

Quand il regarda par-dessus son épaule, Hersh traînait le deuxième homme dans la nuit. La mule remua la queue ; manifestement, elle s'ennuyait.

Seth et Hersh se fondirent dans la nuit et abaissèrent leurs lunettes de vision nocturne, progressant ensemble dans le désert vers le reste du groupe. Enfin, ils arrivèrent en vue des captifs.

Ce que Seth découvrit n'avait pas l'air bon.

CHAPITRE CINQ

Zoe tremblait de peur en trébuchant à la suite de Karina dans la nuit. Le froid glacial pénétrait ses minces vêtements de coton ; sa peau était couverte de chair de poule, mais la température était le cadet de ses soucis.

Cinq ravisseurs les accompagnaient. Deux hommes étaient restés en arrière auprès des véhicules. Leurs chances étaient meilleures qu'auparavant, mais, malheureusement, les criminels avaient tous des armes, des lunettes de vision nocturne et des cœurs de pierre.

Ses amis et elle n'étaient pas armés, sans oublier que Fred et James avaient les mains attachées dans le dos. Pourtant, les ravisseurs allaient devoir les détacher s'ils voulaient qu'ils creusent ce qui devrait être leurs propres tombes. Leur seul espoir de survie, c'était que ses amis et elle s'enfuient et se dispersent dans le désert.

— Ne t'avise pas de penser à faire quelque chose de stupide, *chica,* dit l'homme d'une voix aussi douce que les ailes d'un hibou dans l'air de la nuit.

Elle se raidit.

Le malfaiteur qui l'avait enlevée semblait déterminé à rester près d'elle, et ce n'était certainement pas parce qu'il avait l'intention de lui offrir une quelconque protection.

— Pourquoi pas ? répliqua-t-elle, amère. Allez-vous me *blesser* si je ne fais pas ce qu'on me dit ?

Elle ne prit même pas la peine de masquer sa dérision. Elle sentit le contact dur du canon d'une arme à feu dans ses côtes.

— Il y a pire que la mort, *chica*.

Elle retroussa les lèvres.

— Vous pensez que je ne le sais pas ? s'exclama-t-elle, lançant un regard meurtrier à l'homme par-dessus son épaule. Je connais intimement la mort, et elle ne me fait absolument pas peur. Des gens comme vous, cependant...

Il rit doucement.

— Alors, tu es plus intelligente que je le pensais.

Elle plissa les yeux devant son ton condescendant.

— Pourquoi faites-vous cela ? s'enquit-elle.

Elle cherchait désespérément une trace d'humanité chez cet homme. Elle voulait qu'il les considère comme des individus, pas comme une simple ligne sur sa liste de tâches quotidiennes.

— Mes amis et moi aidons les gens qui ont le malheur de mourir ici. Nous renvoyons leurs corps à leurs proches pour qu'ils soient enterrés. Nous n'avons rien à voir avec les forces de l'ordre.

Et si elle détestait personnellement les trafiquants de drogue, cela ne regardait qu'elle. Il soupira d'un air agacé.

— Tu crois qu'il y a beaucoup de choix pour les hommes comme moi dans mon pays ?

Mon cœur saigne.

— Personne ne vous a forcés à nous enlever dans nos lits.

Sa réaction n'était manifestement pas celle qu'il attendait de la part d'une personne qu'il avait déjà étiquetée comme une bonne âme.

Il lui donna un autre coup avec le bout du canon de son arme.

— Bouge.

— Dis-leur, murmura Karina quand Zoe se rapprocha à nouveau d'elle.

— Cela ne fera aucune différence, marmonna cette dernière. Ils redouteront que les forces de l'ordre viennent nous chercher et nous tueront d'autant plus vite.

Ou bien, ils tueraient ses amis et se serviraient d'elle comme d'un moyen de pression.

Zoe entendit le bruit sifflant d'une pelle dans la terre sèche alors que leurs ravisseurs mettaient Fred et James au travail.

Elle contempla l'obscurité. Un serpent à sonnette secoua sa queue en signe d'avertissement quelque part dans le paysage nocturne désertique. Quand son ravisseur s'éloigna pour parler à son chef, elle murmura à Karina :

— Nous devons nous enfuir.

Son amie secoua légèrement la tête.

— Je ne peux pas laisser James.

— Si nous nous échappons et que nous nous séparons dans le désert, cela donnera aux garçons l'opportunité de faire la même chose, ou de se battre sans se soucier de nous.

Karina déglutit avec difficulté.

— Je ne sais pas si je peux le faire.

— Tu *dois* le faire. Plus nous les éloignerons les uns des autres, plus nous aurons de chances de nous en sortir. Se disperser, courir, se cacher. Il ne reste que quelques heures avant l'aube. Les autorités vont nous rechercher.

Fred et son ravisseur se tournèrent dans sa direction, et elle s'arrêta de parler. Elle retint son souffle, fixant docilement le sol. L'un des hommes cria à Fred en espagnol de continuer à creuser.

Tous les quatre n'avaient pas beaucoup de temps.

Lentement, quand personne ne lui prêta plus attention, Zoe fit un pas de côté. Puis un autre. En espérant que Karina suivrait. L'homme en noir dit quelque chose à ses sbires qui éclatèrent de rire, et Zoe profita de ce moment de distraction pour disparaître dans l'ombre, entre deux grands cactus. Puis elle se retourna et se mit à courir, ignorant la méchante griffure des piquants acérés sur sa peau nue.

Elle avait à peine parcouru une dizaine de mètres qu'elle entendit quelqu'un pousser un cri de colère. La poursuite s'engagea. Quelqu'un commença à tirer des coups de feu, en criant en espagnol. L'instant d'après, quelqu'un la taclait sur le côté, la plaquant au sol. Des larmes de frustration lui montèrent aux yeux.

La grande silhouette lui plaqua une main sur la bouche avant qu'elle puisse exprimer aussi sa frustration par un cri.

— Ne dites rien et restez à terre, je suis là pour vous secourir, murmura une voix chaleureuse près de son oreille.

Puis le poids disparut, elle roula sur le côté. Quand elle tourna le cou, elle distingua la silhouette sombre d'un homme en tenue de combat, agenouillé au-dessus d'elle dans l'obscurité.

Il tira un coup de feu, et elle entendit un grognement de douleur quand la balle toucha la chair.

— Mes amis sont là-bas, dit-elle, désespérée.

Plusieurs fortes explosions retentirent à proximité et l'air fut soudain saturé d'une fumée nauséabonde et du bruit de tirs d'armes automatiques.

La peur pour ses amis l'étreignit. Le soldat se rapprocha d'elle et continua à tirer. Une balle vola si près qu'elle l'entendit siffler. Il ne tressaillit pas, et se contenta d'appuyer la tête de Zoe sur le sol pendant qu'il poursuivait ses tirs.

— S'il vous plaît, ne tuez pas mes amis.

— Deux d'entre eux se sont enfuis, et l'autre s'est jeté à plat ventre sur le sol quand nous avons commencé à tirer. Les tangos battent en retraite.

Il fouilla dans son gilet tactique et lui tendit un objet dur et plat. Une tablette.

— Masquez la lumière de l'écran, et essayez de voir où tout le monde est allé. Nous ne voudrions surtout pas que quelqu'un nous surprenne par-derrière.

Zoe fit ce qu'il lui demandait, se servant de ses bras et de ses mains pour dissimuler la faible lumière. Le soldat, qui avait toujours un genou à terre, recula un peu, scrutant la zone à travers ses lunettes de vision nocturne. Il écarta la main de la jeune femme pour pouvoir jeter un coup d'œil à l'écran.

Deux silhouettes couraient vers les véhicules. Quatre étaient à plat ventre non loin. Deux personnes couraient dans le désert à l'est d'eux. Et une autre silhouette s'approchait sans bruit de l'endroit où son sauveteur et elle étaient accroupis dans la poussière. La main de Zoe agrippa la jambe du pantalon de l'homme, tandis qu'elle haletait et pointait la tablette.

Il posa sa main chaude sur son dos.

— Il est avec moi.

Quelques instants plus tard, un second soldat s'accroupissait à leurs côtés. Le premier sortit un téléphone satellite.

— Nous avons l'atout. L'atout est en sûreté. Cinq ravisseurs tués. Deux en fuite.

Cinq morts ? Elle lui tira le bras de manière pressante.

— Et mes amis ?

Soudain, la nuit s'illumina dans un gigantesque « whoosh », mélange de bruit et de lumière, tandis que des flammes s'élevaient dans le ciel à environ quarante-cinq mètres à l'ouest d'eux.

Le sauveur de Zoe ignora la jeune femme.

— Dites aux renforts de se diriger vers l'immense feu de joie qui vient d'illuminer le désert. Un camion Ford, annonça-t-il, indiquant leur emplacement. On dirait que les deux derniers ravisseurs se sont séparés, et qu'ils ont pris la fuite avec la berline et le SUV.

Il énuméra deux numéros de plaques, apparemment de mémoire.

Zoe se redressa et tenta de se mettre debout.

— Je dois aller voir mes amis.

Le soldat appuya sur son épaule, la maintenant en place.

— Pas avant que nous soyons sûrs que c'est sans danger.

— Ils pourraient être blessés.

Elle dégagea son épaule de son emprise et tenta à nouveau de se mettre debout. Cette fois-ci, il l'aida, puis récupéra la tablette qu'il rangea à l'avant de son gilet. L'énorme feu de joie permettait de bien voir malgré l'absence de lumière du soleil.

— D'accord, mais nous le faisons à ma façon. Si vous ne vous tenez pas tranquille, je vous mettrai les menottes et vous laisserai ici jusqu'à ce que je sois sûr que la situation est sans danger.

Zoe lui adressa un regard noir et répéta :

— Nous devons nous dépêcher. Ils pourraient être blessés.

— Vous êtes ma priorité.

— Et ils sont la mienne, rétorqua-t-elle, les dents serrées.

— M'dame. Les mots étaient autant une reconnaissance qu'un avertissement, mais la voix la figea.

Elle le regarda, bouche bée.

— C'était vous au motel.

Un petit sourire effleura les lèvres de son sauveur, et le cœur de Zoe fit un petit bond.

— Agent spécial du FBI Seth Hopper, m'dame. Voici l'agent JJ Hersh. Nous sommes détachés par la HRT.

— *Le FBI ?*

L'autre homme hocha la tête tandis qu'elle brossait la poussière sur ses vêtements.

— Où se trouve le reste de votre équipe ?

Plus tôt dans la journée, ils étaient au moins dix au motel, peut-être plus.

— Je crains que nous ne soyons que deux jusqu'à l'arrivée de la cavalerie.

Zoe ne comprenait pas, mais elle savait que poser plus de questions ne ferait que les ralentir, et elle voulait désespérément rejoindre ses amis.

Tous trois s'avancèrent avec une lenteur frustrante vers la clairière. Ils s'arrêtèrent dans l'ombre. L'agent qui se trouvait derrière elle la dépassa pour inspecter les corps des personnes couchées sur le sol. Il attacha les mains de chacun, même s'ils semblaient tous morts.

Elle repéra une forme sombre près de la fosse peu profonde.

— Fred... Fred !

La forme bougea ; une vague de soulagement la submergea. Son nouveau garde du corps lui saisit le bras avant qu'elle puisse atteindre son ami.

— Attendez !

Le ton de Seth Hopper n'admettait aucune discussion, et il la poussa à nouveau derrière lui. Fred, qui était roulé en boule par terre, déroula ses membres, puis s'assit dans la terre. Il leva les mains en l'air et, à la grande fureur de la jeune femme, l'agent Hopper s'approcha de Fred, le releva et le fouilla pour vérifier qu'il n'avait pas d'armes.

Fred soutint le regard de Zoe tout du long.

— Tu vas bien ?

Seth Hopper s'écarta, puis laissa partir Fred.

Soulagée, Zoe inspira lentement une bouffée d'air, si énorme qu'elle pressa douloureusement contre ses côtes. Elle acquiesça, puis elle s'avança pour entourer son ami de ses bras.

— Je suis tellement heureuse que tu sois en vie !

Fred lui rendit son étreinte et déposa un baiser sur ses

cheveux. Zoe le serra plus fort. Elle n'arrivait pas à croire qu'ils avaient tous failli mourir cette nuit-là.

Le petit ami de Zoe Miller lança un regard noir à Seth alors qu'il rapprochait la femme de lui et embrassait sa tête blonde décoiffée.

Seth détourna les yeux, car cela ne le regardait pas. C'était une chose que d'être attiré par une inconnue anonyme. C'en était une autre de craquer pour la fille de la vice-présidente des États-Unis, Madeleine Florentine.

Zoe Miller était désormais bien ancrée dans la partie « travail » de sa vie et il ne mélangeait jamais travail et plaisir, aussi tentant que cela soit.

Non pas qu'il ait jamais eu ce problème par le passé. Pas plus qu'elle ne proposait quoi que ce soit.

Seth consulta les images du drone sur la tablette.

— Vous auriez une idée de comment communiquer avec vos amis avant qu'ils n'arrivent au Texas ? demanda-t-il d'un ton un peu plus sec qu'à son habitude, mais il venait de tuer trois hommes pour sauver ces personnes.

Zoe s'éloigna de son petit ami, mit deux doigts dans sa bouche et produisit un sifflement perçant, qui résonna à des kilomètres à la ronde dans le désert.

Seth sourit malgré lui.

— Impressionnant.

Il reporta son regard sur l'écran où les deux silhouettes s'étaient arrêtées de courir.

— Revenez, Karina ! C'est sûr maintenant, cria Zoé, et Seth dut admettre qu'il était surpris qu'un tel volume sonore émane d'une personne aussi minuscule.

Sur l'écran, les deux fuyards se retournèrent lentement, s'accrochant l'un à l'autre avant de commencer à revenir prudemment dans leur direction, guidés sans doute par le phare ardent du camion en flammes.

De concert et en silence, Hersh, Zoe, le petit ami et lui se dirigèrent vers l'incendie.

— Comment se fait-il que vous soyez arrivés si vite ? Vous avez une balise sur elle ou un truc comme ça ? s'enquit Fred sur un ton un peu agressif pour un homme qui venait tout juste de se faire sauver la mise.

Zoe lui décocha un regard renfrogné.

Seth ne se laissa pas décontenancer. Ils n'étaient pas au lycée.

— Nous avons été informés, alors que nous menions une autre mission dans la région, d'une alerte d'urgence envoyée par Mlle Miller.

— Tu as demandé de l'aide ? s'étonna Fred en posant les yeux sur la femme en question.

— Oui. Je me suis servie du bouton SOS de ma Smartwatch au motel, quand les ravisseurs ne regardaient pas.

Zoe tira sur le bracelet de sa montre jusqu'à ce que le cadran apparaisse. Elle laissa échapper un petit rire essoufflé, tout en appuyant sur le bouton situé sur le côté, et la montre s'alluma.

— Je n'arrive pas à croire que ça ait marché.

— *Je* n'arrive pas à croire que vous n'ayez pas d'agent des services secrets avec vous, marmonna Seth avec irritation, mais manifestement pas assez discrètement.

— Je n'ai pas besoin d'agent des services secrets, répliqua sèchement Zoe.

Seth rentra le menton en passant près d'un cactus.

— Cinq malfaiteurs morts et une balade de minuit dans le désert sous la menace d'une arme à feu suggèrent le contraire.

Elle tressaillit : peut-être s'était-il montré un peu dur. Mais c'était vrai. Fred s'engouffra dans la brèche... évidemment.

— Êtes-vous sérieusement en train de reprocher ce fiasco à Zoe ?

— Ce n'est pas ce que j'ai dit.

Abruti. Seth serra les dents pour ne pas prononcer à voix haute l'insulte silencieuse.

— La rapidité d'esprit de M^llE Miller vous a sauvé la vie ce soir, précisa-t-il.

Il se retourna face à l'homme qui était légèrement plus grand que lui. Mais la taille ne reflétait pas le courage d'un homme ni l'ardeur au combat qu'il avait dans le cœur.

— Mais si les services secrets *avaient eu* une équipe sur votre petite amie, le cartel ne vous aurait peut-être pas attaqués au motel, et ne vous aurait pas tous traînés jusqu'ici pour vous exécuter sommairement.

Seth balaya le parking du regard avant de sortir de l'ombre, se protégeant le visage de la chaleur dégagée par le vieux camion qui brûlait encore ardemment. Il espérait que le brasier ne déclencherait pas d'incendie dans le désert, car c'était la dernière chose dont ils avaient besoin.

— Ce n'est *pas* mon petit ami, grommela Zoe avec irritation.

Seth regarda par-dessus son épaule, conservant une expression neutre malgré le fait qu'il avait envie de sourire. L'expression de Fred s'assombrit.

Cela ne changeait pas les circonstances. Pas vraiment. Elle était la fille de la vice-présidente et lui, en dépit de son statut d'élite du FBI et de la HRT, et de son passé glorieux d'ancien Navy SEAL, était un pauvre garçon des bas-fonds. *Bon sang !* Il ne savait même pas qui étaient ses vrais parents.

Il gardait les yeux rivés sur les images du drone, surveillant les deux autres victimes de l'enlèvement. Il voulait être averti le plus tôt possible si les tangos en fuite revenaient avec une nouvelle armée. Les voitures disparurent de l'écran, tandis que le drone restait au-dessus d'eux. Avec un peu de chance, le FBI avait davantage d'yeux dans le ciel et d'agents prêts à traquer ces salauds.

— Pourriez-vous me raconter ce qui s'est passé plus tôt dans la soirée ? s'enquit Seth.

— Ces brutes ont débarqué au motel alors que nous étions tous couchés. Sous la menace d'une arme, ils nous ont ordonné de monter dans leurs véhicules. Personne au motel n'a essayé de nous aider, constata Fred, un peu moins agressif maintenant.

Sa lèvre supérieure et son menton étaient maculés de sang. Il avait visiblement pris des coups.

Apparemment, les locaux savaient détourner le regard. Peut-être le motel disposerait-il d'images de sécurité qui pourraient les aider à identifier les coupables.

— Et ils ont insisté pour que nous emportions toutes nos affaires avec nous, pour y mettre le feu dans le désert.

L'expression de Zoe était troublée tandis qu'elle fixait les flammes. Elle commença par joindre les mains, puis elle se frotta vigoureusement les bras. Seth se rendit compte qu'elle avait froid. Il retira rapidement son gilet, puis la couche supérieure de son équipement tactique. En dessous, il portait un vêtement de base en laine de haute qualité qu'il retira sous les yeux ébahis des deux civils. De l'autre côté de la clairière, Hersh scrutait les environs.

La dernière chose dont il avait besoin, c'était que Zoe Miller meure d'hypothermie. Et si Seth bandait un peu ses muscles, alors quoi ? Fred l'avait agacé, et Zoe Miller avait apprécié son corps plus tôt. Il tendit le vêtement de laine chaud à la jeune femme, espérant qu'il ne sentirait pas trop la sueur.

— Mettez ça sous votre t-shirt.

Qui était ample, et à peu près aussi utile pour conserver la chaleur corporelle qu'une voile de bateau. Il lui tourna le dos, et Hersh fit de même. Il ignorait ce que faisait le « non petit ami ».

Seth sourit. Cela ne signifiait pas qu'elle était célibataire ni même qu'elle s'intéressait à lui, mais cela voulait dire que cet abruti avait été rejeté, parce qu'il craquait manifestement pour Mlle Zoe Miller.

Lui aussi. *Merde !* Ça n'arriverait pas.

— Merci, lui dit-elle avec gratitude.

— Je vous en prie.

Il remit ses propres vêtements et son gilet, puis il se retourna alors qu'elle enfilait son t-shirt par-dessus celui de Seth.

— Qu'y avait-il dans les boîtes du camion ?

Il les avait remarquées à travers les vitres sales de l'arrière lorsqu'il était passé devant le véhicule plus tôt dans la soirée. Zoe pinça les lèvres, son expression devenant soudain sinistre.

— Des restes humains.

Seth cligna des yeux. Fort.

Parmi toutes les choses qu'il s'attendait à entendre de sa bouche, cela ne figurait même pas sur la liste.

Elle remarqua sa surprise évidente et laissa échapper un rire hésitant.

— Nous sommes des anthropologues légistes. Nous nous sommes rencontrés au cours d'un long stage d'été au sein du bureau du médecin légiste du comté de Pima, auquel nous sommes affiliés. Ils nous autorisent à collecter des restes à l'état de squelette complet et à enregistrer les données correspondantes, expliqua-t-elle, et son expression devint tendue alors qu'elle regardait les flammes mourantes du camion incendié. Les chances d'identifier les personnes que nous avons trouvées aujourd'hui ont considérablement diminué.

— Nous pourrions peut-être encore obtenir de l'ADN utilisable, argumenta Fred, faisant quelques pas vers le camion avant que l'intensité de l'incendie ne l'oblige à reculer.

Que le camion constitue une sorte de bûcher funéraire fit naître chez Seth un sentiment de regret, mais l'heure n'était pas à la sensiblerie.

— Comment le cartel a-t-il su qui vous étiez ? demanda-t-il à Zoe Miller.

— Je ne crois pas qu'ils étaient au courant.

Elle prit la bouteille d'eau qu'il lui tendait, et Fred fit de même. Il fallait espérer que, quelle que soit l'agence qui débarquerait dans le désert pour y mener l'opération de sauvetage, elle n'oublierait pas d'apporter quelques provisions de base. Toutefois, il se doutait qu'ils enverraient un hélicoptère pour Zoe Miller et qu'ils l'évacueraient de la zone le plus rapidement possible.

— L'homme qui m'a enlevée m'a dit que nous avions provoqué cela nous-même, ou quelque chose de ce genre. Et que nous aurions dû nous tenir à l'écart de son désert.

La colère s'insinua dans les veines de Seth.

— Nous ne sommes pas sur les terres du cartel.

— Vous le leur direz vous-même, rétorqua Fred d'un ton amer.

Seth regarda le type se diriger vers un grand bidon d'eau en plastique posé sur un banc en bois brut pour remplir sa bouteille.

Zoe suivit son regard sceptique.

— C'est sûr. Nous l'avons laissé ici tout à l'heure. À la fin d'une journée sur le terrain, nous avons pris l'habitude de laisser sur place toute l'eau qu'il nous reste.

Leurs regards se croisèrent, et Seth vit de la défiance dans celui de la jeune femme. Croyait-elle qu'il verrait d'un mauvais œil le fait de donner de l'eau à un autre être humain, quelles que soient les circonstances ? Il n'était pas ce genre d'homme.

— C'est ici que vous étiez aujourd'hui ? À cet endroit précis ? s'enquit-il.

Zoe acquiesça.

— Nous nous sommes garés ici. Nous avons mené des recherches à environ un kilomètre à l'ouest.

Elle passa une main dans ses courts cheveux blonds. Tout en elle paraissait mignon, à l'exception de son travail et de la crispation obstinée de sa mâchoire.

Seth consulta à nouveau l'écran et constata que les deux silhouettes étaient proches, à présent. Elles s'approchaient avec précaution, au nord de leur position. Il ne pouvait pas leur reprocher de se montrer prudents ou de vérifier d'abord ce qu'il en était.

Il se déplaça pour se trouver entre les nouveaux arrivants et sa principale[1]. Par habitude, et à cause de sa formation. Qu'il le veuille ou non, elle était sa mission.

Finalement, les deux amis de Zoe arrivèrent en trébuchant dans la clairière. Le grand rouquin les regarda, bouche bée, ainsi que le camion en flammes. Le visage de la femme était hagard et gris, même à la lueur orange de l'incendie.

Il échangea un regard avec Hersh, qui s'avança. Seth lança une autre bouteille d'eau à son coéquipier qui l'attrapa d'une seule main, puis la tendit aux deux victimes. Il les fit ensuite avancer jusqu'à l'endroit où ils se tenaient tous, dans le coin sud-est du parking. C'était l'endroit le plus éloigné des flammes et des deux ravisseurs morts, mais assez proche pour se mettre à couvert en cas de besoin. C'était peu probable, mais l'entraînement n'était pas facile à oublier. Ne jamais faire de soi une cible facile. Ne jamais baisser la garde.

— Où êtes-vous blessée ? demanda Hersh à la femme qu'il aida à s'asseoir par terre.

— Tu es blessée ? s'exclama son petit ami, surpris.

Manifestement, elle ne lui avait pas dit. Zoe s'apprêtait à faire un pas en avant quand Seth lui barra la route avec son bras.

— Laissons à l'opérateur Hersh un peu d'espace pour

---

1. Personne bénéficiant d'une protection rapprochée.

travailler, suggéra-t-il, puis il tourna la tête et croisa son regard. À moins que vous n'ayez une formation médicale ?

Zoe cligna des yeux et secoua la tête. Le regard de Seth se posa sur la lèvre inférieure pulpeuse de la jeune femme, avant qu'il ne reporte son attention sur les autres.

Hersh releva le t-shirt de la seconde femme dans le dos ; il était facile de repérer le sang qui était invisible sur son jean foncé. JJ sortit sa trousse médicale de son gilet et commença à la nettoyer.

— Pourquoi ne m'as-tu pas dit que tu étais blessée ? l'interrogea son petit ami, à genoux près d'elle, l'air angoissé.

— Je ne m'en suis rendu compte qu'une fois que nous avions couru sur au moins quatre cents mètres.

La terreur était un excellent antidouleur.

— J'ai senti quelque chose me toucher quand les balles ont commencé à voler, mais je ne voulais pas m'attarder pour vérifier de quoi il s'agissait. Je me suis dit que, si j'ignorais la douleur, elle s'en irait, expliqua-t-elle d'une voix essoufflée.

Malheureusement, ce n'était pas ainsi que fonctionnaient les blessures par balle.

— Une idée de qui vous a tiré dessus ? demanda Fred avec un coup d'œil vers Seth.

Hersh et lui échangèrent un regard, qualifiant en silence ce type d'abruti.

— Nous ne tirons que sur les cibles que nous sommes en mesure d'identifier, rétorqua Seth d'un ton égal, fixant Fred d'un regard dur. Et nous savions qui étaient les menaces grâce aux fusils d'assaut qu'ils tenaient à la main.

Formation de base. Observer les mains et non le visage. Les gens ne pouvaient pas vous tirer dessus avec leur visage.

S'il était navré que cette femme ait pris une balle, c'était tout bonnement un miracle qu'il n'y ait pas davantage de blessés parmi les otages. C'était en grande partie dû au fait que

Zoe Miller avait pris la fuite, même si c'était risqué. Étant donné qu'elle ne savait pas que la cavalerie était en route, et qu'une tombe était déjà en train d'être creusée, c'était la chose la plus intelligente et courageuse à faire.

Hersh fit allonger la blessée sur une couverture thermique qu'il tira de sa trousse. Il abaissa son pantalon sur sa hanche, puis versa de la poudre hémostatique sur les plaies d'entrée et de sortie. En cas de blessure traumatique, il fallait toujours commencer par arrêter l'hémorragie, puis transporter la personne à l'hôpital le plus rapidement possible. Seth n'était pas ravi d'utiliser des méthodes de combat sur des civils, sur leur propre sol.

Hersh appliqua ensuite des compresses sur les plaies, puis les fixa solidement avec de l'adhésif. Il remonta ensuite le jean de la femme. Il entreprit ensuite de lui installer une intraveineuse de campagne.

Seth sortit son téléphone satellite pour informer McKenzie, avec qui il avait déjà travaillé plusieurs fois.

— Que se passe-t-il ? s'enquit-il sans préambule.

— L'un des otages a été blessé par balle. Les autres sont indemnes.

Zoe Miller haussa alors les sourcils. À cause du terme « otages » ? Ce n'était peut-être pas tout à fait exact, mais « victimes » ne semblait pas non plus très adapté.

— Lequel ? demanda rapidement McKenzie.

Seth se rapprocha de Zoe Miller.

— Puis-je avoir les noms de tout le monde ?

Zoe acquiesça.

— Karina Järvi. La personne qui a été blessée est Karina Järvi. Voici son fiancé, James McAllen, et notre ami, Fred Pengelli.

Fred lança un regard noir à Seth. Il n'appréciait pas d'être dans la friendzone, et il le considérait, de toute évidence, comme une menace. Ce qu'il n'était pas, bien sûr. Il ne pouvait pas se le permettre. Mais il n'avait pas l'intention de le faire savoir à l'autre homme.

— Nous envoyons un hélicoptère pour vous récupérer, vous, Hersh et Mlle Miller. Les renforts doivent arriver dans trente minutes. J'ordonne une évacuation médicale pour extraire immédiatement la blessée. Les véhicules qui ont fui la zone sont partis vers le nord et vers le sud. Nous avons des agents à leur poursuite.

Les yeux de Zoe se tournèrent vers ceux de Seth, attestant qu'elle pouvait entendre les deux côtés de la conversation. Ce dernier avait envie de demander s'ils avaient déjà attrapé Roger, mais il s'agissait d'une mission secrète et Mlle Curieuse n'avait pas d'habilitation.

— Dites à votre boss que le premier hélicoptère peut emmener Karina hors d'ici. Je dois vérifier quelque chose avant de partir, lança Zoe. Je peux me débrouiller seule, mais j'apprécierais si vous pouviez me prêter une lampe de poche et me conduire hors d'ici dans quelques heures. Je suppose que vous devrez faire venir un légiste pour qu'il vienne récupérer les corps de ces hommes, dans tous les cas ?

Pensait-elle vraiment qu'il la laisserait dans le désert sans protection ?

Sa moue obstinée lui rappelait la mule qui broutait une touffe d'herbe à proximité. Il devait attacher l'animal, car il était tout à fait possible qu'il y ait des preuves médico-légales sur son bât.

— J'ai entendu ce qu'elle a dit, annonça McKenzie d'un ton las.

— Rappelez à Mlle Miller que je suis mes propres ordres, et qu'elle devrait peut-être appeler sa mère pour lui dire qu'elle est saine et sauve, afin que, peut-être, le directeur du FBI me lâche les baskets à son tour ?

— Bien reçu, dit Seth, amusé, alors que Zoe plissait les yeux.

Un léger bourdonnement dans l'air nocturne lui indiqua que l'hélicoptère était en approche.

— Quoi qu'il arrive, Hersh et vous restez avec Miller, ordonna McKenzie d'un ton plus ferme. C'est un ordre direct, indépendamment des souhaits de Mlle Miller. Si elle refuse, placez-la en détention protectrice.

— Bien reçu.

Seth raccrocha. Il jeta un regard en coin à la femme en question.

— Je suppose que vous avez entendu ça ?

Elle afficha une moue résignée, puis tendit la main pour prendre son téléphone. Il s'y accrocha, conscient de la proximité de leurs mains, même s'ils ne se touchaient pas.

— Si vous voulez vraiment éviter de monter dans cet appareil, vous devriez peut-être attendre qu'il ait décollé pour parler à votre mère. Car, si la vice-présidente me donne l'ordre direct de vous mettre sur ce vol, je le suivrai. J'aime trop mon travail pour ne pas le faire.

Zoe Miller lui adressa un regard aussi énervé que reconnaissant.

— Quel est le meilleur endroit pour que le pilote atterrisse dans les environs ? l'interrogea-t-il en rangeant le téléphone satellite.

Toute cette zone était une scène de crime à grande échelle, que les bureaux du FBI de Phoenix et de Tucson allaient devoir traiter, tout comme la zone de l'embuscade tendue à l'équipe de la BORTAC plus tôt dans la soirée. Dans un avenir pas si lointain, ce désert grouillerait de fédéraux, de médecins légistes et de techniciens chargés de la récupération des preuves.

Les deux événements de la soirée étaient-ils liés ? Cela semblait improbable, et pourtant, rien de criminel ne se passait ici sans que les cartels ne soient au courant.

Ce qu'il savait, c'était que Hersh et lui allaient devoir remplir une quantité considérable de paperasse pour les événements de cette nuit-là, mais, au moins, les images du drone permettraient de vérifier ce qui s'était passé lors de la fusillade qui avait fait cinq morts et une blessée.

Zoe Miller pointa vers le nord.

— La route monte à une cinquantaine de mètres. Dites au pilote d'éviter tous les vieux cactus qu'il verra.

Seth acquiesça, mais il était conscient que le pilote ferait de son mieux de toute façon, plus pour le bien de sa machine que pour celui des plantes, mais le résultat était le même. Il sortit une lampe de poche, changea les réglages pour passer du rouge au blanc, et la remit à Zoe. Il échangea un regard avec Hersh.

La femme blessée changeait la donne. Le fait que Zoe Miller n'avait pas l'intention de faire ce qu'on lui demandait modifiait également la situation.

Hersh haussa les épaules. Il comprenait parfaitement ce que Seth lui indiquait sans rien dire : ils étaient coincés ici jusqu'à ce que Zoe Miller ou la vice-présidente des États-Unis en décident autrement.

— Portons Karina plus près de l'endroit où le pilote est susceptible d'atterrir, suggéra-t-il à James, qui semblait à deux doigts de s'évanouir. Vous attendrez à l'hôpital jusqu'à ce qu'un agent du FBI vienne vous interroger, d'accord ? Nous vous rejoindrons.

Seth envoya un message à McKenzie pour lui rappeler d'envoyer des agents à l'endroit où Karina Järvi serait soignée.

Les deux hommes soulevèrent la blessée entre eux. Zoe et Fred les suivaient de près ; Seth fermait la marche. Le bruit de l'hélicoptère devint de plus en plus fort, jusqu'à ce qu'il sente le souffle des rotors sur son visage. À l'aide de lampes de poche et de gestes des bras, ils orientèrent le pilote vers le nord du feu de joie sur le parking.

Il serait bien de conserver quelques preuves.

L'hélicoptère se posa, et le copilote descendit pour aider Hersh à charger la patiente et son petit ami. Karina souffrait visiblement beaucoup, et ils ignoraient ce que la balle avait touché. Elle devait être traitée immédiatement.

Hersh fit signe à Fred de les rejoindre, mais celui-ci secoua la tête et recula. Seth lui posa la main sur l'épaule et parla fort pour être entendu par-dessus le rugissement des pales :

— L'hélicoptère ne peut prendre que trois passagers. Il peut revenir pour nous. Nos ordres sont de rester avec Mlle Miller.

— Je reste aussi, cria Fred. Je peux aider.

Seth secoua la tête et élargit sa posture.

— Nous devons libérer la zone pour laisser travailler les forces de l'ordre.

— Maintenant, les forces de l'ordre s'intéressent à nous ? s'exclama Fred avec un rire amer, puis il regarda Zoe, qui les observait avec angoisse, criant pour qu'elle l'entende. Tu veux que je reste ?

— Je m'en fiche. Je veux juste que Karina se rende à l'hôpital le plus rapidement possible.

Seth ne s'en fichait pas, mais il pensait que cela passerait mieux venant d'elle.

Le copilote fit à nouveau signe à Fred d'avancer, et Seth recula de plusieurs pas. Avec un dernier regard plein d'envie pour Zoe, Fred Pengelli monta dans l'appareil, et le copilote ferma la porte avant de s'installer rapidement sur le siège avant. Le pilote attendit seulement que les harnais de sécurité soient mis en place avant de s'élever dans les airs à toute vitesse.

Zoe regarda l'hélicoptère décoller, tandis que Fred, à travers la vitre, posait sur elle un regard qui la déchira. Il y avait une part de douleur, une part de traumatisme et une part de quelque chose qui ressemblait étrangement à du chagrin. Jusqu'à ce soir-là, elle n'avait pas compris qu'il avait nourri l'espoir qu'ils se remettent ensemble après tant d'années passées à n'être que des amis.

S'il s'était agi de quelqu'un d'autre que celui qu'elle considérait comme l'un de ses meilleurs amis, elle aurait été contrariée, car elle ne l'avait jamais mené en bateau et n'avait jamais laissé entendre que ses sentiments avaient changé. Mais elle l'aimait, et il l'aimait, et parfois les émotions se mélangeaient et les limites s'estompaient.

Après la nuit qu'ils venaient de passer, la dernière chose qu'elle voulait, c'était causer plus de mal. Elle ne voulait pas qu'il sorte de sa vie, mais elle ne pouvait pas non plus feindre des sentiments qu'elle n'éprouvait pas. Il ne voudrait pas qu'elle le fasse.

L'hélicoptère vira au nord-est, les lumières se réduisant à des têtes d'épingle à mesure qu'il prenait de la vitesse et de l'altitude. Une partie d'elle aurait voulu être à bord. L'autre partie se sentait obligée de vérifier quelque chose. Sur quelqu'un.

— Croyez-vous que Karina s'en sortira ? demanda-t-elle à l'agent du FBI, Hersh, qui avait soigné son amie.

— Je l'espère, m'dame.

— Appelez-moi Zoe.

— Oui, m'dame, répondit Hersh, l'air sérieux, avant qu'un sourire ne se dessine sur ses traits juvéniles.

Seth sortit le téléphone satellite et le lui tendit.

— C'est peut-être le moment d'appeler votre mère. Ensuite, vous pourrez nous expliquer ce que nous faisons encore ici.

— À part laisser un blessé par balles aller à l'hôpital ?

Il esquissa un petit sourire.

— À part ça.

Elle se souvint qu'il était incroyablement séduisant, et que la dernière chose qu'elle souhaitait maintenant était de penser à lui autrement que comme à un agent fédéral chargé d'exécuter les ordres de sa mère. Zoe posa les yeux sur le téléphone, puis elle le prit, même s'il était hors de question qu'elle parle à sa mère maintenant. Elle ne voulait pas se disputer avec elle parce qu'elle voudrait l'obliger à quitter la zone, ou risquer que les deux hommes reçoivent des ordres qu'ils ne pourraient pas refuser. Elle ne voulait pas non plus que sa mère la fasse culpabiliser. À la place, elle appela Joaquin.

Il répondit avec un gémissement.

— Salut. Désolée de te déranger chez toi au milieu de la nuit.

Il grogna.

— Nous avons été enlevés au motel, mais nous sommes en sécurité maintenant.

— Quoi ? s'exclama Joaquin.

L'agent du FBI, Seth, lui toucha le bras pour attirer son attention, manifestement préoccupé par ce qu'elle disait et à qui. Ce contact envoya une onde de chaleur sur sa peau et la rendit hyperconsciente de l'espace qui les séparait. Son expression sévère, visible dans la lumière déclinante du feu, lui disait d'être prudente avec les détails. Mais il ne savait pas à qui elle parlait.

— Et maintenant, il va falloir envoyer plusieurs équipes de médecins légistes ici. En fait, ajouta-t-elle avec une profonde inspiration, tu pourrais gagner du temps en conduisant un conteneur réfrigéré.

— Est-ce que tu vas bien ? Et Fred, James, Karina ?

Elle entendit Joaquin se lever du lit, sans doute pour ne pas déranger sa magnifique épouse, résignée depuis longtemps.

— Karina a été blessée par balle et elle est en route pour l'hôpital. Je pense qu'elle va s'en sortir, mais…, commença-t-elle, puis elle ravala un sanglot, car son amie s'était fait tirer dessus, et qu'ils avaient tous failli mourir ce soir-là. Manifestement, je ne suis pas médecin.

Cette fois, Seth posa doucement sa main sur la sienne, qui tenait le téléphone satellite, et il secoua la tête. Elle comprit qu'il ne voulait pas qu'elle dise à qui que ce soit qu'elle se trouvait dans le désert avec seulement deux gardes du corps, quand bien même ils étaient lourdement armés.

Son ex lui aurait hurlé dessus parce qu'elle ne faisait pas ce qu'on lui demandait et lui aurait arraché le téléphone des mains avec colère.

Sa bouche devint sèche à se souvenir, mais elle le repoussa.

Elle hocha la tête pour lui indiquer qu'elle comprenait. Ces hommes lui avaient sauvé la vie, ainsi que celle de ses amis, cette nuit-là. Et cela avait entraîné la mort de cinq hommes. Cinq hommes extrêmement dangereux.

Elle s'éclaircit la gorge.

— Quoi qu'il en soit, je pense que le temps que tu arrives au point de départ de *Brady's Trail*, le FBI pourra te montrer où se trouvent les corps.

— Le FBI ?

— Ma mère a appelé les troupes.

— Heureusement que ta mère existe !

— Oui, heureusement que ma mère existe !

Zoe devait beaucoup à sa mère. Il était perturbant de penser à ce qui se serait passé si elle n'avait pas porté sa Smartwatch et si sa mère n'avait pas occupé un poste de pouvoir. Selon toute vraisemblance, elle serait en train de courir dans le désert comme une fugitive, ou de se décomposer sous une fine couche de terre tout en étant dévorée de l'intérieur par son propre microbiome et par un ensemble d'insectes opportunistes.

— Je dois y aller. J'ai un autre appel, sans doute du FBI ou du chef des rangers. Donne-moi des nouvelles de Karina dès que tu en auras, d'accord ? lui demande Joaquin.

— Je le ferai, le rassure Zoe d'une voix douce.

— On se voit plus tard ?

Elle était censée se rendre à Richmond ce jour-là, mais elle ne pouvait pas partir tant qu'elle n'était pas certaine que Karina s'en sortirait. Et elle était presque certaine que le FBI aurait des questions.

— J'y mettrai un point d'honneur. À plus tard.

Elle raccrocha, puis rendit son téléphone satellite à Seth.

Il haussa un sourcil.

— Et votre mère ?

— Elle sait que je vais bien, n'est-ce pas ? Le FBI l'a informée que j'étais vivante et indemne ? répondit-elle en le regardant sans tressaillir.

Un muscle se contracta dans sa mâchoire avant qu'il ne hoche la tête.

— Laissez-moi finir ici et je l'appellerai. D'accord ?

Les deux opérateurs échangèrent un regard inquiet.

— Cela ne prendra pas longtemps et c'est d'une importance vitale.

Ils échangèrent un autre regard, puis Seth pinça les lèvres et acquiesça.

— Très bien. Faisons vite.

CHAPITRE SIX

Elle remplit sa bouteille d'eau à partir du bidon que James avait laissé plus tôt : ils ne s'étaient pas attendus à en avoir besoin eux-mêmes, mais elle était ravie de pouvoir l'utiliser maintenant.

Les deux agents en profitèrent et firent de même. En les attendant, Zoe but une nouvelle gorgée du liquide tiède. Les flammes s'étaient affaiblies et, heureusement, aucune végétation ne s'était embrasée. La dernière chose dont ils avaient besoin, c'était un incendie en plein désert.

Le camion de James avait entièrement brûlé.

Mais le plus important, c'étaient les dégâts causés aux restes qu'ils avaient passé toute la journée à récupérer. Ces familles ne connaîtraient peut-être jamais la paix. Elle avait le cœur lourd à l'idée que leur chagrin perdurerait.

La mule tira sur la longe, et Hersh vérifia que l'animal était bien attaché avant de l'abreuver longuement.

Les flammes se réduisaient maintenant à une subtile lueur orangée, laissant un vaste vide d'un noir profond, qui semblait électriser leurs nerfs. Un coyote aboya au loin, et la sonnette d'avertissement d'un serpent en colère lui rappela les dangers naturels que l'on pouvait rencontrer dans cette partie du monde, en plus des prédateurs humains.

Zoe alluma la torche que Seth lui avait donnée plus tôt. Ce type, l'homme en noir, avait cherché quelque chose dans ces boîtes. Elle n'avait pas l'impression qu'il l'avait trouvé. Elle prit la direction des fouilles que les autres et elle avaient menées dans la journée.

Les deux agents se hâtèrent de la suivre.

— Où allons-nous ? s'enquit Seth, comme un homme qui se préparait à la bataille. Et c'était peut-être le cas.

— J'ai trouvé un corps en fin d'après-midi.

L'air froid lui glaçait la chair, mais le vêtement emprunté à l'agent Hopper l'empêchait de trembler de manière incontrôlable.

— Celui qui se trouvait dans la boîte ? lui demanda-t-il.

Zoe secoua la tête.

— Un autre. Le médecin légiste devait la récupérer à la première heure ce matin. Il est possible que les hommes qui nous ont enlevés la cherchaient. Je veux confirmer sa localisation, pour Joaquin et les autres. Ils n'auront pas beaucoup de temps à consacrer à sa recherche.

Zoe ne voulait pas que cette femme soit oubliée.

— Pourriez-vous nous indiquer la direction générale, pour que l'un de nous puisse partir en éclaireur ? s'enquit Seth, qui s'efforçait manifestement de rester patient.

Elle lui adressa un regard vif.

Sa posture et son ton étaient confiants et autoritaires, mais il semblait vouloir travailler avec elle plutôt que de l'intimider pour qu'elle fasse ce qu'il voulait.

Elle éclaira le sol avec la torche, cherchant le bon chemin.

— Le désert paraît différent la nuit et je ne suis pas vraiment sûre du chemin, mais je le reconnaîtrai quand je le verrai. Je pense que ce sera plus facile si j'y vais en premier.

— Je ne suis pas sûr que *plus facile* fasse partie de ma description de poste, répondit-il avec ironie.

Son humour la prit au dépourvu. Elle éclata de rire, puis toute la violence et la terreur de la journée l'assaillirent brutalement, et elle eut soudain du mal à respirer.

Il posa une main sur son épaule, et la pression de ses doigts était chaleureuse et rassurante.

— Hé.

— Tout va bien. Je m'occupe de vous, lui dit-il, puis il s'éclaircit la gorge. *Nous* nous occupons de vous.

— Je ne vous ai pas remerciés tout à l'heure. De nous avoir sauvés. Sans vous, nous serions tous morts, alors merci.

— Oh, je n'en suis pas si sûr ! déclara-t-il en la relâchant pour ajuster son fusil. Vous étiez en train de vous échapper quand nous sommes arrivés.

Elle secoua la tête et continua à marcher. Elle aurait probablement reçu une balle dans le dos si ces deux hommes n'étaient pas intervenus. C'était toujours mieux que d'aller docilement à la rencontre de la mort, mais... *bon sang* ! Elle ne voulait pas y penser.

— Au fait, que font deux opérateurs isolés de la HRT dans le désert ? Où est le reste de l'équipe que j'ai vue au motel ?

Elle tourna la tête pour le regarder. Il haussa exagérément les épaules.

— Vous ne pouvez pas ou vous ne voulez pas le dire ?

— C'est compliqué, répondit-il d'un ton pince-sans-rire.

Elle rit à nouveau, de façon inattendue.

Il lui attrapa le bras avant qu'elle ne heurte la branche d'un cactus en tuyau d'orgue. Elle sursauta.

— Merci.

Seth passa devant elle.

— Vous vous concentrez pour trouver la bonne direction, et je pars en éclaireur. Dites-moi si je me trompe de chemin.

Un frisson de peur la parcourut à l'idée qu'il s'inquiétait encore de la menace potentielle du cartel, mais elle la repoussa. Tout le monde n'avait pas la chance d'être sauvé par la HRT. Elle était en sécurité.

Elle braqua le faisceau lumineux sur le sol. Il y avait des empreintes de sabots mêlées à des empreintes de chaussures ; pour elle, elles ne s'y trouvaient pas la veille. La silhouette des basses montagnes se découpant sur le ciel de l'ouest lui indiqua qu'elle allait dans la bonne direction.

— Elle se trouvait à environ un kilomètre à l'ouest du point de départ de la piste, puis nous sommes entrés dans un petit canyon, expliqua-t-elle, mais elle se demandait dans quel canyon. Selon moi, son agression et sa mort remontaient à environ une semaine.

La bouche de Zoe se dessécha soudain. Elle venait de prendre conscience qu'elle aurait pu connaître le même sort si ces deux hommes n'avaient pas organisé un sauvetage spectaculaire.

— J'ai pris des photos et enregistré des données GPS, mais les malfaiteurs ont balancé nos portables dans le feu.

Cependant, ils n'avaient pas tout pris, et il y avait de grandes chances que les photos du jour aient été téléchargées sur le cloud.

— Heureusement qu'ils n'ont pas repéré votre montre.

— Sérieusement, constata-t-elle, passant les doigts sur l'appareil, je ne l'enlèverai plus jamais.

— Qu'est-ce qui vous fait penser que les malfaiteurs s'intéressaient à cette victime que vous avez trouvée ?

— J'ai laissé un marqueur sur la piste. L'homme qui a débarqué du désert avec la mule l'avait dans la main, et il l'a balancé dans le camion. Ensuite, il a fouillé dans les boîtes, comme s'il cherchait quelque chose. Hé, dit-elle, tirant sur son gilet pour qu'il s'arrête. Pourriez-vous appeler votre boss ? Pour lui demander de s'assurer que les chambres au motel restent des scènes de crime jusqu'à ce que j'arrive ?

— Je suis certain qu'elles sont considérées comme telles à l'heure où nous parlons. Pourquoi cette urgence ? Je croyais que vous aviez dit qu'ils vous avaient obligée à emporter toutes vos affaires avec vous.

— Oui. Ils l'ont fait. Mais j'ai laissé ma veste de terrain et ma casquette derrière la porte de la salle de bains après ma douche. Le type qui m'a emmenée a trouvé ma trousse de toilette, mais il n'a pas remarqué les vêtements.

— Qu'est-ce que votre gilet vert a de si spécial ?

Zoe inclina la tête. Il se rappelait la couleur des vêtements qu'elle portait plus tôt, ce qui tenait sans doute davantage à son entraînement qu'à autre chose, mais cela la réchauffa d'une manière étrange. Et lui rappela l'étincelle qui avait jailli entre eux au motel.

— J'ai ramassé des preuves sur les lieux, et je les ai laissées dans mes poches. Elles pourraient nous donner des indices sur l'identité de la victime.

— Et peut-être sur celle de son assassin ? suggéra Seth à voix basse.

— Exactement.

Mais ce n'était pas gagné d'avance. Si la dent contenait suffisamment d'ADN viable dans la pulpe, ils avaient néanmoins besoin d'un échantillon identifié pour le comparer afin d'établir une correspondance.

— Expliquez-moi à nouveau pourquoi nous retournons voir le corps maintenant au lieu de laisser les fédéraux s'en occuper quand ils arriveront, insista-t-il.

— Parce qu'il y a quelque chose qui ne tient pas debout dans cette histoire. Le fait que l'homme en noir ait le marqueur jaune, le fait qu'ils nous aient enlevés. Il semblerait qu'il y ait un lien avec nos recherches d'hier après-midi, expliqua Zoe, avant que son cœur s'emballe en entendant un hibou hululer. Ce que je veux dire, c'est que nous travaillons dans cette région depuis des années et que, en général, seule la patrouille frontalière nous harcèle.

L'agent du FBI ne prit pas la défense de son agence sœur, ce qu'elle apprécia, mais cela en disait peut-être davantage sur son tact que sur ses convictions.

— N'étiez-vous pas avec la patrouille frontalière tout à l'heure ? insista-t-elle.

— Tu as entendu quelque chose, Hersh ? s'enquit Seth en projetant légèrement sa voix.

L'homme derrière eux ricana.

— Je n'ai rien entendu, Hop.

— Ha, ha, marmonna-t-elle d'un air ronchon. Très drôle.

De toute évidence, leur mission était secrète.

Seth s'arrêta brusquement en levant un poing fermé. JJ et Zoe s'arrêtèrent à leur tour, puis cette dernière vit ce qu'il avait repéré dans la terre. Du sang. Et des marques de traînée. Seth envoya l'autre agent dans la zone pendant qu'il tirait la jeune femme vers le bas pour qu'elle s'agenouille à côté de lui.

Hersh revint quelques instants plus tard, et s'accroupit à leurs côtés.

— Deux hommes morts. On dirait qu'ils ont tous les deux été abattus.

— Ont-ils été enlevés de la même façon que nous ? s'enquit Zoe, incapable de masquer son horreur.

— Difficile à dire, mais j'en doute, déclara Hersh à voix basse. Ces deux-là semblent hispaniques. Ils doivent avoir entre cinquante et soixante ans. Leurs vêtements sont usés et poussiéreux. De qualité médiocre. Ils ressemblent au genre d'hommes que les cartels utilisent souvent comme passeurs dans cette région.

— Pourriez-vous enregistrer leur position et l'envoyer à vos contacts du FBI et au bureau du médecin légiste local ? s'enquit Zoe.

— Bien sûr. Croyez-le ou non, cela fait partie de notre travail, répondit Seth avec un doux rire, affichant un relevé GPS sur son téléphone satellite, pour l'envoyer.

— Allons-y.

Zoe remarqua le regard que les deux hommes échangèrent. Ils n'aimaient pas ce sentiment de danger accru.

— Je ne suis pas certain que ce soit une bonne idée d'aller plus loin, déclara Seth.

Zoe serra les poings.

— Vous avez vu les malfaiteurs s'enfuir, répliqua-t-elle, avant de décider qu'un peu de supplication s'imposait. S'il vous plaît. Encore cinq minutes, et si nous ne trouvons pas ce que je cherche, nous pourrons retourner au départ de la piste.

L'aube commençait à se lever à l'est.

À en juger par son expression, Seth Hopper n'était pas ravi à l'idée de s'enfoncer plus loin dans le désert. Hersh resta impassible, comme s'il était heureux de laisser Seth prendre les décisions.

Ce n'était pas le cas de Zoe. Elle ne voulait pas abandonner maintenant.

— Vous savez qu'il n'y a personne par ici d'après les images de votre drone, n'est-ce pas ?

Il sortit la tablette, et, effectivement, l'image de la caméra montra trois personnes blotties les unes contre les autres. Il dézooma autant qu'il le put, et l'écran n'afficha pas âme qui vive.

Il rangea la tablette dans son gilet.

— Cinq minutes, et nous repartons.

Zoe passa rapidement devant et se concentra sur le paysage. Elle s'arrêta à un embranchement, puis l'ignora et poursuivit. Quelques secondes plus tard, le sentier se divisait à nouveau. En se basant sur la forme des rochers au-dessus de sa tête et sur les empreintes de mules, elle était presque sûre que c'était le bon chemin. Elle vira à gauche, s'enfonçant dans le canyon. Enfin, elle repéra le saguaro massif, à l'ombre duquel elle avait passé plusieurs heures au cours de l'après-midi de la veille.

— Le temps est écoulé, annonça Seth.

— Elle est par là, insista Zoe, puis elle fit quelques pas de plus.

Seth lui saisit le bras.

— Vous avez dit cinq minutes.

— Une femme est morte ici ! s'exclama-t-elle en libérant son bras, furieuse. Ça ne vous fait rien ?

— Ce qui m'intéresse, c'est la sécurité de ma principale.

— Je ne suis pas votre *principale* !

Elle le dépassa de quelques mètres et repéra les autres grands cactus et le figuier de Barbarie où elle avait récupéré le médaillon.

— Tenez, annonça-t-elle, pointant du doigt. Elle est juste là.

Zoe dirigea le faisceau de la torche à travers les buissons, vers l'endroit où elle avait trouvé la femme morte plus tôt. Les deux hommes se tenaient derrière elle, contemplant en silence la poussière et les broussailles.

Elle déglutit difficilement.

— Mais qu'est-ce que... ?

Le désert était vide. La femme avait disparu.

La rage dévorait Bruno alors qu'il abandonnait le SUV et montait dans la voiture d'une femme à qui il avait demandé de l'attendre sur le bas-côté de la route.

— Tu veux de l'eau ? demanda-t-elle rapidement.

— Tais-toi et conduis.

Ses articulations blanchirent alors que ses mains se crispaient sur le volant. Avec prudence, elle s'engagea sur l'asphalte et se dirigea vers l'autoroute. En général, elle était payée pour récupérer des passeurs à des endroits déterminés le long de la I-85. Elle était censée fournir de la nourriture et des boissons à ceux qui avaient passé des jours à traverser le désert depuis le Mexique en transportant la précieuse marchandise du cartel.

Manifestement, elle avait compris qu'il n'était pas un passeur. Il était complètement différent.

Son portable sonna. *Luis.*

— Tu t'en es sorti indemne ? s'enquit son petit frère et second, à bout de souffle.

Bruno grogna.

— Je vais bien.

Ils s'exprimaient en espagnol. Il jeta un regard à la femme. Elle était blanche ; d'un autre côté, beaucoup de gens parlaient espagnol. Il ne lui faisait pas confiance, quand bien même elle était payée pour se taire. Plus important encore, elle savait qu'il la tuerait au moindre soupçon d'échec ou de trahison. Et, si elle était incarcérée ou tuée, sa dette serait transférée à son fils ou à sa fille, ou à la prochaine personne assez folle pour énerver le cartel.

Malgré cela, Bruno parla avec prudence.

— Bon sang ! Mais d'où sont-ils arrivés ? Pourquoi n'avons-nous pas été prévenus ?

— Je ne sais pas. Personne ne nous a suivis, je le jure. J'ai posté des guetteurs sur les autoroutes, et personne n'est venu nous chercher, mais les flics sont en route en ce moment. En force.

Pourquoi ?

Comment les flics avaient-ils pu apprendre ce qui se passait ?

Bruno regarda le paysage qui défilait, encore baigné d'ombres. Tout était parti en vrille ce soir-là. Au moins,

Gabriella n'était plus un problème. Mais son boss serait furieux d'avoir perdu tant d'hommes, et de voir la présence accrue des *federales* dans la région.

— Trouve la prochaine destination de nos petits amis... et découvre exactement qui nous a attaqués dans le désert.

— Je m'en occupe.

Personne ne s'en sortait après avoir tiré sur lui et tué ses hommes. Personne.

— Et, Luis, poursuivit-il d'une voix basse et calme. Ne parle à personne d'autre de ce qui s'est passé ce soir, d'accord ? Ne t'adresse qu'à moi. Je dois comprendre ce qui s'est passé là-bas.

Et pourquoi ils avaient tous failli mourir.

Seth releva les coordonnées où cette femme morte était censée se trouver et les envoya au quartier général. Il ne savait pas ce qui se passait, mais si Zoe Miller avait raison au sujet de la disparition d'un cadavre, cela pourrait être important pour l'enquête.

— Regardez, encore des traces de mules...

Zoe pointa le faisceau lumineux le long du sentier et fit un pas vers elles.

— Non, s'exclama Seth avec fermeté. Le FBI va envoyer une équipe pour rechercher le corps.

— Mais nous sommes ici, maintenant, insista Zoe, levant les yeux vers le ciel, qui était à présent d'un indigo profond et transparent, avec des roses et des ors doux à l'horizon. Et s'il pleuvait ?

Il esquissa un sourire en la voyant si persévérante.

— Il ne va pas pleuvoir.

Elle s'apprêtait à faire un pas quand même, mais Seth se planta devant elle.

— Écoutez, Zoe, dans trente minutes, le soleil va se lever. Nous n'avons pas de provisions, pas d'outils, seulement un peu d'eau, et nous ignorons totalement où votre corps a pu disparaître.

Elle se hérissa et ouvrit la bouche pour argumenter, mais il avait fini de se montrer conciliant.

— La zone à fouiller est *immense* et nous ne savons pas si quelqu'un a emporté le corps ou l'a enterré. L'opérateur Hersh et moi-même devons nous occuper de plusieurs scènes de crime, et assurer la coordination avec les bureaux locaux et les autres agences. Les agents vont vouloir tous nous interroger en détail sur ce qui s'est passé la nuit dernière. Nous avons également reçu des ordres directs d'un haut responsable de vous mettre en sécurité et nous repoussons déjà ces limites plus que cela ne me convient, répliqua-t-il, élevant la voix quand elle ouvrit à nouveau la bouche pour protester. Ce que nous n'avons *pas*, c'est la permission de nous balader dans le désert de l'Arizona avec la fille de la vice-présidente des États-Unis pendant qu'elle recherche un cadavre disparu.

À travers ses lunettes de vision nocturne, il remarqua que ses jolis yeux étaient remplis de ressentiment.

— Vous n'avez pas à me dire ce que je dois faire.

— Non, mais j'ai le pouvoir de vous mettre en détention si nécessaire. Écoutez, dit-il d'un ton patient, et le feu dans les yeux de Zoe s'estompa un peu. Je n'ai aucune envie de faire ça. Je sais que votre travail est important pour vous, mais vous devez comprendre que nos jobs comptent aussi beaucoup pour nous. Et, plus important encore, votre sécurité est notre priorité, parce que ni l'opérateur Hersh de la HRT, ni moi-même, ne voulons que vous soyez blessée.

En réalité, rien n'était vraiment plus important que son boulot ou ses collègues, mais il voulait qu'elle comprenne.

Et, apparemment, il avait beaucoup à dire sur le sujet.

Il capta le regard de JJ et lui fit un signe de tête pour qu'il commence à les ramener à leur point de départ. Hersh se mit en route le long de la piste, mais Zoe resta immobile, fixant Seth d'un air de défi, le menton relevé. Il lui décocha son plus beau regard intimidant, celui qui faisait trembler les terroristes et les criminels dans leurs bottes.

Elle ne bougea pas.

— Je serai heureux de vous porter si vous avez besoin d'aide, dit-il tranquillement.

Zoe plissa les yeux.

— Vous n'oseriez pas !

— Est-ce un défi ?

— Je suis plus lourde que j'en ai l'air.

Seth ne put réprimer un sourire.

— Et pourtant, je pense que je peux y arriver.

Hersh s'arrêta et attendit qu'ils le rattrapent, son regard balayant constamment les broussailles environnantes. Zoe se décomposa et son attitude soudain découragée tordit quelque chose dans la poitrine de Seth.

Elle posa sa main gauche sur le côté de son visage.

— Je déteste que, parmi tous ceux qui sont ici, parmi toutes les victimes, elle soit celle qui risque le plus d'être ignorée et oubliée.

Zoe Miller semblait se préoccuper sincèrement des morts. C'était une attitude qu'il respectait, mais qui ne changeait strictement rien à ses propres responsabilités envers les vivants.

Seth se rapprocha d'elle. L'espace d'un instant, il crut qu'elle avait tressailli de peur, mais l'impression disparut aussitôt, et il crut l'avoir imaginé.

— Je suis désolé, Zoe. Sincèrement. Mais je ne peux pas la sauver. Vous ne pouvez pas la sauver. Elle est déjà morte. Retournons au point de rendez-vous. Vous pourrez alors faire des vagues de la taille d'un tsunami auprès de votre mère, que vous n'avez toujours pas appelée d'ailleurs, et elle pourra faire intervenir le FBI, la police des frontières et le président lui-même pour retrouver cette femme morte et lui rendre la justice qu'elle mérite.

Cela lui faisait penser… Il sortit à nouveau son téléphone satellite.

— Appelez votre mère.

Son air anéanti tiraillait sa corde sensible, mais cela ne changeait rien au fait qu'ils se trouvaient tous les trois seuls dans cette vaste étendue sauvage. Il n'aimait pas ça. Ce maudit endroit était jonché de serpents à sonnettes et de cadavres.

L'aube se levait pour de bon sur le désert, apportant avec elle une symphonie de lumière et de couleurs, aveuglante dans son intense beauté naturelle. À ce moment-là, l'avantage passait des criminels aux autorités légales ; Seth se détendit un peu… mais seulement un peu. Zoe lui prit le téléphone et commença à se détourner. Hersh poussa un juron et l'avertissement révélateur d'un crotale résonna dans l'air.

Oh, bordel !

Tous deux se tournèrent vers l'avant et virent Hersh sautiller en arrière sur une jambe.

Seth rejoignit son ami et le soutint.

— Arrête de bouger.

Il garda un œil sur le crotale diamantin énervé qui s'éloignait dans le désert en ondulant de colère.

— La peau est rompue ? s'enquit Seth, craignant de connaître la réponse.

— Oui, souffla Hersh, irrité. Je ne l'ai même pas vu. J'ai marché sur cette pauvre bête.

Seth frémit. Il détestait vraiment les serpents. Il s'accroupit et souleva la jambe de pantalon de Hersh au maximum, dévoilant un couteau dans un fourreau et, à côté, deux petits trous rouges dans son tibia.

Bordel !

La malchance qui avait frappé l'équipe ces derniers temps commençait à ressembler à une malédiction. Seth refusait de perdre un autre ami. Pas ce jour-là.

— Zoe, appelez l'avant-dernier numéro composé sur ce téléphone et informez votre interlocuteur que nous avons besoin d'une évacuation médicale immédiate pour une morsure de serpent venimeux.

— Le meilleur endroit pour atterrir dans les parages, c'est là où nous étions tout à l'heure, déclara-t-elle anxieusement tandis qu'il sortait des fournitures de sa trousse médicale. Savez-vous ce que vous faites ?

Une vague d'irritation le frappa.

— Oui, je sais ce que je fais. Passez l'appel. Nous retrouverons l'hélicoptère sur le parking.

Les longues journées passées à se former aux premiers secours avaient été d'un ennui mortel à l'époque, mais il s'en réjouissait aujourd'hui. Il sortit le couteau de Hersh, puis coupa le pantalon pour exposer sa jambe à partir du genou. Il passa ensuite l'arme à son ami, qui la glissa dans une poche.

Zoe composa le numéro, l'air angoissé.

— Il ne devrait pas marcher...

— Il ne marchera pas. Passez ce maudit coup de fil !

Seth tâta la peau au-dessus et au-dessous de la blessure. La chair de Hersh était déjà chaude et commençait à gonfler.

— Je m'occupe de toi, JJ. Je vais te sortir de là, et je vais te ramener à Liv.

— *Bon sang, mec !* Je me sens tellement idiot, dit Hersh d'une voix rauque.

— L'essentiel, c'est de rester calme. Tu seras à l'hôpital dans moins de trente minutes, et plus tu seras calme, plus ton cœur battra lentement, moins vite ce venin se répandra dans tes veines et moins ta femme me tapera dessus. Sers-toi de ton cerveau de sniper impassible et donne-moi un peu de ce zen glacial pour lequel tu es si célèbre.

Seth leva les yeux en sortant un bandage de sa trousse.

Hersh sourit, ce qui le rassura un peu.

— Je dois admettre que j'aime te voir t'incliner devant moi, frangin. N'hésite pas à embrasser mes pieds, pendant que tu y es.

— Rends-moi service, et ne me claque pas dans les doigts. Ensuite, tu pourras me lécher les bottes quand tout sera fini.

Hersh ricana, mais sa respiration n'était pas aussi régulière qu'elle aurait dû l'être, et cela ne plaisait pas du tout à Seth. Il banda la jambe de Hersh de la cheville jusqu'à son genou. Quand Seth se fut assuré que le pansement était bien en place, mais pas trop serré, il le noua et se releva.

— Je vais te demander d'enlever ton gilet d'équipement.

Cela représentait environ vingt-sept kilos, qui ne feraient que ralentir Seth. Il retira aussi le sien, mais en enleva quelques éléments essentiels, dont des munitions, qu'il plaça sur lui.

— Ne t'inquiète pas. Je reviendrai le chercher plus tard.

Le fait que Hersh n'ait pas taquiné Seth quant à sa condition physique donnait à penser qu'il était plus mal en point qu'il ne le laissait paraître.

Zoe raccrocha et resta là, à tenir le téléphone.

Seth récupéra la Remington sécurisée de Hersh et la lui tendit. Sans un mot, elle passa l'arme dans son dos. Puis il lui tendit la tablette qu'elle serra nerveusement dans son autre main. Avec un peu de chance, la menace avait disparu, mais il n'allait pas laisser derrière lui quelque chose susceptible de donner à l'ennemi un avantage tactique en cas d'imprévu.

Il ajusta son fusil d'assaut HK416 pour pouvoir l'utiliser en cas de besoin.

— Restez derrière moi, intima Seth à Zoe. Vous ne vous écartez de la piste sous aucun prétexte. Compris ?

Zoe semblait pâle et anxieuse. Elle acquiesça.

— Bien sûr.

Seth souleva Hersh par-dessus une épaule. Il était important de garder le cœur au-dessus du niveau de la blessure en cas de morsure de serpent. Seth plaqua donc l'arrière des genoux de son ami contre son torse pendant que ce dernier se détendait. La position n'était pas confortable, mais c'était sans doute le moyen le plus facile de porter une autre personne sur une certaine distance.

Il déplaça le poids de son ami, et Hersh grogna.

Seth se mit à marcher d'un pas rapide. Il aurait bien voulu courir, mais il ne voulait pas agiter le venin dans le membre de JJ, et, d'après la conversation qu'il avait entendue entre Zoe et le pilote, l'hélico mettrait dix minutes à arriver. Si nécessaire, il courrait dès qu'il entendrait les rotors.

— Essaie de ne pas vomir dans mon dos.

— Du moment que je ne fais pas dans mon pantalon, rétorqua Hersh en riant, puis il ajouta, désolé, m'dame.

— Si vous ne commencez pas à m'appeler Zoe, je vais me fâcher.

— Loin de moi l'idée de vous froisser, marmonna-t-il, riant encore.

— Voulez-vous que j'appelle votre femme et que je lui dise... ? proposa Zoe.

— Non, lui répondit-il d'un ton tranchant. Je l'appellerai de l'hôpital. Je ne veux pas qu'elle s'inquiète.

— Je suis sincèrement désolée, s'excusa Zoe, la voix pleine de regrets.

— Ce n'est pas votre faute.

— C'est moi qui nous ai entraînés dans le désert.

— Nous étions déjà dans le désert, dit sèchement Seth.

Le poids de son ami n'était pas négligeable, et il commençait à transpirer. Il était bien content de ne pas porter cette couche de base supplémentaire tandis qu'il scrutait le sol pour ne pas trébucher sur d'autres serpents énervés.

Il entendit l'hélicoptère alors qu'ils étaient encore à huit cents mètres de la zone d'atterrissage. Il se mit à trottiner en dépit des grognements plaintifs de Hersh. Heureusement, le point de départ de la piste était maintenant envahi de rangers et d'agents du FBI. Les véhicules étaient alignés le long de la route de terre, exactement à l'endroit où l'hélicoptère devait atterrir.

Les agents leur jetèrent des regards méfiants quand ils surgirent tous les trois de la végétation.

Seth pointa le parking de sa main libre.

— Déplacez ces voitures ! Nous avons une urgence médicale et l'hélicoptère doit atterrir sur le point le plus élevé.

L'appareil était proche à présent, en vol stationnaire, à la recherche d'un endroit sûr où se poser.

Les membres des forces de l'ordre s'empressèrent de dégager ce tronçon de route, remontant la longue file de véhicules qui bordaient désormais la piste rudimentaire. Seth attendit impatiemment que l'aéronef se pose et que le copilote en sorte, l'air inquiet. Il ouvrit la porte arrière et fit signe à Seth de s'approcher.

Il reprit la tablette à Zoe avant de s'avancer et d'aider en douceur Hersh à se mettre debout à côté de l'appareil. Il vacilla légèrement. Ses joues étaient rougies, mais cela pouvait être dû à l'inconfort du trajet qu'ils venaient de parcourir.

Le copilote aida Hersh à s'asseoir gauchement sur le siège arrière. Seth jeta un coup d'œil par-dessus son épaule : Zoe parlait à un homme en costume, qui était sans doute l'agent le plus haut gradé sur les lieux. Autant Seth voulait accompagner Hersh et s'assurer que son ami allait bien, autant il savait qu'il devait rapidement informer les gens sur le terrain pour qu'ils sachent où se trouvaient les corps et ce qui s'était passé.

Avec un peu de chance, ils pourraient attraper les ordures qui s'étaient échappées.

Il grimpa sur le marchepied, saisit le bras de Hersh et croisa son regard.

— Si tu meurs, je te tue !

— Je t'aime aussi, Hop. Veille sur notre amie ! cria Hersh, pâle et fiévreux.

Seth lui adressa un sourire crispé et s'éloigna. Il rendit au pilote la tablette qu'il lui avait empruntée plus tôt. L'homme hocha la tête avec reconnaissance, puis grimpa sur le siège avant, tandis que Seth reculait hors de portée du rotor de queue mortel.

Le pilote ne perdit pas de temps et décolla immédiatement, repartant une fois encore vers Tucson. Seth passa une main sur son visage en sueur ; il aurait voulu que cette journée soit déjà terminée.

Quelqu'un lui saisit le coude et serra doucement son bras.

— Il va s'en sortir, lui dit Zoe Miller, dont la voix était douce comme la lumière de l'aube.

Seth s'étrangla légèrement, incapable de parler. Il hocha brusquement la tête. Puis il refoula ses émotions et se prépara à faire son travail, et à tenir ses promesses.

— Appelez votre mère, Zoe. Plus question de tergiverser.

CHAPITRE SEPT

— N on, maman, je te le jure, je ne suis pas blessée, assura
Zoe à sa mère sur le téléphone satellite de Seth.

Un agent de terrain à l'air harassé qui avait pris sa déposition lui avait fourni des couvre-chaussures en papier à enfiler, lui intimant de n'aller nulle part et de ne toucher à rien. À présent, elle se tenait docilement à l'écart, essayant de trouver de l'ombre près d'un camion, alors que le mercure ne cessait de grimper.

— Mais je suis inquiète pour Karina. Nos téléphones portables ont été détruits, donc je ne peux pas prendre de ses nouvelles, et ils ne peuvent pas m'appeler.

— Ton père a parlé à James tout à l'heure et il lui a dit qu'ils avaient emmené Karina au bloc, mais qu'elle était dans un état stable.

Ses parents connaissaient bien ses amis, car Zoe les invitait presque chaque année pour le long week-end du 4 juillet dans la maison californienne de ses parents. La demeure était immense, avec deux piscines, plusieurs courts de tennis, un accès à la plage, ainsi que deux petits cottages. C'était comme un hôtel de luxe, mais sans autres clients. Ses parents possédaient également une maison à Washington et, ces temps-ci, le manoir californien était vide la plupart du temps, car le frère de Zoe vivait dans un studio à Los Angeles, prétendant ne pas avoir de lien avec l'un des hommes les plus influents d'Hollywood et, sans doute, avec la femme la plus puissante des États-Unis.

— Je vais demander à quelqu'un de vérifier à nouveau comment va Karina. Quand rentres-tu ? Je veux venir te voir et m'assurer que tu vas vraiment bien.

— N'as-tu pas un voyage prévu en Asie du Sud-Est ?

Zoe jeta un coup d'œil à l'hélicoptère de presse qui planait à la limite de la zone d'exclusion aérienne mise en place par les fédéraux. Trop loin pour obtenir des images correctes d'elle, heureusement. Le soleil brillait fort, mais les signes révélateurs d'une possible tempête se formaient au nord. Il était possible que le front froid qui frappait actuellement le Midwest soit sur le point d'apporter des pluies bienvenues en Arizona. Ce qui était idéal pour la terre desséchée, mais pas terrible pour la collecte de preuves.

— Je peux annuler ou le repousser d'un jour ou deux.

Zoe éclata de rire.

— Je ne suis pas sûre que les dirigeants du pays que tu zapperas se montreront particulièrement compréhensifs.

Sa mère ricana.

— Compte tenu du montant de l'aide fournie par les États-Unis, aucun d'eux ne dira quoi que ce soit si nous devons replanifier certaines réunions.

Sauf que les gens diraient de sa mère qu'elle était faible parce qu'elle était une femme, aisément manipulable par les sentiments. Ou bien ils la qualifieraient de dure et d'insensible si elle ne restait pas. Quoi que Madeleine Florentine décide de faire, sa mère n'obtiendrait pas gain de cause auprès des médias. Zoe était habituée à la lutte en politique, mais elle n'avait pas l'intention de faire partie du cirque. Elle espérait que son identité et son implication dans cette affaire ne seraient pas divulguées dans les journaux.

— Maman, je comprends que tu sois inquiète. Sans ton aide, j'ignore ce qui se serait passé la nuit dernière, et je suis extrêmement reconnaissante que tu aies pu faire intervenir les troupes, lui dit-elle, et l'émotion la submergea à nouveau tandis qu'elle luttait pour stabiliser sa voix. Mais, je vais bien, maintenant, je te le promets. Je t'en prie, ne retarde pas ton voyage pour moi. Je te verrai à ton retour. Je me rendrai à l'hôpital pour prendre des nouvelles de Karina dès que le FBI me libérera.

— Pas toute seule, hors de question.

Zoe jeta un coup d'œil autour d'elle, exaspérée.

— J'ai presque trente ans, maman. Je suis littéralement entourée d'une légion de représentants des forces de l'ordre fédérales, tous armés. Je suis sûre que l'un d'entre eux pourra me conduire à l'hôpital.

Elle observa Seth Hopper, calme et compétent, qui commandait les autres agents avec un air imperturbable, même si elle savait qu'il était aussi inquiet pour son ami qu'elle l'était pour la sienne. Il était toujours démesurément beau, mais, heureusement, elle ne pensait plus à lui *de cette façon*. Pas plus qu'elle ne se rappelait la manière dont l'eau avait coulé le long des muscles définis de son torse...

— Tu aurais pu être tuée.

L'attention de Zoe se porta à nouveau sur sa mère. Elle savait qu'elle rougissait à cause de la direction que prenaient ses pensées, mais personne ne pouvait lire ses pensées, donc ce n'était pas grave. Elle s'éventa le visage. Elle avait chaud, tout simplement.

— Heureusement, je n'ai pas été tuée. Les personnes qui nous ont enlevés sont soit mortes, soit en fuite. Le danger est donc écarté.

Zoe n'arrivait pas à croire que tant de gens aient été tués ce soir-là, et pour quoi ?

— Ils n'iront pas loin, je te le promets. Je m'entretiendrai avec le président mexicain dans le courant de la journée pour lui faire part de mon point de vue sur la question.

— S'il te plaît, ne mentionne pas mon nom. Je ne veux pas être mise en avant, pas plus que Karina, James ou Fred. Et, pendant que tu y es, vois si tu peux mettre en place une politique d'immigration plus humaine.

Sa mère inspira brusquement et Zoe eut un pincement au cœur, car elle lui avait tendu une embuscade alors qu'elle était déstabilisée par l'inquiétude qu'elle éprouvait au sujet de son enfant.

— Nous travaillons à la stabilisation des gouvernements et des économies en Amérique du Sud et en Amérique centrale. Si les autres pays maîtrisaient leurs organisations criminelles, ils ne seraient pas dans cette situation...

— Ce crime a bien eu lieu sur le sol américain, maman.

— Et c'est ce qui m'inquiète, Zoe. Ces criminels vont se sentir enhardis, et ils tenteront à nouveau de te faire du mal avant que les forces de l'ordre ne puissent les appréhender.

— Crois-tu vraiment que le cartel est assez stupide pour s'en prendre à nouveau à moi ?

Sa mère poussa un soupir.

— Pas stupide, non, mais ils sont bien plus puissants que je ne voudrais l'admettre, et l'idée que tu pourrais devenir une cible à cause de ma situation...

— Maman, honnêtement, je ne crois pas que cela ait quoi que ce soit à voir avec toi.

Le court silence entre elles semblait étrangement tendu.

— C'était à cause du travail que vous faites dans le désert, n'est-ce pas ? s'enquit sa mère, dont la voix trahissait la désapprobation familière.

— Oui, c'est ce que je pense. Et comme j'ai terminé mon travail ici dans un avenir proche, tu n'as pas à t'inquiéter. Mais des gens comme James, Karina, Fred et tous les autres qui recherchent des migrants disparus ? Ils ont besoin de se sentir protégés par leur gouvernement. Il ne s'agit pas seulement de moi.

Ses parents avaient été ravis qu'elle accepte le poste à Richmond. Et ils s'étaient résignés quand elle leur avait appris qu'elle conduirait à travers le pays, seule, le camion chargé de ses affaires. Son père lui avait proposé de l'accompagner, mais, comme cela impliquait la présence d'un agent des services secrets, Zoe avait fermement rejeté l'offre.

— Je dois y aller. Un agent du FBI se dirige vers moi avec son carnet de notes à portée de main.

Elle grimaça devant ce mensonge, mais elle devait raccrocher.

— Zoe...

— Oui ?

— N'oublie pas que, quoi qu'il arrive, je t'aime.

Ces paroles étaient étonnamment sentimentales pour une femme qui n'avait pas l'habitude d'afficher ses émotions.

— Je sais. Je t'aime aussi.

Zoe but une gorgée d'eau tiède dans une bouteille en plastique et observa la brume de chaleur qui commençait à scintiller sur le sol du désert, au sud. Elle soupçonnait que deux phénomènes météorologiques allaient entrer en collision dans les prochaines heures, et que ce ne serait pas beau à voir. Elle aurait dû partir d'ici en hélicoptère avec l'agent Hersh.

Malheureusement, elle était bloquée pour l'instant. On lui avait demandé de « rester disponible » pour des questions complémentaires... comme si elle pouvait de toute façon partir sans assistance !

Elle ne pouvait même pas marcher jusqu'à la route principale et faire de l'auto-stop, car la presse rôdait comme des vautours au bout de la piste, et elle sentait vraiment la charogne. Non pas qu'elle ait l'intention de le faire. Elle avait beau vouloir croire à la bonté d'inconnus, elle côtoyait trop souvent des victimes de la criminalité pour prendre ce genre de risque.

Elle croisa les bras, de plus en plus frustrée par l'ennui de se retrouver là, à ne rien faire. Elle aurait pu se rendre utile, mais le FBI ne voulait pas qu'elle contamine la scène. Elle leva les yeux au ciel. Comme si elle n'avait pas parcouru cette foutue scène toute la nuit précédente et la journée de la veille.

L'agent à qui elle avait proposé son aide ne l'avait pas prise au sérieux lorsque Zoe avait insisté sur le fait qu'elle avait une formation d'anthropologue légiste. Peut-être était-ce dû à la façon dont Zoe était habillée : une couche de base à manches longues qu'elle avait empruntée, sous son propre t-shirt de nuit, et un pantalon de yoga. Des bottes poussiéreuses. Pas de chaussettes ni de sous-vêtements. Le visage sale, les cheveux en désordre, les dents non brossées, et une haleine matinale de chacal.

Son manque d'autonomie et de contrôle sur sa propre vie sapait son habituelle confiance en elle. Elle n'aimait pas cela. Cela ne lui plaisait pas du tout.

Cela lui rappelait un cours qu'elle avait suivi à l'université sur l'importance de l'identité. Elle n'avait ni argent ni carte d'identité sur elle. Son téléphone portable, ses cartes de crédit, et même son permis de conduire avaient été détruits dans l'incendie. Au moins, elle connaissait son propre nom et elle parlait la langue locale. Et, avec une mère qui faisait de la politique, Zoe ne risquait pas vraiment d'être aspirée par le système. Elle était privilégiée. Elle en avait conscience. Pourtant, le fait de dépendre à ce point des caprices du système fédéral restait effrayant et déstabilisant.

Un homme qui venait d'arriver, grand et mince, vêtu d'une

chemise bleue à manches courtes, d'un pantalon de costume et de chaussures en cuir noir brillant, discutait avec Seth Hopper, qui affichait un visage impassible. Il leva le nez vers elle. L'inconnu plissa les yeux, puis se dirigea vers elle.

— Mademoiselle Miller ? la salua-t-il d'un ton brusque.

— En fait, c'est D*r* Miller, le corrigea-t-elle, et elle fut récompensée par un pincement révélateur des lèvres de son interlocuteur.

S'il n'avait pas affiché une expression aussi manifestement désapprobatrice, elle lui aurait dit de l'appeler Zoe.

Beaucoup d'hommes ne supportaient pas une femme intelligente et sûre d'elle, et elle en avait franchement assez de se plier à leurs ego fragiles. Peut-être son ex lui avait-il rendu service en réduisant sa tolérance aux conneries à zéro.

— *Docteur* Miller. Je m'appelle Jeremy Patterson et je suis l'ASAC de la task force chargée des gangs de rue violents, qui travaille depuis le bureau local de Phoenix. À la demande du service des parcs nationaux, je prends la direction de cette enquête, annonça-t-il, puis il posa les mains sur les hanches dans une posture combative.

Zoe haussa les sourcils. Elle ne savait pas vraiment comment réagir. *Génial ? Bravo ?*

— Super ?

Elle en savait assez sur le FBI pour comprendre que ce n'était pas normal. En général, l'ASAC ne prenait pas la direction de l'enquête.

Est-ce à cause de ma mère ou à cause de qui sont les malfaiteurs ?

— Pourriez-vous me dire exactement ce que vous faisiez dans le désert hier ? s'enquit Patterson.

Zoe, frustrée, expira longuement.

— J'ai déjà discuté de tout cela en détail avec plusieurs autres agents...

— Faites-moi plaisir, vous voulez bien…, insista-t-il avec un sourire impassible.

Il avait une cinquantaine d'années. Son visage était plus rugueux que beau et ses cheveux bruns, généreusement parsemés d'argent, étaient coupés assez court pour que son cuir chevelu brûle sous le soleil intense. La froideur de ses yeux bleu foncé lui indiqua qu'elle n'irait nulle part tant qu'il ne l'aurait pas décidé.

Elle raconta rapidement leurs activités de la veille, et conclut par :

— Le deuxième corps que j'ai trouvé avait été déplacé lorsque nous sommes allés voir ce matin.

— Ah, oui ! L'opérateur Seth Hopper de la HRT m'a informé de votre périple non autorisé dans le désert. Il n'aurait pas dû vous permettre de quitter la zone.

Pas impressionnée, Zoe haussa un sourcil en regardant Patterson.

— Je ne lui ai pas laissé le choix.

Sa lèvre supérieure se retroussa légèrement et il posa ses mains sur ses hanches.

— Seth Hopper est un grand garçon, mademoiselle… pardon, *docteur* Miller. Sans oublier qu'il est censé être un opérateur d'*élite* de la HRT. Il devra maintenant vivre avec le fait que ses actions, et les vôtres, ont eu pour conséquence qu'un autre opérateur a été transporté à l'hôpital avec une blessure potentiellement mortelle.

— L'opérateur Hopper a prodigué les premiers soins à son collègue et l'a transporté jusqu'à l'hélicoptère, lui sauvant probablement la vie.

Les traits de Patterson restèrent impassibles.

Zoe essaya de repousser ses cheveux loin de ses yeux, mais ils n'étaient pas assez longs pour s'accrocher derrière ses oreilles, et retombaient sans cesse vers l'avant. Elle jeta un coup d'œil à

Seth, qui discutait avec une jolie agente qui avait dû dire quelque chose pour le faire sourire. Zoe ignora la poussée irrationnelle d'envie qui surgit en elle. Elle n'avait pas le droit d'être jalouse.

— Rien de tout cela n'est la faute de l'opérateur Hopper. L'agent Hersh aurait tout aussi bien pu être mordu sur le parking...

— Mais ce n'est pas le cas, n'est-ce pas ? Il a été mordu à plus d'un kilomètre d'ici. Je vais adresser un rapport au bureau de la responsabilité professionnelle au sujet de la conduite de l'opérateur Hopper.

Son regard la mettait au défi d'évoquer le statut de sa mère dans la conversation, mais elle n'avait pas l'intention de le faire.

— Eh bien, c'est un peu dur, répondit Zoe, soutenant le regard de l'ASAC, affichant un sourire forcé. Étant donné que le corps que j'ai trouvé hier a été déplacé, je pense...

— N'est-il pas probable que vous n'ayez pas réussi à localiser exactement le même endroit parce qu'il faisait sombre, et que vous étiez bouleversée par ce qui s'était passé plus tôt ?

Zoe fronça les sourcils.

— Non, absolument pas. Je suis formée...

L'expression de l'homme était si dédaigneuse qu'elle en était presque ennuyeuse.

— Écoutez. Je sais que vous avez pour mission de retrouver les migrants disparus, ce qui est louable, dit-il, comme si elle passait tout son temps à faire du bénévolat ou à travailler pour des associations caritatives, plutôt que d'être une professionnelle titulaire d'un doctorat qui effectuait du travail humanitaire pendant son temps libre, mais nous n'avons pas le temps de fouiller tout le parc à la recherche de corps qui pourraient ou non se trouver ici. Nous devons enquêter sur un crime grave et sept hommes morts.

La traitait-il de menteuse ?

Zoe s'efforça d'être patiente.

— Ne croyez-vous pas que les deux hommes abattus là-bas, répondit-elle, pointant vers l'ouest, pourraient avoir été impliqués dans le déplacement de la femme morte avant...

— Nous n'avons que votre parole qu'un corps se trouvait là. Nous avons encore moins de preuves qu'il ait été déplacé. Les chances qu'il soit lié à votre enlèvement sont faibles, au mieux.

— Elle, corrigea Zoe, serrant les dents si fort que sa mâchoire lui faisait mal.

Elle songeait au mystère des preuves détruites dans le camion incendié et au comportement étrange de l'homme en noir. Et puis, il y avait les preuves qu'elle avait recueillies la veille. La dent, le médaillon, et les photos de son portable qui, avec un peu de chance, se trouvaient dans son cloud. Si elle les donnait à ce type, elle craignait qu'elles ne soient pas traitées de sitôt.

Si Patterson apprenait qu'elles étaient en sa possession, il les voudrait, sans aucun doute, en dépit de ses paroles dédaigneuses.

C'était son enquête.

Elle l'observa sans rien dire, jaugeant ses options. Elle évalua à quel point elle lui faisait confiance pour faire le travail...

Patterson étira son cou sur le côté, comme s'il n'avait pas bien dormi la nuit précédente.

— Avez-vous déjà entendu parler d'un homme nommé Lorenzo Santiago ?

— Non, répondit Zoe en levant une main pour se protéger du soleil. Qui est-ce ?

— Seulement l'un des chefs de cartel les plus impitoyables du Mexique.

— C'étaient ses hommes ? s'enquit-elle.

Patterson fronça les sourcils.

— Je n'ai pas dit ça.

Zoe laissa échapper un petit rire.

— Ce n'était pas nécessaire.

L'ASAC la fixait d'une manière qui la mettait mal à l'aise. Il était furieux qu'elle ait tiré une conclusion évidente. Elle était prête à parier qu'il était un très mauvais chef et un horrible mentor.

— Auriez-vous une photo de ce Lorenzo ? s'enquit-elle. Peut-être était-ce l'homme en noir qui est sorti du désert avec une mule et deux pelles bien pratiques pour creuser des tombes ?

— Je croyais que vous aviez dit qu'ils portaient tous des masques ?

— C'est le cas, mais je suis une experte du corps humain, vous vous rappelez ? Il y a des chances que je puisse le reconnaître quand même.

Patterson prit un air sceptique et jeta un coup d'œil autour de lui pour s'assurer que tout le monde travaillait.

— Consultez la liste des personnes les plus recherchées par le FBI pour obtenir une photo, mais nous savons qu'il n'était pas ici la nuit dernière.

— Vous avez quelqu'un au sein de son organisation ? Quelqu'un qui le surveille ?

Il fit un pas vers elle, qui lui sembla menaçant. Zoe tressaillit, puis tint bon et releva le menton.

— Je n'ai pas dit cela non plus, et vous feriez bien de garder vos spéculations sans fondement pour vous, si vous vous souciez de la sécurité des autres.

Zoe serra les dents. Bien sûr qu'elle se souciait de la sécurité des autres. Soudain, elle ne se tracassa plus à l'idée de lui cacher des preuves. Elle les remettrait en main propre à l'un de ses amis, qui travaillait au laboratoire du FBI à Quantico. De toute façon, cela ne pourrait sans doute pas constituer une preuve pour un procès, puisqu'elle ne l'avait plus en sa possession depuis dix heures.

— Suis-je libre de partir maintenant, ASAC Patterson ? Ou bien souhaitez-vous que je vous raconte une nouvelle fois notre enlèvement ? lui demanda-t-elle avec une douceur exagérée.

Patterson balaya les environs du regard et s'éloigna d'un pas.

— Vous êtes libre de partir. Je demanderai au premier agent qui s'en ira de vous conduire à l'aéroport.

— Merci. J'apprécie.

Elle lui adressa un large sourire, sans aucune once de sincérité. Elle n'irait pas à l'aéroport, mais elle n'allait pas non plus se disputer avec ce type à ce sujet devant son équipe. Il s'entêterait et la placerait probablement en détention protectrice. Elle décida de choisir ses batailles et son moment pour aller où bon lui semblerait sans la permission de cet abruti.

Patterson s'éloigna, et elle chercha du regard où se trouvait Seth Hopper.

Une bouffée de déception l'envahit quand elle se rendit compte qu'il n'était plus là.

CHAPITRE HUIT

Seth courut sur la piste pour aller récupérer son gilet et celui de Hersh, avant que quelqu'un ne décide qu'ils faisaient partie de l'enquête et qu'ils soient déclarés pièces à conviction ou, pire encore, qu'ils tombent entre de mauvaises mains et disparaissent. Il ne voulait pas avoir à expliquer au chef de l'équipe Gold, Payne Novak, qu'il avait perdu leur équipement spécialisé et coûteux.

Il remarqua que des agents des bureaux locaux mettaient en place des quadrillages de recherche. Ils cherchaient des preuves autour des corps des deux hommes morts, qui avaient été traînés hors de la piste, et que Hersh et lui avaient découverts plus tôt dans la matinée. Cette zone était vaste, et la température montait et devenait déjà inconfortable. La journée allait être exténuante pour toutes les personnes impliquées.

Il avait rappelé à l'une des agentes de la zone de faire livrer des bouteilles d'eau, et d'installer une sorte d'abri temporaire pour servir de poste de commandement, afin que personne ne soit victime d'un coup de chaleur. Elle s'était aussitôt attelée à la tâche.

Cet abruti de Patterson avait tenté de lui faire le coup de

l'agent principal un peu plus tôt, mais il ne savait même pas comment prendre soin de ses propres hommes. Seth avait laissé couler et ne lui avait même pas répondu. Il avait suivi les ordres, et il avait affaire à des hommes plus durs que lui tous les jours au sein de la HRT. Patterson était l'un de ces types qui avaient la langue bien pendue, mais qui ne joignaient jamais le geste à la parole, et il en était conscient. La chose la plus facile au monde était de laisser le type s'exciter tout seul en jacassant sur tout le pouvoir qu'il pensait détenir, tout en ignorant intérieurement cet abruti.

Seth était occupé à penser à d'autres choses. Par exemple, à l'état de santé de Hersh, au tueur en série que la HRT avait traqué, et à savoir si l'équipe Red avait trouvé des éléments permettant d'expliquer pourquoi l'avion de son ancien patron et mentor, Kurt Montana, s'était écrasé.

Heureusement, JJ allait bien. On lui avait administré un antivenin, et il se reposait tranquillement. Payne Novak n'avait pas apprécié que Zoe Miller les ait conduits à cette situation, mais ils connaissaient tous les risques liés au travail sur le terrain. Seth s'était surpris à la défendre, ce qui était un peu bizarre.

Il était heureux que l'équipe Gold soit en phase de soutien pendant soixante jours ; les membres étaient répartis sur la moitié du pays, mais s'ils avaient besoin de se mobiliser, ils pouvaient le faire. Voilà pourquoi ils s'entraînaient en permanence, pour faire face aux surprises et aux complications que personne n'attendait.

Il n'avait pas vraiment aimé voir Patterson interroger Zoe Miller de manière agressive, mais cela ne le regardait pas. Elle était adulte, et elle était capable de prendre soin d'elle. Seth s'était astreint à ne pas se montrer trop protecteur à l'égard de ses jolies fesses. Elle n'était pas son affaire. Plus maintenant.

En dépit de la puissante attirance qu'il avait éprouvée la

première fois qu'il l'avait vue, et de son admiration grandissante pour elle, il ne pouvait pas se permettre d'avoir une relation avec la fille d'une politicienne. Ils ne jouaient absolument pas dans la même catégorie, elle était trop bien pour lui. Sa carrière était trop importante à ses yeux pour qu'il la mette en péril pour ce qui ne serait sans doute qu'une histoire d'un soir.

Aussi tentant cela soit-il...

Il trouva le matériel de Hersh et le sien là où il les avait laissés dans la terre. Il s'arrêta pour secouer sa trousse à la recherche d'éventuelles bestioles rampantes, puis passa son gilet par-dessus sa tête malgré la chaleur étouffante. Son regard se porta vers l'avant, le long du sentier, tandis qu'il fixait le velcro.

Quelqu'un avait-il vraiment déplacé le corps d'une femme la nuit précédente ?

Pour quelle raison, bon sang ? Pourquoi déplacer un corps, et en laisser tant d'autres derrière soi ? Incapable d'ignorer ces questions lancinantes, il repartit sur le sentier pour jeter un nouveau coup d'œil. Il balaya le sol du regard à la recherche d'un quelconque signe de repérage.

Tout ce qui se trouvait au-dessus du niveau de la cheville était considéré comme un « signe haut ». Malheureusement, il n'était pas aussi expérimenté que d'autres pour évaluer quand une brindille avait été cassée, surtout quand cette brindille appartenait à un cactus. Les « signes au sol » représentaient tout ce qui se trouvait en dessous de la cheville, depuis les feuilles mortes jusqu'aux excréments d'animaux. Le plus souvent, il s'agissait d'une trace ou d'une marque laissée par des pieds. Il releva des empreintes de sabots et plusieurs séries d'empreintes de chaussures dans les deux directions.

Ce qui faisait pas mal de circulation pour une région isolée du parc.

Il retrouva l'endroit où Zoe, Hersh et lui s'étaient arrêtés, et jeta un coup d'œil dans les buissons, à l'endroit où la jeune femme avait affirmé que le corps devait se trouver.

Il contourna un gros cactus, promenant son regard sur la terre sèche tandis qu'il s'accroupissait à proximité, observant la scène. Il reconnut assez aisément les empreintes laissées par les chaussures de randonnée de Zoe, repérant l'endroit où elle s'était tenue. Il vit également les traces dans la terre qui auraient pu indiquer qu'une personne avait été allongée à cet endroit, qu'elle s'y était débattue. D'autres empreintes récentes étaient également visibles, se superposant à celles de Zoé et, non loin de là, de nouvelles empreintes de sabots.

Des traces ténues, plus anciennes, étaient perceptibles dans la terre, mais elles étaient dégradées au point d'être presque inexploitables.

Seth haussa les sourcils.

Bon sang, Zoe a raison.

Une pierre de la taille d'un poing, présentant une teinte rouille, attira son attention sur le sol, non loin de là. Seth sortit son téléphone portable et photographia l'objet. Il observa d'un regard sombre les nuages d'orage qui s'amoncelaient au nord. Zoe avait vu juste en ce qui concernait l'éventualité de la pluie.

Il parcourut du regard l'interminable et silencieuse étendue de désert qui le séparait du parking. Cette parcelle de terrain ne serait pas examinée de sitôt. Patterson avait considéré que leur randonnée nocturne dans le désert en quête d'un cadavre faisait partie d'une sorte de plan secret de Zoe, et il avait menacé de faire un rapport.

Il fixa le rocher et fit une moue.

Zoe avait toujours son téléphone satellite, et il n'y avait pas de réseau cellulaire ici. Il prit la décision de préserver les preuves potentielles ; il réalisa une autre série de clichés des empreintes et de la pierre sur place, en se servant de son couteau en guise d'échelle. Il glissa ensuite la pierre dans un sac en papier qu'il avait récupéré plus tôt auprès d'un des techniciens chargés des preuves, et le plaça avec précaution dans une poche de son pantalon.

Un oiseau cria, et Seth observa les parois du canyon qui l'entouraient. Le cartel avait-il des hommes ici, en ce moment même, en train de les observer ? Ou bien s'étaient-ils enfuis comme des cafards ?

Il n'en savait rien, mais il n'aimait pas cette sensation d'avoir des yeux invisibles braqués sur lui. Il retourna sur la piste, récupéra l'équipement de Hersh, et il repartit vers l'agitation.

Un bruit attira l'attention de Zoe. Un grand camion frigorifique cahotait lourdement le long du chemin de terre. Quand il s'approcha, elle vit qu'il était conduit par Joaquin Rodriguez, avec deux assistants du bureau du médecin légiste sur le siège passager. Elle traversa la large piste, et Joaquin s'arrêta à côté d'elle. Il abaissa la vitre et la regarda par-dessus ses lunettes de soleil avec des yeux sombres emplis d'inquiétude.

— Est-ce que tu vas bien ?

Elle s'efforça de sourire.

— Ça va. Un peu secouée.

— J'ai parlé à Fred. Il m'a raconté une partie de ce qui s'est passé ; ils ont brûlé toutes vos affaires, ainsi que les restes humains que vous aviez collectés hier ?

Elle hocha la tête d'un air sombre.

— Oui. Je ne suis pas sûre qu'il reste de l'ADN récupérable. Je suis sincèrement désolée.

Ces personnes pourraient ne jamais être identifiées. Elles risquaient d'être perdues à jamais pour leurs familles.

— Ce n'est pas ta faute, Zoe. Et, de toute façon, les techniques s'améliorent en permanence. Nous essaierons avec les ossements qu'il nous reste et, en cas d'échec, nous les conserverons jusqu'à ce que nous soyons en mesure d'extraire de l'ADN viable. Ça viendra, déclara-t-il, soutenant son regard avec solennité. Tu sais que ça viendra.

Zoe ravala le nœud de culpabilité qui l'avait rongée toute la matinée. Puis elle hocha la tête.

Joaquin remonta ses lunettes noires sur son nez.

— Fred était plutôt effrayé et il s'inquiétait pour toi.

Joaquin lança un coup d'œil à l'agent du FBI qui lui faisait signe d'avancer jusqu'à une zone du parking qu'ils avaient allouée à la morgue mobile du légiste. Il leva la main pour lui indiquer qu'il l'avait vu, puis il continua de parler à Zoe.

— C'était assez effrayant.

C'était l'euphémisme du siècle. Elle observa le camion massif.

— Heureuse de voir que tu as suivi mon conseil.

— Je suis toujours attentif à tes suggestions, Zoe. Tu le sais bien.

Après avoir été traitée comme une idiote toute la matinée, c'était agréable de parler avec quelqu'un qui la respectait. Il s'apprêtait à s'éloigner quand elle posa la main sur le bord de la vitre.

— Joaquin...

Il releva son menton de près en signe d'interrogation.

— Le corps dont je t'ai parlé hier... J'y suis retournée tôt ce matin pour la retrouver, mais elle avait disparu, ainsi que le marqueur jaune que j'avais laissé sur la piste, expliqua-t-elle, se frottant les bras quand un frisson la secoua. Le marqueur jaune a fini à l'arrière du camion incendié de James. Pourrais-tu veiller à ce qu'ils la recherchent ? Je pense qu'elle est liée à ce qui s'est passé ici la nuit dernière.

Joaquin fronça les sourcils.

— Pourquoi déplacer un cadavre ? À moins d'être nous ? conclut-il avec un rire.

Zoe pinça les lèvres, contemplant le visage poussiéreux.

— Ou un tueur ?

— Je suis soulagé que vous n'ayez pas été gravement blessés.

L'inquiétude creusait des sillons profonds à côté des yeux de Joaquin ; Zoe aurait donné n'importe quoi pour ne pas être restée à Gila Bend la nuit précédente.

Pour détendre l'atmosphère, elle changea de sujet de conversation.

— Je n'arrive pas à croire que Rosy a déjà quatre ans. Souhaite-lui un joyeux anniversaire de ma part. Et puis, excuse-moi auprès de ta famille, dis-leur que je les aime.

Zoe avait gardé les enfants de Joaquin à l'occasion, et ils étaient adorables.

Elle jeta un coup d'œil autour d'elle et constata que l'ASAC Patterson les regardait fixement, comme un proviseur de lycée cherchant à repérer les élèves qui séchaient les cours.

— As-tu les coordonnées GPS de l'endroit où la femme se trouvait hier ? demanda-t-elle à Joaquin.

Il secoua la tête. Zoe les énuméra de mémoire, et l'un des assistants les nota rapidement.

— Je ne pense pas que le FBI me croie vraiment à son sujet. Ils pensent qu'elle est le fruit de mon imagination.

— Pourquoi irais-tu inventer l'existence d'un cadavre ?

— Parce que je suis tellement inconstante et peu fiable ?

— Tu parles. C'est sans doute à cause de l'absence de tenue professionnelle et de badge, répliqua-t-il en observant sa tenue d'un air amusé.

— En fait, confia-t-elle en se penchant plus près pour murmurer, je crois que c'est surtout mon absence de pénis.

Joaquin chuchota à son tour :

— Comment sait-il que tu n'as pas de pénis ?

Zoe sourit.

— Il a fait une supposition.

Joaquin s'amusait visiblement beaucoup.

— Ah ah ! Ne jamais faire de supposition. Ne faites jamais, jamais de suppositions, ajouta-t-il à l'intention de ses assistants, pas dans notre métier.

— Dans ce cas, il avait raison, mais je n'ai pas l'intention de lui fournir des données empiriques, poursuivit Zoe en faisant la moue. S'il te plaît, n'oublie pas cette femme décédée... et oui, c'était biologiquement une femme, aucun doute là-dessus.

Zoe croisa les bras : elle n'avait pas envie de penser à ce qui avait été infligé à la victime, mais elle ne pouvait s'en empêcher, car elle était presque sûre que les ravisseurs avaient prévu le même sort pour Karina et elle la nuit précédente.

Joaquin sourit tristement.

— Je ferai de mon mieux.

— Merci, dit-elle, lui rendant son sourire.

Joaquin faisait toujours de son mieux. L'expression de ce dernier devint sérieuse. Il murmura, d'une voix si douce qu'elle dut se pencher pour entendre les mots.

— Sois prudente, d'accord ? Ici, on ne s'en sort pas sans conséquences quand on énerve les cartels, *entiendes* ?

— Je comprends.

Elle hocha la tête. Aucune opinion au monde ne lui inspirait plus de respect que celle de cet homme. Ni celle du FBI, ni celle de la patrouille frontalière, ni celle de ses propres parents.

— Appelle-moi si tu as des nouvelles de Karina, lui demanda-t-il, puis il fit avancer le camion, dépassant les autres véhicules.

L'empattement était à cheval sur la route et l'accotement, et un terrible bruit d'égratignure se fit entendre quand il s'approcha trop près des épines impitoyables d'un grand cactus.

Le téléphone satellite qu'elle avait dans la main se mit

soudain à vibrer et elle le regarda, surprise. Elle observa autour d'elle, soulagée de voir Seth Hopper. Il était de retour sur le parking avec les gilets d'équipement qu'il avait laissés dans le désert plus tôt, quand Hersh avait été mordu. Il releva la tête et posa aussitôt son regard sur elle. Puis elle répondit à l'appel.

— Allô ? dit-elle.

Elle entendit une légère respiration.

— Êtes-vous Zoe Miller ?

— Oui. Qui est-ce, s'il vous plaît ? demanda-t-elle prudemment.

— ASAC Steve McKenzie du siège du FBI. Je cherchais Seth Hopper. Est-il dans les parages ?

— Il se dirige vers moi à l'instant.

— Comment vous sentez-vous ?

— Fatiguée. Sale. Grincheuse.

— On dirait moi dans un bon jour.

Elle entendit le sourire dans la voix de l'homme.

— Oui, j'allais dire que je me suis déjà sentie plus mal, mais je ne sais pas exactement quand.

Un mal de tête commençait à poindre. Elle ne se souvenait pas de la dernière fois où elle s'était retrouvée dans le désert sans provisions ni sans son fidèle chapeau. Il fallait qu'elle s'en aille d'ici, loin des souvenirs de la nuit précédente et des méthodes autoritaires de l'ASAC Patterson, avant que la tempête imminente ne transforme les routes en un bourbier plein d'ornières.

— C'est ce qui arrive lorsqu'on se fait enlever dans son lit sous la menace d'une arme à feu, constata McKenzie.

Zoe s'essuya le front ; la chaleur du désert lui pesait soudain.

— Ce n'est vraiment pas le genre d'expérience que j'ai envie de réitérer.

— Amen à cela.

Seth arriva près d'elle.

— Merci pour tout ce que vous avez fait pour nous hier soir, le remercia Zoe, submergée de gratitude une fois encore. Sans l'aide du FBI, je ne peux m'empêcher de penser que le résultat aurait été très différent.

— Nous avons eu de la chance de pouvoir intervenir rapidement. Nous avons été extrêmement chanceux.

Zoe passa le téléphone à Seth. Il s'éloigna, ne voulant manifestement pas qu'elle entende la conversation, cette fois-ci. Il l'observait du coin de l'œil.

Elle s'appuya contre le camion chaud et observa le désert. Elle ne s'était pas rendu compte qu'elle commençait à s'assoupir jusqu'à ce que Seth la saisisse doucement par les épaules et la pousse plus loin dans l'ombre.

Il posa une large main sur son front, et elle plissa les yeux, le regardant sous ses cils.

Il possédait des traits symétriques parfaits : une mâchoire forte, des pommettes hautes, une lèvre inférieure pleine. Et ces yeux... Leur couleur variait d'un vert olive pâle à un brun clair, et, techniquement, ils étaient sans doute noisette. Ils étaient bien plus beaux que tous les autres yeux noisette qu'elle ait jamais vus.

Un frémissement de conscience intempestif lui parcourut l'échine, lui rappelant à quel point elle l'avait trouvé séduisant lorsqu'elle l'avait vu pour la première fois au motel, un millier d'années plus tôt. Mais, pour le moment, il semblait plutôt l'examiner comme une petite fille récalcitrante et fiévreuse.

— Vous allez bien ? Vous êtes chaude. Avez-vous bu suffisamment d'eau ?

— Sans doute que non. Je vais en chercher, dit Zoe en s'éloignant de lui. La nuit a été longue.

Soudain, elle eut l'impression d'être en surchauffe. Elle dégagea ses bras de ses vêtements, glissa le tissu du t-shirt emprunté à Seth par le trou du col de son propre t-shirt et le fit passer par-dessus sa tête, le tout sans enlever son haut. Elle plia le vêtement et le lui rendit.

— Merci de m'avoir prêté votre t-shirt, agent Hopper. Désolée pour la sueur.

Seth cligna des yeux.

— Je n'ai aucune idée de la façon dont vous avez fait ça. C'était un peu comme regarder un tour de magie au ralenti.

L'expression de Seth devint plus chaleureuse, et elle constata une fois de plus qu'elle n'était pas à la hauteur dans le domaine du *sexy*. Et cela l'irritait de se préoccuper de son apparence alors que tant de gens étaient morts ici. Elle but une gorgée d'eau à la bouteille.

Seth consulta sa montre.

— Je vais emprunter un véhicule à l'un des agents de Phoenix, récupérer le reste de mon matériel et celui de Hersh, puis me rendre à l'hôpital pour prendre de ses nouvelles. Je peux vous emmener, si vous le souhaitez. Les services secrets veulent envoyer un agent là-bas pour vous récupérer.

— Oui au trajet en voiture. Non aux services secrets.

Il plissa ses beaux yeux en la regardant.

— Comment ça, *non aux services secrets* ?

— Je veux dire, non. Je ne veux pas d'agent des services secrets.

Elle croisa les bras ; elle ne voulait pas se disputer à ce sujet. Elle n'allait pas changer d'avis.

— Pourquoi ne voulez-vous pas d'agent des services secrets ?

— Parce que j'en ai déjà eu un, et je n'ai pas aimé ça.

— Je sais que cela peut être contraignant...

— Essayez plutôt « étouffant » ! s'exclama-t-elle alors que l'émotion la submergeait ; elle la masqua derrière un sourire factice. Je refuse de gaspiller l'argent des contribuables. De toute façon, que ferait un agent ? Il conduirait le camion de déménagement à tour de rôle avec moi ?

Elle éclata de rire. Puis elle agita la main en direction de tous les représentants des forces de l'ordre éparpillés dans le désert.

— Le cartel ne s'intéressera certainement plus à moi. Le FBI est sur son dos, maintenant.

Les tempes de Seth brillaient de sueur et elle résista, de justesse, à l'envie de poser sa paume sur son front pour vérifier sa température, comme il l'avait fait pour elle un peu plus tôt. Il valait sans doute mieux qu'elle ne le touche pas.

Il étira son cou d'un côté.

— Vous dites ça comme s'il s'agissait d'un fait avéré, alors que vous ignorez pour quelle raison ces hommes vous ont enlevée. Et que voulez-vous dire avec le camion de déménagement ?

— Je vous ai déjà dit que je pensais qu'ils nous avaient enlevés à cause de la femme morte que j'ai trouvée hier après-midi.

— Celle dont le corps a disparu, compléta Seth, impassible. Et le camion de déménagement ?

— Celle dont quelqu'un a délibérément déplacé le corps la nuit dernière, sans doute parce qu'il s'est rendu compte que je l'avais trouvé.

Ce qui signifiait qu'ils l'avaient espionnée la veille dans le désert.

Ce n'était pas une pensée très rassurante.

— Les deux types morts que vous avez trouvés près de la piste se sont sûrement chargés du travail manuel, déclara Zoe, pointant l'ouest, en direction des contreforts. Je parie que leur ADN est partout sur les pelles que l'homme en noir a données à Fred et James. Je parierais même qu'il a obligé les types morts à déplacer le corps de la femme et à l'enterrer. Ensuite, il les a tués parce qu'il ne voulait pas que quiconque connaisse l'emplacement de sa tombe. Il nous a enlevés pour se débarrasser des preuves que nous avions collectées.

Elle s'interrompit, se mordant la lèvre. Puis elle plissa les yeux pour se protéger de la lumière éclatante du soleil. D'une manière tout à fait horrible, cela semblait logique.

— C'est ma théorie. Cette première victime disparue, c'est la clé de votre enquête, mais personne du FBI ne veut me croire.

Seth laissa échapper un soupir, soudain fatigué.

— Premièrement, ce n'est pas *mon* enquête. Je ne travaille plus sur des affaires. Deuxièmement, le corps peut très bien avoir été hissé sur le dos d'une autre mule et transporté quelque part où nous ne le retrouverons jamais. Troisièmement, je vous crois. Il y avait un corps, et, pour une raison que j'ignore, il a été déplacé.

Zoe cilla en le regardant, surprise.

— Quatrièmement…, poursuivit-il en regardant autour de lui quand il parut se rendre compte qu'il avait haussé le ton.

Il le baissa, se pencha plus près, et, en dépit de son expression douce, il sembla parler en serrant les dents.

— … quel camion de déménagement ?

— *Mon* camion de déménagement. Celui dans lequel se trouvent toutes mes affaires, et qui est garé devant la maison de Karina et James à Phoenix.

Elle réprima un bâillement de pure fatigue. Ses jambes étaient faibles, et ce n'était pas seulement à cause du charme viril de Seth Hopper.

— Je dois être en Virginie lundi prochain pour mon nouveau travail.

— Et vous conduisez ce camion de déménagement ?

Deux lignes se creusèrent entre ses sourcils tandis que certains de ses quarante-deux muscles faciaux se mouvaient pour qu'il se renfrogne.

— Oui, je conduis.

Que peut-on faire d'autre avec un camion de déménage-

ment ? Elle réprima le « sans blague ! » qui résonnait dans sa tête. Il était sans doute fatigué, lui aussi.

— Au départ, j'avais prévu de partir aujourd'hui, mais je dois m'assurer que Karina va bien avant d'aller où que ce soit.

— Seule ?

Il était si proche qu'elle sentait le parfum de sa peau. Il aurait dû être en sueur et dégoûtant, mais... ce n'était pas le cas.

— Vous allez rouler pendant plus de trois mille deux cents kilomètres, seule ?

Elle courba les épaules et croisa les bras, consciente que le t-shirt qu'elle portait était un peu trop fin, surtout quand la transpiration commençait à devenir un problème. Il fallait vraiment qu'elle s'en aille.

— Je sais que c'est un long voyage. C'est pour ça que je me suis donné toute une semaine pour l'accomplir. Cela devrait aller si j'y vais par étape.

Il la regardait comme si des cornes avaient poussé sur sa tête.

— Quoi ?

— Le cartel a envoyé un commando pour vous tuer la nuit dernière.

Un frisson glacial parcourut le corps de Zoe face à ce brusque retour à la réalité, mais elle n'était pas convaincue.

— Je pense qu'ils ont envoyé un groupe de personnes pour détruire toutes les preuves que nous aurions pu trouver dans le désert hier.

Les pupilles de Seth se dilatèrent à ses mots, et elle se souvint qu'elle lui avait parlé de la preuve qu'elle espérait trouver dans la poche de son gilet au motel. S'en souvenait-il ? Elle n'allait pas le lui rappeler.

— Ils ont obtenu ce qu'ils voulaient. Et quand ils découvriront qui est ma mère, je doute qu'ils prennent le risque de déclencher une guerre en continuant à s'en prendre à moi. Les cartels de la drogue ne sont pas stupides.

Seth changea de position.

— Votre théorie n'est que pure conjecture.

— C'est la seule chose qui paraît logique. Manifestement, ils ne savaient pas qui j'étais, et ma vie personnelle est d'un ennui mortel, expliqua Zoe alors que son agacement montait d'un cran. Cette femme décédée ne s'est pas levée de son propre chef pour aller se balader. Je doute que quiconque, en dehors d'un médecin légiste, puisse la regarder et se dire « tiens, si j'emportais ce cadavre en décomposition ? ». Ceux qui l'ont tuée ne s'attendaient pas à ce qu'elle soit découverte, mais je l'ai trouvée, et le cartel a soudain été contraint de réagir...

Seth Hopper continuait de la fixer du regard.

Elle ne parvenait pas à lire en lui.

— Quoi ? s'exclama-t-elle avant de soupirer, l'air fatiguée. Suis-je censée passer le reste de ma vie à me cacher ? Si le FBI fait son boulot, retrouve le corps de cette femme et l'identifie, alors je suis presque certaine que le cartel ne se préoccupera plus de moi.

Il posa à nouveau les yeux sur elle, mais son expression resta impassible.

— Comment comptez-vous conduire exactement, alors que vous n'avez pas votre permis ?

Zoe haussa les épaules.

— Le loueur a une photocopie de mon permis. Je n'ai pas l'intention d'enfreindre la loi, alors, avec un peu de chance, je ne serai pas arrêtée en chemin, lança-t-elle, puis elle battit des cils. Le FBI pourrait peut-être m'écrire un mot ?

Il secoua la tête, fixant le sol en se frottant la nuque.

— Pourrions-nous faire un petit détour par Gila Bend pour que je puisse récupérer ce qu'il reste de mes vêtements au motel ? s'enquit-elle, omettant de préciser qu'elle voulait récupérer les preuves. Et si vous allez à Tucson, j'apprécierais vraiment que vous m'emmeniez voir Karina. Dès que je serai certaine qu'elle va bien, je rentrerai à Phoenix avec Fred.

— Fred… celui qui craque pour vous ?

Zoe leva les yeux au ciel.

— Fred… celui qui est l'un de mes meilleurs amis depuis six ans.

— Ce type ne veut pas être votre ami, répliqua Seth, inclinant le menton et haussant les sourcils, comme si elle était naïve.

Elle ressentait le besoin de se défendre et de défendre son ami. Peut-être d'expliquer les sentiments complexes qu'ils éprouvaient en ce moment.

— Nous sommes sortis brièvement ensemble il y a quelques années. Je pense qu'hier soir, il espérait raviver quelque chose avant que je ne quitte la ville, expliqua-t-elle, s'éloignant du métal chaud du camion. Ça n'a pas d'importance.

Sa peau commençait à la brûler, et il n'était pas encore dix heures du matin.

— Déposez-moi à la première ville et j'appellerai un taxi.

Le regard de Seth se fit dur ; elle n'arrivait pas à lire en lui. Il l'observa si longtemps qu'elle commença à se sentir mal à l'aise. Finalement, il parla.

— Cela ne me dérange pas de vous emmener. De toute façon, nous allons dans la même direction.

Elle entendit son téléphone satellite vibrer à nouveau et elle le regarda le prendre. Il consulta l'écran avant de le porter à son oreille.

— Ils l'ont déjà attrapé ? demanda Seth, dont la mâchoire se crispa alors que ses jointures blanchissaient contre sa peau. Il est mort ?

Zoe se raidit à ses côtés. Parlait-il de l'un des deux hommes qui s'étaient échappés du désert la nuit précédente ?

Seth lui lança un regard de côté, comme s'il était conscient de sa capacité à entendre les conversations des autres. Elle avait une excellente ouïe.

— Je veux tous les détails dès mon retour à Quantico, gronda-t-il, puis il poursuivit. Je ne peux pas parler pour l'instant. Je te rappelle plus tard.

Il raccrocha. Était-il question de cette enquête ? Zoe plissa les yeux, l'observant d'un regard pensif.

— Qu'est-ce que vous ne pouvez pas dire à cette personne parce que vous ne vouliez pas que j'entende ?

Un sourire inattendu ourla les lèvres de Seth.

— Je suppose que vous ne le saurez jamais.

Il était extrêmement agaçant. Et extraordinairement sexy.

Zoe sentit une poussée de désir intempestive l'envahir. Ce fut alors qu'une horrible pensée survint. Et s'il avait une femme ou une petite amie chez lui ?

Son regard se porta sur sa main gauche. Il ne portait pas d'alliance, mais Hersh non plus, et elle savait qu'il était marié.

Seth remarqua son regard... évidemment. Elle vit la lueur d'amusement dans ses yeux, et une partie de Zoe se dit qu'elle allait mourir de gêne. Le reste d'elle était trop fatigué pour s'en soucier.

— Allez. Allons récupérer notre matériel, et je vous conduirai au motel et à l'hôpital. Ensuite, je vous laisserai vous battre avec votre mère et les services secrets, mais je ne m'en mêlerai pas.

***

Seth n'aurait pas vraiment su expliquer comment Zoe Miller et lui s'étaient retrouvés seuls dans une voiture pour rentrer à Gila Bend. Les douze dernières heures avaient pris une tournure surréaliste, à tel point qu'il s'attendait à se réveiller et à devoir recommencer l'opération de la nuit précédente depuis le début.

Il avait mis un chapeau et des lunettes de soleil pour traverser la mêlée des médias. Zoe s'était baissée, mettant la tête entre les genoux pour masquer son visage. Personne ne semblait avoir remarqué qu'elle était dans le véhicule.

— Comment va l'agent Hersh ? s'enquit-elle.

Il la regarda. Le visage de la jeune femme était rougi par le soleil, et ses cheveux étaient plaqués sur son front à certains endroits. À en juger par le manque de concentration de son regard, il comprit qu'elle était épuisée. Mais il y avait toujours en elle quelque chose d'irrésistible qu'il s'efforçait d'ignorer. Il ne s'agissait pas seulement de son apparence, qui l'avait attiré dès qu'il l'avait vue descendre de ce vieux camion Ford. Mais c'étaient son esprit et cette intelligence vive qui lui donnaient envie de mieux la connaître, même si elle n'était pas vraiment le genre de femme qu'il fréquentait habituellement.

Certes, il ne pourrait rien se passer à présent, quand bien même il était certain qu'elle était aussi attirée par lui qu'il l'était par elle.

Au cours des douze dernières heures, Zoe Miller était passée du statut d'inconnue séduisante dans un motel bon marché à celui de mission pas vraiment officielle ; pourtant, il savait qu'il perdrait son emploi s'il laissait quelque chose lui arriver. Sans oublier qu'elle disposait d'un accès direct à l'élite de la classe politique américaine, en mesure de nuire gravement à sa carrière si elle le souhaitait. Ce n'était pas son monde. Son monde était composé d'hommes et de femmes enrôlés dans l'armée, de membres des forces de l'ordre, d'enseignants et d'infirmières. Ils représentaient la classe laborieuse pauvre qui parvenait à peine à s'en sortir, mais qui parvenait quand même à s'amuser en le faisant.

— Seth ? Cela vous dérange-t-il si je vous appelle Seth ?

Il se rendit compte qu'elle attendait toujours une réponse.

— Ou bien, préférez-vous agent Hopper ? Ou opérateur Hopper ?

Il s'éclaircit la gorge.

— Seth, c'est parfait. Hersh s'en sort bien. Les médecins lui ont administré un antivenin et il est maintenant sous surveillance, mais tout indique qu'il va se rétablir complètement. Il devrait passer la nuit à l'hôpital et être libéré demain matin s'il n'y a pas de complications. J'ai parlé à sa femme, et elle a décidé de ne pas venir jusqu'ici. Enfin, c'est surtout parce que JJ, l'opérateur Hersh, l'en a dissuadée.

Zoe bâilla largement.

— Je suis sincèrement désolée qu'il ait été mordu.

— Lui aussi, mais il aura une histoire cool à raconter aux gars à son retour, et de belles cicatrices dues à de vilains crocs.

Zoe regarda par la vitre et laissa échapper un petit rire.

— Quelle foutue nuit !

Seth sourit.

— C'est vrai. Je n'avais pas vécu une telle émotion depuis l'État de Washington le mois dernier.

Les pupilles de Zoe se dilatèrent. Elles étaient entourées d'iris qui étaient presque turquoise dans la lumière du matin.

— Que s'est-il passé dans l'État de Washington ?

Il lui décocha un regard, mais il n'avait pas le droit de parler d'opérations à des inconnus. Pas même à ceux dont la mère pouvait lire les rapports. Elle remua sur son siège, se tournant vers lui, l'air intriguée.

— Vous étiez présent lors de l'affrontement à Eagle Mountain ?

Seth se tut, gardant les yeux rivés sur la route.

— Clignez des yeux une fois pour oui et deux fois pour non.

Il battit des cils pour elle.

— Vous n'êtes pas drôle ! s'exclama-t-elle en riant.

Il crispa les doigts sur le volant. Il pouvait être très amusant dans les bonnes circonstances. Il était sans doute préférable qu'il ne pense pas à ces circonstances, compte tenu de l'évolution de leur dynamique et de leur proximité actuelle.

Elle bâilla à nouveau.

— Dormez un peu. Je vous réveillerai quand nous arriverons au motel.

— Si je m'endors, je vais probablement ronfler et baver.

— Vos secrets sont en sécurité avec moi.

Elle bâilla une nouvelle fois, puis sembla abandonner le combat.

— Je crois que je n'ai pas le choix, confirma-t-elle en ajustant son siège avant de fermer les yeux. Vous ne direz pas que je ne vous ai pas prévenu.

— Je pense que je peux gérer.

Seth ne quitta pas la route des yeux et passa à côté d'un coucou terrestre mort sur le bord de la chaussée, dévoré par des vautours à tête rouge.

Lui aussi était épuisé. D'abord, l'embuscade et la fusillade avec le cartel, ensuite, la course à travers le désert pour secourir Zoe et ses amis, puis la gestion d'un millier de demandes et d'ordres sur la scène de crime. Il se demanda à nouveau si les événements de la nuit précédente étaient reliés entre eux. S'agissait-il du même groupe de criminels ou de groupes concurrents ? Il y avait certes beaucoup d'activité de ce côté-ci de la frontière, plus que quiconque au FBI ou à la sécurité intérieure n'aurait voulu voir sur le sol américain.

Un autre coup d'œil en direction du siège passager lui confirma que Zoe Miller était déjà profondément endormie.

Il sourit et bâilla, puis se secoua. Il n'avait pas le temps de se reposer. McKenzie voulait qu'il prenne un vol ce soir-là, afin de tout revoir en personne au QG le lendemain matin à la première heure. Il s'agissait d'un débriefing complet avec d'autres sections du Bureau, en vue de planifier une réponse stratégique.

Les membres de la HRT s'entraînaient pour fonctionner avec peu ou pas de repos. La sélection comportait quatorze jours de défis physiques et mentaux éprouvants, accompagnés d'un excès de privation de sommeil et d'une alimentation réduite au strict minimum. Elle reposait sur les mêmes principes que ceux développés à l'origine par les services spéciaux britanniques, puis adoptés et adaptés par la Delta Force, les Navy SEALs et de nombreuses autres unités militaires de premier plan dans le monde entier. Pousser un candidat jusqu'à l'épuisement, jusqu'à la douleur, pour voir comment il fonctionne sous une contrainte extrême. Tester son endurance et son acuité mentale sous pression. Voir comment les individus fonctionnaient en tant qu'équipe lorsqu'ils étaient vidés de leur substance.

Moins de vingt pour cent des candidats allaient au bout des deux semaines de sélection du FBI. Un nombre encore plus restreint était retenu pour relever le défi de l'EFNA. Il était fier de compter parmi eux. Il avait obtenu son diplôme et avait été choisi par l'équipe Gold un peu plus de trois ans auparavant. C'était sa formation de Navy SEAL qui lui avait permis de tenir le coup dans cette galère monumentale. Les instructeurs poussaient tout le monde au point de rupture, quelle que soit leur expérience préalable. Comme la nuit précédente l'avait prouvé, les opérations réelles étaient parfois encore plus ardues et difficiles que les opérations fictives mises au point pour l'entraînement.

Zoe émit un petit gémissement et Seth lui jeta un coup d'œil.

Dans son sommeil, ses traits conservaient une tension résiduelle à laquelle il ne s'était pas attendu. Un petit « v » s'était formé entre ses sourcils. Mais, compte tenu de ce qui s'était produit la nuit passée, il ne serait pas surpris qu'elle fasse des cauchemars pendant un certain temps.

Ses doigts se crispèrent sur le volant. Le fait que ces ordures aient eu l'intention de blesser et de tuer cette femme et ses amis démontrait la dangerosité des cartels. Ces groupes devaient être contrôlés, contenus.

Les souvenirs de sa petite sœur surgirent dans sa mémoire. L'esprit torturé, Seth expira longuement, puis tâcha de penser à autre chose.

Tout ce qui pouvait nuire au trafic de drogue était bénéfique.

Il ouvrit la vitre pour que l'air frais l'aide à rester éveillé.

Le trajet d'une heure fut direct et ennuyeux. Il se gara sur le parking du motel familier ; il avait l'impression qu'il en était parti un an plus tôt, et non la veille au soir. L'endroit semblait désert. Rien de tel que d'apprendre qu'un cartel avait enlevé un groupe de civils dans leur chambre, sous la menace d'une arme, pour effrayer les clients. La camionnette des techniciens de scène de crime et le ruban jaune n'aidaient sans doute pas.

Seth s'arrêta à côté du véhicule, et il fut heureux de voir que Zoe ne s'agitait pas.

Il sortit, laissant le moteur tourner pour la climatisation avant de fermer tranquillement la portière. Il montra son accréditation à l'équipe de police scientifique. Au nombre de deux, les hommes avaient presque terminé de traiter les trois chambres adjacentes. Seth leur expliqua qu'il avait besoin de toutes les affaires laissées dans la chambre du Dr Miller, ou dans n'importe quelle autre d'ailleurs, et attendit que le type appelle son patron pour lui demander la permission.

Il n'y avait aucune raison de croire que les vêtements contenaient des indices physiques sur l'identité des hommes qui les avaient enlevés la nuit précédente. Si les ravisseurs avaient vu les affaires, ils les auraient emportées, avec tout le reste, pour les brûler dans le désert.

Seth ne pouvait s'empêcher de penser que la théorie de Zoe sur le corps disparu était peut-être fondée… et le fait qu'ils aient tous deux recueilli des preuves matérielles pourrait leur donner des réponses, mais aussi les mettre en danger. Il n'avait pas l'intention de parler de la pierre ensanglantée à qui que ce soit, sauf à Novak, jusqu'à ce qu'elle soit analysée.

Le technicien revint vers lui.

— J'en ai parlé à mon supérieur et il m'a dit que je pouvais vous les remettre, car les victimes sont en vie et en bonne santé et rien ne semble avoir été touché. J'avais mis les affaires dans un sac, mais je ne les avais pas encore examinées.

— La victime dit que le ravisseur ne les a pas vues accrochées à l'arrière de la porte.

— C'est ce qu'il semblerait, répondit l'homme, lui tendant le sac en papier avec une certaine réticence.

Seth s'en saisit.

— Merci.

Le technicien jeta un coup d'œil à la silhouette endormie de Zoe.

— C'est l'une des victimes ?

Seth acquiesça.

— Les quatre ont été récupérées saines et sauves. L'une d'elles a été blessée par balle et se trouve à l'hôpital.

Ces faits faisaient la une de tous les journaux. Heureusement, le lien de Zoe avec Madeleine Florentine n'avait pas fuité en dehors du FBI ou des services secrets. *Pas encore.*

— Avez-vous récupéré les images de surveillance d'hier soir ? s'enquit Seth.

L'homme hocha la tête.

— Les propriétaires nous les ont remises à contrecœur. Pour

être honnête, je ne pense pas qu'ils s'attendaient à ce que nous arrivions si vite.

Parce que les enlèvements étaient fréquents dans la région ? Ou parce que les flics n'arrivaient pas à lutter contre la criminalité des cartels, et que tout le monde le savait ? Seth se demanda ce qu'il serait advenu des quatre anthropologues si l'un d'entre eux n'avait pas eu de relations. Seth et Hersh avaient été mobilisés uniquement en raison de la relation de Zoe avec la vice-présidente. Certes, la jeune femme avait largement contribué à se sauver avec le SOS qu'elle avait lancé, et le fait qu'elle s'était enfuie dès qu'elle en avait eu l'occasion.

Elle n'était pas seulement érudite, elle avait un bon instinct.

Seth chercha et trouva l'une de ses cartes de visite dans une poche de ses vêtements et il remarqua le haussement de sourcils surpris lorsque le type lut la mention « HRT ».

— Pourriez-vous m'envoyer une copie de toutes les images d'hier et des trois jours précédents ? Un groupe de membres des forces de l'ordre séjournait ici et je souhaiterais vérifier si quelqu'un nous surveillait ou est entré dans nos chambres alors qu'il n'aurait pas dû le faire.

L'homme tordit le bord de sa moustache.

— Je le ferai.

Seth acquiesça en guise de remerciement. Puis il posa le sac en papier sur le plancher derrière son siège. Il avait les doigts sur la poignée de la portière conducteur quand un gros SUV noir entra en trombe sur le parking. La main de Seth se posa sur son arme.

C'est alors qu'il reconnut le conducteur. Arthur O'Neill. Le chef d'équipe de la BORTAC.

Le type avait l'air furieux.

CHAPITRE NEUF

Arthur sortit du véhicule et fonça droit sur lui ; Seth le rejoignit à mi-chemin.

Le chef d'équipe le poussa.

— Espèce d'abruti !

La seconde fois qu'Arthur tenta de poser la main sur Seth, il se retrouva le visage plaqué contre la vitre d'une des fenêtres du motel, le bras replié assez haut dans le dos pour attirer toute son attention. S'il bougeait, il se déboîterait l'épaule.

— Vous êtes en train de faire une scène, affirma Seth.

— J'avais le droit de savoir sur quoi vous enquêtiez !

Arthur était un grand homme, mais il n'avait pas l'entraînement de Seth. Celui-ci le maintint immobile, regrettant d'avoir à le faire.

Il relâcha un peu sa prise, laissant à l'autre homme la possibilité de respirer.

— Je suivais des ordres. Vous devez vous adresser à vos supérieurs.

— Je me fous de vos ordres ! Vos ordres ont entraîné la mort d'un de mes hommes !

— Foutaises, rétorqua Seth, qui recula et relâcha prudemment Arthur. Tout ce que j'ai fait, c'est observer, tout en accomplissant mes fonctions au sein de votre équipe, comme il se devait. Je n'ai laissé tomber personne ; en fait, nous vous avons sauvé la peau là-bas.

Seth planta ses pieds dans le sol. Puis il baissa la voix pour que personne n'entende leur dispute.

— Ce n'est certainement pas moi l'agent fédéral qui a ignoré un avertissement concernant un mouvement potentiellement hostile derrière nous, avant de donner l'ordre d'y aller quand même.

Arthur fronça les sourcils.

— Je pensais qu'il y aurait plus de passeurs. Je m'attendais à ce qu'ils fassent demi-tour et s'enfuient en s'estimant chanceux. Je ne m'attendais pas à ce qu'ils ouvrent le feu sur nous.

— Et pourtant, c'est ce qu'ils ont fait, répondit Seth, pinçant les lèvres, sans quitter l'autre homme des yeux. Je suis désolé pour Ike. Sincèrement. Il avait l'air d'un type bien. Les choses se sont vite gâtées. Nous avons eu de la chance de nous en sortir sans plus de blessures.

Arthur déglutit, puis détourna le regard.

— Savez-vous depuis combien de temps Roger était corrompu ?

Seth secoua la tête.

— Tout ce que je sais, c'est que vos patrons ont constaté une nette diminution du taux de réussite au cours de l'année écoulée, et qu'ils ont commencé à soupçonner le cartel d'avoir retourné l'un des agents de la BORTAC. Et je ne suis même pas censé vous en dire autant.

Les traits d'Arthur se figèrent en une grimace contrariée.

— Si jamais je mets la main sur ce petit enfoiré...

— L'ont-ils attrapé ?

Arthur secoua la tête.

— Pas que je sache, mais, apparemment, je ne mérite pas de tout savoir. Sa femme affirme qu'elle ignorait que Roger était corrompu.

— Bien sûr qu'elle nie, répliqua Seth en levant les yeux au ciel.

Arthur se renfrogna.

— Il se pourrait qu'elle dise la vérité.

— Elle serait bien bête d'admettre quoi que ce soit à ce stade, et elle est sans doute au courant. Son mari travaille pour le cartel. On ne peut pas profiter du butin sans se salir les mains.

Si elle n'était pas impliquée, la meilleure chose à faire pour elle était de changer de nom et de disparaître à jamais.

Arthur posa les mains sur ses hanches.

— Pourquoi croyez-vous qu'ils nous aient attaqués hier soir ? Vous pensez que Roger se doutait que vous étiez sur son dos ? Ou bien était-ce censé être une sorte de diversion par rapport à l'événement qui vous a obligés à partir en catastrophe ensuite ?

C'était une très bonne question. Seth n'avait pas la réponse.

— D'où venait le tuyau au sujet de la cargaison de cocaïne ?

Arthur grimaça.

— Vous croyez qu'ils me l'ont dit ? s'exclama-t-il, ricanant avant de regarder le pare-brise de la voiture que conduisait Seth. Hé, c'est la fille du motel d'hier soir.

Arthur fit un signe de tête vers Zoe. Elle dormait toujours sur le siège avant.

— Elle faisait partie des personnes enlevées ? L'une de celles que Hersh et vous êtes allées secourir ?

Il n'y avait rien de bien surprenant à ce que ce type ait fait le rapprochement. L'enlèvement faisait la une des journaux, mais, même si cela n'avait pas été le cas, les membres des forces de l'ordre parlaient.

Seth regarda Zoe dormir, et il se sentit reconnaissant qu'il ne lui soit rien arrivé de vraiment grave.

— Oui. L'autre femme qui l'accompagnait hier soir a été touchée par une balle lors du sauvetage, et elle est en train d'être opérée. Deux des ravisseurs se sont échappés. Cinq membres présumés du cartel sont morts sur place.

Si l'on ajoutait à cela le nombre de personnes décédées lors de la tentative d'embuscade contre l'équipe de la BORTAC, le cartel avait accumulé un nombre considérable de victimes pour une seule nuit de violence.

— Comment l'avez-vous trouvée si vite ?

— Elle a envoyé un SOS depuis sa montre.

Arthur sourit.

— Tant mieux pour elle. Que se passe-t-il maintenant ?

Seth ne savait pas vraiment s'il parlait de Zoe, de Roger, ou de son propre boulot.

— Honnêtement, je ne sais pas.

— Et vous ne diriez rien si c'était le cas, conclut Arthur en posant les poings sur sa taille épaisse. J'espère que nous pourrons recommencer à faire de grosses arrestations maintenant que nous nous sommes débarrassés de ce rat... ce foutu Judas. Vous voulez vos affaires ?

Surpris, Seth regarda fixement l'autre homme.

— Vous les avez apportées ?

— Bien sûr. J'ai parlé à un certain McKenzie, et il m'a dit que, si je faisais vite, je vous rattraperais ici, expliqua Arthur en lançant à Seth un regard qui n'avait plus rien d'agressif. Alors j'ai fait vite.

Seth le raccompagna jusqu'au SUV, ravi de n'avoir pas à courir dans tout l'Arizona pour récupérer ses affaires et celles de Hersh.

Arthur ouvrit la portière arrière, les lui remit, et Seth passa les deux énormes sacs en bandoulière. Le chef d'équipe de la BORTAC tendit la main pour serrer la sienne.

— Ne le prenez pas mal, mais...

Il serra fermement la main de Seth. Celui-ci haussa un sourcil.

— J'espère ne jamais vous revoir.

Seth lui sourit, puis recula d'un pas en regardant l'autre homme s'éloigner.

———

Bruno se réveilla en sursaut, puis décrocha le portable qui avait commencé à vibrer sur la table basse. Ce n'était pas le téléphone qu'il avait emporté avec lui dans le désert. Celui-ci, il le gardait en sécurité dans l'une de ses luxueuses demeures, cette résidence particulière étant située dans la banlieue de Phoenix. Une seule personne connaissait le numéro.

— Sais-tu qui tu as enlevé hier soir, espèce de maudit imbécile ?

Bruno se hérissa en entendant le ton de son boss, mais il savait qu'il valait mieux qu'il ne dise rien. Lorenzo était la seule personne qui osait lui parler ainsi. À la tête de l'une des plus grandes organisations de narcotrafic au monde, Lorenzo Santiago hurlait sur qui bon lui semblait.

Mais en général, il ne criait pas sur Bruno, dont le rythme cardiaque s'emballa légèrement.

— Quelques bonnes âmes qui mettent leur nez trop près de notre territoire.

Il pivota pour poser les pieds sur le sol et se passa une main sur le visage. Il n'avait pas beaucoup dormi ces derniers temps. Et quand il sombrait, ses rêves commençaient à le hanter.

Lorenzo émit un son grave, qui, si on ne le connaissait pas, aurait pu passer pour de l'amusement. Une peur froide s'infiltra sous la peau de Bruno.

— Vraiment ? Vraiment... Eh bien ! Il se trouve que l'une des *bonnes âmes* que tu as arrachées à ce motel miteux de Gila Bend est la fille de Madeleine Florentine, la vice-présidente des États-Unis d'Amérique. *Son nom* te dit quelque chose, sombre abruti ?

Bruno inspira brusquement.

La garce qui s'est enfuie.

— Tu as failli assassiner la fille de la vice-présidente parce qu'elle jouait sur notre territoire ? Le *nôtre* ? Parce que, fais-moi confiance sur ce point, *amigo*, les Américains pensent que c'est toujours *leur* territoire, et j'aurais préféré qu'il en reste ainsi.

Un fracas accompagna les mots, suggérant que Lorenzo était en train de casser quelque chose. Ce n'était pas bon signe.

— Patron, je te jure, je ne savais pas.

Bruno avait demandé à Luis de traquer les quatre qui s'étaient enfuis. Il allait devoir faire croire qu'il s'agissait d'une simple mission d'enquête et non d'un désir de terminer le travail. Qu'avait vu la femme blonde, si tant est qu'elle ait vu quoi que ce soit ? Était-elle, d'une manière ou d'une autre, en mesure d'identifier le cadavre en décomposition ?

Il en doutait.

— Quelles sont les chances que les fédéraux remontent jusqu'à nous pour cet enlèvement ?

— Il n'y a pas d'autre preuve que les corps, patron. *Rien.* Ils peuvent toujours soupçonner qu'un cartel est impliqué, mais ils ne peuvent pas prouver lequel. Nous pourrions faire porter le chapeau à une faction rebelle...

— Et me faire passer pour un faible ? Ah, non, mon ami ! Je préférerais affronter un groupe des forces spéciales américaines plutôt que de donner l'impression de ne pas pouvoir contrôler mes propres hommes.

Parce que donner l'impression d'être faible conduisait les

autres chefs de cartel à penser qu'ils pouvaient prendre le pouvoir sans déclencher une guerre sanglante qui leur coûterait tout, y compris tous ceux qu'ils aiment. Lorenzo ne permettrait jamais une chose pareille. La menace de perdre la face était pire que la mort, et son orgueil était massif.

Comment Lorenzo avait-il découvert l'identité des victimes ? À moins qu'elles n'aient été étalées partout dans les journaux ? Bruno alluma la télévision et vit la couverture locale du désert où ils s'étaient rendus la nuit précédente. Mais, alors qu'il regardait le ruban au bas de l'écran, il n'y avait pas de mention de l'implication de la fille de la vice-présidente américaine dans l'affaire.

Intéressant.

Il savait que Lorenzo avait des sources au sein du gouvernement fédéral. Il aurait bien aimé savoir qui lui avait fourni cette information.

— Qu'en est-il de l'embuscade tendue aux agents de la CBP hier soir ? Pourquoi avons-nous perdu autant de nos hommes ?

Parce que ceux que Lorenzo avait envoyés s'étaient montrés négligents ? Parce que l'idée d'attaquer une équipe d'agents de la BORTAC n'était pas le choix le plus judicieux ? Bruno avait formulé ses inquiétudes, mais il s'était ensuite servi de cette diversion à son propre avantage. C'était le plan de Lorenzo, et cette stratégie avait réussi jusqu'à un certain point. Cela s'était transformé en un bain de sang.

— Ils devaient nous attendre.

— Tu crois que quelqu'un nous a trahis ? s'enquit rapidement Lorenzo.

— Notre informateur était convaincu que le FBI avait été intégré à son unité dans le but exprès de le démasquer. Ils se méfiaient.

Lorenzo avait-il espéré que les Américains se coucheraient

et se laisseraient faire ? Ils étaient lourdement armés et bien entraînés. Évidemment qu'ils avaient riposté.

— As-tu déjà parlé à Roger ? Je suppose qu'il a traversé la frontière sans encombre.

Un petit bruit indistinct lui indiqua que Lorenzo était en train de se calmer.

— Il est suffisamment en sécurité pour l'instant...

Qu'est-ce que ça voulait dire ?

— Ne le tue pas, prévint Bruno. Nous ne convaincrons pas davantage d'agents fédéraux de travailler pour nous si tu assassines ceux qui sont compromis.

— Nous pouvons toujours persuader les gens de travailler pour nous, à moins que tu n'aies perdu la main, Bruno ? s'exclama son patron, laissant échapper un petit rire aigu qui le fit frissonner. C'est peut-être ce que tu faisais hier soir, *persuader* Zoe Miller de venir travailler pour le cartel ? Espionner sa mère. Affaiblir la frontière pour que nous puissions passer plus facilement ?

Bruno ignora la pique.

— Si tu tues l'agent de la police aux frontières, les gens cesseront de croire en notre parole. La promesse d'argent est toujours plus efficace que les menaces.

— Alors, tu perds vraiment la main, Bruno.

Celui-ci serra son téléphone si fort qu'il était étonnant qu'il ne vole pas en éclats. Un jour, il exploserait la tête de Lorenzo, mais pas ce jour-là. Il ne pouvait pas simplement le tuer et prendre le pouvoir. Il devait commencer par donner aux gens une raison de croire que c'était nécessaire. Leur montrer que Lorenzo était instable et nuisible à leurs affaires. Qu'il était dérangé et psychotique.

— Est-ce qu'ils vont s'en prendre à nous ? s'enquit Lorenzo.

Nous ? Bruno leva les yeux au ciel.

Tous deux figuraient sur la liste des personnes les plus

recherchées par le FBI, même si, naturellement, Lorenzo occupait une position bien plus élevée. Mais ce dernier était en sécurité dans son magnifique complexe ultra-protégé au Mexique. Bruno balaya du regard sa maison aux immenses baies vitrées et à la vue spectaculaire sur le désert. Sa seule employée permanente était une vieille femme nommée Agnes, qui faisait la cuisine et le ménage pour lui.

Peut-être était-ce sa propre nature orgueilleuse qui transparaissait ? Son arrogance intrinsèque ?

— Je suis sûr qu'ils nous garderont à l'œil, patron, comme toujours. C'est peut-être le bon moment pour faire profil bas pendant un temps.

Bruno fixa du regard ses ongles, toujours maculés de la crasse du désert. Ces derniers temps, Lorenzo gardait les mains parfaitement propres, sauf pour faire passer un message.

— C'est un risque que nous avons pris. Je pense que cela valait bien quelques morts.

Lorenzo grogna comme un petit cochon.

— Fini les ratés, Bruno. Plus question de blesser des filles de politiciens capables de déclencher une guerre, affirma Lorenzo, avant de poursuivre d'une voix douce. Personne n'est indispensable. Compris ?

Cet enfoiré le menaçait-il vraiment ?

— Bien sûr, patron. Je comprends. Je ne l'aurais jamais touchée si j'avais su qui elle était.

Bruno laissa l'autre homme raccrocher en premier, puis desserra lentement la mâchoire. Il se servit d'un autre portable pour appeler Luis, et s'assurer que quelqu'un suivait les anthropologues, mais sans leur faire de mal.

Si son patron pouvait sembler dangereux en ce moment, il deviendrait carrément fou quand il se rendrait compte que sa petite sœur n'était pas là où il pensait qu'elle était. Bruno devait effacer la moindre trace de Gabriella Santiago avant que l'homme ne commence à soupçonner qu'elle avait disparu.

Et, si la nuit précédente leur avait coûté cher, Bruno était à peu près sûr que lui et ses hommes avaient réussi.

Zoe se réveilla alors qu'ils roulaient à vive allure sur la I-10, à l'entrée de la banlieue de Tucson. Les nuages couleur charbon au-dessus d'eux bouillonnaient et semblaient menaçants. Elle bâilla et étira ses bras au-dessus de sa tête.

— Oh, là, là ! J'étais complètement dans les vapes ! s'exclama-t-elle, jetant un regard à l'homme qui se trouvait à côté d'elle. Est-ce que *vous* allez bien ? Voulez-vous que je conduise ?

Il n'avait pas non plus dormi la nuit précédente.

— Je vais bien, répondit-il avec un hochement de tête. Vous avez bien fait de vous reposer.

— Sans blague, ironisa-t-elle, étouffant un nouveau bâillement avec sa main. Mais j'ai désespérément besoin d'une douche et de vêtements propres. Peut-être même de sous-vêtements.

Soudain, elle s'interrompit. Elle passa ensuite sa langue sur ses dents avec une grimace.

— Sans oublier une brosse à dents, énuméra-t-elle en se redressant sur son siège. Vous savez, si vous prenez cette sortie, il y a un centre commercial juste après. Je pourrais y aller et m'acheter quelques affaires... Je ferai vite, je vous le promets.

Elle crut qu'il allait refuser, mais, au lieu de cela, il jeta un coup d'œil dans le rétroviseur et quitta l'autoroute. Deux minutes plus tard, ils se trouvaient devant un supermarché. Heureusement, il ne pleuvait pas encore. Zoe posa la main sur la poignée de la portière, puis s'arrêta.

— Oh, zut ! Je n'ai pas d'argent.

Seth esquissa un sourire qui, une fois encore, donna à ses traits rugueux un air de M. Éblouissant et Magnifique. Son pouls s'emballa alors même qu'elle lui intimait de ne pas le faire. Maudit système nerveux autonome.

— Je vais vous donner de l'argent, affirma-t-il en haussant un sourcil sombre. Je sais où vit votre famille, si vous ne me remboursez pas.

Zoe sourit.

— Je rembourse mes propres dettes.

Il passa la main sur le siège derrière eux et plongea dans un grand sac de sport noir qui n'était pas là lorsqu'elle s'était endormie. Un simple sac en papier marron était dans le vide-poches derrière son siège.

Elle tendit la main et récupéra le sac de preuves. Quand elle l'ouvrit, elle repéra ses vêtements sales de la veille, y compris son chapeau et son gilet, celui qu'elle aimait porter sur le terrain. Un sentiment de soulagement la frappa et elle eut envie de le serrer contre elle. Non seulement parce que ses vêtements de campagne préférés constituaient une sorte de porte-bonheur, mais aussi parce qu'elle savait qu'elle avait peut-être encore les preuves qu'elle avait recueillies la veille. Elle avait peut-être encore un moyen d'identifier la femme morte disparue.

— Combien de temps ai-je dormi ?

— Quelques heures, l'informa-t-il en haussant une épaule. J'ai bien roulé.

— Parce que vous êtes un chauffard avec une plaque d'immatriculation du FBI ?

— Quelque chose comme ça, avoua-t-il.

Zoe sortit le gilet, tâtant subrepticement les poches. Les enveloppes se froissèrent sous sa main, et elle sentit le contour de ce qui était vraisemblablement la dent et le médaillon contre le bout de ses doigts.

Seth la regarda. Elle lui avait parlé des preuves dans le

désert, avant l'aube. Avait-il oublié, avec tout ce qui s'était passé ? Si elle le lui rappelait maintenant, il pourrait insister pour qu'elle les remette à l'ASAC Patterson.

— Est-ce que j'ai ronflé ? Ou bavé ? plaisanta-t-elle, dans l'espoir de le distraire.

Au cas où, Zoe se passa rapidement une main sur le menton.

— Ou bien me suis-je tournée en ridicule d'une quelconque façon ?

Seth détourna le regard, observant les alentours.

— Non. En revanche, vous avez fait beaucoup de bruits en vous tortillant.

À son ton, elle devina qu'il la taquinait.

— Oh ! s'exclama-t-elle, puis elle baissa la voix, et agita les sourcils. Eh bien, c'est... gênant.

— Pas *ce genre* de bruits en vous tortillant.

Il lui adressa un regard indéchiffrable, et, soudain, l'air se chargea d'électricité entre eux. Les joues de Seth rougirent, et Zoe fut choquée de constater qu'il rougissait.

Des années passées à étudier l'anatomie et la physiologie humaines l'avaient presque immunisée contre l'embarras quand il était question des fonctions corporelles. Elle était cependant tout à fait capable de s'humilier d'une myriade d'autres façons.

Mais cet homme, cet opérateur d'élite, rougissait tout de même quand elle évoquait indirectement l'orgasme, et il était sacrément mignon quand il le faisait. De qui se moquait-elle ? Il était plus que mignon.

Elle étouffa son amusement.

— Désolée. Je ne voulais pas vous mettre mal à l'aise.

Seth tourna la tête pour soutenir son regard.

— Vous ne m'avez pas gêné. C'était le double choc du rêve sexuel et du fait que je sais maintenant que vous ne portez pas de sous-vêtements, répondit-il en secouant la tête. Il n'y a pas beaucoup d'hommes qui pourraient survivre à cette combinaison.

Le pouls de Zoe s'emballa. Il lui décocha un sourire qui n'était que pur humour dérisoire.

— Oubliez ça. Allons vous chercher un de ces trucs.

Lequel ?

Heureusement, elle garda cette pensée pour elle.

Seth sortit et transféra les deux sacs d'équipement dans le coffre, qui contenaient sans doute les fusils de la soirée de la veille, ainsi que les deux gilets tactiques. Il s'empara ensuite de son portefeuille qu'il fourra dans l'une des nombreuses poches de son pantalon.

Elle consulta l'heure avant de sortir de la voiture. Il était un peu plus de treize heures. Elle enfila son gilet vert, savourant son confort familier.

Puis elle tapota à nouveau sa poche. Le fait qu'elle disposait de preuves matérielles prouvait que la femme n'était pas le fruit de son imagination. Ces criminels avaient sans doute supposé que, si Karina, James, Fred et elle étaient morts, les flics mettraient un certain temps à retrouver leurs corps, à supposer qu'ils les retrouvent un jour, et encore plus à comprendre ce qui s'était passé. Et les malfaiteurs penseraient que personne ne songerait à chercher la femme que Zoe avait découverte dans le désert, surtout si elle n'était pas là où elle avait affirmé qu'elle se trouvait.

Une nouvelle fois, elle fut frappée de constater que, si sa mère n'avait pas été une politicienne haut placée, ses amis et elles seraient sans doute morts aujourd'hui.

Zoe était incroyablement reconnaissante d'avoir survécu. Mais, qui était cette femme mystérieuse qui avait été assassinée dans le désert ? Et pourquoi quelqu'un voudrait-il qu'elle reste introuvable ?

Seth verrouilla la voiture.

— Allons-y.

Il la fit marcher légèrement devant lui, mais à portée de main. Sa tête pivotait en permanence d'un côté à l'autre, de haut en bas, comme s'il scrutait la zone. À la recherche de menaces. Elle connaissait la routine depuis les quelques fois où elle avait accompagné sa mère à des meetings électoraux, où Zoe était restée strictement dans l'ombre.

Et à cause du comportement de son ex à son égard pendant leur courte période de vie commune. De l'acide remonta dans son estomac au souvenir de choses qu'elle aurait préféré effacer de sa mémoire.

— Avez-vous besoin de quelque chose ? s'enquit-elle, repoussant ses sentiments de peur et de trahison.

Seth secoua la tête.

— J'ai mon sac de voyage. Quand j'aurai rendu ses affaires à Hersh, je retournerai à Phoenix pour déposer le véhicule au bureau local du FBI, avant de prendre un vol de nuit pour Washington. Ça ira pour moi, tant que les gens ne s'approcheront pas trop.

Il fit semblant de renifler son t-shirt et fit la grimace.

S'agissait-il d'un avertissement ? Ou simplement d'une déclaration gênée ? Difficile à dire.

Elle hocha la tête, s'efforçant de ne pas montrer sa déception à l'idée que leur temps ensemble prendrait bientôt fin. Elle se concentra pour ne pas le retenir plus longtemps que nécessaire. Il lui faisait une énorme faveur en l'autorisant à faire cet arrêt et en lui prêtant de l'argent. Elle prit du déodorant, une brosse à dents et du dentifrice. Acheta un chargeur pour sa montre. Elle se dirigea ensuite rapidement vers le rayon sport et choisit une brassière de sport, un t-shirt bon marché et un leggings noir. Puis quelques culottes et chaussettes pour finir le travail. Elle avait une petite valise de vêtements chez Karina et James, qu'elle récupérerait plus tard, avant de prendre la route.

Seth la suivait pas à pas. Elle regarda derrière lui.

— Vous attendez-vous à des ennuis ?

Des agents de sécurité les surveillaient, mais Seth avait suspendu un insigne doré à un cordon autour de son cou et personne ne les approcha. Non pas que le port d'arme visible soit un souci dans cet État.

Il prit tous ses achats quand ils parvinrent à la caisse.

— Compte tenu de ce qui s'est passé la nuit dernière, et de l'importance du cartel dans certaines de ces villes frontalières, je ne prends aucun risque.

Un sentiment de peur lui picota la peau.

— Nous ne savons pas avec certitude pourquoi ils vous ont enlevés.

Zoe commença à ouvrir la bouche.

— Je sais que vous pensez que leur motivation est liée à l'identité de la mystérieuse femme morte disparue, murmura-t-il, scannant rapidement les articles à une caisse automatique. Mais peut-être avaient-ils besoin de vous comme moyen de pression ou dans le cadre d'une vengeance ?

Elle s'esclaffa tandis qu'il payait et qu'ils se remettaient en marche. Il semblait peu probable qu'ils la prennent pour cible de ce côté-ci de la frontière, contrairement à la maison d'un agent de la police des frontières ou de l'immigration, ou à leur famille.

À moins qu'ils ne veuillent vraiment déclencher une guerre avec les États-Unis, ce qui semblait contraire au bon sens en matière d'affaires.

Elle repéra les toilettes et freina brusquement.

— Je vais filer là-dedans pour me changer.

Seth hocha la tête, et elle se sentit terriblement gênée lorsqu'il l'accompagna et se posta près de la porte. Il avait placé un panneau jaune « fermé pour nettoyage » à l'entrée.

— Vous ne pouvez pas faire ça, s'exclama-t-elle. Et si quelqu'un d'autre a besoin de...

— Bien sûr que je le peux. Dépêchez-vous, Miller.

Elle renonça à protester. Elle se glissa dans une cabine, se déshabilla rapidement, et posa ses vêtements sur le haut de la cloison. Elle se servit des toilettes, consciente que l'homme qui s'était porté volontaire pour lui servir de garde du corps entendait tous les bruits. Génial ! Elle s'empressa ensuite de retirer les étiquettes et les autocollants de ses nouveaux achats avant d'enfiler une culotte propre, des chaussettes et le leggings. Elle passa ensuite la brassière de sport par-dessus sa tête, et appliqua une généreuse couche de déodorant. Elle enfila le t-shirt, puis laça ses bottes après avoir vidé la terre dans les toilettes. Zoe rassembla ensuite toutes les autres choses dans le sac en plastique.

Rapidement, elle se lava les mains, le visage, puis se brossa les dents. En moins de cinq minutes, elle se sentait un milliard de fois plus propre. Elle agita le double pack de brosses à dents sous le nez de Seth.

— Vous en voulez une ?

Pendant quelques instants, il la fixa en plissant les yeux. Il glissa un regard de côté, vérifia la porte, puis s'avança vers elle à grands pas tandis qu'elle appliquait du dentifrice sur la seconde brosse et la lui tendait.

Il se frotta les dents et cracha en un temps record, puis glissa sa brosse dans le sac en plastique.

— Allons-y.

À l'extérieur, Seth s'arrêta brusquement.

— Allons manger quelque chose. Je meurs de faim, suggérat-il.

Il repartit dans la direction d'où ils étaient venus. Puis entra dans un fast-food non loin. Il s'avança jusqu'au comptoir, puis commanda de la nourriture, mais il semblait inquiet et ne cessait de scruter les environs.

— Que se passe-t-il ? lui demanda Zoe en récupérant leur commande.

Seth fronça les sourcils, puis il secoua la tête. Au début, elle crut qu'il n'allait pas lui répondre, mais il dit ensuite :

— J'ai cru voir quelqu'un qui nous regardait, mais il est parti, maintenant. Allons-y.

Zoe jeta un regard autour d'elle en suivant Seth jusqu'à la porte. De grosses gouttes de pluie commençaient à éclabousser l'asphalte.

— Je vous soupçonne d'être un peu paranoïaque.

— Allons-nous-en.

Il ne cessait de parcourir le parking des yeux, et, quand ils arrivèrent à la voiture, il déverrouilla le véhicule pour qu'elle puisse y monter. Il fit ensuite une rapide vérification en dessous de la voiture, et inspecta tous les passages de roues, même si la pluie commençait à tomber plus fort maintenant.

Zoe s'empressa de brancher sa montre sur le chargeur pendant qu'elle en avait l'occasion.

— Vous cherchiez un traceur ? s'enquit-elle quand il monta dans l'habitacle, essuyant la pluie sur son visage.

— Je vérifiais juste les pneus, répondit-il, et ses yeux noisette et vert soutinrent ceux de Zoe, mais son expression impassible ne la dupa pas un instant.

— Bien sûr, affirma-t-elle, levant les yeux au ciel.

Alors qu'elle ouvrait le grand sac de nourriture à emporter, elle n'arrivait pas à se défaire de l'impression que quelqu'un l'observait, comme la veille dans le désert. Elle jeta un œil autour d'elle. Se montraient-ils tous deux irrationnellement anxieux ? Était-elle naïve de penser qu'elle n'était plus en danger ?

Ils mangèrent pendant qu'il conduisait, engloutissant la

nourriture comme si aucun d'eux n'avait mangé depuis une semaine.

Vingt minutes plus tard, après avoir emprunté un itinéraire indirect, ils arrivèrent à l'hôpital et se garèrent en sous-sol. Elle s'essuya la bouche avec une serviette, puis mit tous les déchets dans le sac. Elle débrancha le chargeur et remit sa montre. Puis elle saisit le petit sac en plastique contenant ses effets personnels, ainsi que son chapeau, dans le sac de preuves désormais vide.

Elle descendit de la voiture, mit les déchets à la poubelle, puis se tint à côté de Seth pendant qu'il payait le parking. Elle fut soudain frappée par le fait qu'ils allaient bientôt se séparer.

Elle s'éclaircit la gorge.

— Auriez-vous une carte ou quelque chose, pour que je sache où envoyer l'argent que je vous dois ?

Il affichait un désintérêt étudié. Ce qui avait surgi entre eux lors de leur rencontre était définitivement mort pour Seth. Cela n'aurait pas dû être douloureux. Ce n'était pas comme si elle voulait avoir une relation avec un grand opérateur d'élite de la HRT. Elle était parfaitement heureuse d'être célibataire, mais...

— Envoyez-le à Seth Hopper, HRT à Quantico. Cela me parviendra.

Elle inspira brusquement, et ce fut douloureux. À tout le moins, elle avait cru qu'ils pourraient être amis.

— Je comprends. Je ferai ça.

Ironiquement, elle était presque certaine qu'il lui aurait donné son numéro la nuit précédente au motel, avant qu'il découvre qui était sa mère. Ce qui lui avait semblé naturel plus tôt paraissait à présent gênant et raide. Elle enroula ses bras autour d'elle.

— J'espérais découvrir comment allait l'agent Hersh. Si je trouve dans quel service il se trouve, j'aimerais lui rendre visite plus tard, si c'est possible.

— Bien sûr. Je vais vous accompagner aux soins intensifs.

Son ton était celui d'un inconnu professionnel, et elle se demanda si elle n'avait pas imaginé la chaleur et la camaraderie qui s'était installée entre eux. Avait-elle été à ce point séduite par son apparence qu'elle l'avait mal compris ? C'était possible. Peut-être avait-il simplement été amusé par le fait qu'elle le reluquait la veille et s'était-il servi de son attirance évidente pour la manipuler. Peut-être que la prétendue *chaleur* entre eux n'était que le fruit de son imagination débordante.

Un sentiment d'humiliation l'envahit.

— Allons-y.

Il lui saisit le coude, mais elle s'écarta et lui lança un regard. Il leva la main, surpris.

— Mes excuses.

Zoe était si embarrassée que sa gorge s'assécha. Ils montèrent dans un ascenseur, et elle s'obligea à parler pour rendre les choses moins gênantes qu'elles ne l'étaient soudain.

— J'apprécie tout ce que vous avez fait pour mes amis et moi hier soir, agent Hopper. J'ignore ce que nous aurions fait sans l'agent Hersh et vous.

Seth fronça les sourcils, comme s'il était réellement troublé par sa soudaine distance.

— Ravi que tout se soit bien passé.

Le silence qui s'ensuivit était atroce, mais elle ne savait pas comment le rompre. Heureusement, ils arrivèrent au bureau des infirmières. Seth toucha l'épaule de Zoe pour attirer son attention, et elle s'efforça de ne pas réagir. Il consulta sa montre.

— L'agent Hersh se trouve également à cet étage, mais de ce côté-ci, déclara-t-il en indiquant un autre couloir. Vous ne prévoyez pas d'aller autre part que dans la chambre de Karina, n'est-ce pas ?

Zoe secoua la tête. *Du moins, pas encore.*

— Je vais voir avec JJ s'il est d'accord pour une petite visite.

— Ce serait gentil. Merci.

— D'accord, répondit-il, semblant hésiter à la quitter.

— Allez-y, Seth. Allez prendre des nouvelles de Hersh pendant que je fais de même avec Karina. Personne ne va m'attaquer dans un lieu public comme celui-ci.

Il ouvrit la bouche pour dire quelque chose, puis se ravisa visiblement.

— N'allez nulle part ailleurs. Nous discuterons de la prochaine étape dès que nous en aurons terminé ici.

Ah ! Il parlait du fait que les services secrets étaient censés prendre le relais de sa sécurité, ce qui n'arriverait tout simplement pas.

— D'accord.

Seth s'éloigna avec un regard en arrière et elle se retrouva soudain seule.

Elle doutait sincèrement d'avoir besoin de protection. Elle ne voyait pas de raison valable pour que le cartel s'en prenne à elle, du moins pas une raison que quelqu'un d'autre pourrait connaître. Dès qu'elle serait certaine que Karina allait s'en sortir, elle prendrait la route et se rendrait en Virginie. Cela irait pour elle.

Avec un peu de chance.

Elle trouva James assis dans la salle d'attente, les mains plongées dans ses cheveux roux et bouclés.

Alors qu'ils s'étreignaient, elle dut lutter contre les larmes.

— Comment va-t-elle ?

James essuya ses propres larmes. Il avait le nez enflé, la lèvre inférieure fendue.

— Elle est sortie du bloc, et ça va aller. Le chirurgien a dit que la balle n'avait touché que du tissu adipeux, ce qui va beaucoup énerver Karina, expliqua-t-il, aspirant une bouffée d'air. Ils ne me laissent pas encore la voir...

Il s'interrompit, puis serra à nouveau Zoe fort contre lui.

— Bon sang ! Mais qu'est-ce qui s'est *passé* hier ? Tu le sais ?

Zoe secoua la tête et le serra à son tour.

— Je crois que certaines personnes n'ont pas apprécié le fait que j'ai trouvé cette femme morte hier.

— Quand tu dis « certaines personnes », tu veux parler d'un cartel de la drogue, murmura James, s'assurant que personne ne puisse entendre leur conversation.

— Honnêtement, je ne sais pas, mais à en juger par l'apparence et les actes de ces hommes la nuit dernière, c'est forcément le cas.

Elle pensa à mentionner la dent et le collier qu'elle avait dans sa poche. Mais elle décida que, moins il y aurait de gens qui savaient qu'elle possédait encore des preuves matérielles, mieux ce serait.

L'humeur de Zoe s'assombrit.

— J'y suis retournée pour essayer de trouver le corps après votre départ, mais il avait disparu. Joaquin a promis de la chercher.

— Qu'est-ce que c'est que ce bordel ? s'exclama James, s'affaissant sur la chaise en plastique inconfortable, l'air épuisé. J'ai l'impression qu'il serait plus sûr qu'ils ne la trouvent pas.

Zoe s'assit à côté de lui.

— Nous ne pouvons pas les laisser s'en tirer comme ça.

Ses yeux bleus se détachaient sur ses traits pâles parsemés de taches de rousseur.

— Pourquoi pas ? Ils nous ont enlevés dans un motel très fréquenté, Zo. Devant des témoins qui étaient tous trop effrayés pour intervenir. Nous savons tous que ces types ne plaisantent pas, et, sans ta mère, nous serions tous morts.

— Donc, nous devons laisser les tueurs s'en tirer à bon compte parce qu'ils nous menacent de violence ?

James secoua la tête, puis détourna le regard.

— Ne sois pas naïve.

— Je ne suis pas naïve…

— Tu n'es plus obligée de vivre dans les parages, n'est-ce pas ? constata-t-il d'un ton empreint d'amertume. Tu n'as pas une femme et des enfants, comme Joaquin.

Zoe se frotta le visage avec les mains. L'idée que quelqu'un puisse faire du mal à Tonya, Rosy ou au petit Isiah la rendait malade.

— Le FBI s'en occupe, maintenant.

James croisa les bras et laissa échapper un sourire amer.

— Vraiment ? Et que se passera-t-il quand ils s'en iront ?

Zoe s'affaissa sur sa chaise. Imaginer une victoire du cartel lui faisait froid dans le dos. Et qu'ils puissent terroriser tout le monde au point qu'ils en soient réduits au silence était plus que désespérant. Et pourtant, l'idée que quelqu'un qu'elle aimait soit blessé simplement parce qu'elle éprouvait le besoin de rendre justice aux morts… C'était insupportable.

Fatiguée, elle demanda :

— Où est Fred ?

— Il est allé prendre un café.

James posa longuement son regard dur sur elle, puis abandonna. Il expira profondément.

— Zoe…

— Ne fais pas ça.

Elle courba les épaules, sachant ce qu'il allait dire, même si elle ne voulait pas l'entendre.

— Il est toujours amoureux de toi. Je ne crois pas qu'il ait jamais cessé.

Elle ferma les yeux, l'émotion la saisissant à la gorge. Les dernières vingt-quatre heures avaient été de véritables montagnes russes.

— Je ne ressens pas la même chose pour lui. Je veux dire, je l'aime, mais je ne suis pas *amoureuse* de lui. Ce serait comme si je me mettais soudain à désirer mon frère. Ou toi.

James lui passa un bras autour des épaules.

— Voilà une idée effroyable !

Elle laissa échapper un petit rire triste.

— Je sais.

Des voix les avertirent que quelqu'un se dirigeait vers eux. La double porte s'ouvrit et un infirmier en tenue de bloc bleue entra, fouilla la pièce du regard, et le posa sur James.

Ils se levèrent, et Zoe lui agrippa la main.

— Elle est réveillée, annonça l'infirmier, et une vague de soulagement submergea la jeune femme. Vous pouvez la voir quelques minutes.

CHAPITRE DIX

Seth poussa la porte de la chambre individuelle et vit son idiot d'ami allongé contre les draps blancs comme neige. JJ Hersh avait l'air d'un ange quand il dormait, mais Seth n'était pas dupe.

— Je te sens d'ici, lança le blessé, ouvrant une paupière. Tu as apporté mes affaires ?

Seth sourit et souleva le gilet et le sac de voyage de son ami.

— Ton fusil est dans ton sac, annonça-t-il, expliquant ainsi le poids monstrueux dudit sac. Je n'ai pas eu le temps de le nettoyer.

— Mais qu'as-tu fait de toute la journée ?

Seth rit.

— Je n'ai pas dormi, contrairement à certaines personnes.

— J'ai failli mourir.

— C'est ça, oui, plaisanta-t-il, heureux de pouvoir le faire maintenant que le danger était écarté. J'ai dû composer avec un abruti d'ASAC qui veut faire un rapport sur moi au bureau de la responsabilité professionnelle à cause de ta morsure. Il fera sans doute un rapport sur toi pour avoir mis en danger un serpent.

Hersh esquissa un sourire.

— Tu te fous de moi !

— Non. Il m'a passé un méchant savon.

Seth jeta un regard par la fenêtre, observant le centre-ville. Le temps était gris et couvert, et les nuages d'orage s'affairaient à libérer un peu de leur fureur.

— Je l'ai ignoré. Il n'a qu'à gérer avec McKenzie et Novak. Ils sont payés pour s'occuper des clowns.

— Tu as entendu pour Livingstone ? s'enquit Hersh, une lueur dure dans le regard.

— Bien sûr que j'ai entendu.

— Je veux dire, ça ne change rien à ce qui s'est passé...

Seth songea à ses coéquipiers morts, et une vague d'émotion le submergea.

— Je suis heureux que tu ailles bien. Je ne suis pas certain que l'équipe me pardonnerait si nous perdions quelqu'un d'autre ce mois-ci.

Hersh sourit.

— Tu m'as sauvé la vie, frangin. Mais tu as aussi écrasé mes bijoux de famille contre ton épaule ! J'ai dit à Liv de s'en prendre à toi si nous ne pouvons pas avoir d'enfants.

Seth fit rouler l'épaule en question.

— Si vous avez besoin d'un donneur de sperme...

Hersh éclata de rire.

— Beurk ! Ton sperme ne s'approchera pas des ovules de ma femme !

Seth ricana.

— Au fait, qu'est-il arrivé à Zoe Miller ? s'enquit JJ en toute innocence.

Belle transition. Seth savait ce qu'il voulait dire. Hersh le connaissait trop bien, et il avait remarqué qu'ils n'avaient pas pu se quitter des yeux dans le restaurant la veille au soir. Il pouvait oublier.

Quand elle était assise sur le siège avant de la voiture, après lui avoir dit qu'elle ne portait pas de sous-vêtements, et qu'elle avait plaisanté sur le fait d'être sexuellement excitée dans son sommeil… Son érection était survenue si vite qu'il avait craint de se ridiculiser. Il n'avait pas l'habitude de perdre le contrôle de cette manière. Il n'avait pas l'habitude de perdre le contrôle, point final.

Il passa une main dans ses cheveux courts.

— Elle va bien. Elle a tenu tête à cet abruti d'ASAC qui a essayé de la rendre responsable du fait que tu t'es fait mordre par un serpent. Je suis heureux de te dire qu'il n'est pas allé très loin, raconta Seth.

Il se déplaça ensuite pour entrer complètement dans la pièce. Il plaça les sacs de l'autre côté du lit, près de la fenêtre, et s'assit.

— Elle est ici en fait. Elle a demandé à te voir. Je pense qu'elle se sent coupable de tout cela.

Il avait détesté la quitter.

Lorsqu'il avait repéré un homme qui les observait peut-être dans ce magasin, cela avait rappelé à Seth que Zoe Miller était un travail, pas un rencard potentiel. Sans oublier qu'ils n'appartenaient pas à la même catégorie. Il avait décidé de prendre un peu de distance, car il commençait à l'apprécier un peu trop, ce qui l'empêchait de se concentrer sur sa sécurité. Il savait qu'il l'avait blessée. Il s'en serait senti flatté s'il ne s'était pas senti aussi malheureux.

Hersh haussa les épaules.

— Ce n'était pas non plus sa faute. C'est moi qui ai marché sur cette pauvre créature.

— Peut-être que l'ASAC trouvera le serpent en question et lui donnera un avertissement officiel.

Seth frémit. Peut-être allait-il devoir suivre une thérapie d'aversion un de ces jours. Pour se débarrasser de sa peur des serpents. Il croisa les mains et se pencha en avant, appuyant ses coudes sur ses genoux.

— J'ai parlé à Arthur. Il était furieux de ne pas avoir été informé de notre mission.

Hersh fit une grimace.

— Je ne peux pas vraiment lui en vouloir.

— Non. Je suis content que ce ne soit pas lui, la taupe.

— Oui, moi aussi. C'est un bon gars. Contrairement à cet enfoiré de Roger.

Seth contempla ses pouces.

— Pourquoi crois-tu que ces quatre anthropologues ont été enlevés ?

Hersh tourna la tête sur l'oreiller, visiblement encore épuisé par la lutte contre les puissantes toxines présentes dans son sang.

— Je ne sais pas. Peut-être en guise de « allez vous faire voir » à la CBP ? Roger Bertrand indique au cartel où séjourne l'équipe de la BORTAC. Le cartel surveille les lieux. Quelqu'un décide que c'est une bonne idée d'enlever quatre touristes juste après notre départ, pour prouver que personne n'est à l'abri d'eux, et rappeler aux gens ce qui arrive à tous ceux qui s'opposent à eux dès que les forces de l'ordre quittent la zone ? suggéra Hersh en haussant les épaules. Ou peut-être que Roger a remarqué que tu regardais Zoe hier soir, et qu'il a décidé de te faire péter les plombs.

C'était une vraie possibilité.

— Possible, mais c'était avant que je sache qui elle était.

— Quelle différence cela fait-il ? s'enquit JJ, dont la confusion semblait sincère. Je veux dire... je comprends que tu aies gardé tes distances tant qu'elle était sous notre protection, mais après ?

— C'est la fille de la vice-présidente.

— Tu es en train de me dire qu'elle n'est pas assez bien pour toi ? demanda Hersh en fronçant les sourcils, dubitatif. Tu as peut-être raison, mais ne répète à personne que j'ai dit ça.

Seth n'avait aucune envie de parler de sa vie amoureuse, ou de son *absence* de vie amoureuse. Cela faisait un moment qu'il avait renoncé aux femmes.

— C'était un coup audacieux de la part du cartel, déclara Seth. Et pourquoi ramener les anthropologues à l'endroit exact où ils travaillaient plus tôt ?

— Coïncidence ?

— Sacrée coïncidence !

Les yeux de Seth le brûlaient à cause de la fatigue de la journée, mais il avait encore beaucoup à faire avant de pouvoir se reposer.

— Les coïncidences, ça arrive. Peut-être le cartel voulait-il brouiller les pistes par rapport à l'embuscade tendue par la CBP, ou diviser les interventions des fédéraux ?

Hersh n'avait pas l'air convaincu, même s'il le suggérait.

— Cela semble contraire à l'idée du message « allez vous faire voir ».

— Il pourrait s'agir d'une guerre de territoire ou d'une lutte interne au sein de l'organisation. Ou bien d'un groupe qui voudrait se présenter comme un concurrent.

Exact.

— Qu'en est-il de la femme morte que Zoe a trouvée ? s'enquit Seth.

— Nous n'avons jamais trouvé le corps. Peut-être que Zoe a pris un mauvais virage dans l'obscurité, et qu'elle est allée au mauvais endroit.

Seth secoua la tête.

— C'est ce que j'ai pensé au début. Mais quand je suis allé récupérer notre équipement, je suis retourné sur la zone.

— Et ?

Hersh se pencha plus près, sentant que la conversation allait devenir intéressante.

— Les empreintes et les signes correspondent à ce qu'elle nous a dit.

Les yeux de Hersh s'arrondirent.

— Tu crois vraiment que le cartel a déplacé un cadavre en pleine nature ?

— Honnêtement, je ne sais pas quoi penser, répondit Seth en se frottant la mâchoire, repensant à la pierre dans sa poche.

— Elle a toujours cette preuve dont elle nous a parlé ? Celle qui pourrait permettre d'identifier le cadavre ?

Manifestement, JJ pensait à la même chose que lui. Seth acquiesça.

— Oui.

Elle s'était montrée discrète sur les raisons pour lesquelles elle voulait son gilet. Elle semblait croire qu'il ne se souviendrait pas qu'elle lui avait déjà parlé des preuves. Il essaya de ne pas se sentir insulté.

— Une idée de ce qu'elle compte en faire ?

Seth secoua la tête.

— Probablement la transmettre à quelqu'un qui sera en mesure de faire une analyse ADN, de comparer des empreintes digitales, ou quelque chose comme ça.

— Peut-être qu'elle est capable d'analyser l'ADN ?

Seth leva les yeux. Il n'y avait pas songé. Il ne connaissait pas l'étendue de ses compétences. Il ne savait pas grand-chose d'elle. Ce constat le déprimait au plus haut point.

Son portable sonna. C'était McKenzie. Seth répondit, et il grimaçait quand il raccrocha.

— Les services secrets sont en route pour la récupérer.

Hersh pencha la tête.

— Et comment crois-tu que Zoe va réagir à ça ?

Seth échangea un regard avec son ami.

— Pas très bien, mais c'est mieux ainsi. Ils peuvent la ramener en toute sécurité à Washington, et la protéger.

— Elle va détester ça.

Seth ferma les yeux et frotta doucement ses paupières. Elle allait détester ça, mais c'était pour son bien. Cela ne servait à rien de s'entêter simplement parce que les services secrets s'immisçaient dans sa vie privée. Au moins, elle serait en sécurité.

— Ne dis rien si tu lui parles avant qu'ils n'arrivent, l'avertit Seth.

— J'espère que je pourrai voir le spectacle.

Zoe avait clairement exprimé son opinion au sujet des services secrets. Non pas que Seth pouvait y faire quoi que ce soit. Les ordres étaient les ordres, et il avait un travail à faire. Le fait qu'il ait commencé à ressentir une douleur dans la poitrine n'avait pas d'importance. Il était temps de faire une rupture nette.

En sortant de la salle de réveil, Zoe se sentait légèrement nauséeuse. Karina était sonnée, apathique, et souffrait visiblement beaucoup.

Quelques centimètres plus haut, avait expliqué le chirurgien presque joyeusement, et la balle aurait pu toucher quelque chose de vital. Karina aurait pu se vider de son sang dans le désert. En l'occurrence, elle n'avait perdu aucun organe vital ni aucune capacité de reproduction, de sorte que sa valeur en tant que femme était apparemment intacte.

En entendant cette insinuation, James avait écrasé la main de Zoe pour les empêcher tous les deux de dire quelque chose qui risquait de les faire expulser de la chambre, car aucun d'entre eux n'était légalement « lié » à la patiente.

Zoe avait le sentiment que les plans de mariage venaient

d'être avancés au moment où Karina se sentirait prête, quitte à prévoir une cérémonie privée rapide avant celle prévue dans quelques mois.

Elle s'arrêta brusquement en voyant Fred debout au milieu de la salle d'attente.

— Salut.

Son expression s'assombrit, la fatigue laissant transparaître ses émotions sur son visage. Il avait la lèvre enflée, et une vilaine entaille sur la pommette gauche.

Ils s'étreignirent maladroitement.

— Comment va-t-elle ?

— Elle est réveillée, si tu veux y aller. Le chirurgien a dit qu'elle se rétablirait complètement, mais qu'elle sera endolorie pendant quelques semaines. Le chirurgien est également un abruti, ce qui veut sans doute dire qu'il est bon dans son job et qu'il sait de quoi il parle.

Elle frotta ses bras nus. Elle avait croisé beaucoup d'abrutis au cours des six derniers mois. Elle avait également rencontré de nombreux chirurgiens au fil des ans, et peu d'entre eux s'étaient montrés agréables avec elle. Elle préférait ceux qui se servaient de leur scalpel sur les morts plutôt que sur les vivants.

Fred s'assit avant de lever les yeux sur Zoe.

— Par chance, elle va bien ! Je n'ai jamais eu aussi peur de ma vie qu'hier soir, déclara-t-il, secouant la tête, ses mains tremblant encore visiblement. J'ai cru que nous allions tous mourir, Zo. J'ai cru qu'ils allaient m'obliger à les regarder vous faire des choses horribles à Karina et à toi, tout en nous forçant à creuser nos propres tombes comme deux lâches.

Zoe s'assit à côté de lui.

— Tu n'es pas un lâche. Ils t'auraient tué si tu avais tenté quoi que ce soit.

— Qui se comporte ainsi ? s'exclama-t-il, la voix rauque.

— Des monstres.

— Je ne me suis jamais senti aussi impuissant et effrayé.

— Je sais. Je suis désolée.

— Pourquoi es-tu désolée ? C'est toi qui nous as sauvés.

— Je pense que c'est aussi moi qui nous ai mis en danger en premier lieu, affirma-t-elle, puis elle lui parla du corps disparu.

— *Merde* ! s'exclama-t-il, soutenant son regard. En as-tu parlé au FBI ?

Elle acquiesça.

— L'ASAC ne partageait pas mon point de vue quant à l'importance du corps disparu. J'ai demandé à Joaquin de la chercher.

— Il vaudrait mieux qu'il ne se donne pas la peine de le faire.

— C'est ce que James a dit.

L'émotion monta en elle. Cette pauvre femme.

Fred s'éclaircit la gorge.

— Zoe, j'ai quelque chose à dire. Quelque chose à propos de la nuit dernière.

Elle détourna le regard, mal à l'aise.

— Fred...

Il lui saisit les mains et les maintint sur le genou de la jeune femme.

— S'il te plaît, laisse-moi terminer. Je sais ce que tu crois que je vais dire. Accorde-moi la dignité de dire ceci à la place, commença-t-il, puis il s'interrompit et contempla leurs mains jointes. Nous sommes amis depuis longtemps. Je sais que tu ne m'aimes pas de la même façon que je t'aime. Je respecte ça. Je te promets que je ne franchirai plus jamais cette limite, et que je ne te mettrai plus jamais mal à l'aise. *Jamais*. Je suis sincère. Tu as déjà eu affaire à un enfoiré, et je ne te ferai pas le même coup.

La boule dans la gorge de Zoe s'épaissit.

— Nous allons faire comme si je ne m'étais pas comporté comme un crétin jaloux quand l'apollon s'est pointé, affirma-t-il, ce qui lui valut un coup de coude dans les côtes. Et je vais me mettre sérieusement à la recherche d'une petite amie qui n'est pas toi.

Elle le regarda, puis cilla.

— Tu as eu *beaucoup* de petites amies.

Le sourire doux de Fred la prit au dépourvu.

— Mais au fond de moi, je pense que j'ai toujours inconsciemment espéré que nous nous remettrions ensemble et, sans le vouloir, j'ai saboté ces relations..., expliqua-t-il en secouant la tête. J'ai été un imbécile, et les femmes que j'ai fréquentées méritaient mieux. Il est temps pour moi d'aller de l'avant et d'arrêter de me languir de ma meilleure amie.

Zoe ne pouvait pas parler. À la place, elle serra sa main plus fort et ferma les yeux, repoussant ses larmes. Finalement, elle réussit à articuler quelques mots.

— Je ne supporterai pas de te perdre.

Fred déposa un baiser sur sa joue.

— Je serai toujours là pour toi en tant qu'ami. Toujours.

Zoe prit une grande inspiration qu'elle relâcha lentement.

— Quels sont tes projets, maintenant ?

— Je vais aller voir Karina. Insulter le chirurgien et voir si James a besoin de quelque chose. Et tes plans à toi ?

— J'espérais pouvoir me rendre à Phoenix, prendre le camion et commencer à rouler vers la Virginie ce soir. Je prendrai un vol le week-end prochain pour venir voir Karina.

Fred pinça les lèvres.

— Le FBI a-t-il fini de t'interroger ?

Zoe haussa les épaules.

— Je crois que oui ? Et toi ?

Fred hocha la tête.

— Ils ont fini tout à l'heure, mais ils nous ont prévenus qu'ils pourraient avoir des questions complémentaires.

Zoe fit la grimace.

— Ce n'est pas comme s'ils ne pouvaient pas me retrouver s'ils le voulaient.

Fred rit.

— Heureusement que ta mère existe, Zo, sérieusement. Et le FBI. Sinon, je ne sais pas si l'un d'entre nous serait sorti vivant de là, hier soir, affirma-t-il, puis il consulta sa montre, tentant manifestement de faire croire qu'il n'était pas au bord des larmes. Je peux te raccompagner dès que j'aurai vu Karina, si tu veux. James a la clé de chez moi, et il peut y aller s'il a besoin de dormir. Ça te va toujours de conduire toute seule jusqu'en Virginie ?

— Oui. Ça devrait aller.

Elle avait hâte d'y être. De faire ce voyage en voiture. De vivre cette aventure. Elle était un peu nerveuse, mais ces types n'avaient qu'à aller se faire voir.

Seth Hopper apparut à l'entrée de la salle d'attente. Il semblait méfiant. Fred la relâcha et se leva. Puis, à la grande surprise de Zoe, il tendit sa main à l'autre homme.

— Merci d'être venu à notre secours la nuit dernière.

Seth accepta la poignée de main, puis adressa un signe de tête à Fred.

— Heureux d'avoir pu vous aider.

Fred acquiesça, puis se tourna vers Zoe.

— Retrouve-moi dans trente minutes si tu as toujours besoin d'un chauffeur.

Il se dirigea vers les doubles portes menant à l'unité de soins intensifs. Zoe se leva à son tour et releva le menton. Elle n'avait pas oublié la manière dont Seth l'avait repoussée un peu plus tôt. Elle savait saisir les allusions. Elle lui adressa un sourire radieux.

— Puis-je voir l'opérateur Hersh maintenant ? Je promets de ne pas le fatiguer.

Seth l'observa attentivement. Il hocha brièvement la tête, puis la laissa ouvrir la voie.

Elle était presque arrivée à la porte de JJ, elle le voyait allongé dans son lit, quand elle repéra deux hommes en costume qui arrivaient au coin du couloir.

— Bonjour, Zoe.

La peur lui saisit le cœur, et elle se figea quand la pire erreur de sa vie sentimentale lui adressa un sourire mauvais.

CHAPITRE ONZE

— **M**ademoiselle Miller, dit un autre homme. Vous venez avec nous.

Zoe se retrouva empoignée de force. Les doigts de son ex, l'agent des services secrets américains Colm Jacobs, serraient son bras si douloureusement qu'elle savait qu'elle aurait des bleus le lendemain. Certes, il s'en fichait.

Elle n'allait pas faire ça. Elle n'allait pas se mettre à sa merci ni sous sa soi-disant « protection ».

Elle se battit. Son poing heurta la mâchoire de Colm, lui assénant un uppercut qui aurait fait la fierté de son professeur de kickboxing. Il riposta en la poussant contre le mur assez fort pour que sa tête heurte le plâtre avec un bruit sec.

Il était juste sous son nez, et son odeur lui donna des haut-le-cœur.

— Tu veux qu'on te passe les menottes, Zoe ? Qu'on te traîne hors d'ici comme une prisonnière ? C'est ce que tu veux ? gronda-t-il, la colère brûlant dans ses yeux bleu foncé.

L'instant d'après, les deux hommes en costume étaient à terre.

— Éloignez-vous d'elle, aboya Seth, pointant son arme sur eux tout en la protégeant avec son corps.

— Services secrets, connard ! cria l'un des types au sol.

— FBI, *connard*. Montrez-moi une pièce d'identité, ordonna Seth, qui brandit son badge.

L'homme le plus âgé, que Zoe ne connaissait pas, écarta le pan de sa veste de sport pour montrer son badge doré brillant.

— Elle vient avec nous, fiston. Ce sont nos ordres, alors écartez-vous.

— Je ne m'appelle pas « fiston ». Je suis l'agent du FBI Seth Hopper, opérateur de la HRT, et il semblerait qu'il y ait une certaine confusion sur ce qui se passe ici. Vous êtes censés être un service de protection, pas une brigade d'arrestation des criminels violents.

Zoe s'éloigna des hommes sur le sol, gardant le dos collé au mur.

— Je n'irai nulle part avec vous deux. J'ai refusé vos services, et vous n'avez aucun droit de me retenir.

Des gens couraient dans tous les sens. Des infirmiers et des médecins, qui appelaient la sécurité, pour le cas où cette confrontation armée tournerait mal. Il régnait une telle tension qu'elle avait l'estomac noué. Zoe détestait cela.

Colm se releva, une lueur dangereuse dans les yeux.

— Ta mère veut que tu sois sécurisée jusqu'à ce que le danger soit passé.

Sécurisée ?

Qu'est-ce que cela pouvait bien vouloir dire ?

La rage enfla en elle, mais la peur, aussi. Elle avait un goût de sciure dans la bouche.

— Aux dernières nouvelles, ma mère ne dirigeait pas les services secrets.

Colm Jacobs afficha une expression chaleureuse et bienveillante, mais c'était un caméléon, et elle connaissait tous ses personnages à présent. La plupart d'entre eux étaient aussi faux que son sourire d'une blancheur aveuglante.

— Ta mère s'inquiète pour toi. Le directeur des services secrets s'inquiète également pour toi. Ils s'inquiètent du fait que l'agence n'ait pas réussi à identifier une menace permanente pour ta vie. Nous voulons que tu te sentes en sécurité. *Je* veux que tu sois en sécurité.

Un frisson de dégoût couvrit ses bras de chair de poule. Elle se pencha en avant, même si Seth Hopper la protégeait toujours de ses collègues fédéraux.

— *Tu* veux que je me sente en sécurité ? s'exclama-t-elle, la lèvre retroussée, et l'expression de Colm se durcit. Donc, tu m'empoignes dans un couloir d'hôpital, et tu commences à me traîner comme une criminelle ? Et ce, en dépit du fait que j'ai été enlevée sous la menace d'une arme la nuit dernière ? Comment oses-tu essayer de m'emmener comme ça ?

Elle n'éleva pas la voix. Quand elle le faisait, il l'accusait d'être hystérique. Mais sa véhémence était claire et nette.

— Comment oses-tu, putain ?

L'expression de Colm s'assombrit encore, et elle sentit Seth se crisper, comme s'il savait que l'homme réagirait mal à l'idée d'être défié par une simple femme.

Un homme armé. Un homme armé et entraîné, avec un badge doré brillant.

Les derniers mots que sa mère lui avait adressés au téléphone lui revinrent tout à coup.

N'oublie pas que, quoi qu'il arrive, je t'aime.

Sa mère ne s'était pas montrée sentimentale. Elle avait demandé pardon à l'avance. Madeleine Florentine avait toujours apprécié Colm Jacobs. Zoe avait rencontré l'agent lorsqu'il faisait partie de l'équipe de protection de la vice-présidente. Elle n'avait pas voulu aggraver encore son hostilité envers elle en révélant la vérité à sa mère, ce qui aurait eu pour effet de détruire la carrière de Colm.

Et peut-être que Zoe s'était comportée comme une poule mouillée.

Elle était effrayée et blessée, car elle n'aurait jamais pensé qu'une femme aussi intelligente et indépendante qu'elle puisse se retrouver dans une relation abusive. Comme si son doctorat devait constituer une protection contre le comportement à huis clos d'un salaud égocentrique.

Mais elle refusait de se laisser à nouveau intimider par des hommes violents. Elle en avait assez de fermer sa bouche parce qu'un enfoiré pensait qu'il avait son mot à dire sur ce qu'elle faisait et disait.

— Je te préviens gentiment, *agent* Jacobs. Si je revois ton visage, ou si tu causes des ennuis à cet agent du FBI dont je pense que nous nous accordons tous à dire qu'il fait un excellent travail pour me protéger, je révélerai à tout le monde la vérité sur ce que tu m'as fait. À *tout le monde. Tout* ce que tu m'as fait.

Une lueur de rage brilla dans les yeux bleus de Colm.

— Et tu auras mérité toutes les conséquences que tu en récolteras. Tu vas devoir réfléchir sérieusement et longuement avant de t'approcher à nouveau de moi. Compris ?

Qu'est-ce que c'est que ce bordel ?

Seth échangea un regard avec Hersh, qui se tenait maintenant dans l'embrasure de sa chambre d'hôpital, son SIG sur mesure pointé vers les services secrets. Il aurait dû avoir l'air ridicule dans sa blouse d'hôpital, mais le masque froid du sniper avait glissé sur ses traits, et seul un imbécile aurait pu douter des intentions de l'un ou de l'autre.

— Le FBI restera chargé de la protection du Dr Miller, annonça Seth.

Il voyait qu'elle était sur le point de protester, alors il lui jeta un rapide coup d'œil, car il faisait confiance à JJ pour surveiller les types en costume et ses arrières.

— À moins que vous n'ayez changé d'avis et que vous ne vouliez suivre les services secrets ?

Zoe releva le menton et plissa les yeux, puis elle secoua la tête.

— Allons-y alors.

L'agent blond, Colm Jacobs, avec ses cheveux brillants, sa peau bronzée et ses lunettes de soleil de luxe rangées dans la poche de sa veste, n'avait plus l'air aussi arrogant. Sa lèvre supérieure se retroussa et il posa ses mains sur ses hanches dans une attitude agressive. Seth reconnut le ressentiment qui bouillonnait à l'intérieur de l'homme. La colère d'avoir été battu par une femme. La colère de voir sa proie s'échapper.

En dépit de toute sa formation, Seth était choqué par ce qui venait de se passer. Choqué, et enragé au nom de Zoe. Honteux d'avoir joué un petit rôle, même involontaire.

Il la conduisit vers les escaliers plutôt que vers l'ascenseur, et ils descendirent rapidement vers le parking. Elle tremblait et respirait difficilement.

La fureur qui l'avait saisi lorsque ce connard avait plaqué Zoe contre le mur l'avait submergé du besoin de s'interposer et de la protéger. Il savait que Hersh éprouvait la même chose, même si c'était avec un peu moins de sauvagerie.

— Vous connaissez vraiment cet enfoiré ? s'enquit Seth alors qu'il les faisait rapidement avancer en direction de la voiture, balayant du regard les environs à la recherche de menaces.

— Pire ! s'exclama Zoe avec un rire guttural. Je suis *sortie* avec cet enfoiré.

Tout commençait à devenir un peu plus logique. Ce refus obstiné d'accepter la présence d'un agent des services secrets. Sa manière de tressaillir parfois, puis d'essayer de masquer sa réaction. Cette ordure l'avait maltraitée.

Le Dr Zoe Miller ne se montrait pas difficile, elle ne se comportait pas comme une princesse. Elle ne jouait pas du galon, pas plus qu'elle était inconsciente du danger. Il s'agissait d'une affaire très personnelle, une question de survie, et il ne pouvait pas plus abandonner cette femme à Colm Jacobs qu'il ne pouvait l'abandonner au cartel.

Seth appela Payne Novak, le chef de l'équipe Gold, alors qu'il faisait le plein de la voiture sur l'autoroute les ramenant à Phoenix. La pluie tambourinait sur l'auvent de la station-service, si fort qu'il devait élever la voix pour se faire entendre. Zoe était aux toilettes. Il voyait le couloir de sortie de là où il se trouvait et ne le quittait pas des yeux.

— Nous avons un problème.

— Hersh me l'a déjà dit. Dégainer ton arme sur deux agents des services secrets, ce n'est pas vraiment adopter un comportement irréprochable, Hop. Que s'est-il passé ?

— J'ai fait ce que n'importe quel membre de l'équipe aurait fait. Zoe Miller va se retrouver avec des ecchymoses suite à sa brève rencontre avec les services secrets. Ils allaient devoir employer davantage de force pour la contrôler, et je ne pouvais pas rester là à les regarder maîtriser physiquement la victime innocente d'un récent enlèvement, simplement parce que c'étaient deux connards arrogants.

Un silence s'installa, puis Novak reprit.

— As-tu eu des problèmes avec elle ?

— Des problèmes ? répéta-t-il.

Elle représentait bien un problème, mais pas dans le sens où Novak l'entendait.

— Elle est intelligente, pleine de ressources, et professionnelle. Elle est un peu têtue, mais ni imprudente ni stupide. Elle n'est ni exigeante ni ennuyeuse. Elle sait ce qu'elle veut.

Et ce qu'elle ne voulait pas. Y compris deux agents des services secrets très énervés. Novak gronda.

— Je me souviens de l'affrontement entre Kurt Montana et Colm Jacobs il y a quelques années, alors qu'ils étaient censés coordonner ensemble la sécurité du *Super Bowl*. À l'époque, Jacobs était un connard imbu de sa personne. Je doute qu'il se soit amélioré avec l'âge.

— C'est assurément toujours un connard imbu de sa personne, confirma Seth avant de s'éclaircir la gorge. Ont-ils trouvé le corps de Montana ?

Son ancien patron et ami avait été tué dans un accident d'avion au début du mois, et tout le monde à la HRT était encore sous le choc de cette perte.

— Non, répondit Novak avec un lourd soupir. Apparemment, le lieu de l'accident ressemblait à une boule de feu. Nous avons une équipe de l'IVC sur place pour aider.

Identification des victimes de catastrophes.

C'était le genre de travail qu'effectuaient les gens comme Zoe. Le respect qu'il éprouvait pour elle s'accrut encore.

— Savons-nous déjà pourquoi Montana était là ? l'interrogea Seth.

— Non. Mais fait intéressant, une personne de l'unité Sayeret Matkal rejoindra l'équipe demain dans le cadre d'un échange.

Forces spéciales israéliennes.

— Un agent du Mossad ?

— Sans doute.

— Tu crois que c'est lié à la mort de Montana ?

— Je l'ignore, mais, avec l'âge, je suis devenu un peu plus cynique, et le timing est... eh bien, il est particulier.

— Colm Jacobs et Zoe Miller sortaient ensemble, et je ne plaisante pas quand je dis qu'elle a pété les plombs quand il l'a touchée. Quelque chose ne tournait pas rond dans cette confrontation.

Une chose qui lui avait donné envie de balancer son poing dans les dents de Jacobs.

— Le directeur des services secrets américains a appelé Ackers pour exiger des excuses. Il a insisté pour que tu sois renvoyé de l'équipe, une fois, bien sûr, que tu leur auras confié Zoe Miller.

Un sentiment d'effroi glacial envahit Seth et il serra les dents. Daniel Ackers était le directeur de la HRT et, en quelque sorte, Dieu pour ce qui concernait la carrière de Seth au sein de l'équipe.

— J'ai répondu à Ackers que tu ne serais jamais intervenu à moins d'avoir senti que tu n'avais pas d'autre choix.

Une vague de gratitude déferla sur Seth à l'idée que Novak lui fasse autant confiance.

Seth n'avait vraiment pas eu l'impression d'avoir le choix. Il se sentait également coupable de n'avoir pas averti Zoe de l'arrivée des services secrets. Il n'avait pas voulu qu'elle s'enfuie et qu'elle se mette éventuellement en danger. Mais c'était une adulte responsable, et il aurait dû être convaincu qu'elle avait de bonnes raisons lorsqu'elle avait déclaré à plusieurs reprises qu'elle n'accepterait pas d'être accompagnée par les services secrets.

Novak poursuivit.

— J'ai parlé à McKenzie au QG. Il est maintenant responsable d'une task force chargée d'enquêter sur l'embuscade de la BORTAC et l'enlèvement de Miller.

Patterson n'allait pas aimer ça, se dit Seth.

— Heureusement, McKenzie semble t'apprécier. Il a déclaré que les hauts responsables de Washington se moquaient de savoir qui protégeait Zoe Miller, du moment que quelqu'un le faisait. Ackers a approuvé.

Seth pinça les lèvres. Zoe ne voyait pas les choses de la même façon.

— Elle insiste toujours pour conduire son camion de déménagement jusqu'en Virginie. Elle pense que la menace du cartel est écartée.

— Elle a peut-être raison. Nous n'avons découvert aucune raison évidente indiquant qu'elle aurait pu constituer une cible. Pas de versement d'argent inexpliqué ni d'activité suspecte sur les téléphones portables ou les messageries électroniques. Aucune discussion clandestine ni aucun informateur n'a suggéré que quelqu'un au sein des cartels aurait intentionnellement mis un contrat sur sa tête.

Seth regarda Zoe sortir des toilettes de la station-service et se diriger vers la section des frigos du magasin. Il lui avait donné de l'argent pour qu'elle achète quelques provisions. Il y avait une longue file d'attente à la caisse.

Il se gratta la mâchoire. Elle serait furieuse quand elle se rendrait compte que le FBI avait fouillé dans toutes ses données privées, mais ce serait sans doute mieux pour elle que les services secrets.

— Quelqu'un a-t-il retrouvé le cadavre que le Dr Miller a dit avoir découvert hier ? Celui qui a disparu ?

Le martèlement de la pluie sur le toit de la station-service empêchait Seth d'entendre correctement.

— Pas à ma connaissance. Sept morts dans l'incident de la vallée de Sonoyta, et huit autres morts dans l'embuscade de la police des frontières. Tous ont été récupérés pour être autopsiés, y compris l'agent de la CBP. Aucune mention d'une femme.

La journée de la veille avait été un véritable bain de sang.

Si Zoe avait raison, et Seth avait le sentiment que c'était le cas, il serait plus difficile que jamais de retrouver la femme disparue, surtout que la pluie emportait désormais tous les indices restants.

— Écoute, boss, j'ai vérifié le site à la lumière du jour, quand je suis retourné chercher nos gilets tactiques. J'ai jeté un coup d'œil rapide, et j'ai pris quelques photos des traces au sol. Il y a eu de l'activité, là-bas, mais l'orage doit avoir déjà tout emporté, maintenant, et je ne sais pas si l'équipe de collecte des indices a pu se rendre sur place, expliqua-t-il, puis il s'éclaircit la gorge. J'ai récupéré une pierre sur laquelle il semble y avoir du sang séché, et je l'ai ramassée en tant que preuve potentielle.

Devait-il parler à Novak des preuves collectées par Zoe ?

— Envoie-moi les photos des traces, et je les transmettrai pour analyse. Garde la pierre jusqu'à ce que tu rentres, et nous la ferons analyser. Peut-être comprendrons-nous pourquoi le cartel pourrait s'être intéressé à ce mystérieux cadavre. Les gradés du QG sont en train de déterminer notre prochaine réponse. Il y a une réunion de la task force dans la matinée, à laquelle j'espérais que tu pourrais assister, mais je doute que ce soit possible maintenant.

Seth avait encore le temps de prendre le dernier vol en partance de Phoenix, mais il avait le pressentiment qu'il n'était pas près de rentrer chez lui.

— Comme tu t'es porté volontaire pour la sécurité du Dr Miller, tu es officiellement chargé de la ramener ici en toute sécurité.

— Rien que moi ?

Une partie de lui était agacée, mais, pour être honnête, une autre partie était enthousiaste à l'idée de passer plus de temps seul avec elle, même si c'était une très mauvaise idée.

— Nous sommes un peu à court de personnel, sinon j'enverrais une équipe. Les nouvelles recrues auraient bien besoin d'une formation en protection rapprochée.

Seth entendit des coups de feu en arrière-plan. Novak était soit près du champ de tir, soit près de la maison de tir.

— Tout indique que les cartels s'efforcent de se rejeter mutuellement la responsabilité. Personne ne veut revendiquer l'enlèvement de Miller, ce qui amène les experts du BAU, le département des sciences du comportement, à penser qu'elle n'a pas été prise pour cible pour des raisons politiques. Maintenant que les cartels savent qui elle est, une autre attaque est moins probable.

Seth pensa à sa petite sœur.

— J'aimerais que nous puissions éliminer ces ordures une fois pour toutes.

— Quelqu'un d'autre prendra leur place. C'est toujours le cas, marmonna Novak avec amertume.

C'était fataliste, mais vrai.

— Le technicien présent au motel m'a envoyé les images de surveillance de l'enlèvement, annonça Seth, observant les nuages noirs au-dessus de sa tête. J'avais prévu d'y jeter un coup d'œil, mais maintenant...

— Envoie-les-moi. Je vais demander à quelqu'un de les analyser ici.

Seth n'avait plus d'excuses.

— Tu as deux jours pour faire les trente-trois heures de route, Seth. La task force veut vous interroger tous les deux mercredi matin à Washington, expliqua Novak en baissant la voix. Je pense que vous éviterez plus facilement de vous faire repérer en vous faisant passer pour un couple, plutôt qu'en tant que groupe d'opérateurs très visibles entassés dans un camion.

C'était vrai. Aujourd'hui, au moindre signe visible de sécurité, les caméras des portables étaient de sortie, et les opérations secrètes faisaient le tour d'Internet. Ils auraient plus de chance de rester sous le radar s'ils n'étaient que tous les deux.

— Comme il s'agit d'une opération de dernière minute, n'hésite pas à improviser… dans la limite du raisonnable.

Seth sourit. *Permission d'enfreindre les règles.*

— Bien reçu.

Zoe sortit de la boutique, courant sous la pluie jusqu'à ce qu'elle soit à nouveau à l'abri. Elle tenait deux canettes de soda, deux emballages de sandwichs et deux paquets de chips.

Elle lui sourit, l'air un peu anxieuse, avant de s'installer sur le siège passager. Il savait qu'elle était encore déstabilisée par ce qui s'était passé à l'hôpital, et qu'elle essayait désespérément de faire semblant que tout allait bien. L'ironie, c'était qu'elle semblait plus effrayée par son service de protection que par ce foutu cartel.

— Seth ? appela Novak.

— Oui ?

— Fais attention, d'accord ? Si nous nous trompons et que le cartel en a toujours après le Dr Miller, ils se foutront de te tuer pour l'atteindre. Ces enfoirés se croient au-dessus de la loi.

Seth ne nourrissait aucune illusion quant à ce genre de criminels.

— Je ne les laisserai pas l'atteindre, boss. Je t'appellerai plus tard, quand nous serons sur la route.

Seth remit la buse dans la pompe. Il avait déjà payé avec une carte de crédit. Il grimpa à bord du véhicule, puis jeta un coup d'œil à sa passagère, qui se mordait la lèvre inférieure d'un air inquiet.

— Attachez votre ceinture.

Prête ou non, nous allons faire un tour.

Zoe indiqua à Seth Hopper la direction de la nouvelle maison de Karina et James dans la banlieue. Ils l'avaient sauvée de l'absence d'âme grâce à d'incroyables sculptures en métal réalisées par la mère de Karina. Si l'on ajoutait à cela un talent pour le jardinage en milieu désertique, qui avait échappé à Zoe malgré tous ses efforts, la propriété paraissait un peu avant-gardiste dans un quartier ennuyeux.

Le camion de location orange et blanc de Zoe se trouvait dans l'allée.

Seth et elle n'avaient pas parlé depuis qu'ils avaient quitté la station-service. Ils avaient mangé dans un silence agréable pendant que la pluie battait tout autour d'eux, les essuie-glaces fonctionnant à plein régime, le déluge bien nécessaire éclaircissant le paysage et éliminant le brouillard de poussière habituel.

Elle ne savait pas trop ce qui allait se passer à présent, et elle s'attendait à moitié à ce que d'autres agents des services secrets soient en attente chez Karina et James pour l'arrêter ou quelque chose du genre. Mais il n'y avait aucun signe d'eux à l'extérieur.

Elle avait ignoré une série de messages affolés de sa mère. À la place, elle avait contacté son père, pour qu'il demande à sa mère de se retirer. Zoe était toujours furieuse, mais c'était un cran au-dessus de la terreur écrasante et de la rage incandescente.

Seth passa devant la propriété et fit le tour du pâté de maisons.

— Vous l'avez manquée, annonça-t-elle en se tournant sur son siège, l'air renfrogné.

Seth prit plusieurs virages, puis s'arrêta dans une rue derrière celle de la maison de ses amis.

— Que faisons-nous ici ? l'interrogea-t-elle, alors que Seth fixait la bâtisse.

Des nuages noirs masquaient le soleil, ce qui donnait l'impression que c'était plutôt la nuit que le début de la soirée. Seth n'avait pas dormi, mais cela ne se voyait pas en le regardant. Son t-shirt noir était un peu poussiéreux. Sa mâchoire commençait à se couvrir de barbe. Mais son regard était perçant.

— Puis-je faire entrer ce véhicule dans leur garage ? s'enquit-il.

La perte du camion de James frappa à nouveau Zoe. Il ne s'agissait peut-être que d'une petite chose parmi tant d'autres, mais elle était importante, et elle avait un impact sur James. Elle se demanda ce qu'il récupérerait de la compagnie d'assurances. Sans doute pas assez pour le remplacer. Elle en parlerait à Fred, et ils verraient combien ils pourraient réunir.

Seth la regardait, l'air impatient.

— Si je déplace la voiture de Karina dans l'allée, oui, bien sûr, mais pourquoi ? répondit-elle. Je pensais que vous vous rendiez directement au bureau local.

Il arborait une moue profondément renfrognée.

— Pensiez-vous vraiment que les autorités allaient laisser la fille de l'actuelle vice-présidente se promener sans aucune sécurité après qu'une entité étrangère a tenté de la tuer ?

— Eh bien... dit comme ça...

Zoe frémit. Détourna le regard.

— Je me disais que, plus tôt je prendrais la route, moins il y aurait de chance que quelqu'un s'intéresse à moi d'une manière ou d'une autre.

— Zoe, la coupa-t-il d'un ton sévère.

— Quoi ? protesta-t-elle.

Seth secoua la tête et elle sentit son cœur battre un peu plus vite.

— Le déni n'est pas une stratégie.

Que prévoyait-il de faire ?

— Ça marche pour moi.

— Pas aujourd'hui. Deux choix s'offrent à nous.

— Nous ? répéta-t-elle avec méfiance.

— Oui. Depuis que je suis intervenu et que j'ai agressé deux agents des services secrets en votre nom, vous et moi sommes désormais un « nous ».

— Oh !

Elle ignora la sensation de chaleur et de réconfort que lui procurait cette pensée. Elle lui avait été si reconnaissante de soutenir sa décision à l'hôpital qu'elle n'avait pas vraiment réfléchi à l'impact que cet incident pourrait avoir sur lui sur le plan professionnel.

— Je ne voulais pas vous causer d'ennuis.

Il afficha un sourire franc.

— Je me suis attiré des ennuis.

La bouche de Zoe s'assécha à l'idée des représailles que Colm Jacobs pourrait tenter d'infliger et des mensonges qu'il raconterait...

— J'y ai assurément contribué. Je ferai un rapport complet, et je dirai aux gens exactement ce qui s'est passé...

— Vous a-t-il frappée ?

La question de Seth était directe comme un coup de poing et exigeait une réponse sans détour. Zoe se détourna de lui ; elle aurait voulu nier l'horrible réalité de cette relation désastreuse. Elle laissa échapper un souffle tremblant.

— Une fois. Il m'a frappée une fois. Et j'ai immédiatement mis un terme à la relation, à sa grande contrariété.

Seth jura et détourna le regard.

— Avant cela, il s'agissait de comportements subtils, comme le fait d'ignorer mes opinions, de me réprimander en public, de me tordre le bras ou de me pousser un peu plus fort que nécessaire.

— Je n'avais pas saisi qu'il existait une façon acceptable de pousser une femme, à moins que ce ne soit pour lui sauver la vie, déclara Seth avec une pointe de mépris.

— Oh ! Il prétendait que c'était pour me protéger, même s'il n'a jamais été mon garde du corps. Je pense que cela fait partie de son discours ou de son délire personnel, confia Zoe, et le souvenir de son expression la hantait toujours. Au début, il n'a pas cru que c'était terminé... Je veux dire, j'étais son ticket d'entrée pour les hautes sphères. Ensuite, quand il a compris que j'étais sérieuse, il m'a menacée de me faire tomber si je disais quoi que ce soit, si je *mentais* à son sujet.

Il n'avait pas vraiment précisé de quoi il parlait, mais Zoe le savait. Il lui ferait du mal s'il en avait l'occasion. Elle serra ses bras autour d'elle. Elle craignait qu'il la tue s'il pensait pouvoir s'en tirer.

— Il a dit qu'il raconterait à tout le monde que je mentais, et qu'il ferait en sorte que ses collègues des services secrets corroborent son récit au sujet de mes *troubles de la personnalité.*

De l'acide lui remonta dans la gorge, et elle déglutit plusieurs fois pour se débarrasser du goût aigre dans sa bouche. Elle ne faisait confiance à personne dans cette agence. *Plus maintenant.*

Elle ne s'était pas rendu compte que ses doigts étaient crispés et noués jusqu'à ce que Seth pose une main chaude sur les deux siennes.

— Si vous faites une déclaration au sujet de ce qui s'est passé à l'hôpital, êtes-vous prête à expliquer pourquoi vous aviez vraiment peur ? Ce que je veux dire, c'est que je serai heureux si cet enfoiré est exposé au monde entier, mais il faut que vous soyez préparée à ce genre d'examen, ainsi qu'à un certain degré de retombées. Nous sommes tous conscients que ce pays ne traite pas bien les femmes qui accusent les hommes d'être violents, à moins qu'il n'y ait dix autres victimes pour les soutenir, et parfois cela ne suffit pas.

Zoe secoua la tête, et lutta contre une vague de nausées.

— Je ferai tout mon possible pour m'assurer que vous ne

soyez pas traité injustement. Vous me protégiez, et je l'apprécie plus que vous ne le saurez jamais.

— Ça ira pour moi.

Il retira sa main et la reposa sur le volant. Ses articulations blanchirent, preuve qu'il n'était pas aussi détendu qu'il le prétendait.

— Mais je regrette de ne pas avoir frappé cette ordure.

— Moi aussi, dit-elle en agitant la main.

Cet uppercut en avait valu la peine, mais ses doigts étaient encore douloureux. Un frisson lui parcourut l'échine au souvenir de l'expression de Colm, et de son regard qui lui avait promis des représailles.

— Il n'a pas apprécié que je le frappe, pas du tout.

Les pupilles de Seth se dilatèrent, et sa mâchoire se contracta sous l'effet de la colère. Zoe inspira longuement, profondément, pour se calmer.

— Je vous suis reconnaissante d'être intervenu comme vous l'avez fait. J'aurais préféré que cela ne soit pas nécessaire. Je n'arrive pas à croire que ma mère m'ait piégée ainsi.

Seth contempla le rideau de pluie qui s'abattait sur eux.

— Eh bien, en conséquence, j'ai reçu l'ordre de vous ramener à Washington pour un entretien avec une task force conjointe, mercredi matin au plus tard. En attendant, vous et moi sommes définitivement un « nous ».

Elle n'avait pas fait exprès. Elle ne savait pas quoi dire. Seth se tourna vers elle.

— Maintenant, la solution la plus simple serait que vous et moi nous rendions à l'aéroport, et que nous prenions un vol pour la Virginie ou Washington ce soir...

— Mais qu'en est-il de toutes mes affaires ? Je déménage. Je ne dois revenir que dans deux semaines, je n'ai pas le temps avant. Le camion de location est plein à craquer, et il m'a déjà coûté une fortune. Je ne vois pas en quoi le danger que représente le cartel sera différent de ce qu'il est maintenant ?

— Vous pourriez payer quelqu'un pour qu'il le conduise pour vous.

— Ah ! D'un, croyez-le ou non, je ne peux pas me le permettre. De deux, qui me prouve que le conducteur ne sera pas un membre du cartel, qui saura alors où j'habite, et aura accès à mes affaires ?

Seth arbora une expression résignée.

— L'autre option, c'est que je vous accompagne sur le trajet. Nous devrions pouvoir le faire aisément dans ce délai.

Zoe le dévisagea.

— Cela ne vous empêche-t-il pas d'accomplir d'autres tâches importantes ?

Seth soupira.

— Pas vraiment. J'ai une montagne de paperasse gigantesque à remplir au sujet de la nuit dernière, mais je peux aussi bien le faire dans le camion qu'à mon bureau.

Zoe posa sa main sur son avant-bras, puis retira rapidement ses doigts de sa peau si chaude.

— Attendez. Qu'en est-il des autres ?

— Que voulez-vous dire ?

— Je veux dire que, si vous me croyez en danger, alors mes amis pourraient l'être aussi. Si j'ai besoin d'être protégée, alors ils doivent l'être aussi.

Il la jaugea de ses yeux vert et noisette si caractéristiques, et sembla se rendre compte qu'il devait soit admettre qu'elle n'était pas réellement en danger, soit traiter les quatre victimes de l'enlèvement de la même manière. Avec un soupir, il passa un coup de fil et s'arrangea pour que le bureau local du FBI mette des agents sur chacun de ses amis, y compris Karina à l'hôpital.

Zoe aurait aimé avoir son propre téléphone portable pour

pouvoir les appeler. Elle devait s'occuper de cela. Seth raccrocha.

— Je suppose que nous choisissons l'option B ?

— Je choisis définitivement l'option B, mais je ne vois toujours pas pourquoi...

— Zoe.

Elle cilla.

— Quoi ?

— Laissez tomber, et mettons-nous au travail.

— Ce soir ? Je pensais dormir quelques heures...

— Vous pourrez dormir dans la cabine, l'interrompit-il avec un signe de tête en direction de la maison. Écoutez. Voici le plan. Je vais à l'intérieur et je m'assure que l'endroit est vide. Ensuite, quand je vous donne le signal, vous entrez à votre tour et vous récupérez vos affaires. Je vais vérifier qu'il n'y a ni explosifs ni traceurs dans le camion, juste pour être sûr, ajouta-t-il en réponse à son regard effrayé. Nous laisserons ce véhicule dans le garage quand j'aurai retiré les plaques. Le FBI pourra venir le récupérer.

Il tapota le volant pour indiquer qu'il parlait du véhicule dans lequel ils se trouvaient.

— À quelques kilomètres de la ville, j'échangerai les plaques avec celles du camion, pour que les flics ne nous arrêtent pas. Nous trouverons un motel après deux heures de route, et nous pourrons alors dormir tous les deux.

Zoe se sentait exténuée, mais si elle voulait ses affaires, et elle y tenait vraiment, Seth Hopper semblait être sa meilleure option pour se rendre en Virginie sans que sa mère ne fasse appel à la garde nationale. En outre, elle ne voulait pas que ses collègues de Richmond découvrent qui étaient ses parents. Ce n'était pas grand-chose, mais elle voulait construire une carrière sur ses propres mérites, pas être jugée à l'aune de ses parents qui avaient réussi.

— Une dernière chose, commença Seth, la regardant comme si elle allait se braquer sur ladite chose. Nous nous ferons passer pour un couple marié pour déjouer les soupçons et nous partagerons une chambre. Vous pensez pouvoir faire avec ?

Elle soutint son regard attentif pendant ce qui lui sembla être une éternité. Ce plan était logique, même si l'idée de passer plus de temps avec cet homme la plongeait dans un état de nervosité indésirable.

— Zoe ?

Elle acquiesça.

— Je peux faire avec.

Luis se tenait sur le tapis du vestiaire, ressemblant à un chat mouillé.

Bruno s'approcha de son frère et l'étreignit brièvement.

— Qu'as-tu découvert ?

Cette pluie constituait une chance pour Bruno, car elle effacerait les dernières traces de leur activité dans le désert. Un autre signe d'approbation venant d'en haut.

Luis observa la croûte sur la joue de Bruno, mais ne demanda pas comment la blessure s'était produite. Personne au sein du cartel n'aimait les questions.

— La femme brune a été légèrement blessée par balle et se trouve à l'hôpital de Tucson. Les deux hommes sont avec elle. Ils prévoient de la laisser sortir après-demain. La blonde a eu une altercation avec deux agents du gouvernement à l'hôpital, puis elle est partie avec un autre agent fédéral, peut-être l'un de ceux qui nous ont tendu une embuscade dans le désert la nuit dernière. Selon ma source, un des agents du FBI est à l'hôpital, il est traité pour une morsure de serpent.

Bruno sourit en traversant la cuisine pour rejoindre le salon.

Sa gouvernante était partie depuis des heures, ils étaient donc seuls.

Il ne croyait pas aux vertus d'un entourage. Il ne croyait pas utile que tant de gens sachent où il vivait. Lorenzo, quant à lui, résidait derrière des murs d'enceinte et ne sortait de chez lui qu'accompagné d'une foule de gardes armés.

Bruno pinça les lèvres. Plusieurs de ses plus fidèles soldats étaient morts la nuit précédente. Parce que cette garce de Gabriella l'avait appâté comme s'il était un petit garçon à qui elle pouvait donner des ordres. Elle l'avait supplié de l'aider à passer la frontière sans que son frère le sache. Ensuite, elle s'était plainte à chaque étape du processus.

La petite princesse s'était attendue à un carrosse ou quelque chose du genre.

Bruno se tenait devant les immenses fenêtres et il regardait la pluie couler sur le verre et brouiller son reflet avec les lumières de l'autre côté.

Luis affirma que ses hommes avaient détruit tout ce que les quatre bonnes âmes avaient ramené du désert ce jour-là, y compris le vieux camion. La seule chose que Bruno ne pouvait effacer, c'était le souvenir de ce que cette femme blonde avait vu. Mais ces souvenirs pouvaient-ils suffire à identifier une victime ? Non. Ils ne pouvaient pas.

Bruno avait eu un bref aperçu du visage de Gabriella la nuit précédente, et s'il n'avait pas déjà su qui elle était, il n'aurait pas été capable de l'identifier.

Non, le danger était passé. Mieux valait battre en retraite et laisser les quatre heureux survivants savourer leur échappée miraculeuse. Moins il y avait d'interaction, mieux c'était. Mais il y avait encore des choses qu'il voulait savoir.

— Comment Santiago a-t-il découvert l'identité de Zoe Miller avant moi ?

Il observa le reflet de Luis dans la vitre. Ils étaient frères, mais Lorenzo Santiago exigeait une loyauté à la manière des anciens rois et des mafieux. Vous ne pouviez prêter allégeance qu'à une seule personne de l'organisation, et ce devait être lui.

Bruno lut la confusion sur les traits de son frère.

— Je ne comprends pas.

— La presse n'a jamais révélé l'identité des quatre victimes de l'enlèvement, mais Lorenzo a pu me dire qui elle était. Le savais-tu ?

Luis secoua la tête.

— Je l'ignorais jusqu'à ce que tu me le dises. Je ne sais pas comment il l'a su. Je suppose qu'il doit avoir une source au sein de la police ou du FBI.

Bruno hocha la tête d'un air pensif. Il savait que son patron avait des contacts, tout comme lui, mais il s'agissait d'une source que Lorenzo lui avait cachée, et Bruno n'aimait pas ce que cela impliquait. Il n'aimait pas être en dehors de la boucle, pas quand celle-ci pouvait se transformer en nœud coulant à tout moment.

— Sais-tu où elle est allée, cette Zoe Miller ?

Luis sortit un téléphone et lui montra l'écran où l'on voyait deux silhouettes indistinctes monter dans un véhicule dans un parking souterrain.

— Quand elle a quitté l'hôpital, l'homme et elle sont montés dans une Buick avec des plaques gouvernementales et ils sont repartis vers Phoenix. Je les ai perdus peu de temps après notre arrivée en ville, car le type a commencé à faire des détours au cas où ils seraient suivis, et tu m'as dit de ne pas me faire prendre.

Devant le silence de son frère, Luis poursuivit :

— Je suppose qu'ils se dirigeaient vers les bureaux du FBI ou vers l'aéroport.

Bruno acquiesça d'un air pensif.

— Savons-nous où elle habite ?

— Elle vient de commencer un nouveau travail. Nous ne savons pas vraiment où elle vit.

Luis lui donna le nom de l'université où elle travaillait.

Virginie. Bruno fit la grimace, car il n'avait aucune envie de s'y rendre.

Il fit défiler les photos que son frère avait prises ce jour-là.

Il marqua une pause, son doigt planant au-dessus d'un cliché du couple à l'extérieur d'une grande surface. Il élargit l'image et zooma sur la fille.

— Qu'est-ce que c'est ? demanda-t-il.

Luis regarda par-dessus son bras et haussa les épaules.

— Ils se sont arrêtés pour faire quelques courses avant d'aller à l'hôpital. L'agent du FBI a semblé sentir que quelqu'un les surveillait, alors j'ai dû rester en retrait.

Bruno revint sur quelques photos, puis fixa celle où Zoe Miller sortait de la voiture. Une rage blanche brûlait en lui. Il rendit son portable à son frère.

— As-tu remarqué quelque chose sur cette photo, Luis ?

Son frère afficha un air perplexe.

— Non. Je veux dire, j'ai envisagé de forcer le coffre pour le fouiller, mais tu m'as dit de faire profil bas...

— Qu'est-ce qu'elle porte, Luis ? s'exclama Bruno, dont les mains tremblaient sous la force de l'émotion qui circulait dans son sang.

Son frère fronça les sourcils, visiblement perplexe.

— Un t-shirt et un gilet vert hideux.

Bruno sortit son propre téléphone portable. Il afficha la photo que l'un de ses observateurs dans le désert lui avait envoyée la veille, l'image qui avait déclenché tout ce qui s'était produit depuis.

Il s'agissait d'un cliché à longue distance, pris depuis les contreforts, d'une femme portant un chapeau et un gilet utilitaire vert olive, et qui se tenait dans le désert et prenait des photos de quelque chose sur le sol. Sur une autre image, elle mettait quelque chose dans sa poche, et sur la suivante, elle portait une boîte.

La sueur perla sur la tempe de Luis.

— Je vois qu'elle porte le même gilet.

Bruno saisit son frère à la gorge.

— Tu m'as dit que vous aviez détruit tout ce qu'ils avaient pris dans le désert !

Luis se débattit tandis que son frère le faisait tourner et le plaquait contre la vitre, qui résonna sous l'impact. Il tira sur les mains de Bruno.

— C'est ce que nous avons fait, je le jure ! J'ai vérifié sa chambre moi-même.

Bruno planta ses ongles dans la gorge de son frère.

— J'ai dû passer à côté de quelque chose. Je m'en rends compte maintenant, admit-il, luttant pour respirer. Je suis désolé, Bruno. Je suis désolé. Je peux arranger ça.

Bruno était à deux doigts de se laisser envahir par la fureur. Il avait envie de se déchaîner, de tuer. De détruire tout ce qui se trouvait sur son chemin. Les yeux noirs de Luis étaient exorbités, et il devenait très rouge.

Bruno repoussa le jeune homme loin de lui. Il ne tuerait jamais son petit frère. Il l'aimait trop. Mais il ne pouvait pas se permettre de laisser des choses en suspens.

Il pressa le bout de ses doigts sur son front. Ce n'était peut-être rien. Ou c'était peut-être tout. Il ne pouvait pas prendre un tel risque.

— Je vais m'en occuper, Bruno. Je vais la traquer, trouver le gilet, et je le détruirai.

Ce n'était pas tant la veste qui importait, que ce qu'il pouvait y avoir dans les poches. Bruno fixa le sol en marbre brillant de sa belle maison. Le risque était trop grand.

Il secoua la tête.

— Je veux qu'elle meure.

Luis se figea.

— Santiago a dit de ne pas les toucher…

Son frère avait envie de hurler qu'il se foutait de ce que voulait Santiago, mais il ne pouvait pas. Ces mots équivaudraient à une condamnation à mort.

Au lieu de cela, il dit d'une voix douce :

— C'est pourquoi nous allons devoir faire en sorte que cela ressemble à un accident, affirma-t-il en soutenant le regard noir de Luis, si semblable au sien. De sorte que personne ne découvre à quel point tu as merdé.

CHAPITRE DOUZE

Seth s'était éloigné de la frontière et, par conséquent, de l'influence du cartel, en roulant vers le nord-est plutôt que de retourner à Tucson et en empruntant la route I-10. Malheureusement, ils étaient tombés sur la tempête qui s'était installée sur le Midwest vingt-quatre heures plus tôt, et qui ne montrait aucun signe d'apaisement.

Dans des circonstances normales, il aurait pu continuer, mais Zoe et lui étaient épuisés, et il n'aurait pas été prudent d'aller plus loin dans l'obscurité dans ces conditions. Apparemment, tout le monde au Nouveau-Mexique avait oublié comment conduire sous la neige.

Il était presque minuit lorsqu'il fit reculer le camion à quelques portes de la chambre de motel dans laquelle ils allaient s'installer, à la périphérie de la petite ville de Gallup, au Nouveau-Mexique. Il bougeait lentement, se méfiant de la surface glacée, conscient que, dans de telles conditions, les pneus adhéraient autant que s'ils étaient couverts de lubrifiant.

Zoe regarda autour d'elle, et un petit sourire dansa sur ses traits, faisant ressortir les fossettes qu'il avait remarquées pour la première fois hier soir.

— Au moins, c'est joli.

Il laissa échapper un petit grognement évasif.

La combinaison des guirlandes lumineuses suspendues autour du motel et de la neige vierge était pittoresque, certains auraient même pu dire romantique, mais il était un Californien dans l'âme, et la neige ne le tentait pas vraiment. Le bon côté des choses, c'était qu'au moins il ne se gelait pas au milieu du désert ce soir.

De la vapeur s'éleva alors que la neige fondait sur le capot du camion. Zoe voulut sortir, mais il l'arrêta.

— Attendez.

Elle écarquilla les yeux quand il vérifia son pistolet, puis sortit sa carabine de derrière le siège où il l'avait placée pour en faciliter l'accès.

— Devons-nous nous attendre à des problèmes ? demanda-t-elle en jetant un coup d'œil nerveux autour d'elle.

— Pas vraiment, mais c'est précisément dans ce cas que je dois prendre des précautions supplémentaires, répondit-il, tout en glissant son fusil dans le lourd sac qu'il avait hissé sur le siège avant. Et, de toute façon, je ne peux pas laisser les armes dans le véhicule et risquer qu'elles tombent entre de mauvaises mains, n'est-ce pas ?

Le taux de criminalité dans cette ville était bien supérieur à la moyenne nationale.

— Sans doute que non.

De grandes ombres s'étaient formées sous les yeux de Zoe, révélatrices d'un épuisement profond.

Il lui tendit un gilet pare-balles.

Elle jeta un coup d'œil par-dessus son épaule, vers le bâtiment du motel.

— Vous n'êtes pas sérieux ! C'est à moins de cinq mètres.

— Il est peu probable que quelqu'un sache que nous

sommes ici, concéda-t-il, mais il est possible que quelqu'un nous ait suivis.

— J'en doute.

Il avait guetté d'éventuelles filatures tout au long du trajet.

— Mais ce n'est pas impossible. Nous aurons besoin des gilets lorsque nous partirons, car quelqu'un pourrait identifier le camion et nous rattraper pendant que nous dormons. Autant en faire bon usage et me rendre heureux.

Il lui décocha ce qu'il espérait être un sourire charmeur.

Elle leva les yeux au ciel en le passant par-dessus sa tête, marmonnant des obscénités tout du long. Il aimait les femmes qui savaient jurer. Cela lui rappelait son grand-oncle, qui avait servi en Birmanie pendant la Seconde Guerre mondiale. Ce type avait le vocabulaire d'un marin et le tempérament d'un junkie. Seth adorait ce type. Il avait eu de la chance avec sa famille adoptive. Cela n'enlevait rien aux questions qu'il se posait sur ses parents biologiques, mais il était conscient de la chance qu'il avait eue de se retrouver dans un bon endroit.

Il vérifia la présence de traces de pas sur le trottoir, mais personne ne semblait être entré dans la chambre qui leur avait été attribuée depuis que la neige avait commencé à tomber. Comme il n'avait choisi l'endroit où ils séjourneraient que dix minutes plus tôt, il estima qu'ils étaient aussi en sécurité qu'on pouvait l'espérer.

Il enfonça sa casquette sur la tête de Zoe, qui rit à contre-cœur. Son sac de voyage était prêt ; elle posa à nouveau la main sur la poignée.

— Attendez. Accordez-moi trente secondes pour vérifier la chambre. Restez ici. N'allez nulle part.

Il sauta dehors et vérifia rapidement la chambre de motel située à deux pas de l'endroit où il avait garé le camion. Une fois convaincu que l'endroit était sûr, il retourna vers le véhicule et ouvrit la portière de Zoe, la maintenant entre le camion et lui tandis qu'il la suivait jusqu'à l'intérieur.

— Je reviens tout de suite, annonça-t-il.

Il repartit vers le camion, s'assura rapidement qu'il n'y avait rien d'intéressant à voler dans l'habitacle, et que le véhicule et la porte arrière étaient bien verrouillés. C'était le mieux qu'il pouvait faire.

Il fit des allers-retours sur le chemin pour que les traces soient plus difficiles à lire. Puis il entra dans la chambre de motel et verrouilla la porte, calant une chaise solide sous la poignée. Enfin satisfait, il se retourna et s'arrêta net.

Il n'y avait qu'un seul lit, et il ne l'avait pas vu pendant son inspection.

***

Zoe sortit de la salle de bains pour prendre son nécessaire de toilette, et vit Seth debout, bouche ouverte, contemplant avec horreur le lit king size qui occupait la plus grande partie de l'espace. Quand elle était entrée, elle s'était demandé s'il l'avait fait délibérément pour maintenir leur couverture en tant que couple, mais à son expression de détresse, il était évident que ce n'était pas le cas.

Il croisa son regard.

— Je vous jure que j'ai demandé deux lits.

Elle sourit.

— Et la réceptionniste a menti ?

— Elle a à peine levé les yeux. Elle devait avoir dix-sept ans, et elle était très occupée à regarder des vidéos de chats en ligne. Je vais retourner...

— Un couple marié qui cherche à ce point à ne pas dormir ensemble ne paraîtrait-il pas suspect ?

Elle avait jeté son gilet pare-balles dès qu'elle était entrée dans la chambre. Elle s'empara de sa trousse de toilette et d'un t-shirt de nuit propre.

— Je suppose que ce ne serait pas vraiment se fondre dans la masse ou rester sous le radar que d'insister pour changer de chambre, admit Seth, puis il jeta un nouveau coup d'œil au lit, ses traits reflétant sa résignation. Je dormirai par terre.

— Oh, mon Dieu, non ! s'exclama-t-elle, frémissant de dégoût devant la moquette brune dégoûtante. Je suis épuisée. Vous êtes épuisé. Je suis parfaitement capable de ne pas ravir votre incroyable corps dans votre sommeil.

— Ce n'est pas ça, répondit-il, soutenant son regard. Vous n'êtes pas inquiète... vous savez. À l'idée que je...

Il ne termina pas sa phrase, manifestement incapable de prononcer les mots.

Elle ne comprenait pas. Jusqu'à ce que le déclic se produise.

— Que vous puissiez m'attaquer ? Bon sang, Seth ! Vous avez passé la majeure partie de la journée à me montrer à quel point vous êtes courageux et honorable, le rassura-t-elle, puis, soudain, elle comprit. Colm Jacobs ne m'a jamais agressée sexuellement, si c'est ce qui vous inquiète. Je ne paniquerai pas dans mon sommeil. Je suis convaincue que cela aurait été possible si nous avions continué à sortir ensemble plus de deux mois ou si j'étais restée après ce premier coup.

Seth plissa les yeux.

— Cela me touche beaucoup que vous vous préoccupiez de mon bien-être physique et mental, mais ce lit est suffisamment grand pour nous deux.

Zoe espérait que la tension se relâcherait, mais les épaules de Seth restaient raides et il n'était manifestement pas à l'aise.

Peut-être avait-il lui-même été victime d'abus.

— Écoutez, désolée, je ne devrais pas me concentrer sur mon expérience. Si cela vous dérange à ce point, nous pouvons tout à fait aller demander une autre chambre.

Il secoua la tête et fit un autre pas hésitant à l'intérieur, jetant sa veste balistique sur la commode.

— Non. Cela ne me dérange pas. J'avais besoin d'être sûr que vous étiez d'accord. Allez vous doucher, j'irai ensuite, lui suggéra-t-il, reniflant son t-shirt. Je pue encore après l'incendie du camion de la nuit dernière. Nous allons profiter d'une bonne nuit de repos, en espérant que la neige s'arrêtera bientôt et que les chasse-neige dégageront les routes d'ici demain matin.

Le cœur de Zoe s'emballa un peu.

Elle commençait à apprécier Seth Hopper.

À *beaucoup* l'apprécier.

Et pas seulement parce qu'il était sexy, mais aussi parce qu'il était prévenant et calme face au chaos. À plusieurs reprises au cours de cette journée, elle avait cru qu'elle allait perdre pied et il avait été là pour sauver la situation. Comment rembourser une telle dette à quelqu'un ?

Tout ce scénario n'était sans doute pas ce qu'il avait eu en tête lorsqu'il s'était interposé face aux services secrets. Elle lui devait de se montrer professionnelle et de ne pas franchir de limites. Peu importait à quel point elle était tentée.

Elle le regarda sortir le fusil à l'allure létale de son énorme sac, ce qui lui rappela exactement pourquoi il était ici : parce que la nuit précédente, quelqu'un avait essayé de la tuer, et que c'était son travail de la protéger. Il n'était pas là parce qu'il l'appréciait. À l'évidence, il avait mis de côté la chaleur qui avait surgi lorsqu'ils s'étaient vus pour la première fois, afin de pouvoir faire son travail de manière professionnelle. Qu'elle pense qu'il n'y avait pas de danger maintenant n'avait aucune importance.

Elle se secoua pour sortir de sa stupeur, entra dans la salle de bains et se déshabilla rapidement. Elle fit couler l'eau de la douche et se débarrassa de la crasse des dernières vingt-quatre heures sur sa peau et dans ses cheveux. Malgré quelques siestes dues à l'épuisement, elle était si fatiguée qu'elle ne pensait qu'à dormir.

Ils devaient partir tôt le lendemain matin, et ils avaient une longue route devant eux.

Elle s'essuya rapidement et se sécha les cheveux avec le sèche-cheveux fixé au mur. Enfin, elle enfila son t-shirt de nuit et une culotte propre. Elle se sentait un peu mal habillée pour affronter Seth, même si elle avait porté des vêtements similaires pendant une bonne partie de la journée. Elle ouvrit la porte de la salle de bains et le trouva assis sur une chaise, face à la porte. Son fusil automatique était posé sur ses genoux.

— La salle de bains est à vous, annonça-t-elle avec enthousiasme.

Trop d'enthousiasme.

Il se leva et plaça son arme de poing dans la main de Zoe. Il attrapa une trousse de toilette et une petite poignée de vêtements sur la commode, prenant son fusil en guise de compagnie pendant qu'il prenait son tour sous la douche.

Zoe fixa le lourd pistolet dans sa main, et une vague de consternation froide s'empara de sa chair.

Elle avait failli mourir la nuit précédente.

Sa bouche s'assécha.

Elle avait presque *cessé d'exister*.

Cette pensée donnait à réfléchir. Même si le processus après la mort ne l'effrayait pas, elle n'était pas encore prête à renoncer à la vie. Elle posa avec soin l'arme de Seth sur le chevet et éteignit la lampe.

La neige éclatante et réfléchissante brillait à travers les rideaux et éclairait la pièce d'ombres grises et pâles. Zoe glissa ses orteils entre les draps frais, puis posa sa tête sur l'oreiller. Dès qu'elle ferma les yeux, elle s'endormit.

Seth ne savait pas exactement ce qui l'avait réveillé, mais ses yeux s'ouvrirent et il fut instantanément alerte. Il était dans une chambre de motel... une de plus dans une série apparemment sans fin.

Pendant un instant, il fut incapable de se rappeler où il se trouvait, et ce qu'il faisait là. Puis il sentit la chaleur d'un autre corps dans le lit, et il sut.

Zoe Miller.

Il partageait un lit avec Zoe Miller.

La fille de la vice-présidente des États-Unis d'Amérique.

La femme qu'il n'avait pas pu quitter des yeux la première fois qu'il l'avait vue. Une femme qui était tellement hors de sa catégorie qu'il était surpris que personne n'ait défoncé la porte et ne l'ait arrêté juste pour avoir respiré le même air qu'elle.

Et il savait que c'était sa propre connerie qui parlait, les préjugés qu'il traînait dans son cerveau, le sous-produit d'avoir été abandonné bébé et d'avoir grandi sans avoir la moindre idée de la place de ses gènes dans ce monde. Pourtant, ses sentiments découlant d'un héritage qui n'avait pas d'ancrage biologique étaient bien réels.

Des années plus tôt, son père adoptif lui avait dit que l'on formait soi-même sa propre famille. Après quelques années difficiles, Seth avait trouvé sa place parmi eux. Plus tard, il avait forgé des liens fraternels qui dureraient jusqu'à la mort avec les SEALs, et, plus récemment, avec les membres de la HRT. Mais cette incertitude génétique demeurait.

Cela suffisait pour qu'il se méfie de certaines personnes et de certaines situations. Il craignait toujours de ne pas être à la hauteur, même s'il savait que ce n'était pas le cas. C'était un trait qu'il détestait chez lui. Il détestait cette insécurité persistante alors qu'il accomplissait chaque jour des choses que la plupart des gens dans le monde ne pouvaient même pas imaginer.

Zoe se retourna dans son sommeil, passa son bras sur son torse et se blottit contre son flanc.

Surpris, il se figea, partagé entre la terreur et l'espoir qu'elle soit en train de lui faire des avances. Il était choqué du désir qu'il éprouvait pour elle, un désir éperdu et si intense qu'il ne l'avait jamais ressenti auparavant. Son sexe qui défiait la gravité était la preuve vivante qu'il n'était pas aussi maître de la situation qu'il aurait voulu le croire.

Elle était une mission.

Il ne pouvait se permettre de s'impliquer ou de baisser la garde, et pourtant... peut-être devait-il prendre ce qu'il pouvait recevoir d'une femme intelligente et consentante sur laquelle il ne pouvait s'empêcher de fantasmer.

Il constata qu'elle ne bougeait plus ; c'est alors qu'il se rendit compte que la température de la chambre était fraîche, et qu'elle avait tout simplement froid.

Idiot.

Elle est un *job*.

Il jeta un œil à la pendule. Trois heures du matin. Si le temps n'avait pas été aussi mauvais, il aurait pu prendre la route, mais la neige l'obligeait à attendre que les routes soient dégagées et sablées.

Il enroula maladroitement son bras autour de Zoe et la serra contre son torse pour l'aider à se réchauffer. Son parfum l'enveloppa. C'était doux et insaisissable, comme de la citronnelle ou du miel. Il inspira profondément et se laissa envahir. Lentement, son rythme cardiaque s'apaisa et il se laissa de nouveau dériver, les bras serrés autour d'une femme douce et chaleureuse qu'il aimerait énormément mieux connaître, tout en sachant déjà que l'idée était vouée à l'échec.

Sa mission était d'assurer la sécurité de Zoe.

Rien dans le manuel ne disait qu'il ne pouvait pas profiter

des petits avantages quand ils se présentaient. Non pas qu'il ait l'intention de partager cet avantage avec qui que ce soit.

Jamais.

Il s'endormit en respirant le parfum de la jeune femme, comme s'il s'agissait de l'élixir le plus puissant du monde.

Zoe se blottit plus étroitement contre la chaleur qui l'entourait. Son sommeil avait été perturbé par de mauvais rêves qui l'avaient déstabilisée et la rendaient groggy. La fatigue lui encombrait le cerveau, mais elle savait qu'elle était en sécurité à cet instant. Elle releva sa cuisse et se blottit encore plus près, rencontrant quelque chose de ferme.

Elle ouvrit les yeux et se retrouva à fixer les profondeurs obscures du regard brûlant de Seth Hopper.

Une voix dans sa tête lui murmura qu'elle devrait reculer. Lui laisser un peu d'espace, car elle avait promis de ne pas lui sauter dessus. Mais si son excitation n'était pas simplement un effet secondaire de son système nerveux parasympathique...

Elle garda son regard rivé sur le sien, appuya délibérément sa cuisse contre son érection et recula aussitôt.

Les narines de Seth se dilatèrent, et son bras se resserra autour de sa taille.

Il n'avait pas l'air d'un homme qui n'était pas intéressé. Il ressemblait au même homme qui l'avait dévorée des yeux lorsqu'ils s'étaient vus pour la première fois à l'extérieur du motel à Gila Bend.

Et voilà qu'ils se retrouvaient dans un établissement similaire, bien que la situation soit complètement différente cette fois-ci. Il n'était plus un inconnu. Et ils étaient déjà dans les bras l'un de l'autre, ils partageaient un lit, et il était manifestement excité.

Le pouls de la jeune femme s'emballa face à la direction imprudente de ses pensées. Mais elle n'avait pas ressenti un tel niveau d'attirance depuis qu'elle avait regardé *Magic Mike* cinq fois d'affilée. L'enlèvement de la veille lui avait rappelé que la vie était courte, et que l'on ne savait jamais quand la sienne s'achèverait. Sa brève relation abusive avec Colm Jacobs l'avait privée de libido pendant des mois, lui donnant l'impression d'être l'ombre abstinente de la femme qu'elle avait été. À cet instant, toutes ses zones érogènes reprenaient vie après des mois de torpeur.

Elle voulait retrouver sa vie sexuelle ; Seth Hopper était exactement l'homme qu'il lui fallait pour l'aider à y parvenir.

— Tu es réveillé, murmura-t-elle.

Il ne dit rien. Mais il cligna des yeux. Une fois.

Il n'était pas encore cinq heures du matin, mais la pièce était suffisamment éclairée pour qu'elle voie clairement son expression.

Elle ravala sa peur d'être rejetée et se donna du courage. Elle avait le sentiment que, si elle ne se lançait pas maintenant, elle n'aurait peut-être jamais d'autre chance avec cet homme. Depuis qu'il avait découvert son identité, il avait veillé à ce que le feu dans ses yeux ne s'embrase pas, mais il brûlait librement à cet instant.

— Seth, murmura-t-elle.

Il haussa les sourcils, l'interrogeant en silence.

— Que dirais-tu de faire l'amour avec moi ?

Il expira brusquement, preuve qu'il avait retenu sa respiration.

— *Merde.* Zoe.

— Eh bien, dit-elle, déglutissant nerveusement. Je vais prendre ça pour un oui.

CHAPITRE TREIZE

oe se pencha sur lui, puis se mit lentement à califourchon sur ses hanches.

— S'il te plaît.

Seth gémit en faisant glisser ses paumes sur les cuisses nues de la jeune femme.

— J'ai tellement envie de toi.

Elle s'assit et sentit un frisson passer du corps de Seth au sien. Elle aurait pu jouir juste de cela, mais elle voulait plus.

Elle tendit la main pour caresser le muscle qui formait un côté du grand pectoral. Seth Hopper était sans doute le spécimen d'homme le plus anatomiquement parfait qu'elle ait jamais rencontré, et il n'était même pas mort.

Sa peau était chaude et soyeuse. Elle écarta largement les doigts ; sa paume capta le battement puissant de son cœur.

Pour qu'il n'y ait pas de doute sur la direction que prendrait la situation s'il en avait envie, elle dit :

— J'ai des préservatifs.

Le regard de Seth devint plus vif et se fixa sur son visage, comme s'il se rendait enfin compte qu'il n'était pas en train de rêver. Il commença à dire quelque chose, mais s'interrompit lorsqu'elle passa son t-shirt par-dessus sa tête et se retrouva seulement vêtue d'une culotte.

Ses pupilles se dilatèrent et ce qu'il s'apprêtait à dire sembla s'évaporer sur sa langue. Il leva sa grande main et enveloppa l'un de ses seins. Ses mamelons se durcirent, à cause du froid de la pièce et de l'excitation qui l'envahissait. Il passa son pouce sur la pointe et un millier de terminaisons nerveuses se mirent à danser. Zoe frémit, puis s'abaissa sur lui.

Les narines de Seth s'évasaient à chaque expiration ; ses traits exprimaient un désir féroce. Ses yeux lui révélèrent qu'il la désirait autant qu'elle le désirait. Ils brûlaient d'un feu ardent.

Zoe sourit, déterminée à ne pas laisser les mauvaises choses qui s'étaient produites ces deux derniers jours affecter ce moment. Seth Hopper était la meilleure chose qui soit sortie de ce film d'horreur, et, à présent, il était exactement là où elle le voulait. *Presque.*

Elle caressa ses abdominaux, puis la courbe parfaite de sa clavicule avant de toucher le triangle de peau sensible qui se trouvait au-dessus. Ses muscles étaient bien définis, mais il n'était pas trapu. Il était une machine de combat bien rodée. Il y avait quelque chose de presque vulnérable dans son expression tandis qu'il la contemplait. Une douceur inattendue.

Elle remarqua un tatouage avec le prénom « Ellie » dans un petit ruban discret à l'intérieur de son coude. Elle l'effleura ; il baissa les yeux et croisa son regard, la mettant presque au défi de lui poser des questions à ce sujet. Mais elle ne voulait pas rompre le charme.

À ce stade, Zoe ne se sentait pas le droit de l'interroger au sujet de ses relations passées. Il ne semblait pas être le genre d'homme à tricher.

Ce n'est que du sexe, Zo. Ne te transforme pas en psychopathe jalouse et possessive pendant que tu le séduis, pour l'amour du ciel.

Elle se pencha pour embrasser sa mâchoire, savourant la sensation de sa barbe qui accrochait ses lèvres. Zoe le mordilla derrière l'oreille, puis la ligne sensible de son cou, et elle le sentit resserrer ses doigts autour de ses cuisses.

Elle tremblait sous le coup de l'excitation et de la nervosité. C'était la première fois qu'elle séduisait un homme, à moins de compter le fait d'inviter à sortir un garçon de la classe de musique au lycée. Elle avait été tout aussi nerveuse à l'époque, bien que moins nue.

Elle goûta aux paupières de Seth, puis fit glisser sa langue sur sa lèvre inférieure. Il enveloppa ses seins de ses mains avant de se redresser sur le lit et de prendre une aréole douloureuse dans sa bouche.

Elle haleta puis renversa la tête vers l'arrière. Ses orteils se recourbèrent tandis que la sensation se propageait jusqu'au creux de son ventre. Elle le serra contre elle pendant qu'il commençait à explorer son corps avec ses mains. Sa taille. Ses hanches. Ses fesses. Puis la chaleur humide entre ses jambes lorsqu'il écarta sa culotte et inséra lentement le bout d'un doigt à l'intérieur, faisant délicatement glisser l'humidité sur les plis de ses lèvres et de son clitoris.

Excitée, elle gémit.

— *Merde,* gémit Seth à son tour. Je ne devrais vraiment pas faire ça.

Elle plongea ses mains dans ses cheveux courts et les agrippa fermement en le regardant dans les yeux.

— Si tu arrêtes maintenant, je vais pleurer.

Zoe vit certains des doutes du jeune homme surgir dans son regard.

— Seth, nous sommes attirés l'un par l'autre. Nous sommes seuls.

— Mon boulot, c'est de t'amener en toute sécurité à Washington.

Elle se recula.

— En quoi le fait de faire l'amour serait-il plus dangereux que de dormir ? lui demanda-t-elle, même si elle était consciente que c'était risqué... pour son cœur. Je veux me sentir vivante à nouveau.

Une vague de tristesse l'envahit et elle se sentit soudain submergée par tout ce qui s'était passé la veille. Elle ferma les yeux, s'efforçant de se ressaisir. Elle ne pouvait pas se permettre de s'effondrer maintenant.

— Je veux ressentir quelque chose de bon, Seth. Quelque chose de simple, de réel et de joyeux.

Elle ouvrit les yeux et soutint son regard : elle voulait le convaincre, mais pas le forcer.

C'est alors qu'il l'embrassa, et les doutes qu'il éprouvait semblèrent disparaître tandis qu'il explorait son corps avec ses mains expertes et sa bouche affamée. Elle ne pouvait penser qu'à la sensation de bien-être qu'elle éprouvait et au désir désespéré qu'elle avait de le sentir en elle.

Elle attrapa sa trousse de toilette sur la table de chevet et en sortit une bande de préservatifs. Elle prenait également une contraception, mais, entre les risques liés au latex déchiré et les MST, elle n'avait jamais de rapports sexuels sans protection. Elle n'avait aucune intention de tomber enceinte avant d'être prête. Son corps n'appartenait à personne d'autre qu'à elle.

La bouche de Seth faisait maintenant quelque chose de magique à son nombril. Elle n'avait même jamais imaginé que cela pouvait être aussi bon.

Il la souleva et elle poussa un petit cri quand il la reposa avec douceur sur le lit, avant de descendre le long de son corps.

— Je ne devrais *vraiment* pas faire ça, mais tu as tellement bon goût que je ne peux pas résister.

Zoe resta allongée et savoura tout le plaisir qu'il lui procurait. C'était incroyable. Comme du bon sexe. Comme il se devait lorsqu'on faisait l'amour.

Au moment où elle approchait de l'orgasme, il s'arrêta, et elle trembla si fort qu'elle ne pouvait plus parler. Avait-il changé d'avis ? Elle ouvrit les yeux et fut soulagée d'entendre un emballage se déchirer. Zoe regarda Seth dérouler le préservatif sur son épaisse érection.

Elle déglutit bruyamment.

— Prête ? lui demanda-t-il, croisant son regard.

— Si j'étais plus prête, ce serait déjà fini, plaisanta-t-elle.

— Fini ?

— Fini.

Elle avait été si proche. Elle n'arrivait pas à croire qu'ils avaient cette conversation maintenant, alors qu'il se tenait au-dessus d'elle et qu'elle le voulait enfoui en elle. Il ne semblait pas pressé, il attendait ses explications.

— Je n'atteins jamais l'orgasme plus d'une fois. Ce qui ne veut pas dire que je n'apprécie pas le sexe après, lui assura-t-elle.

— Est-ce un défi ? s'enquit-il, et son regard soutint celui de Zoe, tandis qu'un sourire courbait sa jolie bouche.

Elle éclata de rire, et une partie de la tension, dont elle n'avait même pas eu conscience, s'apaisa. Il avait l'esprit de compétition. *Évidemment.* Elle aussi.

— Si tu penses être à la hauteur de la mission... Mais j'ai lu quelque part que le plaisir est un voyage, pas une destination.

Le cœur de la jeune femme battait la chamade à l'idée qu'ils puissent faire ça plus d'une fois. Elle était encore terrifiée à l'idée que Seth puisse changer d'avis cette fois-ci.

— J'aime cette idée. Un voyage et non une destination. Nous faisons un road-trip.

Il rit tout en remontant le long de son corps et elle se goûta sur ses lèvres lorsqu'il l'embrassa sur la bouche. Elle se retrouva emportée par ce grand homme sexy dont la vie avait, pour une raison inconnue, percuté la sienne.

Seth frôla l'oreille de Zoe avec son nez.

— Tu es prête pour la suite ?

Elle n'arrivait pas à croire qu'il vérifiait à nouveau qu'elle était d'accord. La plupart des hommes pensaient qu'un baiser était le feu vert pour le sexe. Quant au cunnilingus... ? Il était généralement considéré comme une clé plaquée or pour accéder au vagin d'une femme. Mais, cet homme ? Cet homme voulait qu'elle en soit sûre. Et elle voulait qu'il sache qu'il ne s'agissait pas d'une décision impulsive qu'elle regretterait dès qu'ils auraient terminé.

— Je te veux en moi, Seth Hopper. J'ai tellement envie de toi que je ne peux penser à rien d'autre.

Il s'enfouit en elle. Il était épais, dur, et il fallut quelques instants à Zoe pour reprendre son souffle. Ses ongles s'enfoncèrent dans ses épaules. Puis ses jambes s'enroulèrent autour de ses fesses et l'entraînèrent encore plus profondément.

Ils se regardèrent dans les yeux.

— Tu vas toujours bien ? l'interrogea-t-il, soutenant la plus grande partie de son poids sur ses coudes.

Elle lui sourit alors que ses parois intimes se contractaient autour de lui ; les pupilles de Seth se dilatèrent.

— Ça va mieux que bien. Et toi ?

Elle vit une lueur dans le regard de Seth.

— J'en ai envie depuis le premier moment où j'ai posé les yeux sur toi. Donc, là... je me sens vraiment *incroyablement* bien.

Elle aussi. Puis il commença à bouger.

Elle avait imaginé qu'il serait brusque, à cause de ce qu'il était, un soldat, un guerrier. Mais il était lent et tendre, et très, très minutieux.

L'excitation jaillit à nouveau en elle, augmentant la tension au creux de son ventre. Seth accrocha la jambe de Zoe à sa hanche et s'enfouit encore plus profondément, la pénétrant encore et encore.

Elle tenta de s'agripper à lui, mais ses doigts glissaient sur sa peau humide. Soudain, une vague de sensations l'assaillit ; ses muscles intimes se contractèrent autour de lui et elle poussa un cri.

Il ne s'arrêta pas de bouger et elle chevaucha la vague de son orgasme comme une championne.

Seth appuya son coude sur le lit et enveloppa sa tête dans sa main tandis que son propre désir prenait le dessus et qu'il se mettait à s'enfoncer plus durement en elle, en quête de sa propre jouissance. Elle glissa une main entre eux et caressa la peau tendre et sensible derrière ses testicules. Il se raidit et fut secoué de tremblements contre elle. Les ligaments de son cou se tendirent contre sa peau tandis qu'il contractait la mâchoire.

Il s'immobilisa pendant quelques instants. Puis Seth s'effondra contre Zoe, avant de les faire rouler avec précaution, pour qu'elle soit à nouveau au-dessus de lui.

Et, aussi incroyable qu'ait été cet orgasme, le corps de la jeune femme en voulait encore.

* * *

Seth était conscient qu'il commettait une terrible erreur, mais, lorsque Zoe se dégagea de son corps, attrapa sa main et l'entraîna hors du lit, il n'opposa pas de résistance.

Il saisit son SIG sur la table de chevet, preuve qu'il n'avait pas totalement perdu la tête, mais c'était presque pire. Il ne pouvait pas mettre ce comportement peu professionnel sur le compte d'une folie passagère.

Il avait déjà enfreint la règle d'or de la protection rapprochée : ne jamais s'impliquer personnellement avec un client. Et si Zoe avait raison de dire qu'il n'y avait pas de grande différence entre sa capacité à réagir lorsqu'il dormait et lorsqu'il faisait l'amour, cela posait d'autres problèmes. Comme être distrait au travail en pensant à toutes les façons dont il pourrait la faire jouir. Comme oublier que sa famille et elle seraient en mesure de le détruire sans pitié si l'envie leur en prenait. Comme savoir que son patron serait amèrement déçu que Seth ait oublié toute sa formation à la première occasion d'une rapide partie de jambes en l'air.

Cependant, cela ne semblait pas changer quoi que ce soit au désir qu'il éprouvait pour cette femme. Ou au désir qu'elle éprouvait pour lui, apparemment.

Seth se débarrassa du préservatif dans la poubelle de la salle de bains et remarqua que Zoe tenait dans sa main un autre emballage en aluminium qu'elle jeta sur le plan vasque.

Le pouls de Seth s'emballa légèrement.

— Optimiste.

Elle laissa éclater son rire guttural si sexy.

Il aurait cru son membre satisfait, mais la voir nue dans cette salle de bains moche le fit durcir à nouveau. Le corps de Zoe était doux à tous les bons endroits. Ses courbes faisaient flancher ses genoux. Son goût s'était installé sur sa langue, comme un souvenir.

Elle entra dans la baignoire et fit couler l'eau de la douche, vérifiant la température avec le dos de sa main.

— Je me suis dit que nous pourrions économiser de l'eau en nous douchant ensemble, suggéra-t-elle en se tournant vers lui, son rire illuminant ses captivants yeux turquoise.

— Je suis à fond pour l'environnement !

Elle passa sous le jet d'eau et c'en fut fait de lui.

Il plaça le SIG et le préservatif à portée de main. Puis il verrouilla la porte de la salle de bains derrière lui. Elle n'offrait pas une grande protection, mais au cas où quelqu'un ferait irruption dans la pièce avec une arme, elle lui procurerait la fraction de seconde dont il avait besoin pour dégainer le premier.

Seth grimpa dans la baignoire derrière Zoe, puis il fit couler du savon dans ses mains, avant de les passer sur les bras et les épaules de la jeune femme. Ses doigts appuyèrent sur les muscles tendus de son cou et elle pencha la tête sur le côté tandis qu'il lui massait les épaules. Elle gémit doucement. La sensation de l'avoir entre ses bras était incroyable, mais elle semblait aussi tendue.

Il frôla son cou de sa mâchoire mal rasée, griffant doucement la peau délicate. Il savait qu'elle aimait ce qu'il faisait grâce à son souffle court et à son doux gémissement d'excitation.

Seth passa les mains sous les bras de Zoe et remonta jusqu'à ses seins. Elle appuya sa tête contre son torse. Elle était si réceptive que c'en était enivrant.

Il lui pinça les mamelons, et elle se cambra.

— Tu aimes ça ?

— J'*adore* ça.

Elle ronronnait presque.

Il reprit du savon qu'il étala sur le corps de la jeune femme, glissant entre ses jambes avec des caresses taquines.

Son érection se plaqua contre elle, et elle passa la main dans son dos pour le toucher. Mais il était désormais bien conscient des ruses de la jeune femme. Il lui prit les deux mains et les plaqua contre le mur.

— Ne bouge pas.

Elle tenta de se retourner, mais il la maintenait trop fermement. Les yeux rieurs de Zoe croisèrent ceux de Seth.

— Mais je veux te toucher...

— Nous essayons de prouver que *tu* peux avoir deux orgasmes dans un certain laps de temps, pas moi.

Elle rit encore.

— Très bien. Pour l'instant.

Il versa davantage de savon dans sa paume, puis la caressa entre les jambes, la taquinant sans cesse, en évitant de la toucher là où elle souhaitait manifestement l'être. Elle gémit quand l'autre main de Seth fit rouler son mamelon très tendu.

— Oh, mon Dieu ! Tu es très doué pour ça. Je savais que tu le serais.

Seth laissa échapper un rire discret ; il ne savait pas vraiment s'il s'agissait d'un compliment ou non.

Il continua de caresser ses cuisses, puis il descendit entre ses jambes, glissa les doigts sur ses replis intimes, puis en elle. Il ignora son propre besoin croissant de se libérer. Le corps de Zoe était glissant, humide, et le sien était dur et douloureux. La bouche de la jeune femme s'ouvrit sur un gémissement tandis qu'il la caressait lentement et fermement, à un rythme qui lui coupait le souffle, en même temps qu'elle se contractait autour de ses doigts. Il lui fallut un peu de temps et des efforts soutenus pour trouver le bon tempo. Finalement, elle cria fort, et un élan de satisfaction le parcourut tandis que l'extase faisait trembler Zoe de tout son corps.

Il la tint contre lui jusqu'à ce qu'elle revienne au présent. Elle se tourna rapidement dans ses bras ; ses yeux semblaient immenses, et légèrement stupéfiés.

— Tu as gagné.

Zoe attrapa Seth et l'embrassa sur les lèvres. Mais quand il voulut l'entourer de ses bras et faire bon usage du préservatif, elle avait disparu.

Elle le poussa doucement en arrière, jusqu'à ce que son dos soit plaqué sur le mur carrelé froid.

Une partie de lui voulait protester, mais l'autre…

Le regardant par-dessous ses cils, elle lui sourit. De l'eau ruisselait sur son visage. Elle traça une ligne le long de son pénis avec le bout de sa langue.

Puis elle leva la main pour le saisir et le guider, avant de le prendre dans sa bouche et de le faire basculer dans un monde où les couleurs étaient bien plus vives. Il empoigna les cheveux de Zoe afin de reprendre un peu de ce contrôle qui lui échappait rapidement.

En voyant cette femme toute nue, mouillée, à genoux, en train de l'avaler, ses jambes se mirent à trembler.

De son autre main, elle caressa ses testicules ; il n'allait pas durer plus que quelques secondes, et il ne le souhaitait pas, car il savait qu'une fois qu'ils seraient sortis de la douche et revenus à la réalité, cela ne pourrait plus se reproduire. Jamais.

Serrant les dents, il posa les yeux sur le préservatif et fit doucement reculer Zoe.

Elle se releva lentement, tandis qu'il attrapait l'emballage et le déchirait. Elle le surprit en lui prenant le préservatif qu'elle déroula sur sa chair brûlante. Apparemment, elle aimait le torturer.

Il la souleva, et elle poussa un cri qui le fit sourire.

— Tu couines, plaisanta-t-il en l'appuyant contre le mur et en la soutenant avec sa cuisse.

— Je n'ai jamais *couiné* de ma vie.

— C'est bon. Ça me plaît. C'est mignon.

— Je ne suis pas mignonne.

— Tu es *tellement* mignonne.

— Je déteste ce qui est mignon.

— Et moi, j'adore ça.

Zoe passa les jambes autour de la taille de Seth, qui se positionna contre elle. Il soutint son regard tandis qu'il s'enfouissait profondément en elle. Il observa la façon dont ses pupilles se dilataient, et elle se mordit la lèvre en s'agrippant fermement à son cou, tout en s'efforçant de ne pas faire de bruit.

— Ça va toujours ? s'enquit-il en souriant.

Elle acquiesça et se tortilla un peu, mais elle n'avait aucune prise et il contrôlait totalement la suite de l'aventure.

La peau bronzée de Seth contrastait fortement avec la pâleur des cuisses et du ventre de Zoe. Il déplaça ses pieds pour qu'elle soit plaquée au mur et s'enfonça en elle, encore et encore, jusqu'à ce qu'elle halète. Sa peau se couvrit de sueur, lavée par le jet chaud. C'était une femme tellement incroyable. Tellement parfaite. Enroulée autour de lui, étroite, humide, et fantastique.

Il voulait qu'elle jouisse à nouveau, mais il avait besoin de ses mains pour la tenir fermement, car il ne voulait pas la laisser tomber.

— Touche-toi.

Après une légère hésitation, elle fit docilement rouler son mamelon entre son pouce et son index jusqu'à ce qu'il forme un pic parfait couleur framboise. Puis, consciente que le regard hypnotisé de Seth suivait la trajectoire de ses doigts, elle fit glisser sa main plus bas et caressa son clitoris.

La bouche de Zoe s'ouvrit, et ses yeux se fermèrent. Il ne fallut que quelques instants pour qu'elle jouisse à nouveau, violemment. Il la sentit se contracter autour de lui et comprit qu'il était fichu.

Il ferma les yeux.

Bordel de merde !

Son corps trembla violemment alors qu'il jouissait, dans une avalanche de sensations qui se traduisirent par une béatitude choquée. Lorsque ce fut terminé et que les cloches cessèrent de résonner dans sa tête, il posa son front sur le carrelage à côté d'elle, inspirant profondément pour tenter de se ressaisir. Ils restèrent ainsi pendant quelques secondes, jusqu'à ce qu'il se retire à contrecœur.

Il se débarrassa du préservatif et le jeta à la poubelle. Puis il prit du shampoing et se lava rapidement tandis qu'elle restait appuyée contre le mur, apparemment stupéfaite.

Cet orgasme avait bouleversé son monde, et Zoe avait l'air tout aussi affectée.

Il lava ses cheveux, puis il pencha la tête vers elle.

— Tu vas bien ?

— Tu viens de pulvériser tous les amants que j'ai eus.

Elle sourit, mais Seth voyait que des émotions plus profondes se cachaient sous la surface. Regrettait-elle déjà ce qui s'était passé ? *Merde* !

— Je ne t'ai pas fait mal, n'est-ce pas ?

Elle secoua la tête et ramena ses cheveux mouillés en arrière, mettant une fois de plus en valeur ses incroyables seins.

— Tu ne m'as absolument pas fait mal. C'était parfait. Merci. C'était exactement ce dont j'avais besoin. Tu étais exactement ce que le médecin avait prescrit.

Elle lui donnait l'impression d'être un foutu gigolo. Il se renfrogna.

— Ravi d'avoir pu être utile.

Il sortit de la douche et attrapa une serviette qu'il se passa sur le corps, rapidement et efficacement. Il l'enroula autour de ses hanches et déplaça son arme à côté du lavabo, avant de se brosser les dents.

Zoe tourna le robinet de la douche et sortit de la baignoire, puis s'enveloppa d'une serviette. Elle toucha du bout du doigt le tatouage qu'il avait dans le dos.

— C'est joli. Et anatomiquement exact. Pourquoi un squelette de grenouille ?

La gorge de Seth devint sèche au souvenir de son ami perdu depuis longtemps.

— On appelle ça un *bonefrog*, précisa-t-il avec un haussement d'épaules. C'est un truc de SEAL.

— Tu étais un SEAL ?

Seth acquiesça. Le silence semblait gênant à présent et il n'avait pas envie de parler de son temps au sein des SEALs. Beaucoup de femmes dans son passé avaient creusé au sujet de ce tatouage. Il ne voulait pas penser à elles maintenant.

Il montra celui qu'il avait sur le bras.

— Ma défunte petite sœur. Au cas où tu te poserais la question.

— Défunte ? répéta-t-elle, trouvant ses yeux dans le miroir. Je suis sincèrement désolée pour ta perte.

Seth hocha la tête. Il ne voulait pas non plus parler d'Ellie, même si c'était lui qui, stupidement, l'avait évoquée.

— Mais, ce n'était pas le cas, affirma-t-elle en prenant sa brosse à dents. Je ne me posais pas de question sur le tatouage.

Il se vit froncer les sourcils dans le miroir.

— Tu ne te demandais pas pourquoi j'avais le nom d'une autre femme tatoué sur mon corps quelques instants avant de jouir en toi ?

Zoe fit la grimace.

— J'étais curieuse, mais je n'ai pas eu l'impression que c'était le bon moment pour commencer un interrogatoire.

— Tu veux dire, genre, « es-tu célibataire, marié » ?

Il recracha le dentifrice et se rinça la bouche. Cela paraissait plutôt important pour lui.

— Tu ne sembles pas être le genre de personne à tricher, mais, si c'était le cas, tu serais sans doute le genre de personne à mentir à ce sujet, répondit Zoe, manifestement troublée par la réaction de Seth. Je n'avais pas vraiment l'impression que c'étaient mes affaires. Je veux dire, c'était juste du sexe, n'est-ce pas ?

Il fut choqué par le coup qu'il reçut au cœur, mais veilla à ne pas laisser transparaître sa réaction sur son visage.

— Eh bien, je suis clairement célibataire, même si, apparemment, ce n'était pas un problème si je ne l'étais pas.

Il balança la serviette dans la baignoire. Puis il s'obligea à rire.

— Mais *ça*, ma belle, ce n'était pas *juste du sexe*.

Elle avait perçu la froideur de son ton et le changement dans son expression. Elle fronça les sourcils et pinça les lèvres.

— *Ça*, c'était une partie de jambes en l'air absolument parfaite, affirma-t-il. Digne du livre des records.

Et peut-être Zoe Miller n'était-elle pas la personne qu'il pensait, car il détestait la déception qu'il ressentait. Comme il avait été naïf ! Il récupéra son arme et sa brosse à dents, déverrouilla la porte de la salle de bains et s'ordonna de ne pas être idiot. On s'était déjà servi de lui pour son corps à maintes reprises. Il ne s'était pas attendu à ce que cela lui fasse si mal cette fois-ci.

— L'expérience est terminée. Il est temps de se remettre au travail.

CHAPITRE QUATORZE

Ryan Sullivan s'appuya contre le mur de la salle de briefing et bâilla. Il était huit heures du matin, ce qui n'était pas vraiment tôt pour lui, mais il avait passé un week-end d'enfer à travailler et non à s'amuser. Cependant, il aimait son travail, c'était donc la même chose pour lui.

Novak leur présentait un résumé des péripéties du samedi soir et du dimanche matin des différents membres de l'équipe.

Meghan Donnelly lui décocha un regard meurtrier, les mâchoires serrées si fort qu'on aurait pu croire que ses dents allaient se briser. Manifestement, elle ne lui avait toujours pas pardonné de l'avoir taquinée sur sa façon de conduire la semaine précédente. Elle n'appréciait pas son sens de l'humour qui, il voulait bien l'admettre, était un peu juvénile.

Ryan avait déjà entendu le récit et eu tous les détails par ses coéquipiers, y compris la preuve photographique que JJ Hersh arborait désormais une morsure de serpent qui se transformerait en cicatrices cool.

Ryan avait lui aussi de nombreuses cicatrices. Il était heureux que Hersh aille bien.

Il bâilla à nouveau, et Novak le repéra, lui jetant un regard noir.

Ryan se couvrit la bouche, puis grimaça. Il avait passé la moitié de la nuit au téléphone avec son frère. Sa jument favorite avait subi une torsion de l'intestin et le vétérinaire n'avait réussi à la sauver que de justesse. Elle allait bien quand il était allé au ranch à Noël, mais ce genre de choses arrivait vite. Ryan était reconnaissant envers son frère d'avoir repéré le problème à temps.

— Cowboy ! appela Novak alors que les autres commençaient à sortir de la salle. Donnelly le bouscula dans sa hâte d'échapper le plus vite possible à cette réunion.

Ryan avait le sentiment d'avoir manqué une information importante.

— Donnelly ! s'écria Novak.

L'opératrice se figea sur le seuil de la pièce. Ryan attendit que la foule se dissipe, et il rejoignit son chef d'équipe. Il bâilla à nouveau.

— Désolé, boss. La nuit a été courte.

Donnelly ricana, et Ryan lui lança un regard.

— Y a-t-il un problème entre vous deux ? s'enquit Novak, observant les deux opérateurs.

Tous deux secouèrent la tête. Novak ouvrit un ordinateur portable posé sur le bureau à l'avant de la salle de classe.

— Bien. Seth Hopper m'a envoyé ces images de surveillance, où l'on voit l'enlèvement de samedi soir. Il s'agit du motel où Hersh et lui séjournaient avec l'équipe de la BORTAC. Je veux que vous passiez en revue la totalité des bandes, depuis le moment de leur arrivée, jusqu'à celle de la police scientifique.

Bon sang ! C'était l'équivalent de quatre jours d'images.

— N'est-ce pas habituellement le boulot des analystes ? s'enquit Ryan en se frottant les yeux.

Novak lui adressa un regard qui aurait fait trembler la plupart des hommes.

— Oui, ils ont une copie. Mais j'en ai besoin pour hier. Je veux que l'on note les plaques d'immatriculation de chaque véhicule qui se gare sur ce parking, et je veux la photo la plus nette possible de tous ceux qui se présentent devant la caméra. Faites une capture d'écran et nous les passerons au crible des programmes de reconnaissance faciale.

— La qualité de ces vidéos est généralement très mauvaise, intervint Donnelly, s'agitant d'un pied sur l'autre.

Novak acquiesça.

— Faites-le quand même. Commencez samedi soir, et remontez le temps.

Novak s'éloigna à grands pas, les laissant, Donnelly et lui, s'observer d'un air méfiant. Ryan fit rouler ses épaules.

— Lequel d'entre nous va chercher le café ?

Donnelly lui décocha un regard qui, s'il avait été une lame, lui aurait transpercé le cœur de part en part.

— Je propose d'aller chercher le café et un bloc-notes, annonça Ryan en souriant. Tu installes le poste de travail. Vois si tu peux brancher l'ordinateur portable sur l'écran du tableau blanc.

Elle haussa les sourcils, comme si elle était surprise qu'il ait eu une bonne idée. Il se retourna pour s'éloigner.

— Tu ne veux pas savoir comment je prends mon café ? lui cria-t-elle.

— Noir, deux sucres, répondit-il en la regardant par-dessus son épaule. Nous nous sommes arrêtés prendre un café quand nous avons récupéré le prisonnier la semaine dernière.

Elle plissa le front.

— Oh ! Oui.

Il se rendit à la salle de repos et vola un bloc-notes et du papier à la réceptionniste et gardienne de la HRT, se demandant comment Donnelly et lui allaient bien pouvoir tenir sans s'entretuer.

Zoe approchait de la banlieue d'Albuquerque. Elle avait été un peu surprise que Seth accepte qu'elle prenne le volant, mais ils avaient encore vingt-six heures de route à faire et il était plus raisonnable qu'ils se partagent la tâche s'ils voulaient se présenter à la réunion du mercredi matin.

Elle lui coula un regard. Il était entièrement en mode garde du corps professionnel, même s'il était vêtu d'un vieux jean, d'un t-shirt noir à manches longues et d'un blouson en cuir, sans doute une tentative de sa part d'avoir l'air d'un civil.

Pour elle, il avait quand même l'air d'un homme en mission. Ou paranoïaque. Elle n'arrivait pas à décider.

Mais le cartel devait penser que toutes les preuves du tour que ses amis et elle avaient effectué dans le désert avaient été détruites en même temps que le pauvre camion de James. Ils disposaient sûrement de ressources suffisantes pour déterminer que Zoe n'était pas une anthropologue médico-légale quelconque qui s'était trouvée dans un endroit où ils pensaient qu'elle n'aurait pas dû être. Que Zoe le veuille ou non, et, la plupart du temps, elle était fière des accomplissements de sa mère et de son dévouement au service public, elle était la fille de l'actuelle vice-présidente, et le ministère de la Justice avait tendance à considérer toute attaque contre quelqu'un comme elle comme une attaque contre le gouvernement lui-même. S'en prendre à elle ou à ses amis attirerait le genre d'attention que les organisations criminelles préféraient généralement éviter.

Le mystère entourant la femme morte disparue restait entier. Qui était-elle ? Qui l'avait tuée ? Pourquoi quelqu'un avait-il déplacé son corps ? Et où était-elle maintenant ?

Sans corps, il n'y avait qu'un seul moyen de le savoir. Zoe devait remettre au plus vite le médaillon en or et la dent à son ami du laboratoire du FBI.

Elle s'agrippa fermement au volant lorsqu'une voiture devant elle freina et dérapa légèrement. L'I-40 avait été déneigée et l'autoroute sablée, de sorte que les conditions n'étaient pas terribles. Elle progressait tranquillement, en gardant le plus possible son pied sur la pédale de frein. Le camion était suffisamment lourd pour offrir une adhérence convenable, même sur les tronçons vallonnés.

Seth les surveillait, la route et elle, d'un œil d'aigle, mais il n'avait pas pris la relève et ne lui avait pas donné plus d'instructions qu'il n'était nécessaire. Elle ne se faisait pas d'illusions sur le fait qu'il prendrait le volant si les circonstances l'exigeaient, ou qu'elle n'apprécierait pas son aide en cas d'urgence.

Apparemment, la tempête de neige avait frappé la majeure partie du Midwest, du Wyoming à Oklahoma City, et elle ne s'était pas encore calmée. Le voyage allait être long.

Elle jeta un nouveau coup d'œil à son garde du corps peu enthousiaste. À les voir tous les deux, personne n'aurait pu deviner ce qui s'était passé au motel un peu plus tôt.

Il tapait des rapports sur un ordinateur portable. Elle le surprit en train de vérifier le rétroviseur latéral avant de la regarder. Il sembla étonné de voir qu'elle le regardait aussi. Il afficha une expression neutre, puis haussa les sourcils en signe d'interrogation silencieuse avant de reporter son attention sur son ordinateur portable.

Il était agacé par elle.

À quel moment les choses avaient-elles basculé des ébats les plus incroyables de sa vie à la froideur des yeux de Seth Hopper, qui la glaçait jusqu'à l'os ?

Non pas qu'elle se sente physiquement menacée par lui de quelque manière que ce soit. Il avait tout fait pour qu'elle se sente en sécurité et protégée, avant, pendant et après leurs rapports. Mais le feu de leur attirance s'était éteint si vite qu'elle se sentait presque idiote d'être blessée par son brusque repli. Ce n'était pas comme si elle s'était attendue à recevoir des fleurs et des chocolats. C'était elle qui avait affirmé que c'était « juste du sexe ».

Une partie de jambes en l'air absolument parfaite, apparemment.

C'était encore douloureux, comme il l'avait voulu.

Était-il simplement un homme qui se montrait gentil pour obtenir ce qu'il voulait et qui, ensuite, se fermait à sa partenaire ? Il y avait beaucoup de types comme ça dans le monde… mais c'était elle qui avait fait tout le travail de persuasion, et avec la perspective d'une autre nuit sur la route, pourquoi la repousserait-il maintenant, alors qu'ils pourraient recommencer plus tard ?

Quelque chose s'était activé chez Seth Hopper, comme un interrupteur, et elle était presque sûre d'en être la cause. Elle l'avait contrarié d'une manière ou d'une autre, l'avait blessé suffisamment pour qu'il soigne la blessure en agissant de manière indifférente et stoïque.

Elle se rendit compte que cela avait commencé lorsqu'elle l'avait complimenté sur leurs ébats. Elle n'avait pas su quoi dire, et un certain nombre d'inepties étaient sorties de sa bouche avant que son cerveau ne réagisse. Elle avait été déstabilisée par l'intensité de leur rapprochement. Cela avait été incroyable sur le plan physique et, plus que cela, elle s'était sentie spéciale, chérie, jusqu'au moment où elle ne l'avait plus été.

L'incident des tatouages avait changé le gel en une épaisse couche de glace.

Elle avait dit qu'elle ne voulait pas l'interroger sur son statut relationnel… mais, en voulant éviter de passer pour une femme collante ou possessive, elle l'avait manifestement insulté. Elle avait insulté son sens du bien et du mal. Elle avait insulté son honneur.

Elle pinça les lèvres, agacée envers elle-même. En prétendant que c'était « juste du sexe », elle lui avait sans doute donné l'impression qu'elle ne s'intéressait à lui que pour une seule chose.

Une partie de jambes en l'air absolument parfaite
Merde !

Elle avait tout gâché parce qu'elle s'était concentrée sur ses propres émotions, ses propres boucliers et ses peurs. Mais, qu'en était-il de lui ?

Ce n'était pas qu'elle ne s'intéressait pas aux sentiments de Seth, parce qu'ils comptaient pour elle. Mais trouver l'équilibre entre intérêt et indépendance farouche était délicat, surtout pour elle qui s'était à ce point trompée la dernière fois qu'elle s'était engagée avec un homme.

Le moteur passa à la vitesse supérieure et le bruit attira de nouveau toute son attention sur la route, qui était là où elle devait être, compte tenu de la situation.

Elle lui glissa un autre regard de côté et le surprit en train de l'observer à nouveau. Il détourna aussitôt le regard, évitant tout contact visuel, captivé, ou du moins faisant semblant de l'être, par ce qu'il était en train de lire sur son écran. Elle posa son regard sur le téléphone portable de Seth avant de revenir sur la route.

Ses doigts la démangeaient d'utiliser un appareil quelconque pour consulter les photos de son cloud. Peut-être pourrait-elle appeler les autres, et leur demander des nouvelles de la santé de Karina. Elle avait sa Smartwatch, mais ce n'était pas la même chose. La nécessité de remplacer son téléphone et son ordinateur portable était une véritable plaie. Elle n'était pas certaine que sa police d'assurance couvre les enlèvements sous la menace d'une arme.

Elle passa devant un panneau indiquant la I-25.

— Tu es déjà allé à Santa Fe ?

Il secoua la tête.

— Non.

Si elle voulait apprendre à mieux le connaître, elle aurait peut-être dû essayer de lui parler avant de se lancer à corps perdu dans la séduction.

— C'est une ville magnifique, la plus ancienne grande ville des États-Unis. Toute cette région est fascinante et géographiquement étonnante.

Il ne leva pas les yeux, mais elle sentit qu'il l'écoutait attentivement. Elle décida de l'ennuyer à mourir avec ses histoires. De briser la glace avec une attaque d'intello. Elle voulait s'excuser de l'avoir contrarié, mais elle se dit qu'elle devait y aller doucement, pour qu'il sache qu'elle était sincère.

— Les Espagnols sont venus dans cette région à la fin des années 1600, bien avant que la Couronne anglaise n'accorde une charte royale à la Virginia Company de Londres pour coloniser la côte Est. Auparavant, cette zone était habitée par le peuple Tewa, qui y vivait depuis au moins le Xe siècle. Dans un style typiquement européen, les conquistadors espagnols ont massacré les populations indigènes, mais il reste heureusement une série impressionnante de *pueblos* historiques.

Elle voyait bien que sa tentative de conversation avait éveillé un intérêt, mais il s'en tenait à sa mauvaise humeur.

Typique du dépit masculin.

— Non loin de Santa Fe se trouve Los Alamos. Le lieu de naissance de la bombe atomique.

Elle fit une moue de côté. Si elle comprenait l'importance des armes et de la puissance militaire, car de nombreux despotes considéraient la guerre comme une opportunité et étaient prêts à profiter des faibles, elle avait du mal à se réjouir de l'existence d'une arme de destruction massive.

Il se tourna alors pour la regarder.

— Tu ressembles à un guide touristique.

Elle éclata de rire.

— Beaucoup d'anthropologues culturels deviennent guides touristiques, mais j'ai toujours été plus intéressée par l'anthropologie biologique et les os.

— Quel est ton domaine d'expertise, exactement ?

Elle expira longuement et il sembla se crisper.

— Je m'intéresse à la convergence entre le changement climatique et l'anthropologie biologique.

Seth fronça les sourcils.

— Changement climatique et anthropologie biologique ?

— Je sais qu'ils semblent être de drôles de compagnons de lit, mais c'est logique quand on y réfléchit.

Elle s'était servie de l'expression « compagnons de lit » à dessein. Elle voulait qu'il se souvienne à quel point ils avaient été bien ensemble avant que tout ne s'embrouille.

— Les anthropologues biologiques sont appelés à intervenir dans un nombre croissant de situations influencées par le changement climatique. Tout y passe : découverte de vestiges préhistoriques dans la toundra en train de fondre, baisse du niveau des lacs révélant des victimes de meurtres vieux de plusieurs dizaines d'années enfermées dans des barils, élévation du niveau de la mer dans certaines régions et menace pour les lieux de sépulture traditionnels des populations indigènes, expliqua Zoe, avant de déglutir. Sans oublier l'identification des pertes massives dues aux incendies de forêt qui prolifèrent aujourd'hui en raison de l'assèchement du climat.

— Tu as participé à des missions d'IVC liées à des incendies de forêt ?

Elle acquiesça, et ses doigts se crispèrent sur le volant, avant qu'elle s'oblige à se détendre.

— J'ai apporté mon aide lors de quelques incendies en Californie pendant mon doctorat. Ma tâche principale consistait à repérer des os au milieu d'autres débris. Les os sont uniques en leur genre, mais il peut être difficile pour des personnes non formées de les identifier avec certitude. Ensuite nous avons séparé les éventuels restes humains des restes non humains. Le feu couvait toujours dans ces zones quand nous y allions, mais les gens avaient besoin de réponses concernant leurs proches le plus rapidement possible, pour des raisons évidentes.

— Cela n'a pas dû être très amusant.

— Ce n'était pas une partie de plaisir, mais...

Comment pouvait-elle exprimer la satisfaction qu'il y avait à rendre les dépouilles d'êtres chers à leurs familles ? À ramener les gens chez eux ?

— En général, les gens préfèrent savoir qu'un membre de leur famille est mort plutôt que de s'inquiéter à tout jamais pour lui. L'analyse rapide de l'ADN s'est avérée très efficace pour vite identifier les dépouilles et permettre aux familles de tourner la page dans un délai beaucoup plus court qu'auparavant.

— L'ADN ne permet pas toujours de reconnaître une famille, affirma-t-il d'une voix bourrue.

Il avait à nouveau reporté son attention sur le rétroviseur. Quelqu'un les suivait-il, ou évitait-il son regard ?

— C'est vrai. L'analyse de l'ADN n'est pas parfaite, mais, si l'on considère que nous n'avons parfois qu'une tête d'humérus carbonisée comme base de travail, c'est un miracle de la science moderne que nous ayons une chance d'identifier qui était cette personne de son vivant.

Seth resta silencieux pendant si longtemps qu'elle crut qu'il allait s'enfermer dans un mutisme contemplatif, mais il la surprit.

— J'ai été adopté, confia-t-il en se grattant la nuque, et une expression vulnérable s'installa sur ses traits. Mon ADN ne me relie pas aux personnes que j'aime.

Une petite fissure s'ouvrit dans le cœur de Zoe. Elle semblait jumelle de celle qui était apparue dans l'armure de Seth.

— Tu as raison. L'ADN ne définit pas la famille. Toutefois, on peut s'en servir pour relier des personnes biologiquement apparentées. C'est un outil. Nous en avons d'autres.

Elle prit une inspiration et décida de se jeter à l'eau, dans l'espoir de réparer l'erreur qu'elle avait commise plus tôt. Peut-être en ne s'intéressant pas assez à lui en tant que personne, mais plutôt en tant que garçon qui l'attirait. Elle n'avait pas voulu lui révéler à quel point elle était convaincue qu'elle pourrait l'apprécier si elle en avait la chance. Elle n'avait pas voulu s'exposer à ce point, ou se montrer vulnérable.

— Tu as dit que ta sœur, Ellie, était morte... Était-ce ta sœur biologique ?

Du coin de l'œil, elle le vit pincer les lèvres, mais elle se concentra sur la route devant elle, alors que la circulation ralentissait à cause des embouteillages.

— Non, mais nous étions proches. Mes parents l'ont adoptée quelques années après moi, preuve qu'ils sont de vrais saints.

Elle se surprit à sourire, car son ton était joyeux.

— Je devine que tu étais un enfant énergique ?

Il souffla rapidement.

— Les travailleurs sociaux aimaient me qualifier de « perturbé ». Mais je ne l'étais pas. J'étais un je-m'en-foutiste.

— Quel âge avais-tu quand ils t'ont adopté ?

— Deux ans.

Zoe tenta de contenir les émotions que ses paroles suscitaient. Chez un enfant de cet âge, il était parfois difficile de réparer les dégâts causés par des tuteurs maltraitants ou négligents.

— As-tu des souvenirs de tes premières années ?

Elle observa les émotions qui traversaient ses traits, comme s'il s'agissait d'une question piège. Elle décida de parler de sa propre enfance, ce qu'elle hésitait souvent à faire pour éviter que des personnes peu scrupuleuses ne se servent de ces informations contre ses parents.

Seth Hopper n'était pas le seul paranoïaque dans le véhicule.

— Mon premier souvenir remonte à peu près à cet âge, deux ans. Je jouais sur la plage de Monterey. Mon frère était censé me surveiller pendant que ma mère retournait à la maison pour aller chercher quelque chose. Mais il a tourné le dos, sans doute pour creuser un trou dans le sable, ce qui semblait être son principal objectif dans la vie à l'époque. J'ai disparu. Ma mère est revenue, et, soudain, j'avais disparu. Ben ne l'avait même pas remarqué.

Zoe entendait encore le cri des mouettes au-dessus de sa tête. Elle sentait la brise salée souffler sur ses cheveux.

— Elle a cru que j'avais plongé dans l'océan. Elle a couru dans les vagues, avec sa robe, à ma recherche. Un surfeur est arrivé en pagayant, et il a pointé les dunes du doigt. J'étais assise, cachée par les hautes herbes. Je suis sûre que j'étais convaincue de faire la meilleure partie de cache-cache du monde, mais je me souviens aussi à quel point j'ai eu mal quand elle m'a attrapée et serrée dans ses bras. Elle sanglotait si fort... Je l'entends encore.

Elle sentit le regard de Seth sur son visage.

— Comment a-t-elle fait pour vivre sur la plage après ça ?

— Ah ! Elle nous a inscrits, mon frère et moi, à toutes les leçons de natation existantes, et nous a fait comprendre que, si nous envisagions ne serait-ce que de tremper nos orteils dans l'eau, nous devions d'abord lui en parler.

— Alors, demanda-t-il, s'emparant du rameau d'olivier qu'elle lui tendait. Tu as un frère ?

— Oui. Ben. Il est scénariste à Hollywood, il essaie de se

faire un nom. Le problème, c'est que tout le monde sait qu'il est le fils de la famille royale d'Hollywood.

Seth rit.

— Vous essayez tous les deux de tracer votre propre voie dans le monde sans l'aide de vos parents.

Zoe fit la grimace.

— Je ne me débrouille pas très bien, car je serais sans doute morte sans la capacité de ma mère à mobiliser les troupes.

— Ce n'est pas tout à fait exact, protesta Seth. Nous aurions tenté de te secourir même sans les relations politiques. Mais la mission n'aurait peut-être pas été classée comme urgente, ou n'aurait peut-être pas bénéficié d'autant de ressources aussi vite si tu n'avais pas été de sa famille. Tu as eu beaucoup de chance que nous soyons dans les parages.

— Je suis désolée si nous vous avons détournés de quelque chose d'important, Hersh et toi. Je n'y avais pas pensé avant.

— Nous avions terminé. Il y a eu une fusillade pendant que nous essayions d'arrêter des trafiquants de drogue.

Zoe était consciente que ses yeux s'arrondissaient. Il ne semblait pas perturbé par ce danger permanent.

— Tu as eu une nuit bien remplie.

Les souvenirs d'eux au lit surgirent instantanément, et Zoe sentit un rougissement lui chauffer les joues tandis qu'elle regardait fixement la route.

— Ouais, je n'ai pas beaucoup dormi ces derniers temps, répondit-il d'un ton ironique, allant droit au but.

— Je m'excuse pour ça aussi.

Elle serra les cuisses l'une contre l'autre, déterminée à ne pas se rappeler à quel point Seth était incroyablement doué pour le sexe.

Il prit un ton sérieux.

— J'ai eu tort de baisser ma garde. Cela n'aurait pas dû arriver.

Le coup inattendu qu'elle reçut en plein cœur la poussa à cligner des yeux pour tenter de dissimuler ses émotions. Le fait qu'il puisse si aisément ignorer ce qui s'était passé entre eux suggérait que cela avait eu une signification différente pour lui.

— J'ai l'impression que beaucoup de femmes se jettent sur vous, agent Hopper, déclara-t-elle, s'obligeant à insuffler un peu d'humour dans sa voix.

Le silence s'épaissit et devint épineux.

— Ce doit être difficile d'être aussi sacrément séduisant.

Elle ne savait pas pourquoi elle le poussait, mais apparemment, c'était plus fort qu'elle. Il laissa échapper un petit rire.

— C'est toi qui dis ça ?

C'était gentil de sa part, mais elle n'était pas du tout à la hauteur de sa beauté physique.

— En général, les hommes ne se bousculent pas pour sortir avec moi.

— Sortir ? insista Seth.

Elle regarda fixement la route devant elle.

— Désolée. Je ne voulais pas insinuer que tu voulais *sortir* avec moi.

Il secoua la tête.

— Ce n'est pas ce que je voulais dire.

— Je sais ce que tu voulais dire. Écoute, Seth, poursuivit-elle, étranglant le volant de ses deux mains. Ce que je peine si terriblement à dire, c'est qu'alors que j'essayais de paraître cool à propos de ce qui s'est passé entre nous ce matin, les mots qui sont sortis de ma bouche étaient complètement idiots. Crois-le ou non, c'était une tentative de ma part de ne pas paraître plus dérangée que je ne le suis généralement, en disant à quel point j'ai aimé faire l'amour avec toi, et à quel point j'aime être avec toi. Mais c'est sorti n'importe comment. Cela fait un moment que je n'ai pas eu de relation saine, et je n'ai pas l'habitude de coucher avec des hommes que je connais à peine.

Seth remua sur son siège.

— Rien ne t'oblige à me croire à ce sujet ; je veux dire, je me suis montrée plutôt insistante ce matin, je t'ai grimpé dessus, je t'ai *sauté* dessus…, énuméra-t-elle, puis elle inspira profondément alors que les mots jaillissaient tout seuls. Le fait est que je t'aime beaucoup. Ce n'est pas seulement à cause de ton corps, qui est *absolument incroyable*, d'ailleurs. Je t'aime beaucoup, même si nous nous connaissons à peine, et tu es sans doute horrifié de m'entendre dire ces choses alors que nous allons être coincés ensemble dans un véhicule pendant les deux prochains jours, et que tu ne peux pas t'échapper, mais…

— Zoe…

— Ce matin, j'ai profité de la situation dans laquelle nous nous trouvions, en te suppliant pratiquement de faire l'amour.

— Zoe…

— Et je suis sincèrement désolée, parce que, manifestement, je t'ai mis mal à l'aise ensuite, déclara-t-elle, avant de déglutir. Mais, je crois que, d'une certaine manière, je t'ai donné l'impression que je fais ça tout le temps, et que cela ne signifiait rien pour moi.

— Zoe…

— Sauf que cela signifiait *vraiment* quelque chose. Et je ne suis pas en train de suggérer que tu serais intéressé par quoi que ce soit d'autre que le sexe à nouveau. Mais j'avais besoin que tu saches que ce n'était pas simplement parce que c'était pratique, et je ne t'ai pas sauté dessus juste parce que j'avais une démangeaison à soulager…

— *Zoe…*

— Cependant, je ne sais pas vraiment comment décrire ce désir que j'ai éprouvé sur le moment. C'était plutôt dévorant…

Seth posa la main sur le volant et ramena l'attention de Zoe sur le présent.

— Prends la prochaine sortie.

Le cœur de la jeune femme s'emballa. *Merde* ! Sa bouche s'assécha quand elle mit son clignotant et sortit de l'autoroute. Manifestement, elle avait dépassé les bornes. *Encore une fois*. Peut-être qu'au lieu d'essayer d'établir une relation, elle devrait se taire.

— Prends à gauche ici.

Zoe tourna. Puis elle prit deux virages supplémentaires tandis que Seth regardait les rétroviseurs.

— Gare-toi ici.

Les dents de la jeune femme claquèrent presque en réaction, tandis qu'elle immobilisait le véhicule sur le bas-côté de la route.

Il avait posé son ordinateur portable sur le plancher ; il détacha sa ceinture de sécurité, puis celle de Zoe. Elle pensait qu'il allait lui faire un sermon sévère sur le fait qu'elle était une mission, qu'elle lui rendait le travail impossible, et qu'il se sentait agressé sexuellement.

Au lieu de cela, il la tira sur le siège jusqu'à ce qu'elle soit à califourchon sur ses genoux. Elle se rendit compte qu'il était dur comme de la pierre, excité, exactement au moment où il écrasa ses lèvres sur les siennes.

CHAPITRE QUINZE

Seth ne demanda pas la permission cette fois-ci.

Il embrassa Zoe fougueusement et passionnément. Il la plaqua contre le bord épais de son jean, basculant les hanches pour appliquer la friction nécessaire. Il glissa une main sous ses couches de vêtements pour trouver son sein et appliquer suffisamment de pression sur son mamelon pour qu'elle se mette à crier en moins de trente secondes.

Elle frémit dans ses bras et il la serra contre lui, empoignant d'une main ses fins cheveux blonds, tandis qu'il calait la tête de la jeune femme sous son menton. Il gardait un œil sur les rétroviseurs, cherchant d'éventuels tangos autour d'eux, alors même qu'il palpitait du besoin de s'enfouir au plus profond de cette femme, quand sa seule préoccupation aurait dû être de la protéger.

— Je t'aime beaucoup aussi, Zoe Miller. Maintenant, je t'en prie, arrête de parler de sexe, parce que tu me rends fou de désir à chaque phrase que tu prononces.

Il l'embrassa sur le front, puis se glissa sur le siège conducteur.

Seth tira la ceinture de sécurité de Zoe sur son corps et la boucla, tandis qu'elle restait assise, l'air abasourdie. Puis il fit démarrer le camion et repartit vers l'autoroute.

Zoe n'avait toujours pas prononcé un mot lorsque Seth revint sur la I-40.

C'était certainement une erreur de s'impliquer davantage avec une femme comme elle, compte tenu de ses relations, mais il était déjà trop tard pour faire marche arrière. C'était sans doute déjà trop tard au moment où il était intervenu face à cet enfoiré d'agent des services secrets. Ou peut-être dès l'instant où il était venu à sa rescousse dans le désert.

Bon sang! Dès le motel de Gila Bend, il avait su qu'ils étaient attirés l'un par l'autre, et il s'était amèrement reproché de ne pas lui avoir demandé son numéro. Et, même s'il ne l'avait toujours pas, il avait quelque chose de bien mieux. Il avait du temps. Du temps pour apprendre à la connaître. Du temps pour la charmer avec son incroyable vivacité d'esprit et son allure fringante.

Tant que cela ne l'empêchait pas d'assurer sa sécurité.

C'était la priorité.

Toujours.

Il n'avait repéré aucune trace de filature. Il n'avait pas eu de retour des hautes sphères indiquant que le cartel poursuivait toujours activement Zoe Miller ou ses amis.

La jeune femme l'observait avec de grands yeux et le rouge aux joues. Il aimait savoir que c'était lui qui lui faisait ça.

Il savait que les femmes aimaient son apparence. Il n'avait pas de problème de fausse modestie. Mais, ce qu'il voulait, c'était une femme qui s'intéresse suffisamment à qui il était sous la surface. Et peut-être lui devait-il un peu plus de lui-même. Il semblait difficile d'accuser quelqu'un de ne vouloir de vous que pour le sexe, alors que vous refusiez de lui révéler qui vous étiez sous l'uniforme.

On pouvait choisir un livre en fonction de sa couverture, mais on continuait à le lire à cause de ce qu'il y avait à l'intérieur.

— J'aime à dire que mon premier souvenir remonte au jour où mes parents adoptifs sont venus au foyer d'accueil et m'ont rencontré pour la première fois. Ma mère a une photo de ce jour-là accrochée dans sa chambre, c'est peut-être pour cela que je m'en souviens si bien, confia-t-il, tandis que la neige et la glace fondaient sur l'asphalte, alors que le soleil s'efforçait de dissiper les nuages gris. Ils ont essayé de faire un enfant pendant des années, mais, après plusieurs fausses couches et cycles de FIV, ils ont décidé d'adopter.

Zoe perdit son expression hébétée. Il adorait la voir aux anges après un orgasme. L'aveu qu'elle lui avait fait plus tôt lui avait donné l'impression d'être un abruti pour avoir si mal réagi ce matin-là. Aussi confiant fût-il dans son travail ou en apparence, les relations, notamment amoureuses, étaient son talon d'Achille.

— Tu as été placé en foyer ?

— Oui. Quelqu'un m'a laissé sur les marches de l'hôpital, comme un truc tout droit sorti d'un roman victorien, expliqua-t-il, tentant de chasser l'amertume dans sa voix, sachant qu'il n'y parviendrait pas.

Zoe remua sur son siège. Elle le regardait. Elle lui accordait son attention.

— Tu as dit que tu « aimais à dire » que ton premier souvenir, c'était la rencontre avec tes parents, intervint Zoe, alors que la lumière se reflétait dans ses yeux bleu pâle. Quel est vraiment ton premier souvenir ?

Elle avait relevé un détail à côté duquel la plupart des gens passaient.

Il laissa échapper un petit grognement.

— C'est un sentiment, pas un moment précis, répondit-il, se concentrant sur le joli paysage et le souffle chaud qui sortait de la ventilation. Un sentiment oppressant d'abandon. Un sentiment de solitude, de ne pas être désiré. De ne pas être aimé.

Seth était conscient que Zoe le regardait attentivement, mais il ne voulait pas voir sa pitié. Il lui racontait cela par honnêteté. Sa dernière ex avait fait fi de ses sentiments, car il avait été adopté très jeune. Pourtant, ces expériences étaient gravées dans son ADN. Ce n'était peut-être pas la meilleure façon d'impressionner une femme comme Zoe, mais il préférait qu'elle sache d'emblée dans quoi elle s'engageait. Il n'était pas un homme parfait. Il voulait briser toute cette illusion de héros en un million de morceaux. Il était bousillé en matière de relations, et il voulait qu'elle le sache, maintenant, avant que l'un ou l'autre ne s'implique davantage.

— Le plus triste, c'est que mes parents étaient sur la liste des candidats pendant toute la période où j'attendais une famille. Nous n'avons pas pu créer de liens précoces à cause de la bureaucratie et des formalités administratives liées à l'adoption.

— Je suis sincèrement désolée, lui dit Zoe, remontant son genou sur le siège. Nous retenons énormément de choses de ces années formatrices et de nos parents biologiques, dont nous ne nous souvenons pas consciemment. La science de l'épigénétique suggère que nous pourrions hériter du stress et de traumatismes d'une manière que nous commençons à peine à comprendre.

Seth lui lança un regard.

Ses cheveux étaient décoiffés à cause de ses précédentes attentions, mais elle n'avait pas l'air de s'en rendre compte. Il s'efforça de ne pas être excité par ce souvenir alors qu'ils discutaient d'un sujet d'une telle importance. Il aimait son esprit et son intelligence évidente.

— Tu as faim ? lui demanda-t-il.

— Je suis affamée.

Comme ils étaient sur le point de quitter Albuquerque, il s'arrêta dans un drive pour faire le plein de caféine. Le voyage prendrait plus de temps qu'il ne l'avait espéré à cause de la météo, mais il n'avait pas l'intention d'être en retard à cette réunion. Qui savait ce qui se passerait ensuite.

Il fut choqué de se rendre compte qu'il espérait que quelque chose se passerait *effectivement* entre eux.

— As-tu été impliqué dans le processus quand ils ont adopté ta sœur ?

La question lui fit l'effet d'une coupure de papier sur la peau, et l'éclair de douleur le saisit sans qu'il s'y attende. Il avait ouvert cette porte. Ce n'était pas surprenant que Zoe ait décidé de la franchir.

— Oui. Au début, je n'étais pas très enthousiaste à l'idée d'avoir un frère ou une sœur. J'étais sans doute jaloux, je suppose, et je m'inquiétais d'être mis à l'écart.

Ses joues s'échauffèrent, car le petit garçon en manque d'affection existait encore en grande partie. Il récupéra auprès du serveur les tasses de café à emporter et les sandwichs au bacon et aux œufs qui leur permettraient de tenir jusqu'au déjeuner. Il s'éloigna du comptoir avec un remerciement.

— Ma mère m'a expliqué que l'amour n'était jamais divisé entre les enfants. Qu'il y en avait toujours assez pour tout le monde. Elle m'a convaincu que mon père et elle ne manqueraient jamais d'amour pour moi, et qu'Ellie avait besoin de nous comme moi j'avais eu besoin d'eux.

Zoe tendit la main pour serrer la cuisse de Seth, avant de prendre sa tasse pour boire prudemment une gorgée.

— Ta mère a l'air d'être une femme extraordinaire.

Seth sourit.

— C'en est une. Elle est *vraiment* extraordinaire.

L'humeur du jeune homme s'assombrit quand il repensa à la mort de sa sœur.

Zoe sembla lire ses pensées.

— Qu'est-il arrivé à Ellie ?

— Overdose de drogue.

Il dépassa un SUV qui se traînait. Zoe répondit d'une voix douce.

— Je suis désolée. Ça a dû être horrible.

Il acquiesça.

— Mes parents ont remarqué un changement, elle était devenue lunatique et rancunière, mais ils ont mis cela sur la phase de rébellion habituelle.

— Je connais cette phase, dit Zoe en souriant, mais ses yeux étaient empreints d'une grande tristesse.

— Quand ils ont compris ce qui se passait vraiment, Ellie leur a promis qu'elle arrêterait, mais, apparemment, ce n'était pas si facile, expliqua Seth, dont la voix devint bourrue alors qu'il luttait contre ce nœud habituel de chagrin et de colère. Elle avait commencé à sortir en secret avec un de mes anciens camarades de lycée, et il lui donnait quelques pilules, sans doute pour l'inciter à coucher avec lui.

Seth était content de ne pas avoir tué cette ordure, car sa vie aurait pris une tout autre direction. Cela dit, il avait définitivement modifié les traits de son ancien ami.

— Ils n'étaient ensemble que depuis quelques mois quand elle a pris une substance contenant du fentanyl, qui l'a tuée.

Seth se concentra sur la route plutôt que sur ces sombres souvenirs.

— C'était il y a une dizaine d'années. La drogue et les gangs étaient un gros problème dans mon ancienne ville. C'est mieux aujourd'hui, mais c'est toujours une bataille constante, tu vois ?

Zoe acquiesça.

— Affronter le cartel, c'est personnel, pour toi ?

Il y réfléchit.

— Il y a toutes sortes de méchants dans le monde et ils bénéficient tous de toute mon attention lors d'une opération, mais, quand je mets la main sur un trafiquant de drogue, j'éprouve un peu plus de satisfaction dans mon travail.

Les yeux turquoise de Zoe étaient toujours tristes.

— J'aurais aimé que tu ne la perdes pas.

L'émotion prit Seth à la gorge, et il déglutit plusieurs fois.

— Oui. Moi aussi.

— Alors, à propos de cet orgasme…, commença-t-elle, et ses yeux s'illuminèrent soudain, tandis que ses sourcils se haussaient en signe d'interrogation.

Il esquissa un petit sourire devant sa tentative d'humour pour détendre l'atmosphère.

— Plutôt sympa. Il n'y a pas eu de couinement, mais des halètements nets.

— Je ne *couine* pas ! s'exclama-t-elle en riant, faussement outrée.

— Et c'était rapide. Quatre en un jour. Je t'ai dit que tu avais tort au sujet de cette histoire de multiples orgasmes.

— Je suis ravie que tu me prouves que j'ai tort.

Zoe bâilla. Le soleil était levé à présent, mais ils n'avaient pas autant dormi qu'ils l'auraient dû la nuit précédente.

— Repose-toi. D'ici quelques heures, ce sera à ton tour de conduire.

Il avait un travail à accomplir, mais il était également conscient qu'il fallait changer de sujet pour rester concentré.

Elle masqua un autre bâillement avec sa main.

— Une partie de moi voudrait appeler tout le monde pour savoir comment ils vont, mais je n'ai pas de téléphone portable.

— Dors une heure, et je te laisserai utiliser le mien.

— Essaierais-tu de me soudoyer en m'offrant du temps et des données ?

— Cela fonctionne-t-il ?

Il dépassa un autre véhicule lent, tout en mangeant son sandwich d'une main. Il avait suivi suffisamment de cours de conduite avancée pour être maintenant sûr que la route avait une certaine adhérence.

— Ça marche carrément !

Elle trouva une couverture qu'elle cala derrière elle, puis elle retira ses bottes et se tourna sur le côté, posant ses pieds contre la cuisse de Seth.

Une étrange onde de choc traversa le corps de Seth à ce contact. Il serra son pied. Un sentiment presque irrésistible de possessivité et de justesse s'empara de lui.

Il s'efforça de se concentrer à nouveau sur l'observation des véhicules et des conducteurs, en quête de tout signe de quelque chose qui sortirait de l'ordinaire. Il n'avait pas vu de signe indiquant que quelqu'un les suivait, et il commençait à penser que le danger était vraiment écarté. Il l'espérait. Pour le bien de Zoe.

Pour son propre bien.

Zoe se blottit contre le dossier et ferma les yeux.

Il garda les siens fermement rivés sur la route.

Une heure et demie plus tard, Zoe était réveillée. Seth lui avait prêté son téléphone portable personnel pour qu'elle s'en serve comme point d'accès, et elle travaillait sur son ordinateur portable. C'était probablement contraire au règlement, mais elle n'allait pas le dire à qui que ce soit. Elle essaya d'accéder à son cloud, mais un code de sécurité à accès unique fut envoyé à son téléphone et, comme ce dernier n'était qu'un amas de composants fondus, cela ne la mènerait pas bien loin. Elle ne voulait pas prendre le risque de voir son compte définitivement bloqué. Aussi, elle abandonna au bout d'une tentative.

Elle avait appelé Joaquin. Son équipe et lui n'étaient pas parvenus à localiser le corps de la femme ni à trouver quoi que ce soit qui ressemble à une tombe fraîchement creusée. Il lui avait expliqué qu'il avait eu fort à faire avec tous les autres cadavres et les enquêteurs, sans parler des pluies torrentielles qui, bien que bienvenues dans cette région desséchée, avaient effacé tous les indices et traces qu'ils n'avaient pas déjà recueillis. À moins que les autorités n'aient de la chance, cette femme resterait à jamais un mystère. Zoe pourrait peut-être persuader le bureau du légiste d'effectuer un relevé aérien de la zone par détection laser, un LIDAR. Ou peut-être de discuter avec d'autres chercheurs à l'université pour voir si quelqu'un disposait de l'équipement et du temps nécessaire pour mener une enquête ?

Elle fouilla dans la poche latérale de sa petite valise, et récupéra le sac de preuves contenant le médaillon.

— Qu'est-ce que c'est ? s'enquit Seth, sans détourner le regard de la route.

Zoe marqua une pause. Ce n'était pas comme si elle ne lui avait pas déjà parlé, ainsi qu'à l'agent Hersh, des preuves qu'elle avait découvertes. Elle doutait qu'il ait oublié. S'il agissait d'un test de confiance, elle n'avait pas l'intention d'échouer. *Pas maintenant.*

— Tu te souviens ? Dans le désert, je t'ai dit que j'avais trouvé des objets près de cette femme morte.

Seth hocha la tête. Elle le savait.

— Il y avait notamment un médaillon en or représentant *Santa Muerte.*

— La narco-sainte, remarqua Seth, pinçant les lèvres.

— Oui, mais elle représente bien plus que ça. *Nuestra Señora de la Santa Muerte* est une héroïne populaire dont les origines sont liées à la spiritualité indigène et à la déesse aztèque de la mort. Les Églises protestantes et catholiques désapprouvent, naturellement, expliqua-t-elle avec une grimace.

Sa mère avait été élevée dans la foi chrétienne, mais elle n'était pas pratiquante. Son père était juif, et leur famille passait plus de temps à la synagogue qu'à l'église. Zoe se considérait comme spirituelle plutôt que religieuse, mais reconnaissait que la religion jouait un rôle important dans la plupart des cultures. Elle n'allait pas dire à ceux qui pratiquaient qu'ils avaient tort, à moins d'empiéter sur la liberté d'autrui ou de commencer à se livrer à des sacrifices humains, ce que les gens avaient fait pour la *Santa Muerte*. Elle n'aimait pas vraiment ça.

— Les gens la prient, entre autres, pour qu'elle purifie les influences négatives et pour qu'elle les protège. Elle attire tous ceux que les institutions religieuses traditionnelles ont laissés pour compte : les personnes LGBTQ+, par exemple, et les pauvres dont la foi n'a pas réussi à les sortir de la pauvreté, ainsi que les marginaux. Son culte est le nouveau mouvement religieux qui connaît la croissance la plus rapide en Amérique.

Seth se renfrogna davantage.

Son antagonisme n'était peut-être pas surprenant dans ces circonstances. *Santa Muerte* était une narco-sainte et sa sœur était morte d'une overdose.

— Quoi qu'il en soit, j'ai pris des photos sur la scène de crime, mais je suis bloquée sur mon compte cloud et je ne sais pas si elles ont été chargées ou non. Cela te dérange-t-il si je prends une photo du médaillon avec ton téléphone portable et que je la charge dans une base de données sur les migrants disparus ? Il se pourrait que quelqu'un ait entré la description d'une présumée disparue, et que nous trouvions une correspondance.

Ce n'était pas gagné d'avance.

— Vas-y. Veux-tu utiliser mon téléphone pro, pour que le FBI ait une trace ?

Zoe fit la grimace.

— Je ne sais pas. Je n'en ai pas parlé à cet abruti… enfin, à l'ASAC Patterson quand nous avons discuté hier, expliqua-t-elle, alors qu'elle avait l'impression que cela remontait à un millier d'années. Je pourrais prétendre que j'avais oublié, mais, honnêtement, je ne lui faisais pas confiance pour prendre mes préoccupations au sérieux. Et je ne pensais pas qu'il donnerait la priorité aux preuves.

— Patterson est un arriviste pur jus.

— Vraiment ?

— Il n'est motivé que par le besoin d'impressionner et de grimper les échelons. Le problème, c'est qu'il se fout éperdument de savoir sur qui il doit marcher pour monter.

— Il m'a l'air d'un sacré abruti.

Seth éclata de rire.

— Si, pour une raison quelconque, tu devais faire l'objet d'une enquête, quel téléphone vaudrait-il mieux que j'utilise ? s'enquit Zoe.

Elle observa ses mains puissantes et habiles sur le volant, tâchant de ne pas penser à tout ce qu'elles savaient faire d'autre avec autant d'habileté.

— Si c'est sur le portable pro, le FBI y aura accès immédiatement, expliqua-t-il avec un regard de côté. Ils ne voudraient pas que je t'autorise à charger quoi que ce soit sur une base de données extérieure, pas sans l'accord de l'agent chargé de l'affaire.

— Je vote pour ton portable personnel. Tu pourras dire que tu me l'as prêté pour que je passe quelques coups de fil, et nier toute connaissance des actes néfastes que j'ai décidé de commettre.

— Je n'ai pas peur d'assumer la responsabilité de mes actes, Zoe.

— Je le sais, confirma-t-elle, étirant ses jambes qui étaient raides à cause de l'exiguïté des lieux. Simplement, j'ai l'impression que Patterson adorerait te causer tout un tas d'ennuis.

Seth éclata de rire.

— Oui. Il ne s'est pas non plus montré très enthousiaste à ton sujet.

— N'est-ce pas ? Qu'est-ce qui ne va pas chez ce type ? s'exclama-t-elle.

Zoe se mit à rire. Et, tout à coup, une chose la frappa : en dépit de toutes les horribles choses qui s'étaient produites récemment, elle se sentait plus heureuse qu'elle ne l'avait été depuis des lustres.

— Tu paries qu'il a tenté d'intégrer la HRT quand il était plus jeune, et que sa candidature a été rejetée ? Maintenant, il a une dent contre les hommes comme vous...

— Sache que nous avons une opératrice parmi nos rangs.

Zoe n'arrivait pas à imaginer le niveau de forme physique et de détermination mentale que devait posséder cette femme pour venir à bout d'un parcours conçu pour faire échouer les hommes les plus forts.

— Oh, mon Dieu ! Je veux la rencontrer. Patterson la détesterait immédiatement, et il l'obligerait à lui apporter du café tous les matins.

— Ou il la dénoncerait au bureau de la responsabilité professionnelle pour ne pas avoir taillé tous ses crayons comme il faut.

— Il existe vraiment un bureau de la responsabilité professionnelle ?

Seth confirma d'un hochement de tête.

— Voilà qui me semble légèrement ridicule.

— C'est légèrement ridicule, mais ils prennent leur boulot très au sérieux. Je vais probablement recevoir à la fois des félicitations et une lettre de blâme dans mon dossier pour t'avoir emmenée faire cette randonnée non autorisée dans le désert, et pour avoir fait marcher Hersh sur ce satané serpent.

— Mais je t'y ai obligé...

Il ricana.

— C'est vrai ! insista-t-elle. Je pense qu'il faut que tu te rappelles exactement ce qui s'est passé. Il aurait fallu que tu me contraignes physiquement pour m'empêcher d'aller là-bas...

— C'est la raison pour laquelle je transporte des colliers de serrage.

Ce fut au tour de Zoe de ricaner.

— Tu ne pouvais pas attacher la fille de la vice-présidente avec un collier de serrage !

— Et c'est exactement ce que l'ASAC Patterson veut que je dise, répondit-il, jetant un coup d'œil sur le côté en dépassant un autre camion de location. Je pense qu'il veut sous-entendre que nos actions étaient en quelque sorte motivées par des considérations politiques, mais il est hors de question que Hersh et moi nous engagions dans cette voie. Nous avions du temps devant nous, alors pourquoi ne pas chercher un cadavre plutôt que de rester là à ne rien faire ?

Zoe tendit la main pour toucher le bras de Seth.

— Si nous n'y étions pas allés, nous n'aurions pas remarqué que le corps avait été déplacé, même si l'agent chargé de l'affaire ne me croit pas. Et nous n'aurions peut-être pas découvert les deux autres hommes morts.

L'opérateur Hersh était rentré à Quantico ce matin-là, heureusement sans aucune séquelle de sa morsure de serpent.

— Est-ce normal que l'ASAC soit l'agent chargé de l'affaire ? s'enquit-elle.

Seth grimaça.

— C'est plutôt inhabituel. Mais Lorenzo Santiago et son second figurent tous deux sur la liste des personnes les plus recherchées par le FBI. Si cette enquête aboutit à l'arrestation de l'un ou l'autre, l'agent chargé de l'affaire aura fière allure sur le papier. Le siège accélérera la progression de sa carrière.

Zoe détestait l'idée que la motivation de Patterson soit totalement égoïste.

— Patterson est peut-être simplement un bon gars qui n'aime pas la politique de ta mère, suggéra Seth en haussant un sourcil.

— Ce qui n'est pas une excuse pour se défouler sur moi.

Seth était d'accord.

— Il ne devrait pas laisser ses propres convictions politiques influencer sa manière de gérer une affaire.

— Maintenant, j'ai envie de dire du mal de ce type, grommela-t-elle.

— Tu peux te défouler si tu veux.

Il sourit, et le cœur de Zoe se heurta violemment à sa cage thoracique. Cet homme était d'une beauté à couper le souffle.

Elle inspira profondément pour dissiper la réaction et huma le parfum propre et frais de son savon, qui lui rappela sa peau lisse et chaude et la douceur qu'elle avait ressentie sous ses lèvres.

Merde !

Elle s'éclaircit la gorge. Et se remit au travail.

— Aurais-tu des sacs de preuve en plastique transparent avec toi ?

Seth acquiesça.

— Poche latérale du sac de voyage. Avant de rejoindre la HRT, j'étais agent de terrain dans les Ozarks, et j'ai pris l'habitude de me préparer à tout.

— Comme un *Eagle Scout* digne de ce nom.

— Il se trouve justement que...

Zoe sourit.

— Bien sûr que tu étais un scout haut gradé ! J'ai été

renvoyée des cadettes parce que j'avais une influence perturbatrice.

— Je sens un thème récurrent...

— Ah ! J'aurais voulu faire quelque chose d'excitant, comme aller camper, mais tout ce que nous faisions, c'était du bricolage avec beaucoup de paillettes. J'ai organisé une rébellion...

— Je le savais !

— Ils m'ont mise à la porte ! s'exclama-t-elle avec une moue boudeuse. Ma mère n'était pas contente.

— Après toi, ou après eux ?

— Les deux.

— J'ai l'impression qu'elle n'est pas une personne très facile à vivre, dit Seth avec prudence. Enfin, je dirais la même chose de toute personne assez dingue pour se lancer dans la politique.

Zoe grimaça.

— C'est vrai, elle n'est pas très facile, mais, d'après mon expérience, elle n'est pas pire que la plupart des parents de Monterey. Après son entrée en politique, tout a un peu changé. Ben et moi avons été avertis en termes très clairs que nous ne devions pas faire quoi que ce soit qui pourrait nuire à la réputation de la famille, sous peine d'être envoyés dans un pensionnat. Avant ça, mon père avait toujours été celui qui recevait toute l'attention, et personne ne se souciait vraiment si l'un d'entre nous faisait des siennes.

— Alors, se faire renvoyer des cadettes, c'était grave.

— Oh, mon Dieu ! On aurait cru qu'ils m'avaient surprise en train de faire des passes ou de sniffer de la coke, raconta-t-elle, avant de se figer. Non pas que je porte un jugement.

— Je suis extrêmement critique lorsqu'il est question d'enfants qui font des passes ou de personnes qui sniffent de la coke.

Elle le regarda faire rouler ses épaules et changer de voie. Il avait retiré sa veste, car il faisait chaud dans la cabine, maintenant, et il avait retroussé ses manches. Elle se souvint de l'orgasme explosif qu'elle avait vécu assise sur ce même siège quelques heures plus tôt. Depuis, la cabine était carrément brûlante. Cela avait été un moyen extrêmement efficace de la faire taire, et elle accepterait cette sanction à nouveau s'il le fallait.

— Mes parents étaient plutôt cool sur tous les sujets, mais pas quand il s'agissait de faire de mauvais choix ou de commettre un crime, déclara Seth au bout d'un long moment.

Zoe voulait en savoir plus sur eux.

— Que font-ils dans la vie ?

Seth ne semblait pas se rendre compte de l'effet que les muscles tendus de ses avant-bras avaient sur la libido de la jeune femme.

— Ma mère est enseignante. Mon père travaille pour la municipalité, il s'occupe de l'aménagement paysager et ce genre de choses. Mais il ne m'a pas transmis sa main verte.

— Nous avons cela en commun.

Zoe sourit quand elle trouva un petit sac de preuves transparent et le sortit. Elle transféra soigneusement le médaillon d'un sac à l'autre. Elle l'examina attentivement et remarqua que des initiales étaient gravées au dos, même si elles étaient difficiles à distinguer.

— Tu sais que ce genre de preuve n'est pas admissible au tribunal ? remarqua Seth.

— Oui. Je le sais. Mais j'espère que nous pourrons trouver une empreinte latente ou de l'ADN de contact qui pourrait nous donner un point de départ. J'ai une amie au laboratoire du FBI qui traitera ceci et la dent que j'ai ramassée.

Seth parut surpris.

— Tu as trouvé une dent ?

— Juste à côté du corps. Je n'ai pas examiné la bouche de la victime pour savoir si elle pouvait lui appartenir. Je me suis dit que Joaquin le ferait sur la table d'autopsie.

Et ils savaient tous les deux comment cela avait tourné.

— Si nous obtenons de l'ADN et si je ne trouve rien dans les bases de données des personnes disparues, je pourrai ouvrir un compte sur l'un de ces sites d'arbres généalogiques, et voir si je peux avoir une touche.

Des nuages menaçants s'amoncelaient à nouveau à l'horizon. D'autres intempéries s'annonçaient.

— As-tu déjà pensé à t'inscrire sur l'un d'eux ? lui demande-t-elle avec désinvolture.

La mâchoire de Seth se contracta, et ses narines s'évasèrent. Elle avait l'impression qu'il ne répondrait pas. Il expira brusquement.

— J'y ai réfléchi. Plus d'une fois. Mais je n'arrive pas à passer outre la peur d'avoir un lien avec un monstre comme le tueur du Golden State.

— Cela ne changerait en rien qui tu es, Seth.

— Peut-être... Peut-être pas, répondit-il en déglutissant, et elle vit que c'était difficile pour lui d'en parler. L'autre chose, c'est que, même si je retrouve ma mère biologique, je ne suis pas sûr de pouvoir lui pardonner de m'avoir abandonné comme ça. De manière anonyme. Sérieusement, sur les marches de l'hôpital ? Qui fait ça ?

Zoe ne pouvait imaginer à quel point cela pouvait être perturbant.

— Je pense qu'elle devait être très jeune ou très effrayée. Le fait qu'elle t'ait laissé dans un endroit où l'on te trouverait rapidement, et où l'on s'occuperait bien de toi, suggère qu'elle tenait probablement à toi.

Seth fit la grimace.

— Peut-être. Et il y a encore cette autre peur, celle qu'elle ait été violée, et que ce soit pour cette raison qu'elle n'ait pas voulu de moi...

Le cœur de Zoe se brisa. Cela expliquait en grande partie la prudence avec laquelle il avait insisté sur la question du consentement ce matin-là.

— Si cela peut te consoler, et je sais que ce n'est pas le cas, je pense que tu es quelqu'un de vraiment fantastique. Quelqu'un dont n'importe quel parent serait fier.

Il esquissa un petit sourire.

— Tu dis ça seulement parce que je t'ai fait jouir quatre fois aujourd'hui.

Elle laissa échapper un petit rire. En fait, elle avait perdu le compte.

— Je parie que je pourrais *te* faire jouir quatre fois aujourd'hui.

Le camion fit une légère embardée avant qu'il ne reprenne le contrôle. Il pouvait arrêter de prétendre qu'il n'était pas affecté.

Zoe rit, puis se concentra à nouveau sur le site Internet, entrant autant d'informations que possible de mémoire et à partir des notes qu'elle avait rédigées sur les enveloppes. Le téléchargement et la mise à disposition dans la base de données prendraient du temps, mais ils en avaient à revendre. Les panneaux de signalisation indiquaient qu'Amarillo approchait et que c'était à son tour de conduire.

CHAPITRE SEIZE

Cinq heures plus tard, Ryan et Donnelly avaient réussi à ne pas s'entretuer. Ils avaient une liste de dix-neuf véhicules et un tas d'images méchamment pixélisées qu'ils avaient commencé à passer dans des programmes de reconnaissance faciale.

L'estomac de Ryan grondait de faim, mais il refusait d'être le premier à s'arrêter.

Les habitants de Gila Bend s'étaient dispersés dès l'arrivée des membres du cartel, mais pas avant de leur avoir indiqué la direction des chambres des anthropologues légistes. Ryan aurait aimé avoir des images de l'intérieur du bureau, mais apparemment la caméra ne fonctionnait pas.

C'était probablement un miracle qu'il y ait eu des images.

Ryan avait remarqué les deux rencontres entre Seth Hopper et Zoe Miller, ainsi que l'attirance instantanée et évidente entre les deux. C'était un langage corporel qu'il connaissait bien. Il aurait aimé être une petite mouche pendant ce road-trip, car il était certain que les étincelles entre eux devaient poser pas mal de problèmes à Hop, habituellement hyperconcentré.

Mais Ryan n'attira pas l'attention de Donnelly sur cette situation, car il n'était pas certain de sa réaction. Était-elle du genre à raconter des potins ? Ou bien était-elle du genre à protéger ses coéquipiers ?

— Donnelly, l'interpella Daniel Ackers, le directeur de la HRT, en passant la tête dans la salle de classe. Je dois vous parler immédiatement dans mon bureau.

Ackers croisa le regard de Ryan, et ce dernier n'aima pas ce qu'il y vit. Donnelly recula sa chaise.

— Je vais nous chercher à manger, proposa Ryan.

Meghan hocha la tête d'un air absent. Elle semblait s'inquiéter au sujet de ce que lui voulait Ackers, et Ryan ne pouvait pas lui en vouloir.

Il la suivit quand elle sortit de la salle. Ryan se pencha par-dessus le bureau de Maddie Goodwin.

— Salut. Comment va le bébé ?

— Super.

Maddie sourit, mais son expression restait distraite, et elle ne sortit pas son téléphone comme elle le faisait habituellement quand quelqu'un lui demandait des nouvelles de ses enfants. Il se passait quelque chose.

— Qu'est-ce qui se passe avec Donnelly ?

Maddie pinça les lèvres et jeta un coup d'œil à la porte fermée du bureau d'Ackers.

— Je ne peux pas le dire.

Ryan fronça les sourcils.

— Pourquoi pas ?

Meghan Donnelly sortit en trombe du bureau de Daniel Ackers. Elle le regarda, puis détourna immédiatement les yeux, mais pas avant qu'il n'ait remarqué qu'ils étaient injectés de sang et que son visage était maculé de larmes.

Ryan reporta son regard sur Maddie. *Qu'est-ce que c'est que ce bordel ?*

— Si c'est à propos du fait que Donnelly et moi ne nous entendions pas...

— Il ne s'agit pas de cela, répondit Maddie dans un chuchotement à peine audible.

Ryan se rapprocha, luttant contre l'envie de courir après Donnelly.

— Alors, quoi ?

L'assistante coula un autre regard vers le bureau d'Ackers.

— Elle a perdu quelqu'un, dit-elle à voix basse. Le patron a dû lui annoncer la nouvelle. Ne lui dis pas que tu es au courant, sinon je perdrai mon emploi.

Ryan la rassura d'un hochement de tête : jamais il ne trahirait une amie.

Il décida de retrouver sa collègue opératrice. Son SUV était toujours sur le parking, il sut donc qu'elle n'était pas encore partie. Il demanda autour de lui, mais personne ne savait où elle se trouvait. Les gens pensaient qu'il l'avait énervée et qu'elle était partie se calmer quelque part, et il ne les corrigea pas.

Finalement, il essaya le vestiaire des femmes une seconde fois. Meghan était la première femme à avoir passé la sélection et l'EFNA, il n'y avait pas vraiment foule dans cet endroit. Il avait attendu que Meghan franchisse cette barrière, et elle l'avait carrément pulvérisée. Toute l'équipe éprouvait un étrange sentiment de fierté de compter en son sein la première opératrice, une fierté qu'ils n'avaient pas méritée. Les attentes des autres mettaient sans doute beaucoup de pression à la jeune femme, pression dont elle n'avait pas besoin.

Il frappa à nouveau à la porte, mais personne ne répondit, alors il entra, puis écouta attentivement. Quelque chose dans le silence lui fit sentir qu'il n'était pas seul. Il y avait quelqu'un d'autre ici. Quelqu'un se cachait.

— Meghan ?

Aucune réponse.

Il laissa la porte se refermer derrière lui. Il fallut ensuite une bonne minute avant que le bruit étouffé de sanglots ne lui parvienne. Il la trouva dans les douches, tout habillée, affalée contre le mur, le visage caché contre ses genoux.

Il reconnaissait ce profond chagrin déchirant, et il éprouvait autant le besoin de l'aider qu'il lui était nécessaire de respirer.

— Va-t'en ! lui dit-elle, la voix pleine de larmes.

En tant qu'homme qui gérait son propre deuil avec toute la grâce d'un boxeur se battant avec un grizzly, il avait probablement tort d'ignorer ses souhaits. Il comprenait le besoin d'intimité, d'espace. Mais, à une époque, les paroles d'un ami avaient été la seule chose qui lui avait permis de passer les premiers jours, voire toute la première année, sans l'amour de sa vie.

Il se laissa glisser le long du mur à côté de Meghan et enroula son bras autour de ses épaules. Elle resta d'abord aussi raide qu'un tisonnier, mais il l'attira quand même dans ses bras et la berça contre son torse jusqu'à ce qu'elle finisse par lâcher prise. Elle ne l'aimait pas beaucoup, mais cela n'avait pas d'importance. Il était parfois plus facile d'être vrai avec des personnes que l'on n'avait pas besoin d'impressionner.

D'énormes sanglots secouaient son corps, et ses larmes trempaient le t-shirt de Ryan. Elle s'agrippa si fort à lui qu'elle lui arracha quelques poils sur le torse. Il ignora l'inconfort et sentit la lame familière et émoussée de son propre deuil creuser son cœur en quête d'une bouteille de whisky ou d'une femme chaleureuse et consentante pour effacer le sentiment que sa vie était finie.

Terminée.

Achevée.

Mais ce n'était pas le cas.

Et la culpabilité de cette prise de conscience avait failli le tuer.

Meghan cessa finalement de pleurer et commença à s'éloigner. Il garda son bras autour d'elle, mais relâcha sa prise. Si elle voulait vraiment son espace, Meghan Donnelly était tout à fait capable de l'obtenir.

— Tu veux me dire ce qui se passe ? lui demanda-t-il d'une voix douce.

Elle s'essuya le visage et se moucha dans le mouchoir qu'elle tenait serré dans son poing. Puis elle relâcha une grande bouffée d'air, qui ne se mua pas en sanglots.

— Mon père est mort.

Oh, merde ! Une nouvelle vague de larmes coula. Les doigts de Ryan lui serrèrent l'épaule tandis qu'il l'étreignait.

— Je suis désolé.

Pendant quelques minutes encore, le silence ne fut troublé que par le battement de leurs cœurs. Finalement, Meghan renifla.

— Nous n'avons pas toujours été proches, mais ces dernières années, il s'était attendri.

Ryan ferma les yeux devant la tristesse qui se dégageait de son ton.

— Nous devenions enfin proches, et je crois qu'il était fier que je sois entrée à la HRT, même si j'ai échoué à l'école des Rangers, expliqua-t-elle, levant les yeux au ciel avant de les essuyer. Il était un Ranger et en était fier.

Ryan laissa échapper un rire ironique.

— La moitié des personnes ici sont d'anciens membres des forces spéciales. Ils ne sont pas meilleurs que toi.

— Et toi ? s'enquit-elle, visiblement curieuse.

Il ricana.

— Je n'ai jamais fait partie de l'armée. Ni de la police non plus.

Ce qui était pourtant la voie la plus courante pour devenir agent. Meghan fronça les sourcils.

— Quel diplôme as-tu obtenu ?

Il grimaça.

— Agriculture.

Elle éclata de rire, avant de se rattraper, puis son expression s'assombrit.

— On s'y habitue.

— À quoi ?

— À la culpabilité de se sentir heureux, de sourire ou même d'oublier parfois pendant un petit instant que quelqu'un que l'on aime est mort.

Sa lèvre inférieure trembla, et, pour la première fois, Ryan remarqua la bouche pulpeuse d'un membre de son équipe. Il repoussa cette pensée dans la boîte où il rangeait toutes les choses auxquelles il ne se permettait pas de penser.

Il croisa le regard brun foncé de la jeune femme, veillant à ce que rien ne transparaisse. Cela ne voulait rien dire. Ryan aimait les femmes. Toutes les femmes. Mais s'il y en avait une sur la planète qu'il ne pouvait pas toucher, c'était bien celle-ci.

— Nous étions enfin parvenus à un stade où nous commencions à nous rapprocher en tant qu'adultes. Et maintenant, il est parti et je suis tellement en colère, dévastée et perdue !

Elle se remit à pleurer, des pleurs qui brisèrent le cœur déjà dévasté de Ryan. Cette femme qui était plus dure que la plupart des hommes qu'il connaissait. Mais le chagrin était capable de vous prendre à revers. L'équipe entière en avait fait les frais au début de l'année, et ils n'avaient pas encore commencé à s'en remettre.

Ryan inspira profondément, heureux que ses coéquipiers soient sains et saufs. Il refusait de penser à ceux qui n'étaient plus là. Il serra Meghan contre son torse et la laissa pleurer tout son soûl.

Quand elle s'apaisa à nouveau, il lui caressa doucement le dos.

— J'ai perdu ma femme il y a huit ans, avoua-t-il, la voix brisée. Elle s'appelait Becky et je l'aimais de toute mon âme.

Il se figea en sentant le goût de rouille du nom de sa défunte épouse sur sa langue. Sa gorge était si nouée que ses mots ressemblaient à un grognement.

— Un cancer, expliqua-t-il, puis il déglutit, s'interdisant de pleurer, même maintenant, devant Meghan, si vulnérable à cet instant. J'ai failli devenir fou de chagrin... et je veux dire *littéralement*.

Des larmes brillaient dans les yeux sombres de Meghan.

— La seule chose qui m'a aidé à surmonter cette première année, ce sont les paroles d'un bon ami. Il m'a dit que, parfois, tout ce que l'on peut faire, c'est de continuer à respirer, raconta Ryan avant de pincer les lèvres. Je sais que ce n'est pas grand-chose, mais parfois, quand tout va mal, se concentrer sur l'inspiration et l'expiration marche vraiment. Ça permet de traverser un moment difficile, sinon intact, au moins plus ou moins en état de marche.

La poitrine de Meghan se contracta.

— Comme le yoga ?

Il s'esclaffa.

— Je pensais plutôt à une respiration tactique...

— Se concentrer sur la respiration, c'est la base de tout entraînement de yoga, et c'est bien plus ancien que le concept de « respiration tactique », répondit-elle, prenant un ton grave et moqueur.

— Très bien, la respiration façon yoga. Une respiration à la fois.

Meghan déglutit bruyamment et s'essuya les yeux. Elle semblait plus apaisée maintenant. Il relâcha ses épaules, et tous deux se levèrent. Il se surprit à la regarder.

— Je suis désolé d'être un tel con en général, lui dit-il, observant les plaques au plafond qui auraient besoin d'une rénovation. C'est mon mécanisme d'adaptation. Enfin, l'un d'entre eux.

Il s'interrompit quelques instants, puis croisa à nouveau les yeux bruns de la jeune femme.

— La seule chose que je recommande vraiment, c'est la technique de respiration.

Meghan esquissa un petit sourire.

— Novak m'a dit que je m'habituerais à toi, mais je n'étais pas certaine de le croire.

— Je suis convaincu que je peux encore t'énerver en moins de trente secondes, et ce ne serait même pas un défi.

— Si tu racontes à qui que ce soit que j'ai pleuré dans tes bras, je te tue, le prévint-elle.

Il sourit alors qu'ils commençaient à revenir sur un terrain familier.

— Ce n'est jamais arrivé.

— Et si quelqu'un te voit sortir du vestiaire des femmes ?

— Je dirai que tu m'as traîné ici pour t'envoyer en l'air avec moi, mais que j'ai décliné ton offre.

Les yeux de Meghan étaient plus brillants, maintenant. Plus clairs.

— *Tu* as refusé mes avances ?

— Bon, d'accord, concéda-t-il, faisant rouler une épaule. Tu as refusé mes avances.

— C'est mieux, affirma-t-elle avec un hochement de tête.

Elle baissa les yeux sur le sol, puis avala une bouffée d'air.

— Nous avons tous nos fantômes, Meghan. Rentre chez toi. Repose-toi, suggéra Ryan en s'éloignant d'un pas de l'opératrice. Je vais finir avec les vidéos. Quelque chose me dit que nous allons avoir une semaine chargée.

À moins qu'il soit à côté de la plaque, Ryan se disait que l'enlèvement déjoué de la fille de la vice-présidente des États-

Unis aurait forcément des conséquences à l'intérieur du pays et de l'autre côté de la frontière, au Mexique.

— À moins que tu ne prennes un congé ?

Meghan secoua la tête, ramenant ses cheveux en une queue-de-cheval sévère.

— L'enterrement a lieu la semaine prochaine. Je prendrai un peu de temps à ce moment-là. Ma sœur s'occupe des détails.

Il se dirigea vers la porte.

— Ryan.

Il s'arrêta et se retourna lentement.

— Merci.

Elle hocha la tête, les yeux brillants et sincères, éblouissants.

— Allez, dégage d'ici, Donnelly !

Il se força à rire, mais il n'aimait pas le changement qu'il venait de ressentir au creux de sa poitrine. Il n'aimait pas ça du tout.

Il était près de 22 heures, et, même si Seth voulait continuer, il était fatigué, et les routes étaient glissantes à cause d'une nouvelle tempête qui hésitait entre le grésil et la neige.

Ils avaient atteint Memphis, qui était à plus de la moitié du chemin. C'était moins que ce qu'il avait espéré pour cette journée, mais sans doute mieux que ce à quoi ils pouvaient s'attendre, compte tenu des conditions de conduite déplorables.

Zoe bâilla.

— Veux-tu que je prenne le relais pendant un moment ?

Il jeta un coup d'œil dans le rétroviseur et repéra le même SUV sombre qu'il avait déjà remarqué deux ou trois fois ce jour-là.

— Non. Arrêtons-nous pour la nuit.

— D'accord. Motel bon marché ou bel hôtel ? Je vote pour la

seconde option, mais c'est à toi de décider. Je te rembourserai, c'est promis.

Il jeta un nouveau regard au rétroviseur.

— Je pense que nous sommes suivis.

Zoe se raidit aussitôt et observa le rétroviseur.

— Je suis presque certain qu'il s'agit des services secrets. Je ne sais pas si c'est ton ex qui te suit de sa propre initiative, déclara-t-il, et une rage sourde monta en lui à cette idée. Ou si l'USSS, les services secrets, veulent agir en renfort, au cas où le cartel attaquerait quelqu'un qu'ils considèrent de leur devoir de protéger.

Les yeux de Zoe étaient immenses et hantés.

— C'est le genre de chose qu'il ferait, mais il est également possible que ma mère ait demandé aux services secrets de nous suivre pour une protection supplémentaire, que cela me plaise ou non.

— Je ne le laisserai pas t'atteindre, Zoe, je te le promets. Si tu préfères que je les sème, je peux le faire, mais il ne leur faudra pas longtemps pour nous retrouver dans cette ville, étant donné que nous ne pouvons pas changer de véhicule, et que notre camion est plutôt... orange.

Cela la fit sourire.

— Ou bien, nous pouvons passer une bonne nuit de sommeil et laisser l'USSS surveiller le camion toute la nuit.

Zoe pinça les lèvres, et ses yeux se tournèrent nerveusement vers le rétroviseur. Cela ne ressemblait pas du tout à la femme qui, en général, lui donnait du fil à retordre. Il mourait d'envie d'emmener Colm Jacobs dans une ruelle sombre et de le rouer de coups. Mais la sécurité de Zoe était sa priorité.

— Qu'ils nous suivent. Tant que je n'ai pas à le voir ou à lui parler...

— Je ne le laisserai pas s'approcher de toi.

Elle hocha de nouveau la tête, puis indiqua un panneau au centre-ville.

— Allons au Peabody. Nous y avons séjourné une fois quand ma mère voyageait pour une convention, dit-elle, puis elle consulta sa montre. Il y a une jolie mare dans le jardin de l'hôtel. Certes, à cette époque, les canards ne seront pas là, mais ils ont un excellent room service.

Seth secoua la tête.

— Aussi intrigant que cela puisse paraître, je veux rester le plus près possible de l'autoroute. Et d'après ce que je sais des hôtels historiques, le parking ne pourra probablement pas accueillir ton beau camion.

Zoe tapota le tableau de bord.

— C'est effectivement un beau camion, et tu marques un point. Je ne conduisais pas à l'époque, et je ne me souviens pas du parking.

— Quel âge avais-tu ? s'enquit-il, essayant de faire en sorte qu'elle ne pense pas à la voiture qui les suivait.

Il préférerait que ce soient les services secrets plutôt que le cartel, mais Zoe semblait tout autant bouleversée par l'un ou l'autre. Il prit la sortie suivante de l'autoroute et revint sur leurs pas, en direction de l'endroit où il avait repéré deux hôtels près de la banque de la Réserve fédérale.

— Onze ans, sans doute ?

Elle gardait les yeux rivés sur le rétroviseur côté passager, et le SUV tourna en même temps qu'eux. Quiconque les suivait n'essayait même plus de se cacher. Ou bien il était très mauvais dans son boulot. Il espérait sincèrement que c'était la première option.

Il fit le tour des deux hôtels et choisit celui qui disposait d'un parking souterrain correct. Il aurait préféré un motel bon marché avec un parking devant, mais ce n'était jamais une mauvaise idée de changer la routine pour perturber les plans des gens.

— Quand as-tu décidé de devenir anthropologue légiste ?

Elle pivota pour lui faire face, comme si la question la surprenait.

— Pas avant d'entrer à l'université. J'ai choisi l'anthropologie sur un coup de tête. Avant cela, je voulais devenir ingénieur en environnement, mais il s'avère que le niveau requis en maths est très élevé.

Elle lui sourit et il rit. Il était prêt à parier que le Dr Zoe Miller s'était très bien débrouillée en maths. Elle avait simplement trouvé sa passion, comme lui avait trouvé la sienne.

Il quitta la route sombre pour entrer dans le parking bien éclairé. Le véhicule des services secrets ne les suivit pas dans le sous-sol. Il éprouvait une certaine satisfaction sinistre à l'idée que les agents se gèleraient les fesses dans la voiture toute la nuit, ou en imaginant le vif débat qu'ils avaient en ce moment même pour savoir s'il fallait ou non prendre une chambre et risquer de perdre Seth et Zoe dans l'intervalle.

Mais les services secrets connaissaient leur destination.

Seth n'avait rien contre la présence de ces yeux supplémentaires, tant qu'ils se concentraient sur le travail de protection et non sur une quelconque vendetta personnelle.

D'après son expérience, les agents des services secrets n'aimaient pas trop se salir les mains. La plupart d'entre eux étaient plutôt bons dans leur travail, mais ils n'étaient pas du genre à ramper dans la boue et à se salir en quête du tir parfait. Et, pour lui, c'était dangereux. L'USSS devrait engager la HRT ou la DEVGRU pour voir à quelle distance ils pouvaient se rapprocher d'une cible sous leur protection. Et peut-être moderniser quelques pratiques et idées démodées.

Cela ne faisait pas si longtemps que des terroristes avaient attenté directement à la vie du président Joshua Hague. L'attaque avait été déjouée, non pas par les gardes du corps du président, mais par un autre agent du FBI, Jed Brennan, qui travaillait pour la BAU et s'était interposé entre le tireur et le président.

Seth fit rapidement marche arrière dans un espace restreint couvert par une caméra de surveillance, sous le regard de Zoe, qui avait les yeux arrondis. Il aimait être capable de l'impressionner avec des choses aussi simples que de manœuvrer un camion. Il ne pouvait qu'imaginer sa réaction si elle le voyait effectuer un saut HALO – haute altitude, ouverture basse –ou donner l'assaut pour libérer des otages.

Seth grimaça. Avec un peu de chance, elle ne le verrait jamais faire cette seconde chose.

— Je vais appeler pour réserver une chambre, lui dit-il. Rassemble tout ce dont tu as besoin dans ton sac et enfile ton gilet pare-balles.

Elle lui rendit ses téléphones portables.

— Tu ne crois pas que nous allons être un peu voyants en nous baladant dans le hall avec des gilets ?

— Nous allons éviter la réception et utiliserons une clé sur le téléphone si possible. As-tu un pull ou un manteau que tu pourrais porter par-dessus ?

Zoe hocha la tête et sortit un sweat à capuche.

— Très bien. Problème résolu.

La peur paralysait généralement le processus de réflexion des gens, même des gens intelligents, et il ne faisait aucun doute que Zoe était *extrêmement* intelligente. Mais elle craignait réellement son ex, et c'était ce qui la faisait hésiter. Seth étouffa la colère qui menaçait de s'emparer de lui. Ce n'était pas le moment.

Il passa l'appel et obtint une chambre au premier étage, proche de la sortie de secours. Alors qu'il effectuait la réservation, il se demanda si quelqu'un avait déjà identifié les individus qui avaient enlevé Zoe et ses amis. Ou bien les membres du cartel morts dans le désert ?

Aux dernières nouvelles, le FBI soupçonnait le cartel de Lorenzo Santiago, qui s'était détaché de l'organisation *Mano de Dios* colombienne. Ils étaient dangereux et impitoyables, et Santiago avait la réputation d'être légèrement dérangé.

Seth enfila un gilet pare-balles léger, presque invisible sous sa veste en cuir. Zoe et lui portèrent chacun leur sac en rejoignant rapidement leur chambre.

— Le service d'étage est-il toujours disponible ? s'enquit Zoe.

— Jusqu'à vingt-trois heures.

Il remarqua ses yeux fatigués. C'était la deuxième fois qu'elle parlait de nourriture ; elle devait avoir vraiment faim.

Ils arrivèrent dans la chambre, et Seth fut déçu de constater qu'il y avait, comme demandé, deux lits queen size. Il vérifia la salle de bains, qui était vide. Il ferma les stores, puis les rideaux. Ensuite, il sortit son Glock de secours et le plaça dans la main de Zoe.

— Commande assez de nourriture pour nous deux, mais ne laisse personne entrer. Si je ne suis pas revenu, dis-leur de la déposer devant la porte. Cale cette chaise sous la poignée quand je serai parti, et n'aie pas peur de tirer sur quiconque essaie de forcer l'entrée, compris ? Le mot de passe, c'est « canard ».

Le visage de Zoe était blême, et les ombres sous ses yeux ressemblaient à des ecchymoses.

— Canard, genre « coin-coin » ?

— Oui. Tu as une autre idée ?

— Non. Canard, c'est bien.

Seth esquissa un sourire.

— Si je dis autre chose que « canard, genre coin-coin », ou si je ne suis pas de retour d'ici vingt minutes, appelle McKenzie, puis le 911.

Il lui tendit à nouveau son téléphone personnel. Elle connaissait déjà son code PIN.

— J'ai mon portable de travail sur moi. Le numéro est dans les contacts.

Zoe arborait une moue soucieuse, mais elle acquiesça.

— Où vas-tu ?

Il passa son pouce sur la joue de la jeune femme.

— Je veux inspecter rapidement l'extérieur. M'assurer que personne d'autre ne nous a suivis ici, et voir exactement où se trouvent nos amis de l'USSS.

Il dut se faire violence pour ne pas l'embrasser, mais, lorsqu'elle se hissa sur la pointe des pieds pour appuyer ses lèvres sur les siennes, il ne put résister à l'envie de la rapprocher un court instant.

Il s'éloigna.

— N'oublie pas la chaise.

— Seth, lui dit-elle d'une voix douce. Sois prudent.

***

Seth se glissa hors de la chambre et écouta Zoe coincer la chaise sous la poignée. Encore une fois, ce n'était pas infaillible, mais cela lui donnerait assez de temps pour saisir l'arme, viser et tirer si le cartel envoyait un assaillant.

Non pas qu'il s'attendait à des problèmes.

Et Seth détestait le fait qu'il soit devenu négligent.

Il appela son patron pour lui donner rapidement les dernières nouvelles, puis se dirigea vers le hall pour sortir par l'une des issues latérales. Il se tint ensuite dans l'ombre, à la recherche de personnes assises dans leur voiture.

Il repéra le SUV garé avec une vue sur l'entrée et le parking. Il arborait une plaque du gouvernement. Un homme se trouvait sur le siège avant, il portait un costume et une cravate. Ce n'était pas Colm Jacobs. Seth se doutait qu'il était soit aux toilettes, soit en train de dormir sur la banquette arrière.

Soit en train de se faufiler derrière lui...

Seth ne laissa pas transparaître qu'il avait entendu quelqu'un s'approcher dans son dos. Il attendit de sentir l'homme à portée de main et pivota sur lui-même, attrapant le bras du type et le plaquant contre le mur de briques de l'hôtel.

CHAPITRE DIX-SEPT

Il retira le SIG de la main de Jacobs et lui tira le bras un peu plus fort qu'il n'était nécessaire.

— Agent Jacobs. Quel plaisir de vous revoir !

— Vous feriez mieux de me lâcher, espèce de petit con, avant que je...

— Même si je suis sûr que j'apprécierais tout ce que vous avez à l'esprit, je dois retourner auprès de ma principale. Je suis simplement sorti pour voir si vous vouliez que je vous envoie un room service.

— Vous agressez un agent fédéral.

— Eh bien ! En tant qu'agent fédéral moi-même, je fais mon boulot, qui est de vérifier si nous sommes suivis, et de repérer d'éventuels dangers. Et il entre assurément dans mes attributions de veiller à ce que personne ne me surprenne dans l'ombre, l'arme au poing.

— J'aurai votre badge, espèce de petit con.

Seth n'était pas certain de savoir pourquoi ce type continuait à le qualifier de « petit », étant donné qu'il était plus grand et plus large que lui de plusieurs centimètres. Une sorte de transfert peut-être ? Un complexe de Napoléon ?

— Êtes-vous officiellement autorisés à nous suivre ou agissez-vous de votre propre initiative ? Dans ce dernier cas, je vais devoir vous demander de faire demi-tour et de retourner ramper sous votre rocher.

— C'est autorisé, répondit Jacobs d'une voix haut perchée et tendue. Mon patron était furieux que vous nous empêchiez de prendre en charge la protection de Zoe.

— Vous auriez dû y penser avant d'agresser le Dr Miller l'année dernière, espèce de salopard de lâche.

— Quoi qu'elle vous ait dit, elle ment.

Seth sentait la rage bouillonner en lui, mais sa formation lui permit de la comprimer en une petite boule. Il n'allait pas prendre le risque de mettre en péril sa position de garde du corps de Zoe, juste pour avoir la satisfaction, à court terme, de mettre une raclée à ce type.

— Elle ne me semble pas être du genre à mentir, tandis que vous ne semblez pas faire honneur à votre agence.

Il repoussa l'homme loin de lui, puis retira les balles de l'arme de Jacobs, qu'il jeta dans une jardinière voisine.

Il lui rendit son pistolet vide.

— J'apprécie que vous surveilliez notre véhicule, mais nous ne prévoyons pas de prendre la route avant six heures au plus tôt, alors si vous voulez prendre une chambre... ? Mieux encore, donnez-moi votre numéro de portable et je vous appellerai quand nous partirons.

— Dans quelle chambre êtes-vous ? s'enquit Jacobs en récupérant son arme.

Seth lui adressa un sourire acerbe.

— Je préfère ne pas le dire. J'ai promis à Zoe qu'elle n'aurait plus jamais à voir votre visage.

Les paroles de Seth rendirent l'autre homme visiblement furieux.

— Si vous la touchez, je vous tue.

Seth secoua lentement la tête et fit un pas en avant.

— Ce que vous ne semblez pas comprendre, c'est que c'est à Zoe de décider qui la touche. Mais, pour que les choses soient claires. *Vous* ne la toucherez jamais. *Vous* ne la toucherez, ne l'agresserez ou ne la frapperez plus jamais. Vous n'enverrez pas d'email, n'appellerez pas et ne traquerez pas cette femme. Et si vous pensez qu'elle ne parlera pas de vous à sa mère, vous vous trompez. Elle en a fini avec vous, *connard*.

Seth ne quitta pas Jacobs des yeux pendant qu'il s'éloignait, puis il retourna à l'intérieur de l'hôtel. Il s'assura qu'il n'était pas suivi, puis il prit un chemin détourné vers la chambre, en évitant les ascenseurs.

Il frappa à leur porte.

— Canard. Genre, coin-coin.

Des bruits de mouvement à l'intérieur se firent entendre avant que Zoe déverrouille la porte.

— Tout va bien ? lui demanda-t-elle, l'air anxieux.

Il entra dans la chambre, puis ferma la porte. La verrouilla.

— Oui.

C'est alors qu'il se retourna et qu'elle s'avança dans ses bras. Il la serra fort contre lui, frotta son menton sur le sommet de son crâne. Il savait qu'il devrait faire un effort pour les remettre sur un plan professionnel, mais il n'avait pas la volonté nécessaire ce soir-là.

Zoe Miller causerait sa perte, mais il n'avait pas assez d'énergie pour s'en soucier.

***

Ils manquaient de temps avant que la blonde n'atteigne sa destination et Bruno ne pouvait pas prendre le risque qu'elle ait prélevé quelque chose contenant son ADN ou celui de Gabriella sur la scène de crime. Il ne pouvait pas non plus prendre le risque d'aller directement à l'encontre des ordres de son patron. Pas s'il voulait que sa tête reste attachée à son cou.

Luis avait placé des guetteurs le long des autoroutes, et ils avaient suivi leur cible jusqu'à l'I-40, l'itinéraire que Luis et lui avaient également emprunté. Comme cette femme ne voyageait qu'avec un seul garde du corps, en empruntant l'itinéraire le plus direct vers la Virginie, les autorités devaient estimer qu'il n'y avait plus de danger.

Officiellement, c'était le cas. Officieusement, il avait besoin que cette femme soit neutralisée.

— D'après ma source, elle s'est installée dans un hôtel pour la nuit. Le camion est garé en sous-sol.

Bruno réfléchit. Il voulait que cela ressemble à un accident, sans rapport avec le cartel, mais ses options étaient limitées. La faucher avec un véhicule serait source de problèmes. Une bombe n'avait rien d'accidentel. Un braquage au hasard à l'hôtel ? Ce serait sans doute difficile à mettre en œuvre avec le garde du corps du FBI.

Une fusillade sur la route ? Là encore, c'était compliqué, et rien ne garantissait que l'agent fédéral n'aurait pas de chance et ne les éliminerait pas en premier.

Bruno en avait assez d'être sur la route. Luis et lui avaient roulé toute la journée dans des conditions épouvantables. Il voulait rentrer chez lui. Si son visage n'avait pas figuré sur la liste des personnes les plus recherchées par le FBI, il se serait fait déposer à l'aéroport le plus proche et aurait laissé Luis rentrer seul en voiture. Mais ses données biométriques étaient repérées et, de toute façon, il était tard.

Son portable sonna. Celui dont seul Lorenzo avait le numéro.

— Boss ? le salua Bruno, et son estomac se noua.

Lorenzo avait l'air fou.

— Où es-tu ?

— Je fais profil bas le temps que l'excitation soit retombée, répondit Bruno d'un ton égal. Tout va bien ?

— Gabriella a disparu. Elle ne répond pas à son téléphone, et quand je l'ai cherchée avec l'application de tracking, je ne l'ai pas trouvée. Elle l'a éteint alors même que je lui avais dit de ne jamais le faire.

La peur saisit le cœur de Bruno.

— Elle est avec cet abruti. Je l'ai pourtant prévenu que s'il s'approchait à nouveau d'elle, je lui couperai les bijoux de famille et les donnerais à manger à un lézard.

— Tu as envoyé quelqu'un à Mexico ? s'enquit Bruno.

Gabriella avait-elle parlé de ses projets à quelqu'un ? Il l'avait prévenue de ne pas le faire. Il lui avait dit d'éteindre son téléphone et de le détruire, ou de le laisser dans son congélateur. Et d'en acheter un autre une fois arrivée aux États-Unis. Avait-elle révélé à l'un de ses amis son intention de franchir illégalement la frontière ? Les battements de son cœur s'emballèrent. Bruno avait promis de l'aider à échapper à son frère pendant un certain temps afin qu'elle puisse rendre visite à son petit ami en Californie. Il n'avait pas eu l'intention de la faire disparaître à jamais.

Elle l'avait poussé, allumé comme s'il était n'importe quel garçon. Et elle était au courant qu'il la désirait. Il la désirait depuis des années... Ce qui s'était passé était autant la faute de Gabriella que la sienne, mais il n'avait pas pu lui laisser la vie sauve ensuite.

Peu importait à quel point il regrettait ses actes, ce qui était fait était fait. Il ne pouvait pas la ramener. Il devait rester en vie assez longtemps pour se débarrasser de Lorenzo, prendre lui-même le contrôle du cartel, et peut-être même réparer les liens que Lorenzo avait rompus avec Manuel Gómez, qui s'était évadé d'une prison américaine un an plus tôt.

— Bien sûr que j'ai envoyé des gens à Mexico. Ils ont parlé à ses amis et à ses professeurs, mais elle ne s'est pas présentée en cours. Je sais qu'elle est avec cet enfoiré, et je le tuerai pour m'avoir désobéi.

Il ne parlait pas de punir Gabriella. C'était ce qui avait causé sa perte. Elle avait été trop gâtée par un frère aîné qui ne lui avait jamais fait payer les conséquences de ses actes. Lorsqu'elle avait poussé Bruno, elle s'était attendue à ce qu'il réagisse de la même manière. Mais ce n'était pas ainsi qu'il avait été élevé. Les vrais hommes ne répondaient pas aux besoins des filles, aussi jolies soient-elles.

— Peut-être devrais-tu la laisser vivre avec lui quelques mois. Elle finira par se lasser de lui, et elle voudra rentrer à la maison, suggéra-t-il, se disant que, d'ici là, la piste serait bel et bien froide. Si tu le tues, elle ne te pardonnera jamais.

— Je me fiche qu'elle me pardonne ! cracha Lorenzo. Ce *hijo de la chingada* doit savoir que je tiens mes promesses.

Bruno leva les yeux au ciel. Tout cela découlait de l'obsession de Lorenzo à garder Gabriella pour lui. Le fait qu'il l'ait laissée partir à l'université avait constitué une grande victoire pour la jeune femme. Bruno sentit la culpabilité l'assaillir à nouveau. Si seulement elle ne s'était pas moquée de lui, elle serait exactement là où Lorenzo la croyait, et il aurait eu plaisir à la ramener au Mexique et à lui donner une leçon.

— Ce *puto* doit servir d'exemple.

— Je m'en occupe.

— Non. Amène-le-moi. Je m'occuperai de lui. Personnellement.

Un million de questions se bousculaient dans l'esprit de Bruno. Gabriella avait-elle donné à son petit ami le nom de la personne qui devait l'aider à passer la frontière ? Bruno pourrait-il le tuer sans que Lorenzo pique une crise ? Sans doute que non. À moins qu'il n'ait pas d'autre solution.

— Je passerai le prendre, et je serai là demain. Peux-tu envoyer un jet en Californie, ou dois-je en louer un ?

— Je vais envoyer un avion. Appelle-moi immédiatement si tu trouves Gabriella, ou si tu mets la main sur lui.

Lorenzo raccrocha, et Bruno dissimula le malaise qui le traversait, afin que Luis ne le lise pas sur son visage et ne se doute pas que quelque chose ne tournait pas rond.

— Changement de plan. On dirait que toi et moi allons devoir nous trouver un aérodrome privé, et un pilote digne de confiance.

— Que s'est-il passé ?

Bruno regarda fixement son jeune frère. Luis était un bel homme, mais il ressemblait parfois tellement à leur défunt père dominateur que c'en était troublant. C'était le cas à cet instant.

— Gabriella a disparu. Lorenzo veut que nous l'aidions à la retrouver.

Luis cligna des yeux.

— Qu'en est-il de la femme, Zoe Miller ?

Bruno se retourna, contemplant l'obscurité d'un air pensif. C'est alors qu'il eut une idée.

***

Le lendemain matin, Seth conduisait et Zoe était de nouveau sur le siège passager. Elle jeta un coup d'œil dans le rétroviseur et repéra le SUV noir, qui n'essayait même pas de faire preuve de discrétion en les suivant ce jour-là. Elle aperçut Colm Jacobs sur le siège avant, portant les lunettes de soleil et le costume sombre requis. À le regarder à présent, elle se demandait comment elle avait pu penser que cet homme était attirant. Certes, il était beau, mais il y avait quelque chose de malsain dans son allure. Il y avait un côté blasé et un pli amer sur ses lèvres lorsqu'il ne se forçait pas à sourire.

Seth lui adressa un regard, mais ne dit rien. Il lui avait promis que Colm ne l'approcherait pas et ne lui parlerait pas, et elle se demandait s'il s'était confronté à lui quand il l'avait laissée seule dans la chambre la veille au soir.

C'était vraiment déstabilisant pour elle de laisser un homme la protéger d'un autre, alors qu'elle était habituellement tout à fait capable de se débrouiller seule. Mais quand un homme portait un badge, les choses devenaient nettement plus compliquées. Et lorsqu'il travaillait pour les services secrets...

Elle avait décidé de tout révéler à sa mère dès qu'elle lui aurait pardonné d'être intervenue de façon aussi brutale en premier lieu. Elle attendrait qu'elle revienne de son voyage à l'étranger.

Jamais sa mère n'aurait envoyé Jacobs pour la protéger si elle avait su qui il était vraiment ; c'était donc la faute de Zoe. Elle corrigerait le tir, et, avec un peu de chance, sa mère respecterait ses souhaits à l'avenir.

Son nouveau portable sonna, et elle se sentit soudain très enthousiaste. Zoe avait persuadé Seth de s'arrêter dans une boutique de Nashville pour acheter un prépayé. Elle lui devait désormais une petite somme, mais elle le rembourserait.

Elle était ridiculement heureuse de son nouvel appareil. On aurait pu croire qu'elle n'avait jamais eu de téléphone auparavant. Elle avait déjà appelé son frère et James, puis laissé un message à Fred. Karina était toujours aux soins intensifs, mais elle se rétablissait, et elle devait être transférée dans une chambre normale le lendemain matin.

Elle répondit à l'appel.

— Zo, la salua Fred. Tu vas bien ?

— Oui. Je suis toujours dans le camion de location. Je devrais arriver à la maison tard ce soir.

Fred baissa la voix.

— À en juger par l'agent du FBI qui suit mes moindres faits et gestes, tu n'es pas seule ?

Zoe regarda Seth, consciente que l'homme qui l'avait tenue dans ses bras toute la nuit, même s'ils n'avaient pas fait l'amour, écoutait attentivement la conversation. Elle avait eu l'impression d'une remise à zéro en douceur après la passion et les malentendus de la nuit précédente. Ce n'était pas qu'elle n'avait pas eu envie de faire l'amour avec Seth, mais elle acceptait qu'il veuille garder les choses sur un plan professionnel entre eux, même s'ils avaient déjà franchi cette limite. Et peut-être avaient-ils besoin d'apprendre à mieux se connaître avant de se sauter dessus à nouveau.

Il était possible qu'ils aient une chance de vivre une véritable relation, mais elle était nerveuse. Elle ne voulait pas commettre une autre erreur en en parlant trop tôt, et elle ne voulait pas que Seth se sente obligé de s'impliquer dans quelque chose de plus profond qu'une simple aventure.

— L'opérateur Hopper a gentiment proposé de partager la conduite du camion de déménagement.

Seth ricana. Fred grogna. Zoe leva les yeux au ciel.

— Mon garde du corps me rend fou, dit Fred d'un ton bourru.

— Il n'y en aura pas pour longtemps. Je pense que le cartel qui nous a enlevés constitue une véritable priorité pour les fédéraux, alors ils vont être occupés à faire profil bas, lança Zoe d'un ton ferme.

— Je l'espère. C'est une expérience que je n'ai aucune envie de réitérer. Je ne vais pas mentir, il me faudra un certain temps avant de me sentir à nouveau à l'aise pour aller dans le désert.

— Je sais. Je suis désolée.

— Ce n'est pas ta faute. Les responsables, ce sont des gens puissants et corrompus, qui feraient n'importe quoi pour garder le contrôle... et aussi le cartel.

Elle éclata de rire, comme il se devait. Elle trouvait assez ironique que ses amis soient aussi antisystèmes, compte tenu du fait qu'ils aimaient passer du temps avec ses parents.

— Tu t'entends bien avec l'agent Balèze ?

Zoe s'étouffa.

— Ne l'appelle pas comme ça !

Seth se renfrogna. Elle n'avait jamais rencontré d'homme aussi complexé par son physique avantageux.

Les gens beaux luttent aussi.

C'était une blague entre eux quatre, chaque fois que Karina était victime de préjugés à cause de son incroyable beauté naturelle. Apparemment, c'était vrai. Qui l'aurait cru ?

— Nous nous entendons bien. Mieux que bien.

Seth lui décocha un regard qu'elle ignora soigneusement.

— L'opérateur Hopper m'a sauvé des services secrets.

— Cet enfoiré de Jacobs ?

— Oui, confirma Zoe, la bouche sèche. Il a essayé de m'enlever à l'hôpital hier, c'est pour ça que j'ai disparu sans dire au revoir. Pour une raison que j'ignore, ma mère a cru que c'était une bonne idée.

— Tu ne lui as toujours rien raconté ?

— Je croyais que je n'aurais jamais à le revoir, alors j'ai choisi la solution de facilité. Je n'aurais jamais imaginé qu'elle demanderait expressément à ce qu'il fasse partie de ma protection rapprochée.

Elle enroula un bras autour de son ventre. Il y eut une longue pause à l'autre bout du fil, Fred semblant digérer le fait qu'elle avait manifestement révélé à Seth la vérité sur ses démêlés avec l'agent des services secrets. Elle n'était pas quelqu'un qui se confiait facilement aux autres.

— Des ennuis à l'horizon ? s'enquit Fred.

Elle observa le SUV dans le rétroviseur.

— Non, en dehors d'un temps épouvantable.

Zoe fut soudain distraite par l'expression concentrée de Seth, et ses jointures qui blanchissaient sur le volant. Cela faisait un certain temps qu'ils grimpaient. Le lourd fourgon peinait parfois sur les montées, mais ils venaient de franchir le sommet d'une colline et descendaient à toute allure le long d'une gorge étroite.

Généralement, Seth conduisait plus vite qu'elle, mais il semblait toujours maîtriser parfaitement la situation, même lorsque les conditions étaient dangereuses. À présent, ils se rapprochaient rapidement de l'arrière d'un des deux gros camions qui se trouvaient côte à côte sur l'autoroute, et il ne ralentissait pas.

Ils avançaient de plus en plus près du pare-chocs arrière et Zoe posa un regard alarmé sur Seth.

— Tu devrais peut-être t'accrocher, lui conseilla Seth d'un ton sinistre. Les freins ne fonctionnent pas.

CHAPITRE DIX-HUIT

— Fred, je dois y aller, annonça Zoe avant de raccrocher et de fourrer le téléphone dans la poche arrière de son jean.

Elle appuya sa main sur le tableau de bord.

Au lieu de s'engager sur la voie de gauche, de faire des appels de phares ou de klaxonner, Seth resta sur la voie de droite et percuta le camion-citerne de lait qui le précédait.

Zoe agrippa la poignée de la portière.

— Qu'est-ce que tu fais ?

— Je me sers de sa remorque pour nous ralentir.

Le camion tremblait légèrement, mais Seth le maintenait stable. La bouche de Zoe s'assécha, et son cœur s'emballa. Le routier ne savait pas ce qui se passait ; il accéléra pour éviter le malade qui semblait vouloir s'autodétruire derrière lui. Ils descendaient une pente raide. Sans la barrière physique de la citerne, le camion prit à nouveau de la vitesse.

— Et le frein à main ? suggéra Zoe, partagée entre l'envie de fermer les yeux, et celle de ne rien rater de ce qui pourrait les aider.

— Je m'en servirai lorsque nous aurons ralenti ou lorsque

nous aborderons une montée, expliqua Seth d'une voix toujours aussi calme, alors qu'elle avait l'impression de hurler intérieurement. J'espère que cela suffira à nous ralentir. Si je freine en urgence à cette vitesse, nous risquons de partir en vrille, ou bien le frein cassera sans avoir le moindre effet.

Elle jeta un coup d'œil autour d'elle, tout en s'accrochant de toutes ses forces. La circulation était trop dense pour risquer de faire un tête-à-queue. Elle ne voulait pas mourir, mais elle ne voulait pas non plus tuer des personnes innocentes qui roulaient tranquillement sur l'autoroute.

— Où se trouve la prochaine montée ? s'enquit Zoe, penchant le cou pour voir la route au-delà des camions.

— Je n'en suis pas certain, affirma Seth, le ton sinistre. Mais je sais qu'il y a une ville au bas de cette vallée.

Oh, bon sang !

Les conséquences ne lui échappaient pas. Traversée une zone fortement peuplée sans freins était une catastrophe en devenir. La pente s'accentua au lieu de diminuer, et, soudain, Zoe fut incapable de respirer. Seth heurta à nouveau le camion-citerne, et le routier enfonça une fois de plus l'accélérateur.

Les dents de la jeune femme se crispèrent, tandis qu'elle raffermissait sa prise sur la poignée de la portière.

— Bon sang ! Il ne se rend pas compte que j'ai des problèmes ? s'exclama Seth en secouant la tête, montrant un premier signe de frustration.

— Il pense sans doute que tu es un dingue du volant, suggéra Zoe d'une voix anormalement aiguë.

— S'il croit que j'essaie de faire sortir son dix-huit roues de la route avec ton camion, c'est lui qui est dingue.

Ils heurtèrent à nouveau le pare-chocs de l'autre véhicule ; le camion se mit à trembler et à osciller. Seth se concentrait pour les maintenir sur la route derrière ce véhicule, pas dessous.

— Connais-tu le numéro de portable de Jacobs ? l'interrogea-t-il soudain.

— Je l'ai bloqué, mais je m'en souviens.

— Prends mon portable et appelle-le vite. Je vais lui parler.

Même maintenant, alors que leurs vies se précipitaient vers une fin plutôt atroce, Seth protégeait Zoe. Elle s'obligea à relâcher la poignée. Ses mains tremblaient quand elle prit le portable de Seth et l'alluma. Elle composa le numéro de Jacobs de mémoire, puis le mit sur haut-parleur.

— Bordel, qu'est-ce qui se passe, Hopper ? Vous faites un infarctus ? s'exclama la voix familière et agaçante de Colm.

— Nos freins ont lâché. Je me sers du camion devant moi pour maîtriser notre vitesse, mais j'ai besoin que vous passiez devant et que vous le fassiez ralentir, puis se ranger ; et progressivement, si possible.

— Alors, maintenant, vous avez besoin de notre aide ?

— Faites votre putain de travail, Jacobs, à moins que vous ne vouliez expliquer la mort de deux personnes sous votre prétendue surveillance.

Colm jura, mais Zoe vit le SUV enclencher les gyrophares et foncer sur la voie de gauche. La voiture des fédéraux partit devant, dépassant le camion-citerne. L'un des agents des services secrets sortit sa main par la vitre et l'agita de haut en bas à plusieurs reprises pour indiquer au camion qu'il devait se ranger.

Le bruit des freins pneumatiques retentit lorsque le camion-citerne à lait ralentit et mit son clignotant pour s'écarter de la route.

Une vague de soulagement envahit Zoe, mais ce n'était pas encore terminé. Ses doigts s'agrippèrent à nouveau à la poignée, et elle serra les dents.

Seth suivit le camion tandis que les deux véhicules réduisaient leur vitesse. Il actionna le frein à main pour les aider à ralentir et réduire la force de l'impact avec l'arrière du camion-citerne. Leurs pare-chocs se heurtèrent bruyamment avant qu'ils ne s'arrêtent en tremblant.

Zoe et Seth restèrent assis en silence pendant un long moment. Elle se sentait à la fois engourdie et terrifiée. Elle n'arrivait pas à lâcher la poignée, même si la tension dans son bras était douloureuse. Zoe regarda Seth, puis remarqua la blancheur de ses lèvres ainsi que la sueur qui perlait sur sa tempe.

— Nous avons survécu, constata-t-elle.

Elle n'arrivait pas à croire ce qui venait de se passer. Ils avaient failli mourir.

Seth saisit sa main libre et embrassa le dos de ses doigts.

— Cela aurait été plus délicat si ce camion n'avait pas été là.

Il lui sourit, et elle se rendit compte que ce genre de choses ne le terrifiait pas autant qu'elle. C'était ce qu'il faisait : il surmontait les obstacles et relevait des défis qui auraient déconcerté la plupart des gens. La suivre dans le désert de Sonora. S'attaquer au cartel. Pourchasser des tueurs. Il accomplissait tout cela avec la même compétence tranquille que celle qu'elle affichait quand elle examinait les morts.

— Tout le monde va bien là-bas ? s'enquit la voix de Jacobs dans le haut-parleur, la ramenant dans le présent.

— Tout va bien. Merci pour votre aide, répondit Seth avant de mettre fin à l'appel.

Il lui prit ensuite le menton avant de l'embrasser rapidement sur la bouche.

Le baiser fut bref et doux, hors de la vue des agents des services secrets qui n'allaient pas tarder à se manifester.

— Attends ici. Verrouille les portes et enfile ton gilet pare-balles.

Zoe semblait secouée, mais elle suivit attentivement les instructions rapides qu'il lui donnait. Elle avait bien tenu le coup dans ces circonstances, même si elle n'avait heureusement pas saisi la gravité de la situation avant qu'il n'entre en collision avec le pare-chocs arrière du camion-citerne. Si ce camion ne s'était pas trouvé devant eux, rien n'aurait pu les ralentir avant qu'ils n'atteignent la prochaine ville, et cela aurait été un carnage.

Bon sang, mais que s'était-il passé ?

S'agissait-il d'un accident, d'un sabotage, ou bien était-ce une embuscade ?

Les agents des services secrets avaient dû parler au chauffeur du camion. Il les vit faire marche arrière avec le SUV le long de l'autoroute dès que la voie fut dégagée. Ils se garèrent derrière le camion de déménagement, ce qui était parfait.

Seth passa un appel rapide à Novak pour lui demander d'envoyer une assistance locale, lui promettant de le tenir au courant dès qu'il le pourrait. Ensuite, il appela la patrouille autoroutière pour solliciter leur aide.

Les deux agents des services secrets se postèrent à chaque extrémité du camion, adoptant une posture de protection. Heureusement, Jacobs se tenait à l'arrière du véhicule, hors du champ de vision de Zoe.

Seth sortit et courut vers le chauffeur du camion, qui était sorti de sa cabine et se rendait à l'arrière de son véhicule pour inspecter les dégâts. C'était un homme grand et grisonnant, avec un ventre proéminent par-dessus son jean ceinturé ; il portait une chemise à carreaux trop grande. Sa barbe ressemblait à un habitat pour les animaux sauvages et ses yeux recelaient plus d'humour que Seth n'en aurait ressenti s'il avait été délibérément embouti sur l'autoroute.

— Désolé, mon ami. Les freins ont lâché. Soit je me servais de vous pour nous ralentir, soit je risquais de perdre le contrôle de mon véhicule. Je crains que vous n'ayez perdu à pile ou face.

Seth tendit à l'homme sa carte, qui comportait le sceau métallique officiel du FBI.

Le chauffeur haussa les sourcils.

Ce n'était pas tous les jours qu'un opérateur de la HRT conduisait un camion de location à travers le pays, mais cela arrivait plus souvent que les gens le pensaient, surtout sachant qu'un opérateur et sa famille devaient faire leurs valises et déménager à Quantico après avoir intégré l'unité d'élite.

— Heureux que personne n'ait été blessé, dit le camionneur, qui secoua la tête et regarda la carte. Je suis aussi soulagé de ne pas avoir de contravention.

Seth rit avec lui. Ils inspectèrent les dégâts et prirent tous deux des photos du hayon du camion-citerne pour l'assurance. Mais le chrome du poids lourd était à peine éraflé, tandis que le pare-chocs avant et la calandre de la camionnette étaient sérieusement froissés.

Ils échangèrent leurs coordonnées, puis Seth fit signe à l'homme de reprendre la route. Seth retourna en trottinant vers le camion et ouvrit la portière passager.

— Tu vas bien ?

Zoe hocha la tête. Elle semblait plus calme, à présent, mais toujours mal à l'aise, sans doute parce que cet enfoiré de Jacobs était si près d'elle.

— Je n'en ai pas pour longtemps. Reste ici.

Seth avait un plan, dont il espérait qu'il ne le ferait pas renvoyer. Ou qu'il ne prendrait pas une balle pour ça. Il se glissa sous le véhicule, sur l'asphalte mouillé ; le froid humide imprégna son t-shirt et son jean.

— Que faites-vous ? s'enquit Jacobs, s'accroupissant pour le regarder depuis l'arrière du camion.

— Je cherche des preuves.

— Des preuves de quoi ? insista l'autre type, l'air sournoisement amusé.

Seth lui décocha un regard sévère.

— Qu'est-ce que vous croyez ?

L'expression de l'homme se fit amère. Colm Jacobs serait-il allé jusqu'à saboter ce véhicule ? Jusqu'à essayer de les tuer, Zoe et lui ? Ou bien ces deux agents des services secrets étaient-ils à ce point incompétents que quelqu'un avait pu endommager le véhicule sous leur surveillance ?

En toute honnêteté, Seth n'aurait su dire de quoi il s'agissait, mais, dans tous les cas, cela ne donnait pas une bonne image de l'USSS.

Il se pouvait aussi qu'il s'agisse d'un accident, mais quelles étaient les chances ?

Ignorant l'inconfort dû au froid, il se déplaça jusqu'à se trouver près de la roue côté passager, où il trouva aisément ce qu'il cherchait.

Salopard.

Le câble de frein présentait une déchirure. Tout le liquide de frein avait disparu. Il prit une photo.

Il inspecta également l'autre côté. Le câble comportait une autre déchirure, comme si quelqu'un avait passé plusieurs fois une lame de couteau dessus. Il prit d'autres photos, mais ne toucha à rien.

Il ne s'agissait en aucun cas d'un accident ; les câbles de freins ne pouvaient pas lâcher tous les deux en même temps. *Impossible.*

Et peut-être ne devrait-il pas s'exclure de toute critique. *Il* était chargé d'amener Zoe à Washington en toute sécurité. Certes, il ne pouvait pas être partout à la fois, mais il n'avait pas remarqué de liquide sous le camion de déménagement ce matin-là. Le parking était faiblement éclairé, mais il s'était trop reposé sur l'effet dissuasif de la caméra de surveillance et sur la présence des autres agents fédéraux, ce qui lui avait donné un faux sentiment de sécurité.

Erreur de débutant.

Il avait merdé.

Il ne prit pas la peine de vérifier les roues arrière. Il sortit de sous le véhicule juste au moment où la police d'État s'approchait et commençait à détourner la circulation pour les sécuriser. Puis, en un temps record, des agents de terrain du bureau du FBI de Knoxville arrivèrent.

Seth se présenta, et ils déclinèrent leurs identités. Il expliqua ce qui s'était produit.

— J'ai besoin que ce camion de location soit acheminé à Quantico le plus rapidement possible, en vue de recueillir des preuves d'un possible sabotage des freins, expliqua-t-il, puis il baissa la voix et se pencha plus près. À un moment donné, j'aurai aussi besoin que vous distrayiez ces agents des services secrets assez longtemps pour que je puisse m'en aller avec leur SUV. Je le rendrai à leurs bureaux dans la matinée, c'est promis.

— Comment se fait-il que les services secrets soient impliqués ? s'enquit l'agent féminin Grant, observant les hommes en costume qui se tenaient au garde-à-vous.

— La femme qui se trouve dans le camion de location est la fille de la vice-présidente, et elle a refusé leur protection à maintes reprises. Le fait est que...

Seth baissa la voix. Il aurait voulu ne pas avoir à divulguer les secrets de Zoe, mais il savait que la vérité serait plus efficace quand il était question de demander à un collègue agent d'interférer avec une autre agence fédérale.

— Le blond a eu une relation avec ma principale, relation à laquelle il ne voulait pas mettre fin. Il est toujours en colère d'avoir été largué. Et ces deux abrutis étaient censés surveiller ce camion la nuit dernière : or il a au moins deux câbles de freins endommagés.

Il laissa l'agent intégrer ses soupçons.

— Le Dr Miller et moi-même devons nous rendre au siège du FBI pour un briefing de la task force à huit heures demain matin, et j'aimerais vraiment avoir la possibilité de me changer avant d'être cuisiné par les types en costard. Je n'ai pas de temps à perdre pour trouver un nouveau moyen de transport, et je ne fais pas confiance à ces deux clowns pour assurer nos arrières s'ils nous prennent en stop. Pas plus que je ne leur fais confiance avec ce camion qui contient les effets personnels du Dr Miller, et pourrait comporter les preuves que quelqu'un a trafiqué les freins dans un accès de vengeance. C'est soit eux, soit le cartel, ajouta-t-il avec une grimace.

L'agent Grant releva le menton quand elle eut intégré tout ce qu'il lui avait dit. Il se doutait qu'elle avait entendu parler de ce qui s'était produit en Arizona. Elle observa ensuite les agents de l'USSS comme si elle les jaugeait. Puis elle hocha la tête.

— Laissez-moi parler au Dr Miller pendant que vous prenez les affaires dont vous avez besoin dans la cabine.

C'était une bonne chose qu'elle confirme ses dires auprès de Zoe, car, pour ce qu'elle en savait, Seth pouvait être le stalker cinglé et le type aux cheveux bizarres, le chevalier en armure étincelante.

— Vous savez que l'USSS peut suivre ce véhicule, n'est-ce pas ? précisa Grant.

— Bien sûr.

Ce n'était pas la solution idéale, mais elle présentait quelques avantages par rapport à d'autres stratégies, et il pouvait déconnecter le signal assez facilement s'il le voulait, bien qu'il n'ait pas l'intention de le dire à l'agent Grant. Il haussa les épaules.

— L'USSS sait où je vais, leur SUV est à l'épreuve des balles, et, avec cette plaque d'immatriculation, je ne me ferai pas arrêter si je dépasse un peu la limite de vitesse. Plus important encore, cela ralentira ces deux clowns assez longtemps pour que je n'aie pas à m'inquiéter d'eux, même s'ils n'essaient pas activement de nous tuer, expliqua-t-il, avant d'adoucir son expression. Je sais que ça semble tiré par les cheveux, mais...

L'expression de la jeune femme lui indiqua qu'elle ne pensait pas que ce soit si invraisemblable.

— Qu'en est-il des hauts responsables ? Qui va s'occuper d'eux ?

— J'en assume l'entière responsabilité. Je vais appeler mon patron à la HRT, et il pourra contacter le responsable de la task force ainsi que le directeur de l'USSS, la rassura Seth, qui se redressa. J'ai reçu l'ordre d'amener Zoe Miller saine et sauve à Washington avant demain matin. Comme c'était à la dernière minute, et que je suis tout seul, j'ai la permission d'enfreindre quelques règles du FBI.

L'agent Grant s'esclaffa.

— Voler la voiture de l'USSS qui vous suit, c'est assurément enfreindre quelques règles, mais c'est le problème du département de la sécurité intérieure, affirma-t-elle avec un petit sourire. Ça dépasse largement mes compétences.

Seth sourit et acquiesça, puis se dirigea vers la portière conducteur qu'il ouvrit. Zoe n'avait pas bougé, elle était recroquevillée sur le siège avant, évitant activement Jacobs.

— Tu me fais confiance ? s'enquit-il, fixant intensément ses yeux bleus et attendant sa réponse.

Il ne savait pas vraiment pourquoi c'était si important, mais ça l'était.

CHAPITRE DIX-NEUF

Lui faisait-elle confiance ?

Zoe ouvrit la bouche, surprise par la question. L'adrénaline circulait dans tout son corps à cause de leur expérience de mort imminente et de la proximité de quelqu'un qui l'avait maltraitée physiquement et mentalement.

Comment pourrait-elle ne pas faire confiance à un homme qui lui avait sauvé la vie à plusieurs reprises, pour qui elle éprouvait un tel désir que son cœur s'emballait, et qui l'avait tenue tendrement dans ses bras pendant qu'elle dormait toute la nuit précédente ?

Avec lui, elle se sentait en sécurité, après des mois d'insécurité. Il renforçait sa confiance en elle après d'incessants doutes.

Elle avait la terrible impression de tomber amoureuse de cet homme et elle ne savait pas si c'était judicieux ou non. Elle avait fait une croix sur les mâles alpha après Colm Jacobs, mais Seth Hopper lui faisait oublier son existence alors qu'il se trouvait à moins de dix mètres d'elle. Seth Hopper était un alpha au cœur tendre.

Sauf qu'elle avait vu cet alpha au cœur tendre tuer plusieurs fois pour la protéger, alors peut-être n'était-ce pas la bonne description. Dévoué, honorable, patient, très compétent, rapide, intelligent, sexy.

Elle déglutit et acquiesça.

— Je te fais confiance.

Il sourit alors, et ses magnifiques traits s'illuminèrent à ses mots.

— Va parler à l'agent Grant pendant que je prends nos affaires et que je les mets dans le SUV.

L'inquiétude lui fit écarquiller les yeux, et elle vit Seth la regarder patiemment. La confiance suffisait-elle ? Était-ce assez pour qu'elle monte dans un véhicule avec son ex violent ?

Ses yeux calmes lui indiquaient qu'il comprenait sa bataille intérieure. Il n'était pas fâché alors qu'après lui avoir dit qu'elle lui faisait confiance, et c'était vraiment le cas, elle hésitait encore. Son instinct la poussait à s'éloigner le plus possible de la source de son angoisse, et Seth lui demandait de faire exactement le contraire.

Pouvait-elle le faire ?

Elle redressa l'échine et releva le menton. Oui, elle en était capable. Elle en avait assez d'avoir peur d'un homme qui n'était rien de plus qu'une brute avec un badge. Elle ne voulait plus le laisser dicter son humeur ou sa vie. Certes, c'était bien plus facile à faire quand elle était épaulée par un autre agent fédéral.

Cela l'agaçait de n'être pas aussi courageuse qu'elle l'aurait voulu, mais le monde semblait toujours favoriser l'agresseur. Elle devait se surpasser. Elle n'allait pas laisser Colm Jacobs l'intimider même si elle devait faire tout le chemin jusqu'à Washington avec lui.

— D'accord.

— Je vais faire remorquer le camion au laboratoire du FBI à Quantico, annonça Seth en tapotant le véhicule. Et demander aux techniciens de rechercher un éventuel sabotage des freins. Je t'aiderai à récupérer tes affaires et à les installer chez toi d'ici ce week-end, si c'est possible. Est-ce que ça te va ?

— Sabotage des freins. C'est ce que je craignais, marmonna-t-elle.

Seth afficha une grimace.

— On dirait bien.

Zoe soutint son regard.

Bon sang ! Le cartel était-il toujours à ses trousses ? Ou bien Colm avait-il décidé de se débarrasser du problème qu'elle représentait en sabotant le camion ?

Elle jeta un coup d'œil à ce dernier dans le rétroviseur, et il lui sourit. Elle se détourna. Le fait que Seth se fasse maintenant conduire par l'USSS laissait supposer qu'il avait conclu qu'il s'agissait du cartel. Quoi qu'il en soit, le danger n'était pas écarté, comprit-elle. Elle ne pouvait pas se permettre de baisser sa garde. Seth et elle devaient rejoindre Quantico au plus vite avec ses deux petites preuves. Peut-être qu'alors le cartel, si c'était bien le cartel le coupable, cesserait de la poursuivre.

— Ne t'inquiète pas, la rassura Seth, lisant dans ses pensées. Je m'occupe de toi.

Zoe expira longuement. Elle espérait si fort que ce soit vrai que c'en était gênant. Elle récupéra son téléphone portable et les cordons de charge sur la console et sortit pour parler à l'agent du FBI qui l'attendait non loin de là.

— Reste à couvert derrière le moteur.

Seth se mit en retrait, en mode professionnel. Il n'y avait plus aucune trace de l'amant affectueux.

— Docteur Miller ? Je suis l'agent Grant.

La femme portait un tailleur-pantalon sombre, des bottes à talons, et elle était plus grande que Zoe. Elle la guida vers le bord de la route.

Une goutte d'eau glacée tomba de l'extrémité d'une branche

dénudée et vint s'écraser sur la joue de Zoe. Elle l'essuya comme une larme indésirable.

— La première chose que je veux que vous sachiez, c'est que je suis disposée et en mesure de vous fournir un service de protection pour vous conduire à notre agence de résidence si vous vous sentez mal à l'aise avec l'une ou l'autre des personnes qui se trouvent ici.

À contrecœur, les yeux de Zoe se posèrent sur Colm Jacobs, qui avait changé de place avec son partenaire et qui l'observait maintenant par-dessus le capot du camion de déménagement, plutôt que de regarder la route.

Elle lui tourna le dos, et un frisson lui secoua les épaules.

— Je ne veux pas passer de temps avec les agents des services secrets, mais je suis ravie de la protection assurée par l'opérateur Hopper, répondit-elle, et elle doutait que quelqu'un d'autre aurait pu les empêcher de se crasher sur l'autoroute comme il l'avait fait, sans oublier qu'il l'avait retrouvée dans le désert. Mais merci pour votre offre. J'apprécie.

Les yeux bleus et intelligents de l'agent Grant la scrutaient attentivement, voyant peut-être plus de choses que Zoe ne le souhaitait. L'autre femme acquiesça et recula d'un pas. Elle tendit sa carte de visite à Zoe.

— Je voulais vérifier ce que m'a dit l'opérateur Hopper. Appelez-moi si vous changez d'avis. Au fait, j'adore votre mère. J'espère qu'elle se présentera un jour à l'élection présidentielle.

L'agent Grant s'éloigna en direction des agents de l'USSS.

Le pire cauchemar de Zoe, en dehors du cartel et de son horrible ex, était que sa mère devienne présidente des États-Unis, mais c'était pour des raisons purement égoïstes. Elle aimait son anonymat, même s'il avait été mis en péril au cours des derniers jours. Au moins, la presse semblait s'être désintéressée de l'enlèvement et être passée à autre chose.

Seth finissait de ranger leurs affaires dans le compartiment arrière du grand SUV.

Il lui adressa un subtil signe de tête, l'incitant à venir vers lui et à monter dans le véhicule.

Elle inspira profondément. C'était stupide d'être déçue qu'il ne puisse pas l'éloigner de Colm Jacobs comme il avait dit qu'il le ferait. Mais le camion accidenté mettait un frein à leurs projets de voyage.

Elle vérifia que la cabine ne contenait rien qu'ils auraient pu laisser derrière eux, mais, fidèle à lui-même, Seth s'était montré méticuleux. Elle ferma la portière et s'approcha de Seth, le menton haut. Il était hors de question que Seth la voie trembler à nouveau.

— Glisse-toi à l'arrière et attache ta ceinture, lui murmura-t-il en passant à côté d'elle.

Les yeux de Zoe s'arrondirent quand elle se rendit compte qu'il avait retiré toutes les affaires des agents des services secrets et les avait empilées à l'abri des regards, derrière le véhicule.

Il leva la main vers les agents en montant à côté de Zoe.

Les hommes de l'USSS l'ignorèrent et se retournèrent vers l'agent Grant, qui les interrogeait tous les deux. Aucun des agents ne semblait ravi de cet interrogatoire.

— Tu es attachée ? s'enquit Seth.

Elle boucla la ceinture en le regardant se glisser sur le siège conducteur, puis faire démarrer le moteur à l'aide de la clé qui se trouvait sur la console. Il passa la marche avant et accéléra rapidement, s'insérant dans la circulation avant que les hommes de l'USSS puissent réagir autrement qu'en restant bouche bée.

Zoe leva son majeur à l'intention de Jacobs, même si elle doutait qu'il puisse la voir à travers les vitres teintées.

Seth croisa son regard dans le rétroviseur.

— Je t'avais dit que je ne le laisserais pas s'approcher de toi.

Des larmes brûlèrent les yeux de la jeune femme, mais elle

les chassa d'un battement de cils. Elle avait la gorge tellement nouée qu'elle n'arrivait pas à parler.

À la place, elle détacha sa ceinture, puis grimpa sur le siège passager à côté de Seth. Elle déposa un baiser sur sa joue avant de s'attacher à nouveau et de régler l'assise.

— Je n'arrive pas à croire que tu aies fait ça.

Elle vit les jointures de Seth se resserrer légèrement sur le volant.

— Je t'ai promis qu'il ne s'approcherait plus de toi. Et je ne suis pas totalement convaincu que Jacobs ne soit pas celui qui a coupé nos freins au cours de la nuit. La dernière chose que je souhaite, c'est de me retrouver à sa merci dans un véhicule pendant un certain temps.

Seth vérifia le rétroviseur, puis changea de voie. Il allait bien plus vite qu'avec le camion.

Le fait qu'il soupçonne aussi Jacobs d'avoir essayé de les tuer était à la fois étrangement rassurant et absolument effrayant pour Zoe.

— Je dois contacter Novak pour qu'il sécurise les images de surveillance de l'hôtel la nuit dernière, avant qu'une autre agence ne décide de mettre la main dessus.

Merde !

— Et, maintenant, poursuivit Seth, je vais avoir besoin que tu fasses quelque chose que tu n'as manifestement pas eu envie de faire par le passé. Il faut que tu appelles ta mère et que tu lui expliques que tu n'as pas été enlevée par un agent du FBI en roue libre, ce que Jacobs ne manquera pas de prétendre. Et peut-être pourrais-tu mentionner que j'ai simplement emprunté ce véhicule pour quelques heures, et non que je l'ai volé.

Zoe le fixa, les yeux écarquillés, comprenant qu'il avait mis en péril cette carrière qu'il adorait manifestement. Et il l'avait fait en grande partie pour qu'elle n'ait pas à subir la présence de Colm Jacobs, que sa mère aimait tant.

— Je ne sais pas comment te remercier, dit Zoe avec précaution.

Seth répondit d'un ton sévère.

— Tu n'as pas besoin de me remercier. Je ne fais que mon travail.

Zoe tressaillit.

— Bien sûr.

Bon sang ! Elle était à moitié tombée amoureuse de cet homme, et il « faisait son travail ». Bien qu'ils aient fait l'amour et se soient rapprochés, elle se rendait compte qu'elle ignorait si Seth Hopper éprouvait pour elle de quelconques sentiments, au-delà du fait qu'elle était sa « principale » et une amante très consentante.

Il lui avait confié qu'il l'aimait beaucoup, et elle savait qu'il était physiquement attiré par elle. Mais elle ignorait totalement s'ils avaient une chance d'avoir un avenir ensemble ou s'il cherchait quelque chose d'autre dans sa vie. Il n'avait pas parlé de relations amoureuses. Même s'ils avaient appris à se connaître au cours des derniers jours, ils n'avaient pas parlé de la possibilité d'un « eux ». Et elle s'était attachée émotionnellement à lui.

Très fortement attachée.

— Zoe.

Elle secoua la tête pour chasser ces pensées indésirables au sujet de l'homme qui avait débarqué dans sa vie de façon si inattendue.

— Quoi ?

— Appelle ta mère.

Seth ne cessait de jeter des coups d'œil à Zoe, mais elle s'était repliée sur elle-même depuis quelques heures, depuis qu'elle avait joint sa mère au milieu de la nuit à Karachi.

Cela avait été douloureux de l'entendre expliquer la situation. Cette douleur avait été exacerbée quand sa mère ne l'avait pas crue au début, sans doute parce qu'elle ne voulait pas reconnaître qu'elle avait mis sa fille en danger, physiquement et émotionnellement, en ignorant ses souhaits concernant l'intervention des services secrets à Tucson.

Zoe avait ensuite fermé les yeux et fait semblant de dormir.

Mais peut-être n'était-elle pas silencieuse à cause de cette contrariété. Peut-être était-ce parce qu'ils approchaient de la fin de leur voyage et qu'elle était presque arrivée chez elle.

Seth contracta la mâchoire.

Peut-être Zoe se mettait-elle en retrait parce qu'elle s'apprêtait à se détacher de lui. Elle n'avait pas parlé de se revoir une fois le voyage terminé. N'avait pas exprimé d'intérêt pour la poursuite de cette relation inattendue et non planifiée.

S'agissait-il seulement de sexe ?

Elle ne serait assurément pas la première femme à le désirer temporairement, et uniquement pour son corps. C'était sa faute, sa stupide faute s'il ressentait plus que cela, beaucoup plus, au point d'avoir enfreint toutes les règles de conduite du manuel. Dès le début, il avait su que s'impliquer personnellement avec cette femme pourrait détruire sa carrière, et il l'avait fait quand même. Mais il n'avait pas l'impression de pouvoir la pousser davantage, car la dernière chose qu'il désirait, c'était de passer pour un abruti insistant après sa dernière relation désastreuse.

C'était bien plus que du sexe.

Il ne se souvenait pas de la dernière fois où le sexe avait été aussi intense et décomplexé, mais ce n'était pas seulement cela...

Il roula les épaules. Il ne devait pas paniquer comme un lycéen. Il pouvait exprimer le désir de poursuivre cette relation une fois que le danger serait définitivement écarté. L'appeler et lui proposer un véritable rendez-vous. Peut-être l'aider à décharger le camion de déménagement ce week-end-là, s'il pouvait dégager assez de temps pour aller à Richmond.

Il ne savait pas si les fédéraux avaient l'intention de continuer à la protéger au-delà de la réunion du lendemain. En dépit de la résistance de la jeune femme à cette idée, il serait plus sage de maintenir une certaine sécurité en place jusqu'à ce qu'ils découvrent exactement les intentions du cartel.

L'idée qu'elle soit vulnérable ne lui plaisait pas. Au moins, avec un peu de chance, Jacobs serait trop occupé à répondre à ses supérieurs pour envisager une vengeance, mais peut-être pas. Seth doutait que ce type soit renvoyé, à moins que ses empreintes ou son ADN ne soient relevés sous le camion. Mais il était probable qu'un emploi de bureau l'attendait pour la durée du gouvernement actuel, ou toute autre tâche susceptible de persuader Jacobs de rester loin de Zoe. Seth ne pourrait pas toujours être là pour la protéger. Et les hommes en colère qui avaient été éconduits se défoulaient souvent sur ceux qu'ils considéraient comme leurs persécuteurs.

Seth ne savait pas vraiment à quel point Zoe était en danger. Il devait parler à l'un de ses amis, un ancien Navy SEAL qui travaillait désormais pour la BAU. Matt Lazlo saurait si elle devait s'inquiéter de Colm Jacobs, il saurait si une escalade de sa part était à craindre.

Le cartel était une tout autre histoire...

Avec un peu de chance, une fois que Zoe aurait transmis ses preuves pour analyse, la menace faiblirait. Il repensa à la pierre ensanglantée qu'il avait ramassée, celle dont il n'avait pas parlé à Zoe.

Comment pouvait-il aborder le sujet maintenant, toutes ces heures plus tard ?

Il ne pouvait pas. Il s'agissait d'une preuve dans une affaire, et il n'était pas autorisé à discuter d'une enquête en cours avec un civil... sauf qu'il n'était pas certain qu'il y ait même une affaire. Le FBI avait-il ouvert un dossier au sujet de cette femme disparue ?

Il en doutait.

Il avait consigné ces informations dans son rapport, mais Patterson et la task force ne les avaient sans doute pas encore lues, ou n'avaient pas pensé qu'elles étaient importantes.

Il transmettrait la pierre au laboratoire et, avec les objets de Zoe, ils pourraient peut-être identifier la femme qu'elle avait découverte dans le désert, ou son meurtrier. Cela expliquerait peut-être pourquoi le cartel avait enlevé les quatre anthropologues légistes quelques jours auparavant.

Ils atteignirent l'embranchement vers la I-64. À Charlottesville, la route bifurquait vers le sud en direction de Richmond, et vers le nord en direction de Quantico. Une idée le frappa : même si le scénario n'était pas parfait, Zoe habitait assez près pour qu'ils puissent commencer à se voir si elle le souhaitait...

Il repoussa cette idée. Ce n'était pas juste de lui imposer une pression supplémentaire. Cela se ferait ou ne se ferait pas, mais il n'insisterait pas pour l'instant. Il valait mieux y aller doucement.

Ce pourrait être leur dernière nuit ensemble, et, même si ce n'était que du sexe, il n'était pas encore prêt à renoncer à elle. L'intimité qu'ils partageaient était addictive, et il voulait s'accrocher à tout ce qu'il pouvait obtenir d'elle.

Après l'incident des freins, il avait envisagé de prendre l'avion pour Quantico, mais Zoe n'avait pas de papiers, et les vols n'étaient pas beaucoup plus rapides que la voiture. Et il mentirait en disant qu'il n'appréciait pas ce temps passé seul avec elle.

Zoe bâilla, puis lui offrit enfin ce sourire qui lui avait manqué.

— Désolée. Je sais que je suis restée silencieuse. J'aurais dû te divertir, vu que c'est toi qui conduis.

— Je n'ai pas besoin d'être diverti, répondit-il en lui coulant un regard. Tu as vécu une expérience traumatisante. Tu as besoin de temps pour tout digérer.

Les yeux de la jeune femme reflétaient son incertitude quand ils croisèrent ceux de Seth.

— Je suppose.

Payne Novak avait failli avaler sa langue quand Seth lui avait raconté ce qu'il avait fait à l'équipe de l'USSS. Mais après la conversation de Zoe avec sa mère, et l'enquête officielle en cours sur la défaillance des freins du camion et sur le comportement passé de Colm Jacobs, les décisions de Seth avaient reçu un feu vert rétroactif.

Heureusement !

Malheureusement, Zoe n'avait pas pu le relayer pour la conduite, parce que c'était un véhicule du gouvernement. Il ne fallait surtout pas enfreindre ce genre de règles pendant que vous fuyiez, sinon le bureau de la responsabilité professionnelle vous mettrait vraiment dans le pétrin.

— Appelons ton amie au laboratoire. Ensuite, je dois passer brièvement à l'enceinte de la HRT et récupérer mon camion.

La plupart des gars étaient revenus du Colorado, mais ils étaient sans doute déjà rentrés chez eux. Il voulait connaître les récentes aventures de l'équipe dans le détail, mais cela devrait attendre son retour de la réunion au siège le lendemain.

Seth s'éclaircit la gorge.

— Je me rends compte que tu préférerais sans doute rester à Washington ce soir, à l'observatoire naval ou dans un bel hôtel...

— Je ne veux pas aller à l'observatoire si mes parents n'y sont pas, et je ne peux pas me payer un bel hôtel, affirma-t-elle en soutenant son regard. Comme je te l'ai dit, je préfère me débrouiller par moi-même, mais je suis consciente du privilège que j'ai de pouvoir le faire. J'ai reçu une bonne éducation et j'ai la chance d'avoir des parents riches. Ce n'est pas le cas de la plupart des gens.

Elle s'interrompit, puis fit une grimace.

— J'espère que la société de location ne va pas me facturer alors que le camion est remorqué.

— Appelle-les demain et vois ce qu'ils disent. Je suis sûr qu'ils voudront envoyer l'un de leurs enquêteurs. S'ils ont besoin d'un mandat ou de documents, j'en parlerai à notre assistante, et je verrai ce qu'elle peut faire.

Maddie Goodwin savait exactement ce qu'il fallait dire aux entreprises dans ce genre de situation.

Il s'éclaircit à nouveau la gorge. Il avait l'impression d'être un gamin qui invitait à sortir la fille qu'il aimait. En cas de menace terroriste, ou d'alerte élevée, il était aussi froid que la calotte glaciaire. Mais confronté à une femme qu'il aimait vraiment beaucoup, il n'était qu'un idiot qui bafouillait.

— Nous pourrions dormir à l'hôtel ou bien aller chez moi à Quantico, et partir tôt pour Washington demain matin. Il n'y a rien d'extraordinaire, mais tu y es plus que bienvenue, et cela me donnera l'occasion de dépoussiérer mon costume pour la réunion.

Il tâcha de se rappeler la dernière fois qu'il avait changé ses draps. Il n'était pas un porc, mais cela faisait un bout de temps qu'il était parti, et le ménage n'était pas aussi important que le nettoyage de ses armes.

Les yeux turquoise de Zoe s'arrondirent, et il se demanda s'il n'avait pas dépassé les bornes. Puis un sourire étira ses lèvres.

— Cela me plairait beaucoup.

Quelque chose se réchauffa en lui.

Il était sur le point d'ajouter qu'il n'y avait pas de contraintes, mais décida ensuite que cela allait de soi. Il serait heureux d'avoir quelques liens, mais ce n'était pas le moment d'en discuter avec une femme qui avait été récemment traumatisée.

Et ce n'était pas non plus le moment de baisser sa vigilance ou sa garde. Il reporta son attention sur leur environnement. Quelqu'un avait essayé de les tuer ce jour-là. Et ce quelqu'un était toujours en liberté.

Bruno avait toujours aimé la Californie, mais il détestait Los Angeles. Trop de voitures. Trop de monde. La puanteur de l'élitisme et de la connerie, combinée aux gaz d'échappement, lui donnait envie de vomir. Mais les affaires marchaient bien ici. Ce n'était peut-être pas aussi rentable que la côte Est, mais c'était assurément en plein essor.

Luis et lui étaient assis dans une Escalade[1] sombre devant une grande maison située à mi-chemin entre l'école de médecine et le Manoir Playboy. Bruno avait payé quelqu'un pour surveiller le jeune homme de temps en temps depuis que Lorenzo avait interdit à Gabriella de le voir. Il avait une bonne idée de sa routine.

— On entre et on l'attrape ? s'enquit Luis, qui s'impatientait.

— Pas encore, répondit Bruno, qui ne voulait pas alerter les autorités. Laissons-le venir à nous.

Derek Belmont était un gosse de riches issu d'un quartier aisé. Les manoirs des environs coûtaient plus cher que certaines villes mexicaines.

Belmont, étudiant en deuxième année de médecine, avait rencontré Gabriella un peu plus d'un an auparavant sur une plage de Cancún. Ses études de médecine laissaient à penser

---

1. Vaisseau amiral de la marque Cadillac, l'Escalade est le SUV américain le plus luxueux.

qu'il était peut-être intelligent, mais aurait-il l'instinct nécessaire pour se rendre compte qu'il était traqué ?

Bruno en doutait. Les hommes jeunes avaient tendance à se croire invincibles. Cela avait été son cas. Tout comme Lorenzo.

Le silence qui régnait entre son frère et lui était pesant, et épais comme de la fumée. Où irait la loyauté de Luis s'il devait choisir entre sa famille et son patron ?

— Lorenzo a-t-il dit quelque chose sur moi, récemment ? se renseigna Bruno.

Luis fronça les sourcils.

— Comme quoi ?

Bruno haussa les épaules.

— Rien. Le boss semble de plus en plus parano depuis six mois, alors je me demandais…, commença Bruno en tapotant le volant du bout des doigts.

— Cela ne me surprendrait pas que Gabriella ait tout simplement décidé de s'enfuir, commenta Luis d'un air maussade. Nous savons tous comment elle peut être.

— Je suis d'accord.

C'était incroyable. Si les images de ce qui s'était passé cette nuit-là n'avaient pas été aussi vives dans son esprit, Bruno aurait probablement pu se convaincre qu'elle s'était simplement enfuie. Les seules personnes qui connaissaient la vérité étaient Gabriella et lui-même, et aucun d'entre eux ne parlerait.

Luis remua sur son siège, mal à l'aise. Cela faisait des heures qu'ils étaient là.

— Je me demandais si tu avais entendu des rumeurs de la part des autres, poursuivit Bruno, soutenant le regard de son frère. J'ai beaucoup rêvé ces derniers temps.

Sa famille accordait beaucoup d'importance aux rêves. Il continua.

— Que quelque chose allait m'arriver. Quelque chose de grave.

Il afficha un air narquois, comme si cela le laissait indiffé-rent. Personne au sein du cartel n'affichait ouvertement sa peur de la mort. Leurs chances de vivre vieux étaient au mieux très faibles. Leurs chances de mourir de causes naturelles ? Infinité-simales.

Mais, intérieurement, tous craignaient la mort.

Luis l'observait attentivement maintenant.

— As-tu déjà regretté..., commença son frère, avant de s'arrêter.

— Quoi ? s'enquit Bruno, curieux.

La poitrine de Luis se souleva quand il inspira.

— D'avoir suivi Lorenzo dans son business ?

Bruno acquiesça à contrecœur.

— J'ai souvent regretté de ne pas être resté dans la ferme familiale, mais nous avions besoin d'argent, et papa ne m'a pas vraiment laissé le choix.

Leur père avait été un porc violent, qui battait leur mère chaque fois qu'il était ivre et qu'il n'y avait personne d'autre à la maison. Bruno était ravi que l'homme soit mort avant qu'il ne l'ait descendu d'une balle. Il aurait adoré ce moment, et il aurait brûlé en enfer pour l'éternité. Mais, comme il allait brûler de toute façon, peut-être aurait-il dû tuer ce vieil enfoiré des années plus tôt.

Il laissa échapper un petit rire sinistre.

— C'est le sort qui nous a été réservé. Nous ferions mieux de ne pas décevoir le patron, hein ?

À cet instant, une petite porte s'ouvrit dans le portail, et un jeune homme aux cheveux blonds coupés court sortit avec un vélo. Il était difficile de ne pas le voir, avec sa tenue de cycliste fluo.

Luis remonta un bandana sur son nez. Bruno avança lente-ment la voiture jusqu'à se trouver au niveau du jeune homme. Luis sortit du véhicule, dégaina un pistolet, et le pointa sur la tête de Derek Belmont, en lui expliquant que, soit il montait, soit il mourrait sur le trottoir.

Derek fit un choix imprudent et s'installa sur la banquette arrière. Bruno avait lui aussi remonté un bandana sur le bas de son visage.

— Débarrasse-toi de son portable et de son casque, ordonna-t-il à son frère, car une caméra était attachée à ce dernier.

Luis balança les objets par la vitre ; ils s'écrasèrent sur le trottoir.

— Que voulez-vous ? demanda le jeune homme qui semblait pâle sous son bronzage.

La transpiration perlait sur sa peau malgré la fraîcheur qui régnait à l'intérieur de l'Escalade.

— Je pense que tu sais ce que nous voulons, *puto*, le menaça Bruno d'une voix grave. Santiago t'a dit de ne pas t'approcher de sa sœur.

La pomme d'Adam de Derek montait et descendait le long de sa gorge blanche et maigre.

— Elle m'a contacté, mais je n'ai jamais répondu.

Un sourire froid se dessina sur les lèvres de Bruno.

— Où est-elle ?

Les yeux de Derek s'arrondirent.

— Je ne sais pas. Je ne l'ai pas vue depuis près d'un an.

— Elle a disparu, *compadre*, et elle a dit à une amie qu'elle venait ici pour être avec toi.

— Quoi ? s'exclama le jeune homme, vacillant sur son siège. Je ne sais pas de quoi vous parlez. Son frère m'a mis en garde, et je ne l'ai plus jamais approchée depuis.

— Mais tu lui as parlé ? Tu l'as encouragée ?

— J'ai mis un terme à notre histoire ! Je le jure. Je l'aimais, mais je ne peux pas mettre ma famille en danger.

Les yeux de Derek se portèrent sur une femme qui faisait

du jogging dans la rue, comme si elle pouvait le secourir. Toute tentative se solderait par sa mort.

— Son frère a menacé mes parents, ma grand-mère, raconta-t-il, secouant la tête ; le lâche avait les larmes aux yeux. Je l'ai quittée pour ma famille. Je le jure, je ne l'ai pas appelée depuis des mois.

Bruno aurait pu le croire si Gabriella ne lui avait pas dit que Derek viendrait la chercher à Phoenix.

Mais, et si c'était *elle* qui avait menti à Bruno ? Et si, dans un acte de mépris insensible, comparable à celui de son frère, elle avait décidé d'aller voir son petit ami en dépit de ses intérêts, ignorant les menaces de Lorenzo ? N'avait-elle vraiment pas conscience de ce dont Lorenzo était capable ?

Bruno pinça les lèvres et croisa le regard sombre de son frère dans le rétroviseur.

Cela n'avait pas d'importance. Rien de tout cela n'avait d'importance. Tout ce qui comptait, c'était de rendre Lorenzo heureux jusqu'à ce que Bruno puisse, à juste titre, tuer cet homme.

Il regarda son frère planter une aiguille dans la cuisse du jeune homme et appuyer sur le piston.

— Désolé, *compadre*. Je pourrais te croire, mais Lorenzo Santiago, c'est une tout autre histoire. Dors. Dors, et tout cela sera bientôt terminé.

CHAPITRE VINGT

Zoe retrouva sa brillante amie, le Dr Coco Montserrat, dans la zone de réception sécurisée du bâtiment des laboratoires ultramodernes situé au cœur du campus du FBI, sur la base du corps des Marines de Quantico.

Elles s'étreignirent un long moment et Coco la serra très fort.

— J'ai vu ce qui s'est passé aux informations, et j'ai appris par la rumeur qui était impliqué. Je suis tellement heureuse que tu ailles bien !

L'autre femme était grande et mince, avec une peau d'un brun profond et des cheveux noirs bouclés, coiffés en un chignon très sérieux. Elle portait des lunettes de lecture rouges, qui lui donnaient l'air d'une bibliothécaire sexy. Une fois de plus, Zoe se retrouva confrontée à ses propres imperfections physiques. Surtout quand les yeux de Coco s'exorbitèrent à la vue alléchante de Seth, vêtu d'un t-shirt qui dévoilait tous les muscles de son torse et de ses bras, et d'un jean bleu qui épousait toute l'anatomie masculine sur laquelle elles avaient gloussé et ricané toutes les deux, en classe.

Zoe fit les présentations.

— Agent Hopper, le salua Coco, qui garda un bras autour des épaules de Zoe pendant qu'elle serrait la main de Seth. Merci beaucoup d'avoir *pris soin* de mon amie ici présente.

Zoe crut d'abord qu'elle se montrait mignonne, mais son ton changea et son expression devint suggestive.

Zoe leva les yeux au ciel. Manifestement, son amie avait parlé à Fred, et elle s'était probablement rendu compte, à ses joues brûlantes, que les sentiments de Zoe pour cet homme s'étaient éloignés du platonique depuis sept États et deux fuseaux horaires.

— Merci d'avoir accepté de nous rencontrer si tard.

Seth élargit sa position et lui décocha le genre de sourire qui donne des vapeurs aux femmes adultes.

— Qu'est-ce qui était si important ? s'enquit Coco, curieuse.

Zoe lui tendit les sacs de preuves.

— J'ai trouvé une dent et un médaillon dans le désert, et j'aimerais que l'on vérifie les empreintes et l'ADN. Quoi que tu puisses découvrir, cela pourrait aider à identifier soit un tueur, soit une victime de meurtre.

Les sourcils délicats de Coco s'arquèrent tandis qu'elle prenait les objets.

— Tu les as trouvés dans le désert ?

— Près d'un cadavre qui a ensuite disparu. C'est tout ce qui reste.

Avec peut-être quelques photos.

Leur dernière expérience de mort imminente avait ébranlé Zoe plus qu'elle ne voulait l'admettre. Mais, si c'était le cartel qui essayait de la tuer, alors il était possible que le danger soit transmis à son amie.

Elle serra ses bras autour d'elle.

— Je crains que les tentatives d'assassinat ne soient dues aux preuves contenues dans ces sacs. Et si le cartel découvre que tu travailles dessus, tu pourrais être en danger, toi aussi.

L'expression de Coco devint sérieuse.

— L'idée qu'une personne extérieure au FBI puisse accéder aux dossiers des laboratoires, ou même savoir qui travaille sur quoi est extrêmement improbable. Même les membres du FBI n'ont pas d'accès direct à notre base de données.

— Nous parlons ici des criminels les plus riches et les plus impitoyables du monde, m'dame, insista Seth d'un ton sombre. Du genre qui enlèvent et menacent vos proches pour obtenir ce qu'ils veulent.

Coco pinça les lèvres, pensive.

— Nous savons déjà que ces objets ne seront pas admissibles au tribunal, annonça-t-elle, puis elle se mordit la lèvre inférieure. Je vais rester tard et voir qui je peux persuader d'examiner ça pour moi.

Soudain, elle baissa la voix.

— Il y a un expert en empreintes latentes très séduisant ; j'adorerais avoir une excuse pour lui parler. Et je peux envoyer un prélèvement d'ADN avec une étiquette prioritaire, qui sera placé en tête de la file d'attente, mais je ne suis pas certaine que nous parviendrons à obtenir un échantillon de la chaîne. Tout dépend de la durée du séjour dans le désert et de la présence de cellules épithéliales.

Seth sortit une enveloppe scellée d'un petit sac qu'il portait.

— Vous aurez peut-être plus de chance avec ceci. Et c'est admissible au tribunal, car je l'ai recueilli sur les lieux, et je l'ai toujours eu avec moi depuis. Cependant, j'ignore le numéro de l'affaire.

Surprise, Zoe cligna des yeux.

— Qu'est-ce que c'est ?

— Une pierre. Avec ce qui ressemble à du sang dessus, annonça-t-il d'un ton solennel. À l'endroit où tu as dit avoir trouvé le corps. Je t'ai dit que j'étais retourné dans la zone en plein jour, pendant que Patterson te faisait la leçon sur ta conduite personnelle.

Coco renifla.

— Je parie que ça s'est bien passé.

Seth remit le sac à Coco, et elle signa le registre de la chaîne de preuves.

— Tu n'en as jamais parlé, remarqua Zoe en fronçant les sourcils.

Je me suis dit que moins il y aurait de gens au courant, mieux ce serait.

— Même moi ?

— Même toi, confirma-t-il calmement.

Zoe était stupéfaite.

— Alors, tu m'as vraiment crue ?

Les yeux de Seth étaient sombres quand ils croisèrent les siens.

— Je te l'ai dit. J'ai également pris des photos des empreintes de chaussures. Je les ai envoyées pour analyse il y a deux jours. À l'œil nu, les traces semblaient confirmer ton histoire.

Les émotions de Zoe se bousculaient. Il l'avait vraiment crue.

— As-tu besoin d'un endroit où dormir ce soir ? proposa Coco, avant de rire. Je serai ici, je dois travailler tard sur un projet urgent... mais je peux te donner une clé. Vous pouvez rester tous les deux.

Elle décocha à Zoe un clin d'œil si évident qu'il aurait fallu que Seth soit aveugle pour ne pas le voir.

Zoe fit semblant de ne pas le remarquer. Son amie était en train de la tuer.

— Merci pour l'offre. Je vais rester avec l'agent Hopper ce soir.

Elle leva les yeux vers lui, et elle vit qu'il la regardait d'un air surpris. Avait-elle dépassé les bornes ? Elle savait qu'il ne fallait pas révéler de détails pour des raisons de sécurité, mais elle ne voulait pas qu'il pense qu'elle avait honte de leur relation ou qu'elle craignait ce que ses amis pourraient penser. Mais elle ne voulait pas non plus le placer dans une situation professionnelle délicate.

— Nous avons une réunion à Washington demain matin à la première heure.

Coco acquiesça.

— Partie remise.

— Sois prudente, Coco. Promets-le-moi. Ces gens sont sans pitié.

— Je ne quitterai même pas le bâtiment tant que les résultats ne seront pas disponibles et téléchargés, la rassura-t-elle avec un sourire triste. J'aimerais pouvoir offrir ce niveau de service à tout le monde, mais je cesserais alors de fonctionner.

Zoe serra son amie dans ses bras.

— Merci. Fais attention à toi.

— La prochaine fois que je vous verrai, passons une soirée en ville. Avec un peu de chance, l'agent Hopper a quelques amis célibataires à me présenter.

— Personne que je présenterais à une dame.

— Dans ce cas, ils ont l'air d'être mon genre de personnes. Zo, je t'appellerai sur ton nouveau portable dès que j'aurai des résultats.

Coco serra une nouvelle fois son amie dans ses bras, puis lui dit au revoir.

Seth conduisit le SUV des services secrets jusqu'à l'enceinte de la HRT et le gara à côté de son camion.

Il était vingt heures, le ciel était couvert, la brume effleurait la cime des arbres et enveloppait la base d'une obscurité inquiétante. L'enceinte était éclairée par des lampes de sécurité.

De nombreux véhicules de l'équipe étaient garés sur le parking, mais cela ne signifiait pas nécessairement qu'ils étaient là. Ils pouvaient être sur une opération ou en entraînement. Il n'aimait pas ne pas être au courant.

— Les clés de mon camion sont dans mon casier. Tu peux tout laisser ici, si tu veux. Ça ne craint rien, expliqua-t-il, puis il sourit au visage pensif de Zoe.

Elle avait semblé aller bien au laboratoire, soulagée même, mais elle paraissait un peu mal à l'aise maintenant.

Les paroles qu'il prononcerait ensuite n'arrangeraient pas les choses. Seth s'éclaircit la gorge.

— Zoe, il vaudrait sans doute mieux éviter de mentionner le fait que nous avons couché ensemble ou que nous nous sommes rapprochés personnellement au cours de ce voyage.

Les yeux de la jeune femme s'arrondirent.

— Je veux dire, ce n'est pas comme si je m'attendais à ce que tu le balances comme pour évaluer mes performances, précisa-t-il, et elle éclata de rire comme il l'avait espéré. Mais, si la hiérarchie l'apprend, ils vont supposer que ma capacité à te protéger a été compromise, et ils mettront en place une nouvelle équipe.

Soudain, Seth fronça les sourcils.

— Peut-être devraient-ils mettre en place une autre équipe pour assurer ta protection. Ou du moins, plus de monde.

— Non.

— Non ?

— Crois-tu vraiment que le cartel me ferait du mal maintenant ? Les preuves ont été remises pour analyse, il n'y a pas de retour en arrière possible. Ils ne peuvent plus me les voler. Et, qui que l'on soit, ma mère n'est pas quelqu'un que l'on veut mettre en colère sur un coup de tête.

Il avait presque oublié pendant un moment que sa mère

était la *vice-présidente des États-Unis*. À quoi pensait-il en imaginant avoir une relation avec elle ? Et pourtant, il était là, à attendre l'apparition de ses insaisissables fossettes.

Zoe se frotta les mains. Il faisait froid, et elle ne portait qu'un léger sweat à capuche violet.

— Je n'arrive pas à imaginer qu'ils tenteraient une nouvelle attaque.

— Je ne m'attends pas à une attaque, mais je ne m'attendais pas non plus à ce que quelqu'un sectionne nos freins.

Seth mourait d'envie de prendre Zoe dans ses bras, mais il ne pouvait pas prendre le risque que quelqu'un les voie. Il voulait désespérément passer ces quelques heures seul avec elle, mais pas si cela la mettait en danger.

Zoe se pencha vers lui, et il lutta pour garder son regard rivé sur ses yeux et non sur ses lèvres.

— Cette histoire de freins ne me semble pas très typique du cartel. Je veux dire... J'ai vu ce que ces gens font aux personnes qui les ont contrariés. Ils ont massacré des villes entières lorsqu'ils estimaient que quelqu'un les avait trahis. Les victimes ont été découpées en petits morceaux et jetées en pâture aux vautours. J'ai vu les marques de couteau sur les os. J'ai vu des cravates colombiennes[1] et des restes de victimes tellement carbonisés qu'ils auraient pu être incinérés. Le cartel n'est pas subtil lorsqu'il tue des gens. Ils aiment envoyer un message. Un câble de frein sectionné n'envoie pas le même genre de message, expliqua la jeune femme, puis elle secoua la tête et se recroquevilla sur elle-même. Si je devais parier, je dirais que c'était Jacobs, en réaction au fait que tu lui as dit de se calmer la nuit dernière.

Merde.

---

1. Méthode d'exécution consistant à trancher la gorge verticalement, puis à tirer la langue vers le bas à travers la plaie.

— Raison de plus pour avoir plus d'opérateurs qui peuvent mieux te protéger...

— Crois-tu vraiment que quelqu'un puisse me protéger mieux que toi ? l'interrogea-t-elle en le regardant droit dans les yeux.

La gorge de Seth se noua, et il secoua la tête.

— Zoe, je prendrais volontiers une balle pour toi. Je ne laisserai personne te toucher. J'ai promis de t'emmener à cette réunion demain, et je tiens toujours mes promesses.

Elle lui prit la main.

— Je ne veux pas que tu prennes une balle pour moi, Seth.

— Je n'en ai pas l'intention.

Il lui sourit, puis lui serra les doigts avant de la relâcher. Si quelqu'un soupçonnait qu'il y avait quelque chose entre eux, ni l'un ni l'autre n'aurait son mot à dire sur le choix des personnes affectées à sa protection.

— Viens. Allons à l'intérieur. Je vis dans un immeuble qui dispose d'une sécurité convenable et où vivent au moins six autres membres de la HRT. Et, tu as raison. D'une certaine manière, cela ne ressemble pas à un coup du cartel, mais parlons à mon patron et voyons s'il a des informations. Au final, c'est lui qui décidera de qui te protégera...

— En fait, ce n'est pas vrai, déclara Zoe. Ce sera mon choix.

Leurs regards se croisèrent.

— Absolument, confirma Seth, car il n'était pas question pour lui de laisser Zoe sans renfort, même s'il devait la protéger en cachette. Mais mieux vaut ne pas faire de vagues avant d'en avoir terminé au siège du FBI. Nous pourrons décider des prochaines étapes, le cas échéant, qui seront nécessaires après cela.

Zoe fronça les sourcils. Manifestement, elle s'était attendue à ce que la situation se résolve comme par magie le temps qu'elle arrive dans l'Est. Elle sortit du SUV et étira ses bras au-dessus de sa tête. Il essaya de garder les yeux sur leur environnement plutôt que sur sa silhouette.

À cet instant, Meghan Donnelly sortit précipitamment de l'enceinte. On aurait dit qu'elle avait pleuré. Seth fronça les sourcils. Elle lui adressa un bref signe de tête, puis avança d'un pas délibéré, sans un mot.

Ryan Sullivan, que tous les membres de l'équipe appelaient Cowboy, la suivit une dizaine de secondes plus tard.

— Hé, Hop ! le salua Cowboy avec un sourire quand il aperçut Seth. Regarde-toi en train de mener la vie dure aux services secrets !

Il leva la main pour qu'il tope. Seth remarqua le regard de Ryan, qui scrutait Zoe des pieds à la tête. Cet homme était un coureur de jupons notoire.

— Et vous devez être le Dr Zoe Miller. Anthropologue légiste et fille de la vice-présidente.

Ryan tendit la main pour serrer celle de Zoe.

Seth serra les dents en voyant que son ami et coéquipier ne la relâchait pas aussi vite qu'il l'aurait voulu.

— Je dois dire que la vidéosurveillance du motel ne vous a pas rendu justice, docteur Miller, déclara-t-il en adressant un sourire entendu à Seth.

Zoe esquissa un petit sourire. Seth, lui, fronça les sourcils.

— Vous l'avez visionnée ?

Ryan confirma d'un hochement de tête.

— Donnelly et moi, oui. Nous avons pu identifier l'un des véhicules, et quelqu'un du département de la sécurité publique de l'Arizona a trouvé sur une caméra de surveillance de la circulation une image des hommes qui vous ont enlevés, avant qu'ils ne revêtent leurs masques, raconta Cowboy, qui sortit son portable et afficha une photo de deux hommes assis dans une voiture à un feu. Novak a dit qu'il l'avait envoyée à votre adresse électronique. Reconnaissez-vous l'un d'entre eux ?

Zoe pencha la tête pour regarder l'écran. Puis elle pointa du doigt l'homme sur le siège passager.

— Lui. C'est lui qui est venu dans ma chambre.

Ryan hocha la tête.

— Luis Ramirez. Le petit frère de Bruno Ramirez. C'est bien lui qui est entré dans votre chambre et vous a enlevée sous la menace d'une arme. Il a échappé à la fusillade dans le désert.

Donc, c'était le groupe de truands de Lorenzo Santiago qui a ordonné l'enlèvement.

— Bon boulot, le félicita Seth. Qu'est-ce qui ne va pas avec Donnelly ?

Ryan fronça les sourcils.

— Que veux-tu dire ?

— Elle est sortie d'ici en larmes.

La tête de Ryan se tourna vers l'endroit où les phares du camion de l'opératrice disparaissaient au loin.

— Elle pleure ?

Seth laissa échapper un petit rire.

— Tu dis que tu ne l'as pas contrariée ?

Ryan arbora un sourire en coin.

— Pas cette fois, affirma-t-il, puis il poursuivit en murmurant. Son père est décédé hier.

Seth grimaça.

— Ça craint.

— Ouais. Bon, enchanté de vous avoir rencontrée, docteur Miller, dit-il en étouffant un bâillement. Excusez-moi. Ma journée a été très longue, j'ai fait un aller-retour dans le Colorado, et j'ai diverti le personnel médical de bord.

Il remua les sourcils, et Seth secoua la tête d'un air ironique. Ryan le pointa du doigt en s'éloignant d'un pas.

— Appelle Livingstone. Il veut des nouvelles.

Ryan inclina un chapeau imaginaire devant Zoe, puis adressa un clin d'œil à Seth.

— On se voit demain au débriefing.

— J'ai une réunion au siège à huit heures.

— Plus tard alors. À bientôt, docteur Miller.

Seth se figea. Pourquoi pensait-il voir Zoe dans les parages ? Qu'est-ce que Ryan avait remarqué d'autre sur ces vidéos ?

Cowboy sauta dans son camion et sortit du parking comme s'il était en retard pour un rencard, ce qui était tout à fait possible.

— Il est… intéressant, remarqua Zoe, qui semblait quelque peu déconcertée.

— D'habitude, Ryan n'est pas aussi totalement décontracté, mais nous avons tous eu un mois stressant, expliqua Seth, la voix rauque en évoquant ce rappel.

Zoe l'observa, sourcils froncés, mais il détourna le regard. Il ne voulait pas en parler.

Ils entrèrent dans le bâtiment et se dirigèrent vers le bureau principal. Seth fut surpris de voir que la porte de Daniel Ackers était ouverte. Il se dit qu'il valait mieux l'affronter tout de suite plutôt que de l'éviter, alors il s'avança et frappa à la porte.

Jordan Krychek se redressa, surpris. Il avait des cernes sombres sous les yeux, et le chagrin assombrissait son regard. Ackers leva les yeux avec une expression agacée, qui passa rapidement au soulagement quand il aperçut Seth accompagné de Zoe.

— Monsieur. Je voulais vous présenter le Dr Miller. Docteur Miller, voici le directeur Ackers.

Zoe s'avança pour serrer la main de son patron.

— Docteur Miller. Je suis heureuse que vous soyez arrivée en un seul morceau.

— Seulement parce que l'opérateur Hopper m'a sauvé la vie à plusieurs reprises. L'opérateur Hersh aussi. J'espère qu'il se remet de sa morsure de serpent ?

Ackers confirma d'un hochement de tête.

— Il s'est complètement rétabli, et il sera présent à votre réunion au siège demain matin. Il...

— Directeur, il faut que vous sachiez que, si vos hommes sont allés dans le désert, c'est sur mon insistance, déclara Zoe, interrompant Ackers d'une manière que Seth n'aurait pas osé. Ils auraient dû me menotter pour pouvoir m'arrêter, ce que l'opérateur Hopper a menacé de faire à un moment donné.

Seth garda une expression neutre, et il se demanda à moitié si elle essayait de l'aider ou de le faire renvoyer.

— Cette excursion a permis d'obtenir des informations vitales qui, selon moi, seront utiles à l'enquête de la task force, bien que l'agent chargé de l'affaire n'ait pas semblé partager ce point de vue. L'ASAC Patterson s'est montré condescendant à l'égard de l'opérateur Hopper et il a menacé de le dénoncer au bureau de la responsabilité professionnelle, uniquement pour avoir recherché d'autres victimes potentielles de la violence des cartels.

Les sourcils broussailleux d'Ackers se rejoignirent au centre.

— Il a vraiment fait ça ?

Seth avait envie de toper dans la main de Zoe, mais il resta immobile. La seule chose qu'Ackers détestait plus que de voir le personnel de la HRT faire des conneries, c'était qu'un autre agent fédéral ou une autre agence critique leurs actions. Non pas que la HRT soit irréprochable, le directeur défendait ses hommes quand les circonstances le justifiaient.

— Par ailleurs, je suis reconnaissante à l'opérateur Hopper pour l'aide qu'il m'a apportée lorsque j'ai été confrontée à une situation éprouvante face aux services secrets.

L'expression d'Ackers s'assombrit. Sa moustache tressaillit.

— J'en ai entendu parler. Je suis désolé.

Le regard d'Ackers se posa sur celui de Seth, lui indiquant qu'il voulait être mis au courant de tous les détails quand Zoe ne serait pas là.

Seth inclina la tête.

— Je suis heureux que nous ayons pu vous aider, déclara le directeur. Je présume que vous avez besoin de faire une pause l'un par rapport à l'autre.

Seth haussa les sourcils. *Parce qu'il était à ce point difficile à supporter ?*

— Je peux affecter quelqu'un d'autre...

— Non ! répondit Zoe avec suffisamment de fermeté pour que les sourcils broussailleux de l'autre homme s'envolent vers le ciel.

Krychek observait attentivement Seth, qui devait s'efforcer de ne pas laisser ses pensées transparaître sur son visage.

La gorge de Zoe s'agita, comme si elle luttait pour déglutir.

— Je... je suis maintenant à l'aise avec l'opérateur Hopper et je suis sûre que vous comprendrez pourquoi ce n'est pas toujours le cas pour moi avec les agents fédéraux.

Seth n'allait pas se flatter en imaginant qu'elle jouait la comédie. La méfiance de Zoe était réelle. Ackers baissa la tête, car personne ne voulait penser aux violences subies par une femme, surtout infligées par un homme censé protéger les autres.

— Si l'opérateur Hopper est d'accord, j'aimerais qu'il continue à me suivre jusqu'à ce que j'arrive à Washington demain matin, demanda Zoe, dont les yeux étaient arrondis et sérieux. Je sais que je ne peux pas m'imposer à lui ou à la HRT après cela, mais j'espère que quelqu'un a maintenant compris pourquoi le cartel s'en est pris à moi en Arizona et si le danger est écarté ou non.

— L'opérateur Hopper sera heureux de terminer le travail qu'il a commencé, et nous pourrons réévaluer la situation dans la matinée. N'est-ce pas, Seth ?

Celui-ci acquiesça d'un hochement de tête.

— Oui, monsieur. Avec plaisir. Je dois aller à Washington de toute façon.

La lèvre de Jordan Krychek se retroussa juste assez pour signifier à Seth qu'il avait deviné exactement quelles limites il avait franchies avec la femme à ses côtés. Il retint son souffle, se demandant si son collègue avait l'intention d'intervenir. Il n'était même pas nécessaire que ce soit vrai pour qu'Ackers le retire de la protection de Zoe. Il suffisait d'une insinuation pour que Seth dorme seul. Zoe finirait probablement par hurler sur Ackers et tous les pauvres bougres à qui l'on confierait cette tâche. Seth était presque sûr qu'ils devraient la maîtriser physiquement s'ils espéraient l'empêcher de sortir d'ici et il n'était pas convaincu d'être capable de faire face à cela.

Comme il en avait pris l'habitude ces derniers temps, Krychek se tut et garda ses pensées bien ancrées derrière ses lèvres.

— Des informations sur l'auteur de l'enlèvement ou sur les raisons de l'enlèvement ? s'enquit Seth.

Ackers sourit.

— Ryan Sullivan et Meghan Donnelly ont aidé à identifier Luis Ramirez, l'un des hommes de Lorenzo Santiago. Tout porte à croire que les hommes morts dans le désert travaillaient également pour lui, mais qu'il s'agissait de soldats de rang inférieur.

— Des indices sur leur mobile ?

Le directeur secoua la tête.

— Rien qui ne m'ait été communiqué. Je suis sûr que la task force nous aurait informés si le niveau de menace avait augmenté pour le Dr Miller ou ses amis.

Seth tapota son sac.

— Je vais déposer mon équipement et récupérer mon camion. Je veillerai à ce que le Dr Miller arrive à temps pour la réunion de demain.

— Novak sera également présent au siège, précisa Ackers.

Le leader de l'équipe Gold serait présent pour le cas où une nouvelle intervention de la HRT s'avérerait nécessaire. Seth espérait que cette affaire serait bientôt réglée, et que Zoe serait en sécurité, même si cela impliquait qu'il n'aurait plus d'excuse pour passer autant de temps avec elle.

Ryan rattrapa Meghan alors qu'elle s'arrêtait dans l'allée du petit ranch qu'elle louait à la périphérie de la ville.

Il se gara derrière sa voiture, et elle l'observa dans le rétroviseur. Il sortit et s'approcha de la portière conducteur qu'il ouvrit. Elle resta assise là à le regarder, les yeux injectés de sang.

— Tu vas bien ? lui demanda-t-il.

Elle haussa les épaules et sortit du véhicule.

— Oui.

Elle se dirigea d'un pas fatigué vers son porche d'entrée et Ryan la suivit, tout en restant à quelques pas derrière elle.

— Tu t'assures que je rentre chez moi saine et sauve ? l'interrogea-t-elle en le regardant. Tu sais que je porte deux armes et deux couteaux, et que je suis capable de botter les fesses de la plupart des gens que je croise ?

— Ce n'était pas ça.

— Je ne vais pas coucher avec toi, déclara-t-elle d'un ton ferme.

Ryan releva brusquement le menton. *Bon sang !*

— Je ne demandais pas.

— Disons que tu as une réputation.

Le sourire de Ryan devint prédateur. Elle l'avait repoussé fermement en territoire ennemi, et il s'en accommodait.

— Une réputation bien méritée.

— Il n'y a pas de quoi être fier.

Elle déverrouilla sa porte et la laissa ouverte. Alors, il la suivit, regardant autour de lui avec intérêt.

— Il n'y a pas de quoi avoir honte non plus.

Il repensa à l'infirmière qu'il avait rencontrée ce jour-là dans le jet privé d'Alex Parker. Ils s'étaient amusés et avaient évacué le stress. Puis ils s'étaient quittés avec un sourire heureux et un bon souvenir.

Meghan ricana.

— Sauf quand on est une femme.

— C'est toi qui stigmatises les gens, Megs, pas moi.

Elle pinça les lèvres, puis lui lança un regard furieux. Après quoi, elle s'affaissa, semblant sur le point de pleurer à nouveau.

— Désolée.

— Tu es pardonnée, la rassura-t-il avec un haussement d'épaules. Je t'ai dit que j'avais perdu ma femme. Mes stratégies d'adaptation sont le sexe et l'alcool.

Il remarqua la bouteille de whisky sur le comptoir de la cuisine. Elle suivit son regard et la rangea dans un placard.

— Tu as dit que ta femme était morte il y a huit ans.

Il l'observa, regrettant de lui avoir confié cela, et pourtant étrangement soulagé de pouvoir enfin en parler.

— Est-ce que ça fait toujours aussi mal qu'au début ?

L'émotion le saisit à la gorge, et il la masqua en allant fermer ses rideaux.

— Non, et ça me révolte tous les jours.

Elle croisa les bras.

— Combien de temps... ?

Ryan se gratta le front.

— Je ne sais pas. Je ne crois pas qu'il y ait un manuel pour ça.

Meghan prit une bouilloire sur la cuisinière et commença à la remplir d'eau.

— Je sais que perdre mes parents était différent. Le chagrin, le regret et la colère. Mais je ne me suis pas senti aussi écorché par la suite. Toutefois, tout le monde est différent. Il n'y a pas de règles.

Elle se lécha les lèvres et ses yeux se remplirent à nouveau de larmes.

— Je ne me souviens pas de la dernière fois où j'ai dit à mon père que je l'aimais.

Ryan avait envie de l'entourer de ses bras comme il l'avait fait la veille, mais l'air était chargé de tension ce soir-là, et il n'osait pas.

— Il savait.

— J'ai tellement de regrets ! s'exclama-t-elle avant de se moucher, puis de renifler. Je continue à être méchante avec toi, et tu persistes à être gentil. Tu es incroyablement agaçant. Tu n'es pas celui que je croyais, Ryan Sullivan.

Celui-ci grimaça, alors même qu'il avait créé son alter ego avec clarté et précision.

— Ne le dis à personne.

Elle sourit.

— Je vais peut-être sortir et me trouver un beau gosse à ramener à la maison.

Ryan pinça les lèvres. S'il n'aimait pas cette idée, c'était uniquement parce qu'il s'inquiétait pour sa sécurité.

— Ou boire du whisky pour m'apaiser. Tu en veux un ?

Elle revint vers le placard de la cuisine, dont elle sortit la bouteille, ainsi que deux verres.

— J'en boirai un pour la route. Je ne veux pas trop boire, au cas où nous serions appelés.

— Serait-ce un avertissement pas vraiment subtil pour me dire de ne pas me saouler ? demanda Meghan, riant en versant les boissons.

Ryan sourit quand elle lui tendit le verre. Meghan était une personne intelligente. Elle but une gorgée, puis fit un pas vers lui et posa une main à plat contre son torse.

— Peut-être pourrais-tu m'aider à oublier pendant un petit moment.

Elle se hissa sur la pointe des pieds, et posa ses lèvres sur le côté de sa bouche. Il ferma les yeux tandis qu'une vague de désir s'emparait de lui.

— Personne n'a besoin de savoir.

Peut-être n'était-elle pas si maligne, après tout. Il recula d'un pas. Et but son whisky d'un trait.

— Je suis flatté, mais je ne veux pas être quelque chose que tu regretteras demain, Meghan.

Les yeux de la jeune femme se remplirent de larmes, et il sut qu'elle n'avait pas les idées claires.

— Sérieusement ? Je suis rejetée par le type qui couche avec n'importe qui ?

C'était idiot, car c'était la vérité, mais la douleur le frappa quand même.

— Je ne couche pas avec les gens avec qui je travaille.

Il leur rendait service à tous les deux. Ryan lui sourit, puis lui adressa un signe de tête avant de reculer à nouveau. C'était l'une de ses rares règles. Pas d'agents du FBI. Pas de personnel de soutien. Pas d'opérateurs HRT.

— Demain, tu me remercieras.

Les yeux de Meghan brillèrent, et il dut se faire violence pour sortir de là avant de faire quelque chose qu'ils regretteraient tous les deux le lendemain matin.

La lune gibbeuse était sur le point de se coucher quand Bruno et Luis arrivèrent sur la petite piste d'atterrissage privée de la sierra Madre occidentale. Derek Belmont était inconscient à cause de l'injection que Luis lui avait faite plus tôt, et Bruno commençait à se demander si la dose n'avait pas été trop forte.

Il aurait mieux valu pour Derek que ce soit le cas. Mais Lorenzo était suffisamment imprévisible pour tuer Bruno et Luis s'ils ne lui livraient pas ce qu'il avait exigé.

Ils sortirent du petit avion, mais laissèrent le jeune homme là où il était. À moins de savoir piloter un tel appareil, il n'avait aucune chance de s'en sortir. Personne ne l'aiderait. Personne ne le sauverait. Il appartenait désormais au cartel.

Lorenzo arpentait impatiemment le macadam,

— Où est cet enfoiré ? exigea-t-il quand il les vit.

— Il est encore dans les vapes.

Bruno inclina la tête vers son patron, puis scruta les visages des autres hommes présents. Ils étaient ses amis, mais personne ne souriait.

La tension crépitait dans l'air. Il avait l'impression que le danger sifflait un avertissement à ses oreilles. Bruno ferma les yeux et respira le parfum de son pays. Une légère odeur de poudre persistait dans l'air, comme si quelqu'un avait fait exploser des pétards dans une fête non loin. L'odeur des tortillas fraîches se mêlait au parfum insaisissable des gardénias. Cela sentait le paradis.

— Attrapez-le.

Bruno se crispa. Serait-ce son dernier moment en tant qu'homme libre ? Quelqu'un le frôla et grimpa les marches de l'avion d'un pas lourd.

Bruno ouvrit les yeux et vit que Lorenzo portait la main à son front. Sa peau était grise, comme s'il n'avait pas vu le soleil depuis des semaines, et la cicatrice sur son visage était d'un blanc éclatant.

Ces derniers temps, il quittait rarement sa maison en plein jour, terrifié à l'idée d'une attaque de drone, car la technologie des Américains était de plus en plus avancée. Il était également convaincu que les États-Unis avaient un espion parmi eux, mais même la torture de plusieurs de leurs collaborateurs n'avait pas permis de trouver la moindre preuve.

— Je ne sais pas où elle est, Bruno, déclara Lorenzo d'une voix proche d'un sanglot.

Bruno éprouva une pointe de regret pour ce qu'il avait fait. Il fit un pas en avant.

— Elle a probablement séché l'école pour aller à la plage.

Lorenzo lui saisit les deux bras et le regarda droit dans les yeux.

— Elle ne me ferait pas une telle peur.

C'était le genre de choses que ferait Gabriella.

— Peut-être a-t-elle perdu son téléphone ? Tu sais comment elle est.

Trop gâtée. Égoïste. Magnifique. L'image de son cadavre surgit dans son cerveau, et il s'efforça de chasser le dégoût qui l'envahissait.

— Ma Gabriella. Ma petite sœur. Je détruirai quiconque lui a fait du mal, éructa l'homme, les yeux brûlants de rage.

— Nous la trouverons, le consola Bruno.

Il pria *la Santa Muerte* pour que ce ne soit pas vrai.

CHAPITRE VINGT-ET-UN

Zoe suivit Seth dans son appartement pendant qu'il éteignait le système de sécurité.

Au premier regard, l'impression qui s'en dégageait était celle de belles lignes épurées et de l'absence de désordre. Il referma la porte et remit l'alarme en marche. Il la regarda, mais elle n'arrivait pas à déchiffrer ce qui se passait dans sa tête.

Soudain, elle fut prise d'un bâillement qu'elle s'empressa de couvrir.

— Désolée.

— Tu dois être épuisée. Laisse-moi te montrer où tu peux te laver et te reposer pendant que je nous commande quelque chose à manger. Ensuite, je rassemblerai tout ce qu'il nous faut pour demain matin.

Zoe étouffa sa déception.

Elle ne savait pas vraiment à quoi elle s'était attendue. À ce qu'ils franchissent la porte et tombent aussitôt dans les bras l'un de l'autre ? Il semblait réticent à l'idée de se rapprocher d'elle, maintenant. Peut-être que les paroles qu'il avait prononcées à l'extérieur de l'enceinte de la HRT avaient été une façon pour lui de la laisser tomber en douceur...

Il la conduisit dans une chambre où se trouvait un lit king size parfaitement fait, dont les draps étaient soigneusement repliés. Il s'avança vers les fenêtres et ferma les stores.

— As-tu appris à faire un lit dans la Navy ? lui demanda-t-elle d'un ton joyeux, bien décidée à ne pas s'humilier.

— Ma mère m'a appris les bases, expliqua-t-il, le regard voilé. La Navy a peaufiné les détails.

Zoe posa son sac contre la porte coulissante du placard, où se trouvait un miroir. Elle aperçut le reflet de Seth, et découvrit qu'il la fixait avec de la chaleur dans le regard. Leurs yeux se croisèrent, se soutinrent, et l'air grésilla soudain.

Elle se retourna.

— Seth ? l'appela-t-elle d'une voix hésitante, incertaine.

Il s'approcha lentement d'elle et la façon dont il se déplaçait, avec une grâce sans effort, l'envoûta. Il leva une main pour lui caresser la mâchoire. Seth était toujours si prudent avec Zoe. Si prévenant.

Elle saisit sa main contre sa peau et tourna la tête pour embrasser sa paume.

Les pupilles de ses yeux noisette étaient bordées d'un brun chaud. Il la fixait intensément, mais semblait hésiter à parler. Elle ne savait pas trop où ils en étaient, ou ce qu'il pourrait désirer à long terme. Elle ne savait pas elle-même ce qu'elle voulait à long terme, en dehors d'une chance d'apprendre à mieux le connaître. Zoe savait que le travail de Seth était important pour lui. Elle ne mettrait jamais cela en péril, pas plus qu'elle n'avait l'intention de révéler en public ce qui se passait entre eux en privé.

— Seth, j'aimerais vraiment faire l'amour avec toi ce soir.

Elle fronça soudain les sourcils. Peut-être était-il réticent pour des raisons autres que son travail.

— J'espère que tu ne crains pas que je sois le genre de personne à proférer de fausses accusations...

— Non. Non, ce n'est pas ce que je pense. Je ne crois rien de tout ça. C'est juste que..., commença-t-il, avant de s'interrompre, un V profond entre les sourcils, tandis qu'il lui saisissait les épaules. Je ne me le pardonnerais jamais si je baissais ma garde et qu'il t'arrivait quelque chose...

Elle crut qu'il allait ajouter autre chose, mais il changea d'avis. Ce n'était pas juste de la part de Zoe de le pousser alors qu'elle-même n'était pas prête à lui dire ce qu'elle ressentait. Ses émotions étaient en effervescence et elle avait le sentiment qu'elles l'auraient été même si le cartel ne l'avait pas enlevée sous la menace d'une arme et n'avait pas essayé de la tuer.

Seth Hopper l'avait affectée dès son premier sourire, et, depuis, rien n'était venu atténuer cette attirance.

Elle caressa sa joue couverte de barbe et il ferma les yeux.

— Si tu es d'accord, je vais aller prendre une douche. N'hésite pas à te joindre à moi, si tu le souhaites, ou à ne pas le faire si tu n'en as pas envie. Je ne veux pas t'empêcher de faire ton travail. Je n'aimerais pas que tu essaies de m'empêcher de faire le mien...

Chose que Colm Jacobs avait régulièrement tentée. Seth ouvrit les yeux et regarda Zoe avec attention.

— Mais si tu me croyais réellement en danger, tu ne m'aurais jamais laissée quitter l'enceinte de la HRT sans un plus grand nombre de gardes armés.

Elle le lâcha alors, et s'écarta. Seth resta là, tendu comme un arc, les yeux rivés sur la moquette de la chambre. Zoe se rendit dans la salle de bains et se déshabilla de ses vêtements sales. Constatant que Seth ne la suivait pas immédiatement, elle ravala la boule de déception qui lui obstruait la gorge.

Elle refusait de lui en tenir rigueur. Ce qu'elle lui demandait n'était pas juste. Cela le compromettait, sans avoir de conséquences professionnelles pour elle. Les répercussions pour elle étaient uniquement personnelles et ne regardaient personne d'autre qu'elle.

Pouvait-elle se fier à ses sentiments grandissants pour cet homme ? Ou bien s'agissait-il simplement d'une attirance sexuelle et d'une gratitude mal placée qui tentaient de la convaincre qu'ils avaient une chance d'aller plus loin que cela ?

Elle avait besoin de retrouver son équilibre avant de se lancer dans quelque chose de sérieux, à supposer que Seth soit intéressé.

Elle se lava rapidement les cheveux, puis appliqua un après-shampoing.

Quand un homme grand et viril entra dans la douche derrière elle, tout le stress qu'elle avait accumulé s'échappa de son corps et elle poussa un soupir de soulagement.

Elle ne se retourna pas quand des bras bronzés l'entourèrent pour saisir le savon et entreprirent de la laver et de la masser lentement, minutieusement, un muscle tendu après l'autre.

Les mains de Seth étaient expertes et implacables, mais elles omettaient toutes les parties qui méritaient une attention plus ciblée. Elle essaya de se retourner, mais il l'arrêta en passant un bras en travers de son ventre, puis il mordilla l'endroit où son cou rejoignait son épaule.

Zoe frémit.

Son sang se mit à bouillir, et son pouls s'emballa. Seth posa les mains sur ses seins, fit glisser ses pouces sur son mamelon. Elle appuya sa tête contre son épaule, et elle sentit son érection contre ses fesses.

Il versa plus de savon dans sa paume, qu'il fit mousser sur son ventre, puis plus bas entre ses cuisses. Elle tremblait si fort qu'elle craignait de s'effondrer.

Il la soutint.

— Je te tiens. Détends-toi. Profites-en.

Il glissa un doigt en elle, d'une manière si fluide qu'elle eut l'impression que de la soie glissait sur ses sens. Il entama un mouvement de va-et-vient, encore et encore, plongeant profondément son doigt avant que sa paume ne remonte sur les nerfs sensibles de son clitoris.

Elle entendit sa propre respiration se faire plus rapide et plus superficielle, avant que l'orgasme ne la frappe, comme si elle se trouvait au bord d'une falaise et qu'elle plongeait la tête la première dans le vide. Une onde de plaisir, longue et puissante, descendit le long de ses membres et la secoua tout entière.

Elle sentit le sourire de Seth contre ses cheveux.

Elle se retourna et il la surprit en fermant le robinet avant de la soulever dans ses bras. Mais il la porta façon pompier, chose à laquelle elle ne s'était pas attendue.

Il était fort possible qu'elle ait couiné lorsque ses fesses nues avaient rencontré l'air frais, mais elle le nierait jusqu'à la fin de ses jours. Il la laissa tomber doucement sur le lit où elle éclata de rire en rebondissant. Mais il n'y avait rien de drôle dans le regard qu'il posa sur elle.

Seth était déterminé à suivre les règles et à faire preuve de professionnalisme, même si l'idée de ne pas être avec Zoe le rendait fou. Puis elle avait demandé s'ils pouvaient faire l'amour, et cette demande avait réduit à néant toutes ses bonnes intentions, comme une allumette enflammée sur un morceau de coton.

Et il avait décidé que, quitte à tomber, il le ferait dans l'extase.

Elle était nue et mouillée sur son lit. Elle avait les joues rouges et ses yeux étaient braqués sur les siens, le défiant presque de lui faire vivre la plus belle aventure de sa vie.

Il secoua la tête et sourit.

Elle s'apprêtait à se redresser, mais il avait besoin de la goûter. Il la repoussa en douceur sur le lit. Puis il s'agenouilla sur le sol, la tira jusqu'au bord du lit et passa ses jambes par-dessus ses épaules. Il plongea sa langue dans ses replis intimes, et elle émit ce son qui ne manquait jamais de l'exciter.

D'une main, elle empoigna ses cheveux courts, tandis que ses cuisses se détendaient et le laissaient entrer. Il ferma les yeux et la parcourut avec sa bouche. Il ignora la douleur vive de ses doigts contre son cuir chevelu et goûta la peau délicate du haut de sa cuisse, l'insaisissable nœud de nerfs tendus et cachés à la vue, puis la chaleur brûlante de son sexe.

— Seth, l'implora-t-elle. Je te veux en moi.

Comment un homme pourrait-il résister ?

Il ouvrit le tiroir de son chevet et en sortit une boîte neuve de préservatifs, achetée dans un rare élan d'optimisme. Il dut arracher le plastique avec ses dents avant de déchirer la boîte.

Habile. *Vraiment habile.*

Elle réussit à attraper un préservatif avant lui, l'ouvrit soigneusement et le fit rouler sur sa chair gonflée alors qu'il s'allongeait sur le dos sur le lit.

Zoe s'installa à califourchon sur ses hanches et il se retrouva hypnotisé par ses courbes douces et sa beauté discrète. Elle faisait bouillonner son sang et lui serrait le cœur.

Il crispa la mâchoire pour résister au plaisir que lui procurait sa chair brûlante alors qu'elle l'accueillait en elle. Quand il releva la tête, il se rendit compte qu'il les voyait tous les deux dans le miroir, et cette vision érotique faillit le faire craquer.

Et puis il cessa complètement de penser. Il se redressa pour capturer son mamelon dans sa bouche et se retrouva à s'enfoncer en elle alors qu'ils essayaient tous les deux de se rapprocher. Elle gémit de plaisir.

Il la maintint fermement, un bras enroulé autour de sa taille, tandis que le désir prenait le dessus. Il s'enfonça en elle, encore et encore, et son corps se couvrit de sueur. Zoe roula sur le côté et ils échangèrent leurs places. Elle enroula sa jambe autour de ses hanches, l'attirant plus près d'elle. La tête de lit claqua sous la force de ses coups de reins, et la jeune femme éclata de rire en s'agrippant à son cou.

Puis il vit son expression changer, passant du rire à l'émerveillement, alors qu'un nouvel orgasme la secouait. Il lui fit l'amour sans relâche, si excité et si désespéré de jouir que cela le tuait. Puis Zoe toucha son visage, et ils se regardèrent dans les yeux. Seth sentit leur connexion se mettre en place. Toutes ces épreuves qu'ils avaient traversées ensemble, toutes ces complications, s'envolèrent. Il ne restait plus qu'eux deux, enfermés dans ce besoin brûlant qu'ils éprouvaient l'un pour l'autre.

Il attrapa sa cuisse et la releva ; la bouche de Zoe s'ouvrit, choquée par l'afflux de plaisir, car il avait manifestement trouvé la position idéale pour elle.

Mais, cette fois-ci, Zoe ne fut pas la seule à basculer. Elle l'emporta avec elle ; elle fit à nouveau ce bruit, et c'en fut fini de lui. Son cerveau explosa alors que tous les récepteurs sensoriels de son corps subissaient un court-circuit, comme s'il avait été frappé par la foudre.

Il s'effondra sur elle, ayant tout juste le réflexe de faire reposer une partie de son poids sur ses coudes. Son cœur devait battre à mille à l'heure, et son sang s'était changé en feu liquide.

Si ce test, consistant à résister à Zoe Miller, avait été inclus dans la *Hell Week*, la semaine de sélection des SEALs, il n'aurait jamais été admis. Il aurait abandonné et serait rentré chez lui heureux.

Zoe lui sourit quand il se redressa. Ses fossettes étaient bien visibles, ses yeux turquoise scintillaient de plaisir, sa lèvre inférieure pulpeuse se courbait en un sourire qui fit palpiter son sexe une fois encore.

Son téléphone portable vibra dans l'autre chambre.

— *Merde !*

— Qui est-ce ? s'enquit-elle.

— Probablement le dîner.

— Tu t'es arrêté pour commander à dîner avant de me rejoindre sous la douche ?

Il rit en se retirant, puis se débarrassa soigneusement du préservatif.

— Un homme doit manger.

Le sourire coquin de Zoe suggérait qu'il avait déjà mangé, mais il ne la suivrait pas sur ce terrain-là. S'il songeait à son goût merveilleux, il ne quitterait peut-être jamais cet endroit entre ses cuisses, où il serait heureux de rester à la vénérer pour le restant de ses jours.

Cette pensée le stupéfia. *Merde. Non.*

Peu importait la connexion qu'ils partageaient au lit, trop s'attacher était la route la plus directe vers la perte et le chagrin. Elle était la fille de la foutue vice-présidente des États-Unis.

Il se renfrogna en regardant son téléphone. C'était Novak.

— Patron ?

— J'entends des rumeurs en haut lieu selon lesquelles Madeleine Florentine est très mécontente de la situation actuelle concernant la sécurité de sa fille. Elle veut qu'une équipe complète soit affectée à la protection.

— Zoe n'acceptera pas ça.

Si elle se rendait compte que sa mère tentait à nouveau de s'immiscer dans sa vie, leur relation risquait d'en pâtir de façon permanente. Il coula un regard vers la porte de la chambre et baissa la voix.

— Je connais Zoe. Elle ne va pas accepter calmement qu'on la contraigne à faire quelque chose contre son gré.

Cette idée lui tordait les tripes.

Novak s'éclaircit la gorge.

— Quelqu'un de l'équipe de la vice-présidente laisse également entendre que tu es peut-être personnellement impliqué, et que c'est pour cette raison que tu « voles en solo », poursuivit Novak, mais il ne laissa pas le temps à Seth de répondre. Je leur ai dit que tu étais un professionnel, un membre très respecté de la HRT, et un ancien Navy SEAL décoré.

La boule dans la gorge de Seth l'étouffait presque. Novak avait mis en jeu sa carrière en se basant sur l'éthique inexistante de Seth. L'idée de décevoir son patron lui faisait presque aussi mal que l'idée de mettre Zoe en danger parce qu'il n'était pas à la hauteur de sa tâche.

— J'ai pris une décision exécutive, et j'ai demandé à l'équipe Blue de mettre à disposition une équipe de quatre hommes pour surveiller ton bâtiment ce soir, ainsi qu'une autre équipe pour te suivre jusqu'au QG du FBI demain. Je me suis dit qu'il valait mieux que je te prévienne, pour que tu saches qui te suivait. Zoe Miller n'a pas besoin de l'apprendre.

Seth ferma les yeux. Ce n'était plus de leur ressort.

— Compris.

— À demain matin, Hop, lui dit Novak avant de raccrocher.

La sonnette retentit, et Seth se dirigea vers l'interphone.

— Oui ?

— Livraison pour Hopper.

Seth se figea : c'était l'un de ses coéquipiers qui vivait dans l'immeuble. Damien Crow, surnommé Birdman par l'équipe, faisait partie de l'unité des snipers, et c'était un autre des meilleurs amis de JJ Hersh.

— Je me suis dit que j'allais te l'apporter. Tu dois dire au livreur que je ne vais pas voler ta pizza.

Seth s'éclaircit la gorge.

— Bien sûr. Merci, mec. N'oublie pas le pourboire. Tu m'épargnes un trajet en bas.

Seth se rendit soudain compte qu'il était totalement nu, et il retourna dans la chambre. Zoe était dans la salle de bains. Il enfila un short, un t-shirt, et refit le lit. Il jeta un coup d'œil à son reflet : il y découvrit l'expression d'un homme qui venait de vivre la plus belle partie de jambes en l'air de sa vie.

Merde !

Il se passa l'avant-bras sur le visage et glissa rapidement une main dans ses cheveux courts, puis il ouvrit la fenêtre pour se débarrasser de l'odeur du sexe. L'air froid pénétra dans la chambre et le réveilla.

Il envisagea de frapper à la porte de la salle de bains et d'avertir Zoe qu'ils avaient de la visite, mais il eut l'impression qu'elle était de nouveau sous la douche. Il se débarrasserait de Birdman au plus vite.

Il saisit son SIG sur mesure, se dirigea vers l'entrée, puis vérifia le judas. Il ouvrit ensuite la porte.

Birdman ne remarqua pas la posture de Seth, qui lui indiquait qu'il ne devait pas entrer, et il joua des coudes pour se frayer un chemin à l'intérieur. Il fit glisser la grande pizza sur le comptoir.

— Salut, mec. Content que tu sois de retour. J'ai entendu dire que tu t'étais amusé dans le désert ?

— On peut dire ça, répondit Seth, qui tenta de ramener son ami vers la porte.

— J'ai aussi entendu dire que tu protégeais une certaine VIP. Elle est là ?

Birdman fit un signe de tête en direction de la chambre principale. Il y en avait une seconde, qui pouvait théoriquement accueillir un lit simple. Seth y avait installé un futon pour les visites de ses parents, mais il se servait généralement de cette pièce comme bureau.

Il hocha la tête. Il savait que Zoe détesterait qu'on la qualifie de VIP, et il pouvait presque entendre la dispute.

— Oui. Elle prend son tour sous la douche.

Parce que, la fois précédente, l'endroit était un peu bondé.

— JJ a dit qu'elle était mignonne.

Seth haussa une épaule.

— Je suppose.

Birdman le fixa du regard, un sourcil arqué.

— Tu supposes ?

— C'est une femme intelligente et accomplie. Elle est chargée de cours en anthropologie médico-légale à l'université de Richmond.

Seth n'aurait pas pu la rendre moins attirante pour son ami s'il avait essayé. Il n'avait pas besoin que quelqu'un de l'équipe spécule sur sa relation avec Zoe Miller, surtout maintenant que Payne Novak avait misé sa réputation sur l'intégrité de Seth.

— Blonde, c'est ça ? poursuivit Birdman avec une grimace. C'est sans doute une bonne chose qu'elle ne soit pas ton genre.

Seth s'interrompit dans ses efforts pour expulser son ami.

— Que veux-tu dire ?

— Tu as tendance à les aimer grandes, brunes, et un peu écervelées.

— Qu'est-ce que c'est censé vouloir dire ?

— Tu sais ce que ça veut dire. Qu'en est-il de Gemma ?

Birdman pointa une vieille photo de lui et de son ex, qu'il avait laissée sur le frigo à côté de l'invitation au mariage de la jeune femme. Ils avaient rompu environ un an plus tôt. Cette nouvelle aventure avait surpris Seth, même si certains de ses amis pensaient que Gemma avait fréquenté le nouveau avant leur séparation. Elle avait déjà un bébé.

La photo lui servait à se rappeler ses échecs amoureux. Un avertissement pour ne pas s'impliquer.

— Elle était la petite amie classique de Seth Hopper.

Seth n'avait aucune idée de ce que son ami essayait de dire.

— Ce qui signifie ?

Birdman haussa les épaules.

— Je te dis ce que j'ai observé, mec. Tu as tendance à sortir avec des femmes qui sont agréables à regarder, mais aussi faciles à oublier.

Cette observation frappa Seth comme un coup de poing en pleine tête. Il n'y avait jamais pensé auparavant, mais il avait totalement raison. Il sortait avec des femmes pour lesquelles il n'aurait jamais quitté son travail.

— Donc, c'est aussi bien que cette conférencière ne soit pas ton genre, même si elle est sexy.

Birdman souleva le couvercle de la boîte et vola une part de pizza.

La porte de la chambre s'ouvrit, et Zoe sortit en commençant à enrouler une serviette autour de son corps parfaitement nu.

— Seth, sais-tu où j'ai mis mon..., commença-t-elle, puis elle leva les yeux, et tous trois se figèrent, choqués. Merde ! Je ne savais pas que nous avions de la compagnie.

Ce fut le « nous » qui vendit la mèche. Cette référence au fait qu'ils formaient une équipe, que ce n'était pas qu'un job.

Birdman n'en rata pas une miette. Il resta bouche bée, la pizza oubliée dans sa main.

Seth l'agrippa par le t-shirt et le traîna jusqu'à la porte.

— Merci d'avoir livré la nourriture, mec. Nous allons prendre le relais.

L'expression de Birdman devint inquiète.

— Seth...

— Ça suffit, l'avertit Seth. Quoi que tu penses avoir vu, tu te trompes. J'apprécierais que tu fasses preuve de respect envers la dame, et que tu fermes ta bouche, parce que je n'ai vraiment aucune envie de te traquer et te tuer.

— Ce n'est pas la dame qui m'inquiète, répliqua Birdman, baissant la voix. Les femmes comme elles se foutent des hommes comme toi et moi.

— Zoe n'est pas comme ça, gronda Seth.

Birdman leva la main et sembla alors se souvenir qu'il tenait une part de pizza.

— Tu es l'un des meilleurs opérateurs de cette équipe, Seth, et c'est en grande partie grâce à ton dévouement absolu à ton travail. Ne va pas tout gâcher pour un coup rapide.

Une vague de fureur envahit Seth, mais son ami était déjà parti. Et Birdman avait raison : la carrière de Seth représentait tout pour lui. Il n'était pas question de la mettre en péril, pas plus que celle de Payne Novak, pour une aventure, alors qu'il ne savait pas si Zoe voulait plus que cela.

Il retourna dans son appartement, dont il ferma la porte. Zoe était toujours là, agrippant sa serviette. L'odeur de la pizza embaumait l'air, mais Seth avait perdu l'appétit.

— Prends-toi à manger. Tu peux l'emporter dans la chambre, si tu veux, s'obligea-t-il à dire d'un ton calme. Je vais dormir sur le canapé ce soir, au cas où il y aurait des surprises.

— Seth...

— *S'il te plaît*, Zoe, insista-t-il avant de fermer les yeux, s'accrochant à son sang-froid qui ne tenait plus qu'à un fil. Pour une fois, laisse-moi faire mon boulot sans discuter.

Il pinça les lèvres et détourna le regard. Ce n'était pas la faute de Zoe. C'était lui l'idiot qui avait laissé Birdman entrer dans l'appartement. Il était l'homme qui avait sacrifié ses principes. Il avait désespérément besoin de réfléchir.

— J'ai besoin d'un peu d'espace.

Bruno regarda Lorenzo asséner de multiples coups de poing au visage de Derek Belmont.

Il y avait tant de sang que le visage du jeune homme était méconnaissable. Son nez était cassé. Ses yeux étaient si enflés qu'il ne pouvait plus les ouvrir.

Les hommes de Lorenzo se tenaient à l'écart et observaient.

— Attendez, supplia Derek. Attendez. Je vous dirai tout, tout ce que vous voulez savoir.

Bruno serra les dents, soucieux de ne pas trahir sa surprise.

— Elle m'a appelée il y a deux semaines, elle m'a dit qu'elle ne supportait pas de ne pas me voir. Elle m'a dit qu'elle allait passer la frontière et qu'elle me contacterait quand ce serait fait, pour que je vienne la chercher. Je lui ai répondu de ne pas venir, parce que je savais que ça ne vous plairait pas, mais elle a insisté. J'avais prévu de la récupérer et de la reconduire immédiatement à la frontière, je le jure. Je n'allais pas la revoir, affirma-t-il, alors que du sang coulait de son menton. Mais elle ne m'a jamais appelé, et j'ai supposé qu'elle avait changé d'avis.

Merde.

Lorenzo hésita.

— Comment prévoyait-elle de passer la frontière ?

Bruno tenta de détendre sa mâchoire inférieure et surprit son frère en train de l'observer. Il ne parvenait pas à déchiffrer l'expression de Luis. Son frère était-il en train de faire le rapprochement ? Que ferait-il s'il le découvrait ? Bruno l'ignorait. Ils s'aimaient, mais cette vie détruisait les familles.

De la sueur se mit à couler le long de son échine.

— Patron ! s'exclama l'un des hommes de Lorenzo, qui descendit en courant les marches usées de la cave. L'un de nos informateurs a remarqué que la description d'une jeune femme correspondant à Gabriella a été téléchargée dans la base de données des migrants disparus.

L'homme s'interrompit. Puis il leva les yeux et hésita.

— La description était celle d'un cadavre...

Lorenzo, dans le déni, rugit, et Bruno grimaça en entendant la douleur dans la voix de l'homme. Les hommes échangèrent des regards nerveux. Lorenzo dégaina son arme. Bruno posa la main sur le canon du pistolet qu'il portait dans un holster au bas de son dos.

— Elle ne peut pas être morte ! Elle ne peut pas ! hurla Lorenzo.

Il tira sur le sol : la balle ricocha dangereusement sur la pierre et vint frapper un mur voisin. Tous se regardèrent. Ce type était manifestement fou.

Pendant un instant, Bruno envisagea de l'abattre ici même, mais Lorenzo avait encore trop d'amis dans la pièce. S'il le tuait, les autres lui tireraient dessus, et ils prétendraient que c'était justifié. Ensuite, ils reprendraient l'organisation à leur propre compte.

— Il n'y avait pas de photographies jointes à la fiche, à l'exception de celle d'un médaillon en or... et aucun lieu n'était indiqué.

Bruno se maudit en silence.

— Montre-moi.

Lorenzo fit signe au messager de se rapprocher, puis il regarda l'écran. Il recula brusquement, puis parut se ratatiner sur lui-même.

— C'est le médaillon de *Nuestra Señora de la Santa Muerte* que j'ai donné à Gabriella à la mort de nos parents. Ses initiales sont gravées au dos. Tu le reconnais, Bruno ? l'interrogea-t-il, pointant l'écran pour qu'il confirme.

Empli d'un mélange de rage et de peur, il hocha la tête. C'était le collier de Gabriella, et il avait dû se détacher pendant qu'ils se battaient. Il contracta la mâchoire. Ses hommes l'avaient tous lâché cette nuit-là, quand il les avait envoyés éliminer les preuves que les anthropologues auraient pu trouver dans le désert. Des preuves qui indiquaient que Gabriella s'était trouvée là... et que Bruno l'avait tuée.

Même son propre frère l'avait laissé tomber...

— Parlez à tout le monde. Tâtez le terrain. Je veux savoir s'il y a un corps correspondant à la description de Gabriella dans l'une des morgues. Je veux tout savoir, gronda Lorenzo. Et je veux ce médaillon.

Le visage du messager reflétait sa peur.

Dans l'état où il se trouvait, Santiago pouvait abattre n'importe qui dans une rage meurtrière. Personne ne pourrait en vouloir à Bruno de le tuer si cela se produisait.

— Allez me chercher celui qui a donné cette description. Je veux lui parler.

Lorenzo commença à sortir de la pièce à grandes enjambées.

— M… mais…, bafouilla le messager. Ça va être difficile, patron.

— Je me fiche de savoir si c'est difficile, *pendejo*. Trouve cette personne ! hurla-t-il, et le son résonna douloureusement dans la petite cave exiguë.

— La personne qui a saisi les données, c'était cette femme, s'empressa de préciser le messager. La fille de la femme politique américaine.

Lorenzo s'arrêta dans son élan et se tourna vers Bruno.

— Pourquoi l'as-tu enlevée ? exigea-t-il. Pourquoi as-tu essayé de la tuer le week-end dernier ?

Bruno soutint le regard à moitié fou de Lorenzo.

— Parce que je les ai vus, elle et ses amis, creuser dans le désert et j'ai pensé que c'était suspect. Je n'avais aucune idée de qui elle était. Je savais simplement qu'elle n'avait pas sa place ici.

— Peut-être pense-t-elle qu'elle est au-dessus de la loi, à l'abri de nous et des Américains, intervint Luis en soutenant le regard de Bruno.

Luis se doutait-il de ce qui s'était passé ? Essayait-il de détourner l'attention et de suggérer que les anthropologues étaient impliqués dans la mort de Gabriella ? Les autres se regardaient nerveusement.

— Vous voulez toujours l'enlever ? La fille de Made-leine Florentine ? s'enquit le messager.

— Je me fiche de savoir s'il s'agit du président des États-Unis lui-même. Je dois savoir ce qu'elle sait. Ce qu'elle a trouvé. Je veux savoir où elle a trouvé ce médaillon. Je veux le voir pour savoir s'il appartient à ma sœur.

— Si tu touches à la fille, tu vas déclencher une guerre, prévint l'un des autres.

Le visage de Lorenzo se tordit et il pencha la tête sur le côté.

— Laisse-moi te poser une question, Pepe. De qui as-tu le plus peur ? Des Américains ou de moi ?

Pepe releva le menton.

— Je te suivrai partout, et je ferai ce que tu m'ordonnes de faire, *jefe*. Je sais que tu t'inquiètes pour Gabriella. Je voulais seulement te rappeler à qui tu as affaire. Tu dois aborder le problème intelligemment.

— Tu penses que je ne suis pas intelligent ? siffla Lorenzo, et le dernier mot sonna comme un juron.

— Ce ne sera pas facile d'atteindre la femme, intervint Bruno, détournant l'attention de l'autre homme. Le FBI la protège.

Lorenzo sembla se calmer.

— Faites ce que vous avez à faire. Utilisez toutes les ressources dont nous disposons. Rien d'autre ne compte, ordonna-t-il en lançant un long regard interrogateur à Bruno. La femme doit avoir une faiblesse que nous pouvons exploiter.

Bruno acquiesça. Tout le monde avait une faiblesse. La sienne était enterrée dans le désert, à quelques mètres sous terre.

— Les Américains viendront la chercher. Tu veux la ramener chez toi ? s'enquit Bruno avec prudence.

Lorenzo prit un air pensif, puis il secoua la tête.

— Prépare le jet et l'hélicoptère. Dès que tu l'as, je veux être informé.

— Qu'est-ce qu'on fait de lui ? demanda Pepe en pointant du doigt la silhouette ensanglantée et inconsciente de Derek Belmont, qui semblait incongru vêtu de Lycra jaune vif.

— Rien. Laissez-le pourrir. Si..., dit Lorenzo, qui déglutit à plusieurs reprises avant de pouvoir reprendre la parole. Si Gabriella est morte, je le ferai payer pour ne pas m'avoir contacté au sujet de ses projets. Si elle est en vie, et je crois qu'elle l'est, alors peut-être la laisserai-je l'avoir. Tout pour qu'elle soit heureuse.

Il s'éloigna à grands pas.

Luis se tenait aux côtés de Bruno, et tous deux contemplaient la silhouette meurtrie qu'ils avaient remise entre les mains de Lorenzo. Aucun ne dit un mot.

CHAPITRE VINGT-DEUX

Zoe avait passé la nuit précédente seule, sans dormir, dans le lit de Seth Hopper. Ils étaient maintenant dans son camion, en direction de Washington, DC.

Ils roulaient en silence. Ils avaient pris des cafés au drive et se concentraient assidûment pour les boire sans les renverser ni s'ébouillanter la bouche. Zoe étudiait le paysage comme si elle allait être interrogée sur ce sujet plus tard.

Seth portait un costume anthracite, une chemise blanche et une cravate verte ; elle le reconnaissait à peine.

Elle n'avait de son côté rien de plus formel qu'un jean, des bottes et une chemise à fleurs. Malheureusement, ladite blouse était cachée sous son vieux sweat à capuche de l'université de l'Arizona.

Au-delà des questions les plus élémentaires, ils s'étaient à peine parlé depuis qu'il lui avait demandé de l'espace la veille au soir. De toute évidence, Seth craignait que l'homme à qui elle s'était montrée dénudée ne révèle à ses coéquipiers qu'ils avaient des relations sexuelles.

Zoe comprenait que Seth veuille protéger sa réputation, mais ils étaient tous les deux des adultes consentants et s'ils décidaient de faire l'amour pendant leur temps libre, c'était leur affaire et celle de personne d'autre. Pas celle du patron de Seth. Pas de ses parents à elle. Pas de ses coéquipiers. Sauf qu'elle était consciente qu'il était strictement interdit à un garde du corps de s'engager personnellement auprès d'un client. Colm Jacobs lui avait dit un jour qu'il était heureux qu'elle ait refusé la protection de l'USSS, car cela signifiait qu'il pouvait l'inviter à sortir.

Elle savait instinctivement que Seth allait se mépriser pour avoir enfreint cette règle... et elle s'était montrée très persuasive.

Une autre petite graine de doute commença à germer. Peut-être n'était-ce pas tant le fait qu'il soit son garde du corps qui le dérangeait, que celui qu'elle ne ressemblait pas à la femme dont elle avait vu la photo sur le réfrigérateur. Sur le cliché, elle avait les bras autour du cou de Seth.

Cette femme était presque aussi grande que lui, elle avait de longs cheveux noirs, un maquillage soigné, et des yeux bruns. Elle était l'opposé de Zoe à tous points de vue.

À présent que leur temps ensemble touchait à sa fin, Seth voulait peut-être faire en sorte que Zoe ne se fasse pas d'illusions sur le fait qu'elle était plus qu'une simple aventure de trois nuits.

L'ancienne Zoe lui aurait demandé d'emblée s'ils pouvaient se revoir une fois l'affaire résolue, mais Colm Jacobs l'avait rendue plus prudente, moins confiante. De plus, il y avait la question de la dynamique de pouvoir entre Seth et elle. Qu'elle le veuille ou non, sa mère était une politicienne de haut rang et peut-être Seth se sentirait-il injustement contraint si elle lui demandait s'ils pouvaient se revoir.

Sans doute valait-il mieux lui laisser le soin de poser la question, de sorte que la demande vienne de lui et non d'elle, et qu'il ne dise pas oui parce qu'il s'inquiéterait pour sa carrière.

Et peut-être n'avait-il jamais été intéressé que par le sexe, et n'avait-il jamais envisagé que ce qui s'était passé pendant le voyage se poursuivrait une fois qu'ils seraient parvenus à Washington. À chaque fois, c'était elle qui l'avait séduit.

La tristesse l'envahit, plombant son humeur. Le sexe, même le plus incroyable, ne valait pas ce sentiment d'angoisse et d'insécurité. Plus vite elle prendrait du recul, plus vite elle pourrait comprendre ce qu'elle ressentait vraiment. Mais peut-être ses sentiments n'avaient-ils pas d'importance... pas si Seth Hopper n'était pas intéressé.

Elle souffla sur son café et essaya de se rappeler la dernière fois qu'elle s'était sentie aussi malheureuse. C'était différent de la terreur de l'enlèvement ou de la peur que lui inspirait Jacobs. C'était une profonde affliction, capable de faire disparaître toutes les couleurs de son monde.

Ils arrivèrent en ville, Seth fila tout droit vers Pennsylvania Avenue et gagna le parking souterrain situé sous le siège du FBI.

— En général, nous ne pouvons pas nous garer ici, mais j'ai obtenu une dérogation grâce à toi.

— Oh ! *Youpi.*

Seth lui lança un regard acéré. Elle essaya de ne pas se comporter comme une enfant capricieuse et se força à sourire, sans vraiment croiser ses yeux.

— J'apprécie que le FBI fasse cela pour moi.

Cela lui permettait d'éviter d'éventuels médias, ce qui n'était pas négligeable. Non pas qu'ils aient approfondi l'histoire de l'enlèvement. Il y avait toujours une nouvelle crise, une nouvelle fusillade, un nouveau scandale, et son nom n'apparaissait pas dans les rapports.

Ils descendirent la rampe et furent aussitôt encerclés par des agents de sécurité armés. Un officier tapa sur la vitre passager du camion de Seth.

— Pouvez-vous sortir, m'dame ?

Sa nervosité grimpa en flèche lorsqu'elle détacha sa ceinture de sécurité. Tous ces gardes armés lui rappelaient la gravité de la situation et elle n'avait vraiment pas envie d'y penser. Zoe sortit et se tint sur le côté pendant que la sentinelle passait un gadget devant son corps.

Seth présenta ses papiers d'identité à un autre garde qui les vérifia attentivement avant de passer un détecteur sous le camion.

— J'ai besoin de vos appareils électroniques, m'dame, exigea le garde, poli, mais inflexible.

Zoe posa les yeux sur Seth, qui haussa les épaules.

— C'est une pratique courante pour les visiteurs civils.

Elle sortit son nouveau téléphone et le tendit à l'homme.

— Prenez-en soin, précisa-t-elle.

— Oui, m'dame.

Ils levèrent la barrière, et Seth alla garer son camion près du poste de sécurité vitré. Il descendit, puis redressa sa cravate. Elle se rendit compte qu'il était nerveux. Elle espérait que ce n'était pas à cause d'elle.

— Savez-vous où vous allez ? demanda un garde.

Seth acquiesça d'un hochement de tête, puis leva une main pour le remercier. Il se dirigea vers les ascenseurs situés à proximité.

— Je ne sais pas vraiment à quoi m'attendre aujourd'hui, admit Zoe, nerveuse.

Seth maintint la porte de l'ascenseur ouverte pour elle, puis il pressa un bouton.

— Ils vont probablement t'interroger à propos de tout ce sur quoi tu as travaillé récemment et qui pourrait être pertinent. Ils te demanderont aussi si tu as déjà vécu quelque chose de semblable ou si tu as déjà eu des démêlés avec le cartel.

— Dans ce cas, la réunion sera brève, plaisanta-t-elle.

Fronçant les sourcils, Seth lui décocha un regard qui suggérait qu'elle ne prenait pas les choses suffisamment au sérieux.

— Ils voudront que tu reviennes en détail sur cette nuit-là.

La bouche de Zoe s'assécha à l'idée de tout revivre à nouveau. Ces derniers jours, elle était parvenue à tenir à l'écart tous les souvenirs de l'enlèvement. Elle s'était totalement plongée dans ce road-trip avec Seth. Avec lui.

Elle inspira, tremblante.

— Seth, à propos d'hier soir... Je n'aurais jamais dû supposer que nous étions seuls...

— Ce n'était pas ta faute, affirma-t-il en fronçant les sourcils. J'aurais dû t'avertir, ou jeter Birdman dehors. Mais je ne voulais pas qu'il soupçonne quoi que ce soit...

Seth s'interrompit brusquement. Puis il poursuivit.

— Ça n'a pas d'importance.

— J'ai l'impression que ça en a, rétorqua Zoe, abattue, les yeux arrondis

Il s'éloigna d'un pas et jeta un coup d'œil à la caméra de surveillance.

— Je ne peux pas en parler ici. Je dois me concentrer sur cette réunion. Mon travail pourrait être en jeu si Patterson commence à déblatérer sur moi, et ma carrière est extrêmement importante à mes yeux.

— Je m'en rends compte. Je n'ai pas l'intention de dire quoi que ce soit qui puisse compromettre ton boulot.

— Je ne mentirai pas, Zoe, dit-il d'une voix grave et dure. Mais j'espère que ça ne sera pas évoqué lors de l'interrogatoire.

Ça. Eux. Elle acquiesça.

— Je comprends parfaitement.

Elle fut soudain submergée par une avalanche d'émotions qui se bousculèrent dans son cerveau en un désordre confus. Alors qu'ils ne se connaissaient que depuis quelques jours, elle avait l'impression que toute sa vie était en train de s'écrouler.

Après les trois mille deux cents kilomètres d'amitié qu'ils avaient vécus, les douze dernières heures lui paraissaient pénibles et guindées. Cette version de Seth Hopper, rasée de près et portant un costume, semblait froide et distante, et elle détestait se sentir immature, idiote et émotive en comparaison.

Elle était aussi une professionnelle.

Elle redressa l'échine.

Ils passèrent devant deux agents dans le couloir ; l'un d'eux pointa une pièce du doigt, et Seth entra le premier. Il regarda autour de lui, puis sembla hésiter lorsqu'il constata que la pièce était vide, à l'exception d'eux deux.

Le ventre de Zoe se noua quand elle se rendit compte qu'il n'avait aucune envie de se trouver près d'elle. Et cet endroit était le dernier au monde où elle voulait s'effondrer.

Un agent du FBI, que Seth ne reconnaissait pas, ferma la porte derrière eux, et ils se retrouvèrent seuls.

Merde.

Seth se détestait d'avoir contrarié Zoe, mais cette journée devait être consacrée au travail. Il avait repéré la présence de l'équipe Blue pendant toute la durée du trajet entre son appartement et DC, mais il n'avait pas voulu dire quoi que ce soit et risquer que la jeune femme apprenne que sa mère était intervenue contre son gré.

Il devait rester concentré. Son emploi était en jeu. S'il ne faisait même qu'évoquer autre chose qu'une relation de garde du corps avec cette femme qui comptait maintenant tellement pour lui, il était foutu. Toutes ces années de formation, toute la sueur, la douleur, le danger, tous les entraînements harassants, tous les sacrifices, les fêtes en famille qu'il avait manquées avec ses parents et ses petites amies au fil des ans... Tout serait gâché parce qu'il n'était pas capable de garder son pantalon pendant qu'il travaillait avec Zoe.

Il devait se détacher et tempérer les sentiments qui naissaient entre eux.

La possibilité d'une relation durable avec elle vaudrait la peine qu'il prenne le risque de voir la vice-présidente nuire à sa carrière, *à condition* d'être sûr que cette dernière ressente la même chose que lui. Mais, ce n'était pas le cas. Et il n'avait aucun droit de la pousser après tout ce qu'elle avait vécu. Et... il n'allait pas mettre en péril la réputation de Payne Novak alors qu'il ignorait totalement ce que Zoe ressentait réellement.

Elle l'aimait bien, évidemment.

Elle le désirait. *Sans le moindre doute.*

Mais, durant tout le temps où ils avaient été ensemble, elle n'avait jamais laissé entendre qu'il était plus qu'un partenaire de sexe opportun. Il n'était pas prêt à mendier pour des miettes.

Elle prit place sur l'une des chaises, le dos droit, les poings serrés posés sur ses genoux, seule chose trahissant sa nervosité.

Il avait envie de la prendre dans ses bras.

Il devait s'éloigner.

Aujourd'hui.

Avant qu'elle ne le détruise, à cause de toutes ces choses qu'il désirait, mais qu'il ne pouvait avoir. Elle faisait partie de la royauté américaine. Lui n'était qu'un orphelin, abandonné du mauvais côté de la barrière. Cela ne pourrait jamais fonctionner entre eux.

Il devait en finir avant que l'un ou l'autre ne soit trop impliqué. Trop investi. Trop abîmé.

Elle n'était pas son genre, et il n'était assurément pas le sien. Pas vraiment. Pas dans leur monde normal. Birdman le lui avait rappelé haut et fort la veille.

Seth avait tenu sa promesse : il avait amené Zoe en toute sécurité au bâtiment J. Edgar Hoover. Ses engagements avaient été respectés, sa responsabilité assumée. Il avait fait son boulot.

Il devait mettre un terme à leur relation maintenant, tant qu'il lui restait une once de dignité.

Seth s'éclaircit la gorge.

— Je vais demander à mon patron que tes meubles soient retirés de la liste des pièces à conviction.

— Quoi ? lui demanda-t-elle, l'air consterné. Mais... pourquoi fais-tu ça ?

Il maintint une expression fermée et se méprit délibérément sur sa question.

— Tu as dit que tes affaires étaient importantes pour toi. N'est-ce pas la raison pour laquelle nous avons parcouru des milliers de kilomètres en camion plutôt qu'en avion ?

S'ils avaient pris l'avion, ils ne se seraient pas envoyés en l'air pendant le voyage. *Sans doute.*

— Ce que je veux savoir, c'est pourquoi tu es si..., commença-t-elle, avant de s'interrompre et de détourner le regard.

— Professionnel ? conclut-il avec un rire amer. Parce que c'est ce que je suis censé être ?

Zoe lui décocha un regard dur.

— *Froid.*

Il tressaillit.

— Seth, murmura Zoe avant de déglutir. J'ai dit que j'étais désolée pour hier soir. Je ne voulais pas t'attirer d'ennuis.

— Il ne s'agit pas de cela. Il n'est pas question de ce que tu as fait ou pas.

Bon sang ! C'était un mensonge, mais ce n'était pas la faute de Zoe.

— Oh ! La bonne vieille rengaine du « ce n'est pas toi, c'est moi ».

Son rire était tranchant, ses yeux brillants. Elle tordit ses doigts, signe de sa nervosité.

— Tu ne *comprends* donc pas ? s'exclama-t-il, alors que les mots sortaient tous seuls. Je ne peux pas me permettre de m'engager davantage avec une femme comme toi !

Les yeux de Zoe se mirent à briller de façon suspecte, et elle releva le menton.

— Que veux-tu dire par « une femme comme moi » ?

Bon sang, ses foutus yeux !

— Une femme dont la mère est vice-présidente des États-Unis. Une femme que l'on m'a ordonné de protéger. Une femme qui s'éloignera de moi sans un regard en arrière dès qu'elle n'aura plus besoin de moi.

Zoe eut l'air abasourdie.

— Tu as tous les pouvoirs ici, Zoe, affirma-t-il, car elle pouvait détruire non seulement sa carrière, mais aussi son cœur, et cela le terrifiait. Tu as tous les pouvoirs, et ça ne me plaît pas. Je n'aime pas ça du tout.

Sur ces mots, il quitta la pièce, veillant à ne pas claquer la porte et risquer de révéler à ses collègues agents qu'il était totalement, à cent pour cent, au-delà de toute limite... *foutu.*

— Opérateur Hopper ? appela l'un des agents d'une voix enthousiaste. Venez par ici. La task force va vous recevoir maintenant.

CHAPITRE VINGT-TROIS

Une femme comme elle ?

Zoe avait le sentiment d'avoir été jugée et condamnée sans avoir eu la possibilité de se défendre.

Une femme comme elle ?

Sa Smartwatch vibra, et elle vit qu'il s'agissait d'un appel de Fred. Elle se doutait qu'elle n'était pas censée avoir cet appareil ici, alors elle l'ignora, même si elle n'avait qu'une envie, s'épancher auprès de ses amis.

Un agent se présenta à la porte pour l'informer que la task force aurait peut-être du retard, et lui offrir quelque chose à boire. Les muscles de sa gorge se contractèrent. Soudain, il n'y avait plus assez d'oxygène dans la pièce.

— Non, merci.

Elle se leva, luttant pour respirer convenablement. Elle ne supportait pas l'idée de se retrouver confrontée à Seth et aux autres agents du FBI. Qui la cuisineraient. La jugeraient. Pas maintenant. Elle ne pensait pas pouvoir affronter Seth à nouveau. *Jamais.*

Je ne peux pas me permettre de m'engager davantage avec une femme comme toi !

Se permettre ?

Se permettre ?

Que croyait-il que cela lui coûterait, exactement ?

Bon sang ! Elle était tellement idiote ! Mais elle ne voulait pas que lui, ou quelqu'un d'autre, la voie ainsi brisée. Elle ne voulait pas admettre qu'elle était tombée amoureuse d'un homme qui ne pensait pas qu'elle en valait la peine.

La panique submergea ses veines.

— J'ai oublié quelque chose dans le camion de l'opérateur Hopper et je dois aller le chercher. Quelqu'un pourrait-il m'accompagner pour le récupérer, s'il vous plaît ?

— Bien sûr. Je vais vous emmener, répondit l'agent, posant un regard curieux sur elle.

Le pouls de Zoe s'accéléra, elle dut combattre l'envie de pleurer. Elle suivit l'homme hors de la pièce, dans le couloir, puis dans l'ascenseur. Ils atteignirent le parking et elle inspira profondément. Les gaz d'échappement qui polluaient l'air frappèrent le fond de sa gorge et lui donnèrent des haut-le-cœur. Elle fit comme si de rien n'était et se dirigea vers l'agent de sécurité à qui elle avait eu affaire plus tôt.

— Pourrais-je récupérer mon téléphone, s'il vous plaît ? articula-t-elle difficilement. Il y a une urgence.

Elle détestait ce sentiment de faiblesse. Après que Colm Jacobs l'avait presque détruite par son comportement, elle s'était crue plus forte que cela. Elle ne s'était pas attendue à être anéantie par ce qui, elle en avait le terrible sentiment, était un chagrin d'amour.

Pourquoi s'était-elle ouverte à lui ? Elle avait appris à connaître l'homme qui se cachait sous cette belle apparence, mais tout ce qu'elle avait réussi à faire, c'était de tomber encore plus amoureuse.

Ensuite, il l'avait rejetée.

Zoe ignorait quelle version de Seth Hopper était la vraie.

Était-ce l'homme qui l'avait protégée et serrée fort dans ses bras, ou celui qui lui en voulait d'avoir une mère puissante... comme si elle avait eu le choix.

Elle devait appeler ses amis. Elle avait besoin d'avouer qu'elle avait le cœur brisé par un homme qui n'aurait jamais dû l'attirer en premier lieu. Elle avait besoin qu'ils la consolent, qu'ils l'aiment, même si, de toute évidence, elle n'était qu'une idiote.

Ses mains tremblaient quand elle récupéra son téléphone auprès du garde.

— Vous devrez l'utiliser à l'extérieur, l'avertit-il d'un ton sévère.

Elle se tourna vers l'agent du FBI qui commençait à avoir l'air un peu inquiet.

— Je n'en ai pas pour longtemps.

Elle avait beau avoir envie de s'enfuir, elle ne le ferait pas. Ce n'était pas son genre. Mais elle en avait envie. Elle en avait *vraiment* envie. Elle remonta la rampe et s'arrêta près d'un grand bac à fleurs en béton, actuellement rempli d'herbes ornementales, qui servait sans doute de barrière de sécurité.

Elle appela James, qui ne décrocha pas. Elle essaya ensuite Karina, mais elle dormait, d'après l'infirmière. *Merde !*

Elle ne pouvait pas s'épancher auprès de Fred, ce n'était pas juste. Elle commença à chercher le numéro de Coco, même si elle était consciente qu'elle ne dirait pas de mal de Seth à cette dernière. Ils travaillaient tous les deux pour la même agence gouvernementale ; il ne lui semblait pas juste de ternir sa réputation alors qu'il n'avait rompu aucune promesse. Il avait seulement brisé son cœur insensé.

Elle pourrait lui demander si le laboratoire avait déjà trouvé des résultats.

Son téléphone portable sonna. *Seth.*

L'excitation initiale fut vite étouffée par la froide réalité, ce qu'elle détestait. Il devait se demander où elle était. Elle décrocha et porta le téléphone à son oreille au moment où un homme vêtu d'un uniforme vert s'approchait d'elle sur le trottoir. Elle crut qu'il lui demandait de s'éloigner du bâtiment, et elle regarda autour d'elle, confuse.

Il était grand et corpulent. Il lui semblait vaguement familier, mais elle ne savait pas vraiment où elle l'avait vu avant. L'homme brandit un téléphone portable, où une photo était affichée ; pendant un instant, Zoe ne comprit pas ce qu'elle voyait. Puis un bourdonnement naquit entre ses oreilles tandis qu'elle enregistrait les détails de la photo et que la voix de Seth lui demandait si elle allait bien.

Il lui prit tranquillement son portable et le jeta dans le bac à fleurs, avant de saisir sa main. Elle crut qu'il allait lui passer les menottes, mais, au lieu de cela, il lui retira sa montre et la jeta également.

Le cœur de Zoe se mit à tambouriner dans sa poitrine.

Oh, mon Dieu !

Il la poussa vers une berline noire qui s'était arrêtée au bord du trottoir.

Cela ne pouvait pas arriver.

La stupeur de Zoe se brisa quand la réalité de ce qui se passait à quelques mètres du siège du FBI s'imposa à elle. Elle commença à se débattre, mais l'homme resserra sa prise sur son bras, qu'il releva haut dans son dos. Elle poussa un cri de douleur. Son ravisseur posa une main sur le sommet de sa tête, pour la propulser avec force à l'intérieur du véhicule qui l'attendait.

Elle hurla, mais un autre homme, qui se trouvait sur la banquette arrière, plaqua une main sur son visage, tandis que le premier montait à côté d'elle.

Zoe mordit la paume qui couvrait sa bouche ; l'homme jura

et lui tira les cheveux si fort qu'elle eut l'impression qu'il les lui arrachait par la racine.

— Mords-moi encore, espèce de garce, et je te frapperai si fort que tu ne pourras plus marcher pendant une semaine. Je me fiche de savoir qui est ta mère.

Un sentiment de répulsion la gagna, mais la douleur aiguë d'une aiguille la poussa à tenter désespérément d'attraper la seringue que l'un d'entre eux lui avait plantée dans la cuisse.

Elle regarda disparaître les petites fenêtres de l'imposant bâtiment de béton au-dessus d'elle. Elle eut alors l'horrible impression qu'elle ne reverrait plus jamais Seth Hopper ni aucune des personnes qu'elle aimait.

***

Seth avait géré la situation avec la douceur et la finesse d'un porc-épic enragé.

Il avait été à deux doigts d'avouer qu'il tombait amoureux de Zoe. La seule chose qui l'avait retenu, c'était qu'elle n'avait pas nié lorsqu'il avait dit qu'elle s'éloignerait de lui sans un regard en arrière.

Merde !

C'était tellement douloureux !

Autant pour sa réputation de dur à cuire : il n'était qu'une merde pathétique.

Mais il avait choisi un très mauvais moment pour vivre sa crise personnelle. Et il avait été trop lâche pour rester dans les parages et lui donner l'occasion de répondre.

Parce que... et si elle avait confirmé toutes ses craintes ? Celle qu'il se fasse des illusions en imaginant qu'ils avaient une chance de vivre une vraie relation, voire sur le long terme. Celle qu'un homme comme lui soit bon pour une relation purement sexuelle, mais qu'il ne soit pas le genre d'homme que l'on ramenait chez ses parents dans leur maison des Hamptons.

Ses vieux démons s'agitaient dans sa tête depuis que Birdman avait brisé sa romance imaginée avec une boîte de pizza et une tranche d'honnêteté brutale.

Merde !

Cela ne changeait rien au fait qu'il avait très mal géré la situation, et qu'il l'avait blessée. Maintenant, il devait s'excuser pendant qu'il en avait encore l'occasion.

Seth s'entretint brièvement avec la task force, puis il alla la chercher. Il avait été distrait pendant la réunion. Elle n'avait pas mérité son humeur de ces douze dernières heures. Son humeur maussade. Même si elle n'éprouvait rien d'autre pour lui qu'un soupçon d'amitié, elle méritait une conversation d'adulte, indépendamment du fait qu'il ait la trouille de se faire à nouveau larguer.

Il se prépara à ouvrir la porte, déterminé à, sinon arranger les choses entre eux, du moins à lui faire comprendre qu'elle n'y était pour rien. C'était uniquement sa faute. Les clichés étaient des clichés pour de bonnes raisons.

Après avoir pris une grande inspiration, il entra, mais la salle était vide.

Il demanda à un agent dans le couloir, une femme noire qui tenait un dossier et un téléphone portable, si elle avait vu Zoe.

— Elle avait besoin de quelque chose dans le parking. L'agent Simpson l'a raccompagnée.

Seth hocha la tête.

— Puis-je avoir son numéro ? La task force est prête à la recevoir.

Ou du moins, ils pensaient l'être. Il esquissa un sourire. Pour lui, personne n'était jamais vraiment près pour le Dr Zoe Miller.

L'agent hocha la tête, puis scruta son téléphone, passant en revue ses contacts. Seth décida d'essayer le portable de Zoe, au cas où elle serait descendue passer un appel, sans doute pour raconter à l'une de ses nombreuses amies qu'il s'était comporté comme un abruti.

Il baissa la tête en écoutant la sonnerie. Elle avait le droit d'être en colère contre lui. Elle n'allait sans doute même pas décrocher…

L'appel se connecta.

— Zoe ? appela Seth, qui n'entendait rien d'autre que le léger sifflement de la circulation. Est-ce que tu vas bien ?

Il se figea en entendant un cri rapidement étouffé, tandis que son attention redoublait d'intensité. Où était-elle ?

L'autre agent lui montra le numéro de l'agent Simpson.

— Appelez-le. Rapidement, ordonna-t-il.

La femme s'exécuta, et il lui prit l'appareil en la remerciant d'un signe de tête.

— Êtes-vous avec Zoe Miller ?

Je l'étais. Elle est montée dans une voiture noire qui est partie, répondit Simpson, l'air essoufflé, avant de laisser échapper un juron.

Mais qu'est-ce que c'est que ce bordel ?

— Est-elle partie de son plein gré ?

— Je ne sais pas. Je parlais à l'agent de sécurité quand elle m'a clairement fait comprendre qu'elle avait besoin d'un moment seule pour passer un appel. J'étais monté voir où elle en était quand je l'ai vue partir dans le véhicule.

Seth entendait un étrange écho ; soudain il se rendit compte qu'il entendait l'agent qui parlait sur les deux téléphones. Sa bouche s'assécha sous l'effet d'un sentiment d'effroi grandissant.

— Voyez-vous son téléphone portable quelque part ?

L'homme marqua un temps d'arrêt, manifestement pour regarder autour de lui.

— Non, je ne le vois pas.

— Je vous entends sur son portable ! Continuez à chercher, s'impatienta Seth.

Il repartit à grands pas dans la salle de briefing de la task force, et s'avança vers Payne Novak, qui leva les yeux vers lui, surpris.

— Où est-elle ? s'enquit-il.

Seth leva le doigt pour lui demander un instant, tandis qu'il tendait l'oreille.

— *Merde !* Je le vois dans une jardinière.

— Elle a été enlevée, annonça Seth, s'adressant à l'ensemble de la salle. Commencez à chercher sa Smartwatch en ligne.

— Ne vous donnez pas cette peine, répondit la voix de Simpson au téléphone. Je vois ici un portable et une montre.

Le monde entier de Seth s'effondra autour de lui.

— Emballez-les et montez-les ici le plus vite possible, répondit-il rapidement à l'agent.

Il raccrocha ensuite, et rendit son téléphone à l'agent du couloir.

— Nous devons vérifier les images de surveillance à l'extérieur du bâtiment, et mettre en place des barrages routiers dans toute la ville.

— Que se passe-t-il ? demanda McKenzie en les rejoignant.

— Zoe Miller a été kidnappée, déclara Seth, qui parlait comme si son cœur ne venait pas de lui être arraché de la poitrine. Son téléphone portable et sa Smartwatch ont été retrouvés dans une jardinière à l'extérieur. L'agent qui l'accompagnait en bas a dit qu'il l'a vue monter à l'arrière d'un véhicule noir.

— Comment savons-nous qu'elle n'est pas partie de son plein gré ? insista McKenzie.

— Elle ne le ferait pas.

Intérieurement, Seth vibrait de peur et de frustration, mais il ne laissait rien paraître. Il gardait ses sentiments sous clé.

Novak regardait Seth comme s'il connaissait tous ses secrets intimes, notamment le fait qu'il avait couché avec une femme qu'il avait juré de protéger.

— Comment savez-vous qu'elle n'a pas pris un taxi pour aller chez sa mère ? l'interrogea McKenzie, tandis que d'autres appelaient la sécurité pour obtenir les images de surveillance.

— Parce qu'elle ne ferait jamais ça. Elle ne fuirait pas cette réunion.

Peu importait à quel point il l'avait contrariée. Elle ne le jetterait pas sous le bus, même s'il se comportait comme un imbécile.

— Je vous dis qu'elle a été enlevée ! s'exclama Seth.

Avec force. Il avait envie de le hurler sur les toits. À l'instant où il l'avait perdue de vue, elle avait été enlevée. Personne d'autre ne semblait convaincu.

— Écoutez, elle a dit qu'elle n'enlèverait plus jamais sa montre après qu'elle lui a sauvé la vie dans le désert.

Et elle ne l'avait jamais retirée, sauf pour la charger. Pas quand ils avaient fait l'amour. Pas sous la douche. Novak lui serra l'épaule. Savait-il ?

À cet instant, Seth n'en avait cure.

L'un des agents au téléphone avec la sécurité confirma.

— Les gardes de la salle de surveillance disent qu'un homme en uniforme l'a forcée à monter dans une voiture. Le temps d'alerter la sécurité au rez-de-chaussée, le véhicule avait disparu.

— Demandez à la police du Capitole de mettre en place des barrages routiers autour de la ville, et alertez la police des transports pour qu'elle soit aux aguets. Je veux que les aéroports soient prévenus, y compris tous les aérodromes privés, ordonna McKenzie. *Merde !*

— Nous devons voir ces images, affirma Seth.

— Venez avec moi.

McKenzie sortit de la pièce à grands pas, Seth sur ses talons. Novak était également là, et JJ Hersh apparut à ses côtés. Il avait été retardé par la circulation, mais il avait eu un passe-droit, parce qu'il avait failli mourir cette semaine-là.

— Zoe a été enlevée ? demanda Hersh, comprenant rapidement la situation.

— On dirait.

Seth avait l'impression de flotter. Tout l'entraînement qu'ils avaient suivi pour ne pas être pris en embuscade et ne pas être incapables de fonctionner dans le monde réel. Faire ce genre de choses aurait dû être automatique, mais il n'arrivait pas à passer outre le fait que c'était *Zoe* qui avait été enlevée. Zoe, avec ses yeux turquoise, son sourire malicieux et son sens inné du bien et du mal.

Si quelque chose lui arrivait...

Il n'aurait peut-être jamais l'occasion d'arranger les choses entre eux. Il n'aurait peut-être jamais l'occasion de s'excuser. Mais rien de tout cela ne comptait autant que sa sécurité.

— Nous la ramènerons.

Hersh lui adressa un sourire froid qui rappela à Seth qui il était et ce qu'ils faisaient.

Il soutint le regard de son ami ; il comprit que Birdman l'avait appelé et lui avait raconté tout ce qui s'était passé la nuit précédente, ce qui avait sans doute confirmé les soupçons que JJ nourrissait depuis le début.

Ils se dirigèrent vers le centre d'information et d'opérations stratégiques, le SIOC.

— J'ai besoin de voir les images de sécurité, tout de suite, cria McKenzie dès qu'ils sortirent de l'ascenseur.

Le chef d'unité émergea de son bureau, puis sembla se rendre compte que quelque chose d'important était en train de se passer. Il attrapa sa veste de costume et les guida devant les affiches des dix personnes les plus recherchées par le FBI, en direction d'une pièce où vingt écrans géants différents étaient accrochés à un mur.

Le temps qu'ils arrivent tous, y compris l'ASAC Patterson qui, heureusement, n'était plus responsable depuis la création d'une task force, la vidéo était en cours de préparation.

Il y avait deux flux différents. L'un des angles était trop éloigné, mais l'autre se trouvait directement au-dessus de la baie menant au garage.

Seth appuya ses mains sur le bureau, se pencha en avant, puis scruta attentivement l'écran. Le langage corporel de Zoe trahissait sa tension tandis qu'elle commençait à passer des appels. Il savait qu'elle était bouleversée à cause de ce qu'il lui avait dit.

— Qui appelle-t-elle ? voulut savoir McKenzie.

— Nous pouvons vérifier l'historique de son téléphone portable. Je connais son code, l'informa rapidement Seth.

— Récupérez-le, ordonna McKenzie à un chauve que Seth avait déjà rencontré à Washington.

L'homme s'éloigna aussitôt en trottinant. Tout le monde dans la salle se crispa quand une silhouette en uniforme apparut à l'écran, s'avançant vers Zoe depuis le sud, lui tendant quelque chose.

— C'est un pistolet ? demanda quelqu'un.

— Non.

Seth vit Zoe répondre au téléphone, à son appel, comprit-il, puis elle se figea.

— Il lui montre une photo sur son téléphone portable, affirma Novak. Sans doute celle de quelqu'un qu'ils menacent. Quelqu'un à qui elle tient. Nous devons savoir qui et où.

Le ravisseur balança le portable de Zoe, puis lui retira sa montre alors qu'elle était encore sous le choc de ce qu'elle avait vu sur l'écran. Elle commença à résister, mais il était déjà trop tard. L'homme lui avait tordu le bras dans le dos ; il savait exactement quelle pression exercer pour que sa captive n'ait d'autre choix que de coopérer.

Ce sale enfoiré.

— Trouvez-moi la plaque d'immatriculation. Lancez un avis de recherche à l'ensemble de la police du Capitole. Puis, trouvez-moi une meilleure image du ravisseur.

Seth surveilla la voiture noire qui s'éloignait à toute vitesse. Sa formation lui avait appris à devenir un prédateur, ce qu'il était à cet instant précis.

— Je sais de qui il s'agit.

— Le chef de l'équipe de la BORTAC sur laquelle nous avons été envoyés pour enquêter, Hersh et moi. Arthur O'Neill.

CHAPITRE VINGT-QUATRE

McKenzie plissa les yeux.

— En êtes-vous sûr ?

— Absolument.

— Le cartel a grillé Roger Bertrand pour protéger ce salopard, déclara Hersh en secouant la tête. Pourquoi le sacrifier maintenant ?

Le portable de Seth sonna, et, contre toute attente, il espéra que c'était Zoe, mais ce n'était pas le cas. C'était son amie et collègue du FBI, le Dr Coco Montserrat.

— Salut ! J'ai essayé de joindre ma copine, déclara-t-elle, mais je suis tombée sur son répondeur. Nous avons prélevé de l'ADN sur le collier et la pierre. Nous sommes encore en train de traiter la dent, car nous voulions en faire un moule avant d'extraire la pulpe.

— Avez-vous trouvé une correspondance ADN ?

— Oui, et non.

Elle semblait enthousiaste, alors il la mit sur haut-parleur.

— Vous êtes sur haut-parleur au siège du FBI. Dites-moi ce que vous avez trouvé.

— Le sang sur la pierre appartient à Bruno Ramirez, un

membre du cartel recherché par le FBI depuis des années. Nous avons également trouvé l'ADN de quelqu'un d'autre sur cette pierre.

— Bruno Ramirez. Affichez ce que vous avez sur lui à l'écran, ordonna Seth aux autres.

— L'ADN du collier n'a pas donné de correspondance exacte, mais il appartient sans doute à la sœur de quelqu'un qui est dans la base.

— Qui ?

— De toute évidence, je ne sais pas qui est la victime, dit Coco avec un petit rire, parce qu'elle ignorait que le monde entier de Seth était maintenant en équilibre au bord d'une falaise qui s'écroulait. Mais c'est une parente proche de Lorenzo Santiago, le chef du cartel. En outre, des traces de l'ADN de cette femme ont été trouvées sur la pierre.

— Coco, merci. Je demanderai à Zoe de vous rappeler dès que je lui aurai parlé, lui dit-il, la voix brisée. Encore une chose. Ne quittez pas le campus aujourd'hui. Il se passe des choses, et je ne veux pas que vous soyez en danger.

Surtout s'ils torturaient Zoe jusqu'à ce qu'elle révèle le nom de son amie. Ce n'était qu'une question de temps pour tout le monde, mais il était persuadé que la jeune femme ne se laisserait pas briser aisément. Cette pensée fit enfler la boule qu'il avait dans la gorge, suffisamment pour l'étouffer.

— Trouvez un endroit où dormir au besoin, peut-être à l'académie, ou même dans l'enceinte de la HRT, mais ne partez pas, d'accord ?

Coco sembla comprendre qu'il était sérieux.

— D'accord, dit-elle prudemment. Est-ce que Zoe va bien ?

Seth fut incapable de lui répondre.

— On se parle bientôt.

. . .

Il s'avança à grands pas vers les affiches des personnes les plus recherchées, et il contempla la photo de Bruno Ramirez.

Les autres le suivirent.

— Partons du principe que c'est l'homme qui est sorti du désert cette nuit-là. Celui qui avait la mule et les pelles, suggéra Seth, qui se demandait ce qu'il pouvait vouloir à Zoe. Un médaillon que Zoe a ramassé ce jour-là portait les initiales GS ou CS gravées au dos. L'ADN trouvé dessus a été identifié comme appartenant à la sœur de ce type.

Il tapota l'affiche de Lorenzo Santiago. L'homme portait une vilaine cicatrice sur un côté du visage.

— Vous pensez que Ramirez a tué la sœur du patron ? Pour-quoi ? l'interrogea McKenzie.

— Pour quelle raison les hommes tuent des femmes ? demanda Seth d'un air sombre.

— Peut-être que Ramirez l'a sauvée et a tué son agresseur ? dit McKenzie.

— Dans ce cas, pourquoi son sang recouvre-t-il une pierre trouvée à l'endroit où un cadavre a été découvert, avant de disparaître ? L'ADN de la sœur se trouve aussi sur la pierre, leur rappela Seth. Mon hypothèse, c'est que la sœur a frappé Ramirez avec la pierre, assez fort pour le faire saigner, et sans doute lui décrocher une dent, et qu'ensuite, il l'a tuée.

Une vague de rage saisit Seth pour cette jeune femme.

— Sinon, pourquoi cacher le corps ? intervint Hersh.

L'ASAC Patterson prit inutilement la parole.

— Personne, à l'exception de Zoe Miller, n'a vu de cadavre.

Seth l'ignora, et ils repartirent tous vers la salle des opérations.

— Trouvons une photo de la sœur, à supposer que Santiago en ait effectivement une ?

— Il en a une, confirma un homme que Seth ne connaissait pas, mais qu'il avait vu dans la salle de briefing de la task force.

Il était blond, avec des yeux d'un bleu glacial et un regard de faucon.

— Gabriella Santiago. Elle étudie actuellement à Mexico, expliqua-t-il, puis il tendit la main pour serrer celle de Seth. Lincoln Frazer. BAU. Selon certaines informations, Lorenzo Santiago est dévoué à sa sœur, au point d'en faire une obsession, et les États-Unis ont envisagé de s'en servir comme appât pour capturer son frère à un moment donné dans l'avenir.

Seth contempla la photo d'une belle jeune femme qui s'affichait sur l'un des moniteurs.

— Fait intéressant, l'ex-petit ami de Gabriella a été enlevé hier soir à son domicile de Los Angeles. Les parents ont signalé sa disparition, mais son vélo coûteux a été laissé sur le trottoir, ajouta Frazer.

— Nos sources ont-elles des informations sur les déplacements de Gabriella ? s'enquit Seth. Zoe a dit que le corps qu'elle a trouvé était probablement là depuis une semaine.

— Je l'ignore, lui répondit McKenzie. Laissez-moi appeler quelqu'un.

— Mais pourquoi veulent-ils Zoe ? intervint Hersh. Qu'a-t-elle à voir avec tout ça ?

Soudain, les paroles de Patterson touchèrent une corde sensible en lui.

— L'ASAC Patterson a raison. Tout a commencé après que Zoe a trouvé ce corps, qu'elle est la seule à avoir vu. Elle a essayé de le dire à tout le monde, mais personne ne l'a crue.

Sauf lui. Il l'avait crue. Et pourtant, il n'avait pas cru qu'elle ne le laisserait pas tomber comme Gemma l'avait fait. Il n'avait pas cru qu'elle ne se servait pas de lui que pour le sexe.

— Elle a pris des photos et recueilli des preuves matérielles. L'un des hommes de Ramirez l'a vue et l'a dénoncée. C'est ce qui a déclenché tout ce qui s'est passé depuis, déclara Seth, songeant à ce qu'elle lui avait dit. Nous devons accéder à son cloud. Elle n'a pas réussi à s'y connecter, parce que le code de sécurité était lié à son ancien téléphone portable, celui que ses ravisseurs ont détruit.

Un autre des assistants de McKenzie se porta aussitôt volontaire.

— Je m'en occupe.

Frazer s'assit et observa l'écran d'un air pensif.

— Dans cette affaire, ce n'est pas le cartel qui déclare la guerre au gouvernement américain. Il s'agit de Bruno Ramirez, qui tente de sauver sa peau après avoir, pour une raison ou une autre, tué la sœur de son patron, exposa-t-il, posant les pieds sur le bureau. Lorenzo Santiago a la réputation d'être un électron libre, mais je le classerais plutôt dans la catégorie des sociopathes narcissiques. Et il a, ou peut-être *avait*, une obsession malsaine pour sa sœur.

— La police du Capitole n'a rien sur Zoe ? s'enquit Seth.

McKenzie secoua la tête. Seth dissimulait tout ce qu'il ressentait sous une couche stoïque de professionnalisme, mais, intérieurement, il était en train de paniquer.

— Où vont-ils l'emmener ? demanda Novak.

Seth se crispa. La HRT devait se préparer pour une action immédiate. Mais où... ? Frazer fit une moue.

— Cela dépendra de qui l'a enlevée, Santiago ou Ramirez.

Parce que Ramirez l'aurait sans doute fait tuer immédiate-ment, alors que Santiago, le sociopathe instable, voudrait d'abord l'interroger.

Une vague d'énergie bouillonnait à l'intérieur de Seth, comme un volcan sur le point d'exploser.

— Nous avons besoin de tous les renseignements que nous pourrons obtenir depuis l'intérieur du cartel, lança Novak. La DEVGRU doit être impliquée et se tenir prête à intervenir.

Personne n'évoqua l'éléphant dans la pièce. Il allait falloir informer la mère de Zoe. Elle ne serait pas heureuse, et Seth ne pourrait pas lui en vouloir. Il avait merdé. Il avait laissé Zoe seule alors qu'il avait promis de la protéger.

— Si c'est Santiago, il cherche sa sœur. Nous savons où elle était, intervint Hersh. À votre avis, en étant réaliste, à quelle distance Ramirez a-t-il pu déplacer son corps cette nuit-là ?

— Pas loin. Ramirez n'aurait jamais pris le risque de l'emmener dans un tunnel du cartel, s'il y en a un dans le secteur. Il doit y avoir des caméras là-dedans, confirma Seth en regardant son ami, le cerveau en ébullition. Ramirez a assassiné les hommes qui l'ont aidé à déplacer le corps dès qu'ils ont terminé le travail. Il ne pouvait pas se permettre de laisser des témoins en vie. La dépouille de Gabriella se trouve probablement à proximité du site initial.

— Vous pensez vraiment que Santiago prendrait le risque de venir aux États-Unis pour retrouver sa sœur ? demanda McKenzie.

Frazer plissa les yeux.

— C'est peu probable. Il est paranoïaque et passe le plus clair de son temps terré dans un complexe au centre du Mexique, mais... ce n'est pas impossible. Il a un tel ego qu'il se croit tout permis, et sa sœur est son seul parent encore en vie.

— Était, le corrigea Seth.

Il voyait déjà certaines personnes dans la salle saliver à l'idée de capturer un, voire deux criminels figurant sur la liste des personnes les plus recherchées par le FBI. Et, en tant qu'homme qui prenait un plaisir particulier à faire tomber les barons de la drogue, Seth les comprenait. Mais, à cet instant, la seule chose qui lui importait, c'était de tirer Zoe des griffes de ces gens.

— Mobilisons l'équipe Gold pour nous rendre à la frontière, proposa Novak. Si la police du Capitole l'arrête entre-temps, nous pourrons faire demi-tour.

Seth acquiesça d'un hochement de tête. L'ASAC Patterson choisit ce moment pour intervenir bruyamment.

— Les opérateurs Hopper et Hersh ont rendez-vous avec le bureau de la responsabilité professionnelle cet après-midi.

Seth inspira et se cramponna au peu de sang-froid qui lui restait. Novak et Hersh se hérissèrent. McKenzie fit un geste dédaigneux de la main.

— Cela peut attendre.

— Mais...

— J'ai besoin de ces hommes tout de suite. Le bureau de la responsabilité professionnelle pourra voir le problème avec moi plus tard, poursuivit-il, puis il retira sa cravate qu'il fourra dans sa poche. Vos services au sein de cette task force ne sont plus requis, ASAC Patterson. Bon retour à Phoenix.

Les yeux de Patterson s'arrondirent. Il avait tenté de s'attaquer aux mauvaises personnes.

— Je rentrerai en Arizona avec la HRT.

Novak secoua la tête avec emphase, comme s'il savait qu'un seul mot de cet enfoiré arrogant en altitude suffirait pour que Seth le balance hors de l'avion sans parachute.

— Non. Nous sommes au maximum de nos capacités entre les opérateurs et l'équipement. Nous n'avons pas d'espace.

Novak lui adressa un sourire forcé. Patterson resta planté là, l'air furieux et vindicatif.

Seth s'en moquait.

— Allons-y.

Il tourna les talons et ouvrit la voie.

L'équipe Gold se mit en route. Ryan récupéra son équipement, ainsi que celui de Seth Hopper. Birdman récupéra celui de Hersh. Ryan se précipita hors des cages, manquant de heurter Meghan Donnelly dans le couloir.

— Hé ! Fais attention ! s'exclama-t-elle d'un ton tranchant, mais ses yeux étaient clairs.

Et son expression était reconnaissante.

— Désolé, dit Ryan.

Ils avancèrent côte à côte dans le couloir.

— À propos d'hier soir..., dit-elle doucement.

— Que s'est-il passé hier soir ? intervint Aaron Nash, aussi furtif qu'un renard, et doté de l'ouïe d'une chauve-souris.

Ryan n'avait même pas remarqué qu'il les avait rejoints.

— Hier soir ?

Ford Cadell sortit d'une pièce annexe avec son équipement et le malinois belge de l'équipe, Hugo, en laisse. Du coin de l'œil, Ryan vit Meghan se raidir.

— Que s'est-il passé hier soir ? demanda quelqu'un, alors que Hunt Kincaid et Will Griffin se joignaient au groupe qui se déplaçait à la hâte.

Meghan jura. *Eh bien, merde.*

— J'ai proposé un rencard à Donnelly, mais elle a refusé, affirma Ryan avec une voix traînante exagérée, secouant la tête d'un air découragé.

— On ne sort pas avec ses coéquipiers, intervint Noam Levitt, membre de l'équipe Echo comme Meghan, l'air horrifié.

— Zut ! J'allais te demander ensuite, répliqua Ryan.

— Cowboy ne sort avec personne de toute façon. Il se contente de se les taper, n'est-ce pas, Ry ? ajouta Grady Steel, le partenaire de Donnelly dans l'équipe.

Ce fut au tour de Ryan de tressaillir.

— Au moins, je suis capable d'avoir une fille, Grady.

Celui-ci lui décocha un regard noir.

— Va te faire voir, mec.

— Pas ce soir. Je suis pris.

Grady se renfrogna.

— Désolé, mec, je ne savais pas que les rencards étaient un sujet sensible pour toi, ajouta Ryan.

C'était un mensonge. Ryan n'ignorait pas grand-chose de ce qui se passait pour les gens de la HRT.

— Si tu as besoin de conseils, n'hésite pas.

— Ils n'ont pas fonctionné avec Donnelly, ricana Kincaid.

— Ça marche dans quatre-vingt-dix-neuf pour cent des cas. Manifestement, Donnelly fait partie des un pour cent d'exceptions.

Ils passèrent le coin du couloir et une femme aux longs cheveux noirs comme de l'encre était là, debout sur les marches, à regarder par la fenêtre.

Ils s'arrêtèrent pour l'observer.

Dinah Cohen. Elle faisait partie d'un échange avec les forces spéciales israéliennes. Elle leur jeta un coup d'œil dédaigneux, puis descendit les escaliers en direction de la salle de briefing.

— Voilà une coéquipière que j'adorerais...

Ryan balança un coup de coude dans le diaphragme de Grady avant de continuer à descendre les marches.

— On ne sort pas avec ses coéquipiers, tu te souviens ? Pas plus qu'on ne se les tape, d'ailleurs.

Il ne voulait pas que quelqu'un se fasse des idées.

— C'est toi qui as des problèmes de limites, répliqua Grady en se frottant la poitrine. S'il t'importune encore, Donnelly, fais-le-moi savoir. Nous l'abattrons et balancerons son corps dans le lac.

— Tu peux toujours essayer, ricana Ryan.

Meghan voulut avouer.

— Ce n'est pas...

— Ne t'inquiète pas, Donnelly. Je vous promets que ce

n'était qu'un moment isolé de folie alcoolisée, l'interrompit Ryan.

Il savait qu'elle pensait bien faire en essayant de rétablir la vérité, mais elle était nouvelle dans l'équipe, tandis que lui possédait un blindage aussi épais que la peau d'un rhinocéros.

— *Bon sang !* Cette infirmière du vol d'hier ne t'a pas suffi ? s'exclama Will Griffin, secouant la tête.

— Une infirmière ? Quelle infirmière ?

Meghan lui lança un regard acéré, et il fit la grimace. *Merde !*

Sa vie devenait compliquée, et c'était exactement pour cette raison qu'il n'avait pas de relations.

— Elle s'appelle Deanna. Elle est infirmière diplômée. Elle envisage de retourner à l'université pour étudier la médecine. C'est une femme agréable.

Sexy, magnifique, aventureuse.

Meghan secoua la tête, visiblement dégoûtée, et se dirigea vers la porte.

Ne lui avait-il pas dit qu'il lui faisait une faveur ?

Il regrettait amèrement d'avoir suivi Meghan chez elle la veille. À présent, ses coéquipiers le détestaient. *Elle* le détestait, alors que ce maudit petit baiser sur le côté de sa bouche hantait sa chair plus que n'importe quoi d'autre depuis longtemps.

Une infirmière ? Quelle infirmière ?

Plutôt que de prendre la route, McKenzie fit venir un hélicoptère. Seth, Novak, Hersh et quelques autres membres de la task force l'accompagnèrent à la base aérienne d'Andrews et arrivèrent avant le reste de la HRT.

Seth devenait fou à l'idée de savoir Zoe de nouveau à la merci d'hommes impitoyables, qui n'auraient aucun scrupule à la blesser ou à la tuer. Fred Pengelli avait été enlevé alors qu'il rentrait du travail, sans doute pour servir d'appât auprès de la jeune femme. L'agent du FBI chargé de suivre Fred avait été bloqué par la circulation et n'avait pas été en mesure d'intervenir. Personne n'avait anticipé ce nouvel acte de violence.

Seth arracha sa cravate et se mit à faire les cent pas sur le tarmac.

— Tu vas bien ? lui demanda Hersh à voix basse.

— Tout est de ma faute, JJ.

Il fixa le ciel gris comme le fer et tâcha de garder son sang-froid. S'il se montrait trop émotif, Novak l'exclurait de l'équipe. Or, Seth avait besoin d'être impliqué, faute de quoi il péterait les plombs.

— Après le départ de Birdman hier soir, j'ai paniqué, et je l'ai repoussée.

L'expression de Hersh traduisait une certaine frustration, mais pas de surprise.

— Je sais que j'ai des problèmes, affirma Seth, mais *bon sang...* Une femme comme elle ne restera jamais avec un homme comme moi...

— Pourquoi pas ? l'interrogea Hersh.

— Tu sais pourquoi.

— Je sais ce que tu te dis. Que tu n'es pas assez bien pour une femme comme Zoe.

Seth se hérissa.

— Parce que tu as été abandonné quand tu étais bébé. En gros, tu rends ce tout petit enfant responsable de tous les problèmes dans ta vie. Est-ce bien raisonnable ?

Seth ferma les yeux.

— Ce n'est pas seulement ça. J'ignore totalement si mon ADN...

— Oui, oui, ton père aurait pu être un violeur ou un tueur en série, lança Hersh, qui se rapprocha de son ami. Et alors ?

Seth fronça les sourcils.

— Comment ça, et alors ?

— Regarde où tu es, Seth. Tu étais un foutu Navy SEAL ! Tu fais aujourd'hui partie intégrante de la meilleure unité de maintien de l'ordre des États-Unis, voire du monde. Tu n'es pas la somme de tes parents biologiques, qui qu'ils soient et quoi qu'ils aient fait. Tu es le produit de ton ADN et de l'éducation que tu as reçue de la part de personnes tout à fait remarquables. Tu es le fruit de ta formation, et des années que tu as dévouées au service public. Zoe aurait de la chance de t'avoir. De plus, ajouta Hersh, se penchant plus près, elle le sait.

Seth avait envie de hurler de frustration, mais il la gardait bien enfermée à l'intérieur.

— J'ai vu comment elle te regardait, pas seulement la première soirée au motel quand vous ne pouviez pas vous quitter des yeux. Mais, dans le désert après le sauvetage. À l'hôpital, quand ces deux abrutis se sont pointés. Elle te regarde comme si tu étais son foutu héros.

— Je ne suis pas son héros. Je ne suis le héros de personne, répliqua Seth en se frottant le front. Merde. Je l'ai bouleversée avant la réunion. J'ai tout déballé, je lui ai dit que je ne pouvais pas m'impliquer parce que je ne pouvais pas prendre le risque qu'elle s'éloigne de moi à un moment donné dans l'avenir. Je lui ai dit qu'elle détenait tout le pouvoir et que je n'aimais pas ça.

— Et tu crois qu'elle en a déduit que tu es complètement fou d'elle ?

Seth courba les épaules.

— N'est-ce pas ce que j'ai dit ?

Hersh leva les yeux au ciel.

— Tu ne peux pas être subtil et prudent sur ce sujet-là, Seth. Il ne s'agit pas seulement de ton cœur, frangin, mais du sien aussi.

Seth serra les poings.

— Si je pouvais revenir en arrière, je lui dirais tout. Que je veux l'aider à emménager dans sa nouvelle maison, à peindre les murs et peut-être à revendiquer une partie du dressing pour les moments où j'aurai la chance de rester chez elle. Que je veux l'emmener dîner ailleurs que dans un fast-food. Et qu'au terme d'une longue mission, je veux me retrouver dans son lit, ne serait-ce que pour la serrer dans mes bras et l'écouter respirer.

Il déglutit et chassa le brouillard de larmes d'un battement de cils. Les opérateurs de la HRT ne pleuraient pas. *Merde.*

— Tout est ma faute. Je dois dire à Novak que nous avons une relation.

JJ lui agrippa la manche.

— Tu ne vas rien raconter du tout à Novak. Tu crois vraiment qu'il ne sait pas ?

Seth tourna la tête et croisa le regard de son patron. Celui de Novak était direct, et empreint d'inquiétude. Il semblait demander en silence si Seth allait bien.

Celui-ci hocha la tête, puis il se retourna vers Hersh.

— Si je ne l'avais pas bouleversée, elle ne serait pas sortie...

— Et le cartel l'aurait enlevée ailleurs, peut-être dans un endroit sans caméras. Nous n'aurions pas su que cet enfoiré d'Arthur était impliqué ni même qu'elle avait été capturée.

Seth laissa échapper un rire.

— Je t'en prie, n'essaie pas de me convaincre que je lui ai fait une faveur.

Hersh sourit légèrement.

— Je suppose que non, mais ce n'est en aucun cas ta faute. Concentrons-nous sur le sauvetage de Zoe, ainsi que sur la capture de quelques-uns des plus grands narcoterroristes que ce pays ait jamais connus.

Des véhicules de la HRT commencèrent à arriver, montant directement dans l'avion.

Seth contempla l'horizon, puis il regarda Novak. Il se

dirigea à grands pas vers l'homme, qui attendait avec impatience que tout le monde embarque.

— Tu vas bien ? s'enquit Novak.

Seth bloqua toutes ses émotions et acquiesça. Il devait croire que Zoe était toujours en vie. Qu'il pouvait la sauver et, à défaut d'autre chose, s'excuser d'avoir détruit la meilleure chose qui lui soit jamais arrivée. Et il savait où le cartel l'emmenait. Il savait avec la même certitude qu'il aimait Zoe et qu'il l'aimerait toujours, qu'elle lui pardonne ou non de s'être comporté en crétin hypersensible.

— Il faut faire fouiller tous les véhicules et les piétons qui se dirigent vers le sud et le Mexique. Demander à l'armée de l'air de dérouter tous les vols non autorisés se dirigeant vers la frontière.

— Tu ne crois pas que cela pourrait rendre Santiago nerveux ? Le pousser à revoir ses plans ?

Seth secoua la tête.

— Il s'y attend. Tout autre comportement le mettrait en état d'alerte. Je le soupçonne de disposer d'un moyen secret d'entrer et de sortir des États-Unis, quelque part dans ce désert. Si nous concentrons toutes nos ressources électroniques et satellitaires sur cette partie de l'Arizona, nous pourrons non seulement sauver Zoe, mais aussi découvrir un tunnel du cartel et, avec un peu de chance, mettre la main sur des barons de la drogue de premier plan, suggéra Seth, soutenant le regard de son patron. Mais ils ne doivent pas savoir à l'avance que nous venons. Nous ne pouvons pas nous installer et les attendre. Je pense qu'ils ont des yeux dans le désert, sans doute sous forme humaine *et* électronique. Nous devons nous infiltrer sans bruit après la tombée de la nuit.

Novak scruta Seth d'un air pensif.

— C'est risqué.

Seth en avait parfaitement conscience.

— C'est le seul moyen. S'ils ont le moindre soupçon sur la présence des forces de l'ordre dans la zone, ils tueront Zoe et se disperseront. Et nous ne pouvons pas alerter la police des frontières au sujet de cette opération. Parle-leur de l'enlèvement et diffuse un avis de recherche, mais ne leur parle pas de notre mission. Nous ne savons pas qui d'autre pourrait être corrompu.

Novak acquiesça d'un signe de tête, et ils se dirigèrent vers l'arrière de l'avion. Il était temps de décoller.

CHAPITRE VINGT-CINQ

Zoe poussa un gémissement quand tout son corps fut propulsé en avant, avant de retomber sur une surface dure. Celle-ci était recouverte d'un tapis crasseux qui sentait l'huile contre sa joue.

Sa langue était épaisse et cotonneuse. Son corps, lourd et léthargique.

Il lui fallut un moment pour revenir à elle et se rappeler exactement ce qui s'était passé. Puis elle regretta de l'avoir fait. Elle avait été enlevée devant le siège du FBI, et ses ravisseurs lui avaient administré un tranquillisant. Elle jeta un coup d'œil craintif autour d'elle, mais il faisait si sombre qu'elle ne voyait même pas le bout de son nez.

Quand elle essaya de tendre les mains, elle se rendit compte que ses poignets étaient attachés par un collier de serrage. Elle étira ses bras et ses jambes pour mesurer les limites de son espace. Ce n'était pas assez grand pour qu'elle s'étire complètement. À en juger par la conduite brutale et la puanteur des gaz d'échappement, elle roulait à vive allure dans une petite berline.

Était-elle encore aux États-Unis ? Ou bien lui avaient-ils fait franchir la frontière, d'une manière ou d'une autre ?

Que lui voulaient-ils ? Elle ne savait rien de sa situation.

Soudain, elle se souvint qu'elle pouvait essayer d'appeler à l'aide en se servant des feux arrière. Se rapprochant du coin le plus proche, elle retira le carton qui couvrait le phare. Elle tira sur les fils, essaya de déloger l'ampoule, mais elle ne parvint pas à faire passer ses doigts dans le petit trou pour l'extraire.

Ils passèrent sur une bosse, si bien que ses doigts se tordirent douloureusement contre le métal. Elle ravala un cri.

Il lui fallait quelque chose de long et de fin pour passer dans l'orifice. Elle tâtonna sur toute la surface moquettée, mais il n'y avait rien. Elle essaya de soulever le tapis pour accéder au compartiment de la roue de secours, mais c'était impossible avec ses mains liées. Même si elle y était parvenue, la planche dure qui se trouvait en dessous d'elle lui en aurait interdit l'accès.

Merde !

Dépitée, elle resta allongée là, sa tête cognant douloureusement contre le plancher crasseux. Combien de temps était-elle restée dans les vapes ?

Que lui avaient-ils fait pendant qu'elle était inconsciente ? Affolée, elle passa ses mains entravées sur son jean. Son bouton était encore en place et sa chemise était rentrée dans son pantalon comme elle aimait la porter. Elle ne se sentait pas endolorie : elle n'avait sans doute pas été agressée. Mais qui savait ce qu'ils avaient en tête une fois qu'ils s'arrêteraient.

Quelle heure était-il ?

Elle n'en avait aucune idée. Elle ne savait même pas si c'était le jour ou la nuit. Mais si le soleil était encore levé, un peu de lumière pénétrerait certainement dans le coffre.

Ils lui avaient arraché sa montre et son téléphone. Les chances que quelqu'un puisse la tracker cette fois-ci étaient minces, voire inexistantes. La circulation à Washington était trop dense et les ravisseurs avaient sans doute changé de voiture presque immédiatement.

Ses dents claquaient, mais elle n'aurait su dire si c'était à cause du froid ou de la peur.

Elle partit du principe que le FBI avait compris qu'elle avait été enlevée, plutôt que de penser qu'elle était simplement partie parce qu'elle ne voulait pas avoir affaire à un certain membre de la HRT.

Quelqu'un avait certainement été témoin de son enlèvement devant le bâtiment du FBI. Mais... et si ce n'était pas le cas ? Et si Seth croyait qu'elle l'avait abandonné à cause de ses sentiments meurtris ?

Lorsqu'il découvrirait ce qui s'était réellement passé, il s'en voudrait, mais ce ne serait pas sa faute. C'était elle qui n'avait pas pris la menace au sérieux. C'était elle qui avait eu besoin d'air frais. Peut-être que, si elle n'avait pas connu une expérience aussi horrible avec Colm Jacobs, elle aurait agi différemment, mais sa crise de panique avait été réelle. Elle s'attendait à en vivre une nouvelle d'un instant à l'autre.

Cela lui semblait ridicule, maintenant.

Pas le fait qu'elle ait été bouleversée par Seth, mais parce qu'elle s'était sentie obligée de garder ses sentiments secrets. Qu'est-ce que cela aurait pu faire s'il avait su qu'elle pensait être en train de tomber amoureuse de lui ? Elle n'allait pas se mettre à le harceler ou à lui rendre la vie difficile s'il ne ressentait pas la même chose. Et comme ils ne risquaient guère de se croiser à nouveau, qu'importait ?

Les larmes lui montèrent aux yeux, même si elle refusait de les laisser couler.

Les mots qu'il avait prononcés lui revinrent tout à coup. Il craignait qu'elle ne s'éloigne de lui sans un regard en arrière, il prétendait qu'elle avait tout le pouvoir.

S'inquiétait-il qu'elle soit du genre, dans un élan de vengeance, à mettre sa mère sur le dos d'un ex ? Pourquoi, dans ce cas, aurait-elle mis tant de temps à parler de Colm à qui que ce soit ?

Dans un soudain élan de clarté, elle comprit qu'il ne parlait ni de politique ni de carrière. Ce qu'il avait évoqué, c'était sa capacité à lui faire du mal... ce qui signifiait qu'il tenait à elle. Il tenait à elle, mais il avait peur de faire ce premier grand saut tout seul. Tout comme elle.

Il leur avait été plus simple de prétendre qu'il ne s'agissait que de sexe, et pas... d'amour.

Les mots qu'il avait prononcés avaient été un cri du cœur. Il l'avait en fait quasiment suppliée de lui dire qu'elle ressentait la même chose que lui. Qu'elle n'allait pas simplement s'en aller et le quitter. Elle avait été trop blessée et trop peu sûre d'elle pour le comprendre.

Elle aurait aimé voir que, sous son apparence de guerrier, l'homme dont elle tombait amoureuse avait un cœur si fragile.

Elle aurait dû se montrer plus courageuse à ce moment-là.

Zoe n'était pas certaine de survivre aux prochaines vingt-quatre heures. Mais, si elle y parvenait, elle lui dirait, tendrement et calmement, qu'elle pensait être en train de tomber amoureuse de lui. Et que, s'il désirait explorer ce qui se passait entre eux, il pouvait venir la retrouver dès qu'il en aurait l'occasion.

Elle la jouerait décontractée. Puis elle s'éloignerait en balançant les hanches et lui décocherait un sourire séducteur.

Oui. C'était exactement ce qu'elle ferait.

La jeune femme ravala ses larmes : elle ne pleurerait pas. Elle n'accorderait pas cette satisfaction à ces ordures.

La route se dégrada considérablement, et le bruit des pneus sur le sol se mua en grondement assourdissant.

Elle espérait que ses parents et son frère ne paniquaient pas trop. Étaient-ils au moins au courant qu'elle avait été enlevée ? Sa mère serait-elle à nouveau en mesure de mobiliser les troupes, ou Zoe serait-elle morte avant que quelqu'un ne se rende compte de ce qui se passait ?

Zoe se figea quand la photo que l'homme lui avait montrée avant de l'attraper lui traversa l'esprit. Elle ferma les yeux. Peut-être était-ce un montage photo. La sensation de lourdeur dans ses pensées lui indiquait qu'elle n'y croyait pas. Il était bien plus facile pour les criminels de commettre des actes de violence que d'apprendre à utiliser un programme informatique.

Le véhicule ralentit, mais la route devint considérablement plus cahoteuse, comme s'ils roulaient sur une planche à laver.

Elle crut entendre des chiens aboyer. S'agissait-il du quartier général du cartel ? Était-elle au Mexique ? L'idée lui tordit le ventre.

Sa mère n'était pas une pacifiste. S'ils tuaient Zoe, Madeleine Florentine ferait déferler la mort sans distinction sur les têtes du cartel.

La voiture s'arrêta brusquement ; Zoe roula en arrière et sa tête heurta le métal du coffre. *Aïe.* Ils coupèrent le moteur.

Le cœur de la jeune femme s'emballa, et elle se rendit compte qu'il valait sans doute mieux qu'elle fasse semblant d'être inconsciente. Elle s'empressa de cacher les fils endommagés sous le tapis. Puis elle s'allongea et tenta de maîtriser sa respiration au moment où des pas s'approchaient du coffre.

En tant qu'ancien Navy SEAL, Seth avait effectué des centaines de sauts en parachute, mais il était bien conscient que toute distraction pouvait facilement lui coûter la vie. Pire, cela pourrait entraîner la mort de ses coéquipiers et laisser Zoe à la merci du cartel.

Ils arrivaient de nuit dans le désert avec un saut HAHO –

haute altitude, ouverture haute – qui, faute de temps, était l'approche la plus furtive possible.

Tous les membres de l'équipe Gold n'étant pas certifiés pour le HAHO, il y avait donc un mélange de Charlie, d'Echo et de snipers assis le long des parois du C-130. Huit sauteurs en tout. Nash, Birdman, Cruz, Cowboy, Romano, Donnelly, Hersh et lui-même.

Il était bon d'avoir trois snipers à plein temps dans le groupe, et les autres étaient tous des tireurs experts.

Novak et Livingstone étaient également qualifiés pour le HAHO, mais ils n'étaient pas disponibles. Angeletti faisait office de *jumpmaster*[1].

Seth n'avait jamais sauté avec Donnelly auparavant, mais, en tant qu'ancien membre de la « Devil Brigade » de la 82ᵉ division aéroportée, elle avait probablement plus de sauts à son actif que lui.

Pour éviter les risques d'hypoxie et d'accident de décompression, Seth et ses collègues portaient des masques branchés à une machine qui leur envoyait de l'oxygène à 100 %, pour éliminer autant que possible l'azote de leur sang.

Des lampes infrarouges vertes éclairaient la cabine. L'avion était pratiquement invisible dans le ciel nocturne.

Ils étaient à trente kilomètres de l'endroit où Zoe avait trouvé le corps de ce qui était vraisemblablement la petite sœur de Lorenzo Santiago, et ils passèrent en silence radio. Au cours d'un saut HAHO, les sauteurs pouvaient planer sur une distance de plus de soixante kilomètres. Comme ils ne savaient pas encore où les membres du cartel étaient susceptibles de se trouver, s'ils venaient dans le désert, le plan comportait une marge d'erreur.

---

1. Personne responsable de la planification et de la supervision des sauts en parachute, généralement dans un contexte militaire ou d'entraînement.

Cowboy lui sourit à travers ses lunettes et leva le pouce. Seth lui rendit son sourire, mais sans la moindre once d'humour. Hersh était assis, l'expression sombre. Le PT, le physiothérapeute, portait une attention particulière à son ami, au cas où les effets persistants du venin du serpent à sonnette auraient un effet sur son cœur. Hersh était entré en mode sniper, et il avait l'air d'un tueur impitoyable.

Seth portait une couche de base en polypropylène, ainsi que plusieurs couches chaudes sous une combinaison de vol coupe-vent, afin de lutter contre les températures proches de moins cinquante, que lui et ses collègues allaient affronter. Il avait deux paires de gants, mais il n'avait pas encore enfilé la seconde. Il attendrait l'avertissement des deux minutes.

Le reste de l'équipe HRT était prêt à débarquer par hélicoptère dès que Novak aurait donné l'ordre de se lancer.

La porte de la soute s'ouvrit.

Seth vérifia à nouveau son matériel, puis abaissa ses lunettes de vision nocturne.

Son sac d'équipement était plus léger que d'habitude. La charge devait être répartie uniformément entre les huit opérateurs, de sorte qu'ils pesaient tous à peu près le même poids et descendaient à la même vitesse. Malheureusement pour Donnelly, cela signifiait qu'elle pouvait à peine se tenir debout. Ils avaient décidé que le parking que Seth et Hersh connaissaient bien serait le meilleur endroit pour atterrir, à condition que les malfaiteurs ne s'y trouvent pas déjà. La zone d'atterrissage de secours se trouvait sur le plateau au-dessus du lit de rivière où Zoe avait repéré le corps.

La décision de l'endroit où se rendre incomberait finalement à Luke Romano, un ancien Ranger de l'armée, qui menait l'équipe et gérerait l'atterrissage. Tous portaient des marquages infrarouges sur le haut de leur parachute, de sorte qu'ils étaient visibles les uns des autres depuis le ciel, mais pas depuis le sol.

Ils étaient équipés d'oreillettes, mais Romano était le seul à être également connecté au centre de commandement que le FBI avait installé clandestinement dans un entrepôt à Fort Huachuca. Personne ne voulait courir le risque d'une fuite qui pourrait révéler au cartel où pointer ses fusils d'assaut. De plus, personne ne faisait confiance à la population locale à ce moment-là.

Chacun des opérateurs était conscient du fait qu'ils utilisaient une fois de plus des tactiques de guerre sur leur propre sol. Mais le cartel jouait pour gagner, et, pour l'instant, ces hommes pensaient avoir le dessus. Seth était ravi qu'ils continuent à le croire, jusqu'à leur dernier souffle.

Il était peu probable qu'ils s'attendent à ce que la HRT tombe silencieusement du ciel, ou à ce qu'ils se heurtent à la DEVGRU, qui menait le même type d'opération au sud de la frontière, sur ordre du président lui-même.

D'autres opérateurs et soldats se rassemblaient à la frontière, prêts à trouver et à bloquer toute voie d'accès ou à se lancer à la recherche de Zoe, si nécessaire. L'idée qu'elle pourrait ne pas être là lorsqu'il atterrirait l'aurait complètement détruit si Seth s'était permis d'y penser.

Ce n'était pas le cas.

L'avertissement de deux minutes retentit et le regard de Seth se porta sur Romano.

Le QG avait-il repéré Zoe ou des membres du cartel dans la zone cible, ou bien la HRT se déployait-elle maintenant simplement pour se mettre en position et attendre ? Seth l'ignorait. Il ralentit consciemment sa respiration, car il n'en fallait pas beaucoup pour perturber la physiologie d'une personne à dix mille mètres d'altitude. Il n'avait pas l'intention de déconner maintenant.

Chacun se brancha sur sa bouteille d'oxygène personnelle et vérifia son matériel une deuxième, puis une troisième fois. Il enfila la seconde paire de gants pour protéger ses doigts des engelures. Le feu passa au vert, et le *jumpmaster* leur fit signe de s'approcher de la rampe.

Seth vérifia une dernière fois son casque, son masque et son sac à dos fixé devant lui. Le PT les examina tous attentivement afin de déceler les signes d'hypoxie ou d'accident de décompression.

Seth lui adressa un signe de tête et balaya volontairement son cerveau de tout ce qui s'y trouvait, à l'exception du vide qui s'approchait.

Le *jumpmaster* procéda à un décompte avec ses doigts, puis les sauteurs se lancèrent sans hésitation dans la nuit noire, l'un après l'autre, en une longue file de corps serrés les uns contre les autres.

La température glaciale brûla la chair exposée de Seth au moment où la bouffée d'air le frappa comme un marteau de forgeron. Il compta et tira le parachute ; son corps fut projeté vers l'arrière par le déploiement de la voilure. L'air siffla autour de lui ; il aspira son oxygène, se forçant une fois de plus à ralentir sa respiration et à se calmer.

Il avait toujours aimé sauter de nuit. Une fois le parachute ouvert, il éprouvait une paix et un calme inégalés par rapport à tout ce qu'il avait connu... tout, sauf tenir Zoe dans ses bras le soir pendant qu'elle dormait.

C'était l'atterrissage qui présentait le risque le plus important.

Ils se mirent en formation, en silence, pratiquement invisibles, car la lune s'était couchée une heure plus tôt. Romano maintenait une descente lente, planant comme un vautour sur les courants thermiques, alors que Seth brûlait d'envie d'accélérer les choses.

Mais ils ne devaient pas se précipiter. En temps normal, leur mantra était « vitesse et agressivité », mais ce soir, c'était plutôt «

force et ruse ». Il espérait seulement qu'il n'était pas déjà trop tard.

***

Le coffre s'ouvrit. Zoe resta allongée sans bouger et scruta, à travers ses paupières presque closes, les deux ombres sombres qui se profilaient au-dessus d'elle. S'agissait-il des hommes qui l'avaient enlevée dans la rue à Washington ? Elle le pensait.

— Elle est réveillée ? s'enquit l'un deux.

— Oh, elle est bien réveillée ! Allez, la Belle au bois dormant, lança le second homme avec assurance, braquant une lampe de poche sur les yeux de la jeune femme.

Zoe les plissa et se détourna, renonçant à faire semblant d'être inconsciente.

— Où suis-je ? Pourquoi m'avez-vous enlevée ?

— Parce que je leur ai dit de le faire.

Cette voix était nouvelle, empreinte d'une autorité absolue qu'elle n'avait jamais entendue que dans la bouche de certains politiciens de haut rang et de généraux cinq étoiles. Des gens qui avaient l'habitude d'être obéis sans discuter. Zoe s'assit lentement, et l'un des hommes l'aida à sortir du coffre.

Elle leva ses mains liées pour se protéger les yeux des phares de plusieurs motos. Un vent glacial souleva ses cheveux de son visage.

Elle reconnut l'endroit où ils l'avaient amenée : il s'agissait du parking situé à l'entrée de *Brady's Trail.* Un éclat de rire lui échappa quand elle se rendit compte qu'elle était revenue à son point de départ du samedi précédent. Seth et elle avaient parcouru des milliers de kilomètres dans le blizzard, avaient survécu à des câbles de frein coupés et à un camion en déroute, et elle se retrouvait au même endroit, comme si elle ne l'avait jamais quitté.

Et Seth... Seth était à Washington, sans doute en colère contre elle pour avoir quitté la réunion.

Les hommes parurent déconcertés par son rire et marmonnèrent entre eux, comme si elle était folle. Peut-être était-ce le cas. Qui aurait pu le lui reprocher ?

Elle entendit des gémissements, et elle aperçut un homme qui se tenait sur le côté, avec deux bergers allemands en laisse. Un frisson de peur la traversa. Avaient-ils l'intention de la faire courir, et de la traquer comme un animal ?

— Je ne comprends pas ce que vous me voulez.

La bouche de Zoe était sèche comme du parchemin, elle avait désespérément besoin d'eau, mais aussi de se soulager. Cette combinaison, gênante dans les meilleures circonstances, était terrible quand on était entouré de vingt tueurs endurcis, au milieu d'un désert, la nuit.

L'homme, qui était manifestement leur chef, prit la parole.

— Que faisiez-vous ici le week-end dernier ?

Elle ne voyait pas clairement son visage, mais elle était presque sûre de ne l'avoir jamais rencontré auparavant.

Zoe voulut croiser les bras, mais le lien en plastique l'en empêcha. *Merde !*

— Ce que je fais toujours dans le désert. Je cherche les personnes qui sont mortes en tentant la traversée.

L'homme fit un grand pas en avant, de sorte qu'elle pouvait maintenant distinguer ses traits. Il devait avoir une quarantaine d'années. Il avait les cheveux foncés, la peau pâle, ce qui ressemblait à des yeux bleus, mais c'était difficile à dire dans cette lumière, et son visage était parfaitement lisse, à l'exception de la profonde cicatrice qui entaillait l'une de ses pommettes.

Surprise, elle resta bouche bée ? Elle avait déjà vu cette cicatrice.

Une lueur amusée apparut dans ses yeux.

— Vous me reconnaissez ?

Elle acquiesça.

— Lorenzo Santiago. J'ai vu votre photo.

Sur des avis de recherche.

— Vous savez ce que je fais ?

— Je sais exactement ce que vous faites, répliqua-t-elle, alors qu'un frisson lui parcourait l'échine, mais elle décida qu'ils pouvaient être deux à jouer à ce petit jeu. Vous savez qui est ma mère ?

Lorenzo acquiesça.

— Elle n'est pas femme à pardonner. Vous devriez probablement le savoir avant de continuer.

— Alors, nous nous ressemblons beaucoup, votre mère et moi.

Ses yeux s'adaptaient lentement à la lumière, et elle crut reconnaître la silhouette de l'homme en noir, ainsi que celle du ravisseur qui l'avait tirée de sa chambre de motel le samedi précédent, Luis Ramirez. Quelqu'un poussa une autre silhouette dans le cercle de lumière et son cœur se serra douloureusement.

Fred.

Elle fit un pas en avant, et fut ramenée contre le corps d'un des Américains qui l'avaient capturée à Washington.

— Pourquoi l'avez-vous amené ici, alors que, de toute évidence, c'est moi que vous voulez ? s'enquit Zoe, qui s'efforça d'empêcher les tremblements de sa voix.

— Parce que je voulais m'assurer que vous viendriez, répliqua Lorenzo Santiago, comme si c'était une évidence. Et que je veux être certain que vous me disiez la vérité. Sinon, je tue votre petit ami.

Zoe soutint le regard noir de Fred, puis déglutit lentement. Elle n'allait pas révéler qu'il n'était pas son petit ami et prendre le risque qu'ils décident qu'ils pouvaient se débarrasser de lui.

— Que voulez-vous savoir ? demanda-t-elle prudemment.

— Vous avez trouvé quelque chose dans le désert la semaine dernière, déclara Santiago, s'avançant vers elle.

Il portait un pistolet dans un holster à sa taille. Tous les autres semblaient avoir des fusils automatiques.

— J'ai trouvé des restes. Quelques os désarticulés que j'ai recueillis, et que vos hommes ont ensuite profanés dans un incendie. Puis j'ai découvert le corps d'une jeune femme, dont j'ai repéré l'emplacement, pour que le médecin légiste vienne le chercher le lendemain.

Santiago lui tendit un téléphone portable.

— Est-ce la femme que vous avez trouvée ?

Zoe contempla la photo de la pétillante jeune femme qui riait devant l'objectif. Ses yeux étincelaient, pleins de vie et de force.

— Qui est-ce ? lui demanda-t-elle.

— Ma sœur, répondit Santiago d'une voix bourrue. Gabriella. Était-ce elle ?

Avait-elle tenté d'échapper à la vie au sein du cartel ? Le fait qu'elle soit liée à ce baron de la drogue ne signifiait pas qu'elle était coupable de ses crimes, pas plus que Zoe n'était responsable des politiques mises en œuvre par l'administration actuelle. Son cœur se brisa pour la jeune femme.

Le cadavre disparu aurait pu être celui de la sœur de cet homme, mais, pour tout scientifique, se montrer catégorique sans disposer de tous les éléments allait à l'encontre de la logique.

— C'est difficile de dire avec certitude s'il s'agit de la même femme que celle que j'ai trouvée. C'est possible. Le visage était boursouflé par la décomposition. Elle porte le même genre de collier que celui que j'ai ramassé près du corps, et que j'ai transmis au FBI pour analyse.

L'homme fit un pas vers elle.

— Son médaillon de *la Santa Muerte*, insista-t-il, touchant un pendentif en or similaire sur sa poitrine. C'était un porte-bonheur. Elle ne le retirait jamais.

— Les médaillons de *Santa Muerte* sont courants, intervint l'homme dont elle était maintenant sûre qu'il s'agissait de l'homme en noir.

— Il y avait de fines initiales gravées à l'arrière de celui-ci, précisa Zoe. C'était difficile à dire exactement, mais...

La prise de conscience lui saisit la gorge tandis qu'elle faisait le rapprochement.

— Soit CS, soit GS.

Le visage de Santiago se décomposa l'espace d'une seconde, avant qu'il ne reprenne le contrôle.

— Je suis sincèrement désolée.

Dans des circonstances normales, Zoe aurait pu poser une main délicate sur le bras de l'homme pour le consoler. Mais Santiago dégageait une énergie malfaisante et chaotique. Pourtant, aussi diabolique soit-il, c'était un être humain, et il était en deuil.

— J'ai quelques photos dans mon cloud que je pourrais peut-être comparer à des clichés d'elle. Je pourrais effectuer une analyse statistique pour déterminer de manière fiable s'il s'agit ou non de la même personne. Ou bien, nous pourrions comparer l'ADN du collier au vôtre.

— Montrez-moi les photos, exigea Lorenzo. Maintenant !

Zoe secoua la tête, tenaillée par la peur.

— J'espère qu'elles sont stockées dans mon cloud, mais je ne peux pas accéder à mon compte sans un code de sécurité. Ce code a été envoyé au téléphone portable que vos hommes ont détruit le week-end dernier, expliqua-t-elle, puis elle inspira brusquement quand elle sentit le canon d'un pistolet lui frapper les côtes. Quand j'en aurai un nouveau, je devrais pouvoir me connecter.

Peut-être la garderaient-ils en vie jusqu'à ce qu'elle puisse voir les photos. Peut-être gagnerait-elle suffisamment de temps pour qu'on vienne la secourir.

— Pratique.

Pas vraiment.

— Cette personne que vous avez trouvée, poursuivit Santiago. Que portait-elle ?

Zoe fronça les sourcils.

— Un jean. Des baskets noir et rose. Un t-shirt noir.

— Ma sœur n'avait pas de chaussures de course.

— Alors peut-être que ce n'était pas elle.

Zoe avait le sentiment persistant qu'il ne la croirait pas, quoi qu'elle dise.

— L'avez-vous tuée ? aboya soudain Santiago.

Il braqua son arme contre l'os sphénoïde de Fred, et Zoe eut envie de pleurer.

— Non ! La personne que j'ai trouvée était morte depuis plusieurs jours au moment où je l'ai vue, peut-être même depuis une semaine, expliqua Zoe, qui parlait vite, car elle voulait faire comprendre à cet homme que leur travail n'avait aucun rapport avec le cartel. Nous passons notre temps libre à rechercher des victimes pour les ramener à leur famille. Nous ne tuons personne. *Vous le faites.*

Les yeux de Fred s'arrondirent de terreur, mais Lorenzo Santiago la dévisageait avec un peu moins de folie dans le regard, alors elle sauta sur l'occasion.

— Vous pouvez voir l'importance de notre travail bénévole. Réunir les morts avec leurs proches.

Elle songea à Seth, et au fait que l'ADN ne fonctionnait pas pour tout le monde. Elle aurait aimé l'aider à retrouver sa famille biologique, lui fournir les informations dont il avait besoin pour tourner la page. Mais, à cet instant, elle avait l'impression qu'elle ne le reverrait jamais. Ses ongles se plantèrent dans ses paumes.

Elle n'arrivait pas à croire qu'ils s'étaient disputés.

Ses stupides insécurités l'avaient amenée à le repousser alors qu'elle aurait dû se jeter à l'eau. Lui confier tous les sentiments qui avaient explosé au cours des derniers jours, et s'étaient mués en quelque chose de terrifiant et de magnifique.

— Ma sœur n'est pas morte, insista Santiago, mais sans conviction.

— Si vous en êtes vraiment persuadé, alors pourquoi sommes-nous ici ?

Zoe aurait voulu ne pas être celle qui devait tenter de faire entendre raison à ce baron de la drogue dérangé.

Les yeux injectés de sang de Santiago étaient empreints de rage.

— Peut-être qu'elle ment. Peut-être que cela fait partie d'un complot, et que les Américains détiennent Gabriella. Peut-être qu'ils l'ont enlevée et qu'ils ont simulé sa mort, affirma l'homme en noir.

Zoe ne put s'empêcher de répliquer.

— Comme vous, vous m'avez enlevée ?

Santiago lui asséna un revers en plein visage. Sous le choc, la tête de Zoe bascula sur le côté. Son cerveau fut ébranlé. *Sombre ordure.*

— Eh bien ! Nous avons quelqu'un qu'ils seront heureux d'échanger contre elle, maintenant, n'est-ce pas ?

— Au vu de la décomposition, la femme que j'ai trouvée a vraisemblablement été violée, étranglée, puis abandonnée dans le désert comme un déchet, énuméra Zoe, un goût de sang sur la langue.

À quelques mètres de là, l'homme en noir se raidit. Elle le reconnaissait à présent, grâce aux photos que le FBI lui avait montrées. Bruno Ramirez. Le frère de Luis. Personne ne portait de bandana ce soir-là. Ce qui, selon elle, n'était pas bon signe.

— Quand ceux qui l'ont tuée ont compris que j'avais trouvé

le corps, ils sont revenus et l'ont déplacée. Ensuite, ils ont essayé de se débarrasser de moi, ainsi que de toutes les preuves que j'aurais pu recueillir. Mais ils ont échoué, affirma-t-elle, fixant Bruno et son frère. J'avais encore, dans la poche de ma veste, des preuves que j'ai remises hier au FBI pour analyse, y compris le médaillon.

C'était une petite victoire, si l'on considérait qu'elle serait sans doute bientôt morte. Santiago posa un regard appuyé sur Bruno.

— Pensez-y, insista Zoe. Si je ne l'avais pas trouvée, ou si je n'avais pas photographié le médaillon, vous n'auriez jamais pensé à la chercher ici. Jamais.

Lorenzo Santiago plissa les yeux.

— Où avez-vous trouvé ce corps ?

Zoe pointa vers l'ouest.

— Montrez-moi, lui ordonna Santiago.

Elle remarqua le regard que Santiago adressa à Luis Ramirez, l'homme qui l'avait tirée de sa chambre d'hôtel le samedi soir précédent. Celui-ci adressa un léger signe de tête à son patron, puis s'avança derrière son frère, Bruno.

Luis lui avait dit, lors de cette nuit terrifiante, qu'il était doué pour suivre les ordres. Apparemment, cela incluait de trahir son propre frère.

Bruno Ramirez était-il responsable de la mort de Gabriella ? C'était lui qui était sorti du désert avec une mule et deux pelles à l'aube du dimanche matin. Elle aurait pu parier qu'il était le coupable.

Lorenzo Santiago dit quelque chose au maître-chien qui s'élança avec les animaux dans la direction indiquée par Zoe. Des chiens de recherche de restes humains, comprit-elle. Ils firent relever Fred.

Santiago agita la main pour indiquer à Zoe de passer devant, comme s'ils étaient en train de se promener.

Après quelques minutes de marche dans la nuit noire, éclairée seulement par les motos tout-terrain qui se déplaçaient lentement, elle dit :

— Vous savez qu'elle n'est plus là où je l'ai trouvée, n'est-ce pas ?

— Nous la retrouverons. Je prouverai que ce n'est pas ma sœur.

S'il y avait vraiment cru, il n'aurait pas tout risqué en étant ici.

Zoe retourna sur ses pas du samedi précédent, convaincue que, cette fois-ci, elle ne rentrerait pas vivante chez elle. Elle jeta un regard en arrière à Fred, et ses yeux lui racontèrent la même histoire.

Ils allaient tous les deux mourir, et ce n'était pas juste. Ce n'était vraiment pas juste.

Merde ! Elle voulait avoir la chance de dire à Seth ce qu'elle ressentait pour lui. Qu'il en valait la peine. Qu'elle était presque sûre d'être déjà profondément amoureuse de lui. Et que ce n'était pas grave s'il ne l'aimait pas en retour.

Soudain, des aboiements se firent entendre, et tout le monde releva la tête.

Les chiens avaient trouvé quelque chose.

Quelque chose d'humain.

Quelque chose de mort.

CHAPITRE VINGT-SIX

Tout bascula à trois cents mètres d'altitude.

De l'activité ayant été repérée sur la zone d'atterrissage initiale, ils se redirigèrent vers la zone secondaire. Seth avait enfin laissé s'infiltrer en lui l'espoir qu'ils pourraient se trouver au bon endroit, et peut-être arriver à temps pour sauver Zoe.

Il reporta son attention sur son travail.

Les parachutes utilisés pour ces sauts étaient incroyablement réactifs et maniables, mais cela signifiait aussi qu'ils étaient sensibles aux conditions de vent. De fortes rafales arrivaient du nord avec une humidité qu'il n'associait pas normalement au désert. Il faisait bien plus chaud ici qu'en altitude, mais ses doigts étaient raides et il frissonnait malgré les couches de vêtements.

Tout semblait bien se passer, mais, soudain, Donnelly fut projetée sur le côté, apparemment incapable de reprendre le contrôle de son parachute.

— Donnelly, ça va ? murmura Seth, car le son portait dans le désert.

— Oui. Le vent m'a emportée.

Donnelly était le numéro cinq de la formation, Hersh, le six. Seth était septième, Cowboy huitième.

— Peux-tu revenir dans la colonne ? lui demanda Seth.

Il la vit se débattre avec les suspentes, mais son parachute ne répondait pas. Il devait y avoir un problème avec la voilure, ou bien les suspentes s'étaient emmêlées.

— Négatif.

Ce qu'ils voyaient à travers les lunettes de vision nocturne n'était pas très prometteur. Le sol se rapprochait à grande vitesse, et elle allait s'écraser sur le flanc du canyon plutôt que d'atterrir sur le plateau. Romano se concentrait sur l'atterrissage, qui était généralement difficile à réaliser depuis une haute altitude.

— Dirige-toi vers le canyon en boîte. Nous te suivrons. Nous retrouverons les autres ensuite.

— Bien reçu, dit-elle.

— Attention aux cactus, l'avertit Seth.

— Et aux serpents à sonnette, ajouta Hersh.

Merde. Dans sa précipitation à venir ici, Seth n'avait même pas pensé aux serpents. Non pas qu'ils aient de l'importance. À côté de l'inquiétude qu'il éprouvait vis-à-vis de Zoe, sa peur des serpents était devenue insignifiante.

Donnelly luttait pour suivre les directives et Seth entendit la soie de l'opératrice frôler les parois du canyon, ce qui l'éloignait encore plus de sa trajectoire. Hersh visait une trouée dans le mesquite, droit devant lui. Seth était pratiquement sur son ami.

Donnelly s'écrasa sur le rocher avec un « whoosh ». Elle ne fit aucun bruit, et il espéra de toutes ses forces qu'elle allait bien.

Hersh atterrit, Seth arriva à quelques mètres derrière. Il heurta violemment le sol, et une vive douleur lui transperça le pied au moment de l'impact.

— Derrière toi ! prévint Ryan Sullivan, qui atterrit sur le

parachute de Seth et le heurta, le faisant basculer en avant sur le terrain accidenté.

— *Merde*. Désolé.

Seth ignora la douleur dans son pied. Tant qu'il pouvait encore s'en servir, c'était tout ce qui comptait. Il détacha son harnais et rassembla son parachute pendant que Cowboy s'éloignait du matériau glissant.

Seth déposa le matériel près d'un gros cactus qu'il était heureux de ne pas avoir percuté. Avant même qu'il ait détaché son sac, Cowboy était reparti vers Donnelly, qui était suspendue à mi-hauteur de la falaise.

Merde !

Seth scruta la paroi rocheuse, tiraillé entre la nécessité de sauver Zoe et celle de porter secours à sa coéquipière, potentiellement blessée. Il rassembla le parachute de Ryan et le plaça avec les deux autres.

— Tu es blessée ? demanda Cowboy à Donnelly.

Tout le monde parlait à voix basse, c'était à peine un chuchotement, mais on entendait très bien dans les oreillettes.

Elle laissa échapper un souffle douloureux.

— Juste essoufflée.

— Ravi de l'entendre, lança Romano depuis l'autre position. J'ai éliminé l'un des gardes du cartel en atterrissant sur la crête. Je doute qu'il soit le seul. Nous allons descendre jusqu'à l'extrémité est du canyon et vous y retrouver.

— Affirmatif, répondit Seth.

— Tu peux marcher ? demanda Cowboy à Donnelly.

— Oui, répondit-elle, avant d'inspirer brusquement. Je crois que oui. Au moins, je peux sentir mes orteils.

— Je vais t'aider à descendre.

Cowboy détacha l'énorme sac d'équipement qu'elle portait, le tendit et le laissa tomber vers Seth et Hersh, qui se tenaient en bas, prêts à l'attraper.

Puis Seth regarda Cowboy détacher le harnais de Donnelly. Elle tomba comme une pierre, mais Ryan agrippa sa combinaison de vol et la hissa contre la paroi rocheuse.

— Tu as besoin que je te porte ? s'enquit-il.

— Non.

Meghan trouva un point d'appui, et y fit peser son poids. Elle se tourna prudemment pour faire face à l'affleurement.

— Fais comme moi, lui indiqua Cowboy.

Seth balaya les environs du regard. Au moins, le vent hurlant leur offrait une certaine couverture après avoir décidé de perturber leur atterrissage.

Cowboy et Donnelly descendirent lentement la paroi rocheuse, jusqu'au fond du canyon. Seth donna une tape dans le dos de Cowboy qui s'écarta pour reprendre son souffle, tandis que Seth et Hersh vérifiaient que les membres de Donnelly étaient intacts.

Meghan fit rouler ses épaules.

— C'est bon pour moi. Désolée d'avoir merdé.

— Tu es sûre que ça va ? Tu as tapé assez fort, insista Cowboy, qui semblait anxieux.

La jeune femme lui lança un regard meurtrier.

Si Seth n'avait pas été à ce point inquiet pour Zoe, il aurait souri. Ils répartirent rapidement le matériel contenu dans les sacs, et cachèrent ce dont ils n'avaient pas besoin à l'écart du sentier.

Les cheveux de Seth se hérissèrent sur sa nuque quand il entendit le son des aboiements. *Merde !*

Donnelly sortit sa carabine.

— Allons attraper ces enfoirés.

Seth pria pour qu'ils arrivent à temps.

Il fallut vingt minutes au groupe pour traverser le désert dans leur pathétique caravane mue par la mort et le meurtre.

Zoe trouva enfin où elle avait déjà vu les hommes qui l'avaient enlevée cette seconde fois.

— Vous étiez au motel de Gila Bend la semaine dernière. Vous êtes de la patrouille frontalière.

Elle essaya de ne pas prendre un ton accusateur, mais en vain.

— Oui. Mais ça ne paie pas aussi bien que ces gars-là.

— Et les avantages ne sont pas aussi bons, railla le petit homme au visage de furet qui se trouvait derrière elle.

Il parlait d'elle, ou peut-être de ce qu'il espérait lui faire plus tard… Son estomac se révolta.

Zoe frémit. L'air était humide et froid, le vent rendait la marche encore plus pénible que la chaleur intense. Elle espérait qu'un serpent à sonnette sortirait et mordrait quelques-uns de ces abrutis, mais, dans ces conditions, elle doutait que cela arrive.

Elle essaya de regarder Fred, mais il y avait trop d'hommes armés entre eux, sans compter celui qui conduisait sa moto avec les deux pieds posés au sol. Elle entendait les chiens gémir, à présent.

Quand ils atteignirent l'endroit que les animaux avaient signalé, il n'y avait pas de place pour tout le monde. Elle fut poussée dans le cercle intérieur, où Lorenzo Santiago se tenait debout, les yeux rivés sur la terre. La pluie avait emporté une partie de la terre récemment retournée, et un creux peu profond était visible dans les phares.

C'était une tombe. Récente.

Heureusement, quelqu'un avait pensé à apporter des pelles.

Santiago resta un long moment à fixer ce petit creux, puis il s'écarta.

— Voyons ce que les chiens ont trouvé.

Zoe s'attendait presque à ce qu'ils leur demandent, à Fred ou elle, de creuser. Elle l'aurait fait le plus lentement possible, dans l'espoir de retarder l'inévitable.

Elle échangea un regard avec Fred, l'incitant en pensée à s'enfuir s'il en avait l'occasion. Peut-être son meilleur espoir était-il de dresser ces hommes les uns contre les autres, et de prier pour ne pas être prise entre deux feux.

Les hommes qui creusaient ne tardèrent pas à toucher quelque chose qui ne ressemblait pas à de la terre.

Une bâche.

Il leur fallut encore un peu de temps pour découvrir le reste du corps. Finalement, deux hommes soulevèrent les deux extrémités du linceul, et du sable s'échappa du matériau robuste.

— Faites attention à elle, les avertit Zoe.

Cela n'avait aucune importance qu'elle soit la sœur de ce baron de la drogue, ou une autre âme malheureuse : elle était quelqu'un, et elle comptait. Zoe s'avança et aida les hommes à déposer en douceur le corps sur le sol. Puis elle repoussa avec précaution les côtés de la bâche pour découvrir le cadavre qu'elle avait vu pour la première fois cinq jours auparavant.

Il s'était passé tant de choses depuis le samedi précédent. Mais rien de tout cela n'avait d'importance pour cette pauvre femme.

Ses ravisseurs se couvrirent tous le nez et se détournèrent avec dégoût. Santiago fit un pas en avant, à contrecœur, mais semblait stupéfait.

Zoe se releva, puis recula.

Lorenzo leva les mains.

— Ça ne peut pas être ma Gabriella. Ce n'est pas possible.

— Avait-elle des tatouages, ou une tache de naissance ? l'interrogea Zoe, même si le noircissement de la peau était susceptible d'empêcher de les discerner sans l'aide de la photographie infrarouge.

— Non. Comment puis-je savoir si c'est ma petite sœur ? s'exclama-t-il, angoissé.

Il semblait trop effrayé pour s'approcher du corps.

— Le médecin légiste peut analyser son ADN et le comparer au vôtre.

— Elle a la bonne taille. Ses cheveux sont longs comme ça..., dit Santiago, puis il s'interrompit, n'écoutant manifestement pas Zoe. Ce qui lui est arrivé...

La jeune femme s'agenouilla à côté de la morte, et tout le monde eut un mouvement de recul quand elle toucha le corps.

— Laissez-moi vérifier quelque chose dans sa bouche.

— Quoi ? demanda Santiago, abasourdi. Sa bouche ?

On aurait dit qu'il allait vomir.

Zoe éprouvait une sorte de satisfaction macabre à faire la démonstration du résultat de leurs actions devant ces hommes. Ils tuaient des gens. Elle espérait que l'image de cette femme en décomposition les hanterait pour le reste de leur vie, même si elle n'était pas Gabriella Santiago.

— J'ai trouvé une dent à côté du corps. Le FBI l'a maintenant en sa possession. Mais je veux voir s'il manque une molaire à Gabriella. Dans le cas contraire, cette dent appartient probablement à son assassin, expliqua Zoe, qui écarta délicatement les tissus en décomposition. Non. Elle a toutes ses dents.

Le sous-entendu était évident.

Lorenzo Santiago se dirigea à grands pas vers Bruno.

— Ouvre la bouche.

— Je n'ai pas tué ta sœur, Lorenzo ! C'est un tour que les Américains nous jouent pour que nous nous dressions les uns contre les autres, déclara Bruno.

Il émit un rire forcé et contempla le désert, tandis que le vent faisait osciller un cactus à proximité.

— Je veux dire, regarde-nous ! Le FBI salive à l'idée de nous arrêter tous les deux, et nous voilà du mauvais côté de la frontière, à cause de cette garce ?

Zoe plissa les yeux en regardant Bruno. Cet homme mentait. Elle savait qu'il avait tué cette femme. C'était un lâche. Ses paroles semblaient fausses et désespérées.

— Que faisiez-vous dans le désert la semaine dernière avec des pelles, monsieur Ramirez ? demanda Zoe, assez fort pour que tout le monde l'entende. Qui a tué ces deux hommes non loin d'ici ? Hein ? Parce que ce n'était pas le FBI, et que ce n'était pas moi non plus. Que cherchez-vous absolument à cacher ?

Bruno plissa les yeux devant la garce qui était en train de ruiner sa vie. Il pointa du doigt le cadavre en décomposition.

— Ce n'est pas Gabriella. Et, qui qu'elle soit, je ne l'ai pas tuée.

— Ouvre ta foutue bouche ! s'écria Lorenzo.

La garce se fit toute petite, mais son regard ne faiblit pas. Luis leva son arme et le pointa sur son frère. La douleur de la trahison était si forte que Bruno avait envie de hurler.

Lorenzo fit quelques pas vers lui.

— Fais-le, mon frère. Ne m'oblige pas à te forcer, lui dit Luis, sans la moindre émotion.

Bruno ouvrit la bouche et la montra à son frère, s'attendant à recevoir une balle pour ses mensonges et sa tromperie.

Luis se retourna vers Lorenzo.

— Ce n'est pas lui. Il a toutes ses dents.

Bruno s'efforça de ne pas laisser transparaître sa surprise ou sa confusion. Son frère ne l'avait pas trahi. Lorenzo fit un pas en avant, puis saisit la tête de Bruno, essayant de lui faire ouvrir la bouche.

— Fais-moi voir.

Bruno recula, et les deux hommes commencèrent à se battre, sous le regard choqué des autres.

— Tu as perdu la tête, Lorenzo ! Tu es complètement dingue, entre ta paranoïa et tes soupçons. N'avons-nous pas grandi ensemble ? Ma mère ne t'a-t-elle pas nourri à la table de notre cuisine ?

Lorenzo s'élança à nouveau vers lui, mais Bruno l'évita et le poussa au sol.

Il dégaina son arme, la pointa sur l'homme qu'il avait autrefois aimé comme un frère.

Il sentait la tension monter parmi les hommes, et il comprit qu'il n'y aurait pas de retour en arrière possible. On ne menaçait pas le chef d'un cartel avec une arme sans appuyer sur la détente.

Il secoua lentement la tête.

— Je suis désolé, mon ami. Je suis sincèrement désolé, mais c'est toi qui l'as cherché.

Bruno pressa deux fois la détente et les coups de feu résonnèrent dans la nuit. Le son fut rapidement noyé dans le vent violent. Lorenzo s'effondra sur le sol, mort.

Bruno regarda autour de lui les hommes qui, comme lui, avaient suivi Lorenzo pendant si longtemps. Mais aucun d'entre eux ne semblait surpris ou même désolé, ce qui laissait penser que plus d'un d'entre eux avait envisagé de l'éliminer lui-même.

Il éprouva un élan de satisfaction et de soulagement. Enfin, il était le leader, l'homme qui donnait les ordres.

— Que faisons-nous de ces deux-là ? l'interrogea Luis, dont les yeux noirs scintillèrent quand il pointa son arme sur la femme indiscrète et son petit ami.

— Nous les tuons et les enterrons là où personne ne les trouvera jamais.

Bruno regarda fixement la femme blonde qui avait fait de sa

vie un enfer au cours des quatre derniers jours. Mais c'était fini maintenant, et Lorenzo était enfin mort.

Il pouvait se permettre d'être généreux. Il jeta un coup d'œil aux autres et vit de la convoitise dans le regard de certains hommes.

— D'abord, on va s'amuser un peu, hein ? Et veillez à ce que le petit ami ait une belle vue, suggéra-t-il avec un petit sourire diabolique. Il pourrait apprécier le spectacle.

CHAPITRE VINGT-SEPT

Seth était presque sûr de s'être cassé un os en atterrissant, car chaque pas lui faisait mal, même si cela ne le ralentissait pas. Il n'avait pas l'intention de s'arrêter ou de s'asseoir. Zoe n'était pas loin. Et elle avait besoin de lui.

Les huit opérateurs s'étaient regroupés et se déplaçaient maintenant furtivement dans le désert, le long de cactus imposants. Seth avançait prudemment, afin de ne pas trébucher sur des rochers ou d'érafler ses bottes.

Deux coups de feu retentirent dans la nuit et Seth dut chasser de son esprit la peur et la crainte d'arriver trop tard.

— J'ai un visuel sur les deux otages, murmura Romano au centre de commandement.

Un grand soulagement s'empara de Seth, mais il fut de courte durée. Il suffisait d'une seule balle. Une seule foutue balle pour mettre un terme à la vie de Zoe.

Ils se déployèrent et il atteignit un endroit d'où il pouvait voir la petite clairière. Deux membres du cartel semblaient se disputer et s'empoignaient l'entrejambe. Un homme gisait dans la terre, mort.

— Treize hostiles. Deux otages. Six motos tout-terrain. Deux chiens et un maître-chien sur le côté.

Ils se rapprochèrent encore et Seth aperçut Zoe, à genoux dans la terre, près d'une tombe fraîchement creusée. Une forme allongée reposait sur le sol tout près. Il s'agissait probablement du corps sur l'existence duquel elle avait tant insisté le week-end précédent. Apparemment, elle avait eu raison de penser que la morte était quelqu'un d'important.

Un homme grand et brun, que Seth reconnut comme étant Bruno Ramirez, s'approcha d'elle, la hissa sur ses pieds et la poussa au centre de la minuscule clairière.

Il braqua ensuite son arme sur la tempe de Zoe.

— Déshabille-toi.

Cette sale ordure.

— Nous avons le feu vert pour intervenir, annonça Romano à voix basse.

— J'ai le tir, lança Seth, priant pour que Zoe ne bouge pas.

Plusieurs clics d'accord se firent entendre dans son oreillette, tandis que chacun choisissait sa cible.

Zoe se pencha comme pour retirer ses superbes bottes qu'elle affectionnait tant, même si Seth doutait qu'elle ait l'intention d'accepter docilement son sort. Il envoya sa balle directement dans le crâne épais de Bruno Ramirez avant qu'elle ne décide de se défendre ou de s'enfuir.

Les autres opérateurs firent feu, éliminant la moitié des membres du cartel en moins d'une seconde.

Seth visa à nouveau, avançant avec les autres, luttant contre l'envie de se précipiter vers elle. Zoe se jeta à plat ventre sur le sol tandis que les balles volaient au-dessus de sa tête. Seth repéra Roger Bertrand, accroupi dans la terre. Celui-ci tournait son arme vers Zoe, se rappelant sans doute comment l'opérateur et elle s'étaient regardés lors de leur première rencontre.

Seth logea une balle entre les deux oreilles de l'homme alors que le bruit d'un moteur de moto résonnait dans la nuit.

Le fuyard arrosait aveuglément ses arrières de balles : quand Hersh lui tira une balle dans le dos, il le tua sur le coup. Cette ordure d'Arthur ne pouvait plus trahir ses collègues ni son serment.

Les tangos étaient soit morts, soit blessés. Ceux qui étaient encore en vie jetèrent leurs armes et levèrent les mains en l'air, implorant la pitié.

L'unité progressa rapidement, et quatre opérateurs passèrent les menottes aux criminels, tandis que deux agents se tenaient en retrait pour les protéger de toute menace inconnue.

Seth rejoignit Zoe, coupant rapidement ses entraves tandis que Cruz s'occupait de Fred.

— Je n'arrive pas à croire que tu sois ici ! s'exclama la jeune femme.

Elle jeta ses bras autour de lui, et le serra si fort que c'en était presque douloureux. Seth ferma les yeux, l'entourant d'un bras pendant qu'elle s'accrochait à lui.

— Merci.

Il coupa la communication avec ses coéquipiers, parce qu'il avait des choses à lui dire. Il n'arrivait pas à croire à quel point c'était bon de l'avoir à nouveau dans ses bras. Le fait qu'elle soit saine et sauve. Entière. Vivante...

— Je t'aime, lui dit-elle. Je sais que c'est dingue, que c'est rapide, et que tu ne veux peut-être plus rien savoir de moi, mais je t'aime et je voudrais voir si nous pouvons construire quelque chose entre nous. Mais, si ce n'est pas ce que tu recherches, je comprendrai. Pas de pression.

Les mots de Zoe jaillissaient à toute vitesse, et il avait du mal à suivre. Mais il entendit le principal. Elle l'aimait. Seth sourit.

— Je vous aime aussi, docteur Miller. J'adorerais donner une chance à cette chose entre nous, à condition que nous parvenions à quitter l'Arizona.

Il l'embrassa. Malgré le public. Malgré le fait qu'il était censé travailler. Il songea au plaisir qu'aurait eu son ancien patron, Kurt Montana, à voir cette scène, et cela le fit sourire.

Après ce qui leur sembla une éternité, ils se séparèrent enfin, et la jeune femme s'essuya les yeux.

— Si c'est comme ça que vous nous remerciez, je suis le suivant ! lança Cowboy.

Cela brisa la tension, et tout le monde rit, à l'exception de Donnelly, qui leva les yeux au ciel.

— Merci. À vous tous.

Zoe tourna ensuite son regard au-delà des agents du FBI, et Seth la vit se précipiter vers Fred. Elle s'arrêta en passant devant Luis Ramirez, qui était à genoux, les mains attachées dans le dos. Son frère était mort. Santiago était mort.

— Eh bien, regardez-vous, *chico*, vous suivez les ordres comme un brave garçon, lui balança-t-elle, énervée.

Seth ne pouvait pas lui en vouloir.

Luis esquissa un petit sourire. Quoi qu'il ait voulu dire, il fut interrompu quand Romano l'obligea à se lever d'un coup sec, puis l'entraîna vers une zone de rassemblement. Il était en état d'arrestation.

Seth boita dans la même direction. Romano prenait des photos des hommes morts et les envoyait au QG. Cruz était au téléphone pour coordonner l'évacuation médicale des blessés, et le transport des personnes détenues.

Seth entendait déjà le bruit des hélicoptères en approche.

L'homme aux deux chiens se tenait debout, les mains attachées.

— D'habitude, je travaille pour la police. Ils m'ont fait venir ici. Ils m'ont dit qu'ils tueraient ma femme et mes enfants si je ne les aidais pas à trouver un corps.

Cowboy caressa les chiens.

— C'est la procédure standard de vous menotter pendant que nous enquêtons sur votre histoire et éclaircissons les choses. Je vais demander à des flics du coin d'aller voir votre famille, et de s'assurer que l'on s'occupe de vos chiens.

— Merci.

L'homme semblait complètement choqué ; Seth se doutait qu'il disait la vérité. Ce que le cartel ne possédait pas, il l'obtenait par la menace et la violence.

— Nous devons vous sortir de là, annonça Seth à Zoe, qui étreignait Fred.

Ce dernier le regarda par-dessus la tête de son amie, et lui tendit la main.

— Merci encore. Vous m'avez sauvé la vie deux fois en moins d'une semaine. Je vais devoir vous offrir une bière.

Seth accepta le rameau d'olivier.

— Je fais juste mon travail, mais une bière me tente bien.

Un hélicoptère approcha par le sud. Seth prit la main de Zoe.

— Fred et toi devez monter sur ce vol.

La jeune femme secoua la tête.

— Je ne m'en vais pas sans toi.

Il sourit en voyant la lueur de détermination familière dans ses yeux.

— Ne vous inquiétez pas, m'dame, dit Luke Romano derrière lui. Hopper et Donnelly doivent être examinés à l'hôpital dès que possible.

— Tu es blessé ? s'inquiéta pourtant Zoe.

Seth commença par secouer la tête, puis se dit que, s'il voulait que cette relation fonctionne, mieux valait faire preuve d'un peu d'honnêteté.

— Mon atterrissage a été brutal, et je crois m'être fracturé quelque chose au pied. C'est bénin.

— Un atterrissage ? répéta-t-elle, fronçant les sourcils, puis elle leva les yeux vers le ciel noir, et ses yeux s'écarquillèrent. Non !

Il éclata de rire.

— Si, nous l'avons fait. J'ai les courbatures qui le prouvent.

— Donnelly a réussi à se planter la face la première sur une falaise, lança Cowboy en souriant.

— Je ne suis pas blessée !

— Va quand même te faire examiner, lui ordonna Romano.

Donnelly semblait agacée, mais Seth était ravi de pouvoir passer plus de temps avec Zoe. Birdman s'approcha et lui tendit la main.

— Damien Crow, m'dame. Nous n'avons pas été présentés hier.

Zoe lui serra la main en murmurant :

— Ravie de vous rencontrer... alors que je porte des vêtements.

L'ensemble des opérateurs pivotèrent comme un seul homme.

— Waouh ! Ma voix doit porter, ou bien vous avez tous l'ouïe d'une chauve-souris !

Seth grimaça et tapota son oreille.

— Oreillettes. Heureusement, c'est seulement entre nous, et pas pour toute la salle de commandement, n'est-ce pas Romano ?

Ce dernier lui donna une tape dans le dos.

— Votre secret est en sécurité avec nous, mais les gars vont quand même vouloir savoir pourquoi nous appelons Zoe «

Flash[1] » à partir de maintenant. Je vais prendre un immense plaisir à ne jamais le leur révéler.

Zoe gémit et passa son bras autour de la taille de Seth, malgré tout son équipement.

— Je veux un surnom mignon, comme « Bones » !

— Je suis presque sûr que Kathy Reichs[2] a déjà pris celui-là.

— Pff ! Ce n'est pas juste.

Seth se rendit compte qu'elle le soutenait alors qu'il se dirigeait vers l'hélicoptère. Cette petite femme pleine d'énergie l'aidait, alors même qu'elle venait de vivre une nouvelle fois l'enfer.

— Est-ce que tu vas vraiment bien ? lui demanda-t-il.

Zoe mordilla sa lèvre inférieure.

— Oui, je vais bien. Ou, du moins, je vais aller bien, maintenant, affirma-t-elle, puis elle le serra contre elle, comme s'il en était la raison.

Son cœur se réchauffa. Il se rendait compte de la chance qu'il avait, et il n'avait pas intérêt à tout gâcher.

Elle sautilla légèrement.

— Tu es sûre que tu vas bien ?

— Ça doit faire une heure que j'ai une terrible envie d'aller aux toilettes.

— Va derrière ce gros rocher là-bas.

— Sérieusement ? s'exclama-t-elle.

Elle regarda autour d'elle, mais les autres étaient trop loin pour voir quoi que ce soit, et Fred était parti devant eux pour leur laisser un peu d'intimité.

— Et s'il y a des serpents à sonnettes ?

— Je vais aller vérifier et m'assurer que la voie est libre.

---

1. Note de la traductrice : En anglais, « *to flash* » = montrer ses parties intimes à quelqu'un, référence à la quasi-nudité de Zoe lors de sa première rencontre avec Birdman.

2. Anthropologue américaine, à l'origine de la série *Bones* (os)

— Vraiment ?

— Pour vous, docteur Zoe Miller ? Pour vous, je ferais n'importe quoi. *N'importe quoi.*

ÉPILOGUE

Deux mois plus tard

Rencontrer les parents de quelqu'un que l'on aimait vraiment n'était jamais facile, mais, pour une raison quelconque, Zoe était si nerveuse que ses paumes étaient couvertes de sueur. Elle les essuya contre ses cuisses.

Elle portait une jolie robe et un cardigan. Seth n'avait pas l'air nerveux du tout.

— Madame Hopper. Monsieur Hopper. Je suis ravie de vous rencontrer.

Zoe serra la main des parents de Seth et resta là, gênée et mal à l'aise. Ils la dévisagèrent un long moment, puis affichèrent de larges sourires. Le père de Seth la serra dans ses bras, la soulevant du sol. La mère de Seth souriait comme si Zoe avait apporté le soleil avec elle.

— Nous sommes très heureux de vous rencontrer, Zoe ! s'exclama Mme Hopper.

Puis elle attrapa son fils pour lui faire un câlin d'anthologie.

— Comme tu peux le deviner, je n'amène pas souvent de femmes à la maison pour rencontrer ma famille, plaisanta Seth.

— Allez, entrez.

Zoe suivit le père de Seth à l'intérieur de la belle maison de style Craftsman, à travers le salon ouvert et jusqu'à la cuisine très lumineuse.

— Vous avez une belle maison.

— Zoe est encore en train de décorer son nouvel appartement.

— Seth m'aide quand il a du temps libre.

Ses meubles avaient été restitués, et les preuves indiquaient que Colm Jacobs n'avait rien à voir avec le sabotage des freins : c'était l'œuvre d'un mécanicien de Memphis, engagé par Luis Ramirez. Jacobs avait reçu un avertissement écrit lui ordonnant de rester loin de Zoe, mais, à part cela, il n'avait fait l'objet d'aucune mesure disciplinaire.

Zoe avait installé un système d'alarme et espérait que cela suffirait. Elle envisageait de prendre un chien, à condition que la copropriété de Seth autorise les animaux dans l'immeuble.

Luis Ramirez était désormais incarcéré dans un établissement fédéral américain. Son frère et les autres morts, dont la pauvre Gabriella Santiago, avaient été rapatriés au Mexique pour y être enterrés.

Zoe était heureuse que tout soit terminé.

Elle croisa le regard de Seth quand il vint se placer à côté d'elle. Commencer une relation avec cet homme avait demandé un effort d'adaptation. En toute honnêteté, il lui était difficile d'être à Richmond sans lui, mais il n'y avait que deux heures de trajet, et un train faisait la liaison trois fois par jour.

Elle lui serra les doigts. Ils n'étaient pas seulement venus pour qu'elle rencontre ses parents. Seth voulait leur annoncer quelque chose.

Il s'éclaircit la gorge.

— Maman, Papa. Je voulais vous parler de quelque chose.

Ses parents restèrent debout à regarder ce fils qu'ils

aimaient, de toute évidence. Zoe commençait à comprendre pourquoi c'était à ce point difficile pour Seth. L'idée de bouleverser ces gens qui l'aimaient si fort devait lui peser.

— J'ai... euh... j'ai décidé de rechercher mes parents biologiques.

La mère de Seth inspira un grand coup.

— Je pensais bien que tu voudrais le faire un jour.

Son père acquiesça également.

— Ce n'est pas que je ne vous aime pas ni que je n'apprécie pas tout ce que vous avez fait pour moi...

Sa mère se mordit la lèvre pour contenir ses émotions, puis elle hocha la tête.

— Non. Nous nous attendions depuis toujours à ce que ce jour arrive, mon chéri, lui dit-elle, essuyant une larme qui s'échappait.

Seth s'approcha de sa mère pour la serrer dans ses bras, tandis que son père posait une large main sur son dos.

— Je crains simplement que tu ne sois blessé par ce que tu pourrais trouver, lui avoua sa mère.

Seth l'étreignit plus fort encore.

— Ça n'arrivera pas. Ça n'arrivera pas.

Ses parents n'avaient pas l'air convaincus, et il rit.

— Cela pourrait arriver si je ne vous avais pas, Zoe et vous, à mes côtés. Mais je vous ai. J'ai besoin de savoir d'où je viens, et ce qui est arrivé à ma mère biologique, pour pouvoir faire des projets pour mon avenir. J'espère qu'elle allait bien, vous voyez ?

Il tendit une main à Zoe pour qu'elle se joigne à eux, et elle se retrouva enveloppée dans la chaleur de cette famille.

Un tourbillon d'émotion jaillit en elle. Elle s'écarta et s'essuya les yeux.

— Bon sang ! Je croyais que ce serait Seth qui pleurerait en rencontrant ma famille, pas l'inverse ! Plus de peur que d'autre chose, d'ailleurs.

Les parents de Zoe avaient été ravis de le rencontrer. En l'espace de cinq minutes, il les avait régalés de quelques-uns de ses exploits, dont les détails avaient été expurgés.

— Eh bien ! J'ai hâte de les rencontrer, moi aussi, intervint la mère de Seth d'un ton malicieux.

— Pas de pression, mon fils, ajouta son père en lui donnant une tape dans le dos.

Tous éclatèrent de rire.

— J'y travaille, maman, répliqua Seth, décochant un sourire séducteur à Zoe. Nous ne nous connaissons que depuis quelques mois.

— Moi, j'ai su dès que j'ai posé les yeux sur ta mère.

Le père de Seth contemplait sa femme avec tout l'amour qu'il éprouvait, visible aux yeux de tous. Zoe savait aussi. Elle avait su presque dès l'instant où elle avait posé les yeux sur Seth.

Celui-ci soutint son regard, et elle eut la certitude qu'il éprouvait la même chose. C'était un véritable tourbillon entre eux, mais cela semblait juste.

— Viens, je vais te faire visiter la maison.

— Dîner dans trente minutes ! annonça sa mère, tandis que Seth prenait la main de Zoe et montait les escaliers.

Il ouvrit la porte de son ancienne chambre et elle sourit en voyant ses trophées toujours alignés sur les étagères.

— Oh, waouh ! Tu étais un vrai sportif !

— Je suppose que j'ai le sens de la compétition, confirma Seth, puis il haussa les épaules et se gratta la nuque.

Zoe fronça les sourcils.

— Je sais.

Seth sourit, mais, soudain, il sembla nerveux. Il sortit un CD de la pile, le mit dans la chaîne stéréo, et choisit une chanson. Puis il lui tendit la main.

— Nous ne sommes pas encore allés danser.

Zoe s'avança dans ses bras, et il la fit balancer doucement au rythme de la mélodie.

— Nous en aurons l'occasion le mois prochain au mariage de Karina et James.

Soudain, Zoe se figea en reconnaissant la chanson. *I Wanna Marry You*, de Springsteen. Seth la fit tournoyer et chanta pour elle avec douceur. Puis il s'écarta avant qu'elle ait pu reprendre son souffle. Il posa un genou à terre au moment du refrain, et sortit un écrin de la poche de son jean.

Lorsqu'il l'ouvrit, il y avait à l'intérieur un grand saphir taillé en carré, entouré de diamants de part et d'autre.

— Zoe, me ferais-tu l'immense honneur de devenir un jour ma femme ?

Le cœur de la jeune femme s'emballa, et, tout à coup, des larmes ruisselaient sur ses joues, gouttant de son menton. Elle ne savait pas pourquoi elle pleurait, elle était si heureuse !

— Oui !

Seth se releva, la souleva dans ses bras et la fit tourner. Puis elle glissa le long de son corps, reprit son souffle, et releva les yeux vers son magnifique visage. Il prit la main de Zoe pour glisser la bague à son doigt.

— Elle me va ! s'exclama-t-elle, surprise. Oh ! D'un coup, cette petite virée que j'ai faite avec Coco chez ce bijoutier de luxe prend tout son sens.

— Il est fort possible que j'aie demandé un peu d'aide pour connaître ta taille, et le style qui te plairait. Mais nous pouvons la changer, si tu préfères autre chose.

Zoe admira la façon dont le bijou scintillait à son doigt, comme la surface de l'océan.

— Non. Je l'aime, répondit-elle en levant les yeux vers lui. Je t'aime.

Elle attira Seth à elle pour un baiser, et seule la voix de sa mère qui les appelait pour le dîner l'empêcha de l'entraîner vers le lit.

— Est-ce qu'ils savent ?

Le sourire de Seth lui disait à quel point il les aimait, eux comme elle.

— Non. J'ai dit à *ton* père que je prévoyais de demander à sa fille de m'épouser, et que j'espérais qu'il soutiendrait ta décision.

— Il était d'accord avec ça ? s'exclama-t-elle en clignant des yeux, choquée.

Certes, ses parents n'avaient pas leur mot à dire dans ses choix, mais elle trouvait plutôt mignon que les deux hommes les plus importants de sa vie soient passés par ce rituel à l'ancienne.

Seth acquiesça, l'air suffisant.

C'était si rapide, et pourtant si juste.

— Allons annoncer la nouvelle à mes parents. Prépare-toi à des larmes et à des câlins. *Beaucoup* de câlins.

Zoe posa les yeux sur la bague à son doigt tandis qu'ils sortaient de la chambre d'enfant de Seth. Elle avait du mal à croire que c'était réel. Tout semblait soudain si juste dans son monde, tout était vraiment parfait.

Elle songea à Gabriella Santiago.

La vie pouvait basculer si vite, de façon si inattendue. Zoe serra la main de Seth dans la sienne, consciente qu'ils avaient de la chance de s'être trouvés, et peu importait dans quelles circonstances. Elle avait bien l'intention d'aimer cet homme autant qu'elle le pourrait, et aussi longtemps qu'elle le pourrait.

— Hé, maman, papa. Sortez le champagne ! Nous avons quelque chose à fêter.

Merci d'avoir lu *Froide Trahison*. J'espère que vous avez aimé l'histoire de Seth et Zoe. Prêt pour le prochain épisode de la série Justice froide — Avis de recherche ? Consultez le site Web de Toni pour obtenir des informations sur la sortie de *Coup de froid* !

Grady Steel revient dans la communauté insulaire de Deception Cove, dans le Maine, où il a passé une jeunesse mouvementée, injustement étiqueté comme le mauvais garçon de la ville. Désormais membre de l'équipe d'élite de libération d'otages du FBI, il mène une mission d'infiltration risquée, à la poursuite de l'un des fugitifs les plus recherchés par le FBI.

Après un mariage brisé, Brynn Webster rentre chez elle dans une petite ville endormie où il ne se passe jamais rien, pour aider ses parents à tenir leur café en bord de mer alors que sa mère est malade. Après avoir plongé dans les eaux glaciales du port d'hiver pour sauver un homme mort, Brynn commence à réaliser que l'océan n'est pas le seul endroit à être agité de dangereux courants souterrains.

Grady se lie d'amitié avec la jolie gérante du café local dans le but de déterrer les secrets bien gardés de la ville. Mais duper Brynn n'est pas chose facile, surtout lorsqu'il commence à tomber amoureux d'elle. Puis, lorsque des crimes vieux de plusieurs décennies conduisent à des meurtres aujourd'hui, la mission de Grady tourne à la course contre la montre alors qu'il s'efforce d'attraper un tueur impitoyable... avant que Brynn ne devienne la prochaine victime.

Coup de froid disponible ici.

Inscrivez-vous à ma newsletter en français pour recevoir des **scènes bonus** gratuitement, et pour connaître la date de parution de mon prochain livre !

https://www.toniandersonfrancais.com/newsletter/ 🔥

DÉFINITIONS UTILES DE QUELQUES ACRONYMES UTILISÉS DANS LES LIVRES DE TONI ANDERSON®

ADA (Assistant District Attorney) : substitut du procureur

PG : procureur général

ASAC (Assistant Special Agent in Charge) : agent spécial adjoint responsable

ASC (Assistant Section Chief) : chef de section adjoint

ATF (Alcohol, Tobacco, and Firearms) : Alcool, tabac et armes à feu

DSC : Département des sciences du comportement

BOLO (Be On the Look-Out) : avis de recherche

BORTAC : Unité tactique de la patrouille frontalière américaine

BUCAR (Bureau Car) : voiture du FBI

CBP (US Customs and Border Patrol) : Service des douanes et de la protection des frontières des États-Unis

TCC : thérapie cognitivo-comportementale

CIRG (Critical Incident Response Group) : groupe de réaction aux incidents critiques

CMU (Crisis Management Unit) : cellule de gestion de crise

CN (Crisis Negotiator) : négociateur de crise

CNU (Crisis Negotiation Unit) : cellule de négociation de crise

CO (Commanding Officer) : commandant

CODIS (Combined DNA Index System) : banque de données des profils ADN

PC : poste de commandement

CQB (Close-Quarters Battle) : combat rapproché

DA (District Attorney) : procureur

DEA (Drug Enforcement Administration) : administration pour le contrôle des drogues

DEVGRU (Naval Special Warfare Development Group) : équipe spéciale antiterroriste de l'US Navy

DIA (Defense Intelligence Agency) : agence du renseignement de la Défense

DHS (Department of Homeland Security) : Département de la Sécurité intérieure

DDN : date de naissance

DOD (Department of Defense) : Département de la Défense

DOJ (Department of Justice) : Département de la Justice

DS (Diplomatic Security) : sécurité diplomatique

DSS (US Diplomatic Security Service) : Service de sécurité diplomatique des États-Unis

DVI (Disaster Victim Identification) : identification des victimes de catastrophes

EMDR (Eye Movement Desensitization & Reprocessing) : intégration neuro-émotionnelle par les mouvements oculaires

EMT (Emergency Medical Technician) : urgentiste

ERT (Evidence Response Team) : (police) scientifique

FOA (First-Office Assignment) : première affectation

FBI (Federal Bureau of Investigation) : Bureau fédéral d'enquête

FNG (Fucking New Guy) : bleu (nouvelle recrue)

FO (Field Office) : bureau régional

FWO (Federal Wildlife Officer) : agent fédéral de protection de la nature

IC (Incident Commander) : commandant de l'intervention

IC (Intelligence Community) : Communauté du renseignement

ICE (US Immigration and Customs Enforcement) : agence de police douanière et de contrôle des frontières

HAHO (High Altitude High Opening) : chute opérationnelle (saut en parachute)

HRT (Hostage Rescue Team) : équipe de libération d'otages

HT (Hostage-Taker) : preneur d'otages

JEH : bâtiment J. Edgar Hoover (siège du FBI)

K&R (Kidnap and Ransom) : enlèvement avec demande de rançon

LAPD (Los Angeles Police Department) : Département de police de Los Angeles

LEO (Law Enforcement Officer) : agent des forces de l'ordre

LZ (Landing Zone) : zone d'atterrissage

ML : médecin légiste

MO : mode opératoire

NAT (New Agent Trainee) : nouvel agent stagiaire

NCAVC (National Center for Analysis of Violent Crime) : Centre national pour l'analyse des crimes violents

NCIC (National Crime Information Center) : Centre national d'information sur la criminalité

NFT (Non-Fungible Token) : jeton non fongible

NOTS (New Operator Training School) : école de formation des nouveaux opérateurs

NPS (National Park Service) : Service des parcs nationaux

NYFO (New York Field Office) : bureau régional de New York

CO : crime organisé

OCU (Organized Crime Unit) : Unité de lutte contre le crime organisé

OPR (Office of Professional Responsibility) : Bureau de la responsabilité professionnelle

POTUS (President of the United States) : Président des États-Unis

PT (Physiology Technician) : technicien en physiologie

SSPT : syndrome de stress post-traumatique

RA (Resident Agency) : agence locale

GRC (Royal Canadian Mounted Police) : Gendarmerie royale du Canada

RSO (Senior Regional Security Officer) : agent de sécurité régionale du service diplomatique américain

SA (Special Agent) : agent spécial

SAC (Special Agent-in-Charge) : agent spécial en charge

SANE (Sexual Assault Nurse Examiners) : infirmières qualifiées pour examiner les victimes d'agression sexuelle

SAS (Special Air Squadron) : Forces spéciales aériennes (unité des forces spéciales britanniques)

SD (Secure Digital) : Carte SD

SIOC (Strategic Information & Operations) Informations et opérations stratégiques

SF (Special Forces) : Forces spéciales

SSA (Supervisory Special Agent) : agent spécial superviseur

SWAT (Special Weapons and Tactics) : Armes et tactiques spéciales

TC (Tactical Commander) : tacticien

TDY (Temporary Duty Yonder) : assignation temporaire

TEDAC (Terrorist Explosive Device Analytical Center) : Centre d'analyse des engins explosifs terroristes

TOD (Time of Death) : heure du décès

UAF (University of Alaska, Fairbanks) : Université de l'Alaska de Fairbanks

UBC (Undocumented Border Crosser) : clandestin franchissant la frontière

UNSUB (Unknown Subject) : sujet inconnu, suspect

USSS (United States Secret Service) : Services secrets des États-Unis

ViCAP (Violent Criminal Apprehension Program) : Programme d'arrestation pour actes criminels violents

VIN (Numéro de série du véhicule) : numéro d'identification du véhicule

WFO (Washington Field Office) : bureau régional de Washington

ZA : Zone d'atterrissage

REMERCIEMENTS

J'imagine sans peine le stress et l'incertitude liés au fait de ne pas savoir ce qui est arrivé à un être cher, surtout si celui-ci s'est embarqué pour un voyage dangereux. Que ressent-on lorsque l'on est assis chez soi à attendre un SMS annonçant qu'un proche est sain et sauf ? Et si ce message n'arrive jamais ?

Le nombre de décès et de disparitions de personnes tentant de franchir la frontière entre les États-Unis et le Mexique est stupéfiant (près de huit mille cas connus depuis 1998. Données extraites du site web du Colibrí Center). Le Colibrí Center travaille avec le bureau du médecin légiste du comté de Pima (PCOME) pour tenter d'établir une correspondance entre les personnes portées disparues et les restes non identifiés. En 2006, le Colibrí Center et le PCOME ont lancé ensemble le programme Migrants disparus, en utilisant des informations anthropologiques de base. En 2017, ils ont commencé à collecter l'ADN des membres des familles concernées afin de faciliter l'identification des dépouilles inconnues.

Tout dans mon histoire est fictif, mais le travail de ces organisations est aussi réel que nécessaire.

Parallèlement, le projet Migrants disparus de l'Organisation internationale pour les migrations (OIM) est une initiative mondiale qui aide les familles du monde entier à retrouver leurs proches disparus. Là encore, les chiffres sont stupéfiants et ne peuvent que s'aggraver en cette période de conflit et d'instabilité environnementale.

J'espère que vous prendrez le temps de visiter ces sites web et de découvrir par vous-même le formidable travail accompli par ces organisations.

Pour ce qui est de l'écriture de ce livre, mes remerciements vont, comme toujours, à Kathy Altman, qui lit le premier jet en version brute. Rachel Grant a été formidable, elle me prodigue toujours d'excellents conseils. Jodie Griffin m'a apporté une aide précieuse sur certains aspects de cette histoire, tout comme la merveilleuse Margarita Coale.

Mon éditrice, Deb Nemeth, m'a fait démonter mon récit pour le reconstruire, meilleur et plus solide. J'espère qu'elle est fière de moi.

Merci à Joan Turner de JRT Editing et à la correctrice Alicia Dean. J'apprécie grandement vos interventions.

Merci à mon assistante, Jill Glass, qui est mon roc lorsque le chaos s'installe. Merci également à ma formidable créatrice de couverture, Regina Wamba, pour son magnifique travail artistique. Eric G. Dove est (encore) sur son voilier en train d'enregistrer le livre audio en ce moment même, vivant un véritable rêve ! Merci d'avoir été la voix des livres *Justice froide* et d'être quelqu'un avec qui il est si facile de travailler.

Un grand merci à mon mari et à mes enfants pour leur soutien constant. Et des bisous à Fergus, mon labrador noir. Oui, je suis ennuyeuse. Désolée !

Merci à mon équipe de traduction française, Sophie Salaün et Florence Glémot. Et aussi à ma merveilleuse assistante, Jill Glass.

COLD JUSTICE® – MOST WANTED
Cold Silence (Book #1)
Cold Deceit (Book #2)
Cold Snap (Book #3)
Cold Fury (Book #4)
Cold Spite (Book #5)
Cold Truth (Book #6)
Cold Heat (Book #7) - Coming soon

À PROPOS DE L'AUTEUR

Auteur de best-sellers du *New York Times* et de *USA Today*, Toni Anderson écrit des thrillers romantiques sur le FBI, à la fois incisifs et sexy.

Originaire d'une petite ville du Shropshire en Angleterre, Toni a étudié la biologie marine à l'université de Liverpool et à l'université de Saint-Andrews (oui, vous pouvez l'appeler « Dr Anderson ») avec l'intention de ne jamais s'éloigner de l'océan. Ce plan s'est retourné contre elle, et elle a fini au milieu des prairies canadiennes. Les plus grandes réalisations de Toni sont : la maîtrise du métro de Tokyo, l'escalade du Ben Lomond, la plongée en apnée sur la Grande Barrière de corail et survivre à dix-neuf hivers à Winnipeg (jusqu'à présent). Toni aime voyager pour faire des recherches et a eu la chance de visiter le centre d'opérations et d'informations stratégiques au sein du quartier général du FBI à Washington, D.C. Lors d'une formation à la Writer's Police Academy dans le Wisconsin, elle a eu l'occasion de pousser une autre voiture hors de la route lors d'une course-poursuite.

Ses livres ont remporté le prix Daphné du Maurier pour l'excellence dans le domaine du mystère et du suspense, le Readers' Choice, l'Aspen Gold, le Book Buyers' Best, le Golden Quill, le National Excellence in Story Telling Contest et le National Excellence in Romance Fiction. Elle a été finaliste du Vivian Contest et du RITA Award des Romance Writers of America, et présélectionnée pour le Jackie Collins Award for Romantic Thrillers, dans le cadre des Romantic Novel Awards.

Les livres de Toni ont été traduits en cinq langues et plus de trois millions d'exemplaires ont été téléchargés.

Inscrivez-vous à ma newsletter en français pour recevoir des **scènes bonus** gratuitement, et pour connaître la date de parution de mon prochain livre !
https://www.toniandersonfrancais.com/newsletter/

Découvrez la bibliographie de Toni Anderson :
https://www.toniandersonfrancais.com/livres/

N'hésitez pas à visiter la boutique de Toni Anderson pour découvrir ses autres livres et bénéficier d'offres exclusives !
https://toniandersonshop.com

 facebook.com/ToniAndersonFrancais

 instagram.com/toni_anderson_francais

 tiktok.com/@toni_anderson_author

 bsky.app/profile/toniandersonauthor.bsky.social